東坡樂府箋

[宋]蘇軾 著
[清]朱孝臧 編年 龍榆生 校箋

圖書在版編目(CIP)數據

東坡樂府箋/(宋)蘇軾著;(清)朱孝臧編年;龍榆生校箋;朱懷春標點.—上海:上海古籍出版社,2016.8 (2025.6重印)
(中國古典文學叢書〔典藏版〕)
ISBN 978-7-5325-7980-8

Ⅰ.①東… Ⅱ.①蘇… ②朱… ③龍… ④朱… Ⅲ.①宋詞—選集 Ⅳ.①I222.844

中國版本圖書館CIP數據核字(2016)第037989號

中國古典文學叢書〔典藏版〕
東坡樂府箋
[宋]蘇軾 著 [清]朱孝臧 編年
龍榆生 校箋 朱懷春 標點
上海古籍出版社出版發行
(上海市閔行區號景路159弄1-5號A座5F 郵政編碼201101)
(1)網址:www.guji.com.cn
(2)E-mail:guji1@guji.com.cn
(3)易文網網址:www.ewen.co
浙江新華數碼印務有限公司印刷
開本 890×1240 1/32 印張 16.25 插頁 9 字數 310,000
2016年8月第1版 2025年6月第9次印刷
印數 13,851 — 14,900
ISBN 978-7-5325-7980-8
I·3019 定價:118.00元

2016 《叢書》出版達 136 種，并推出典藏版

2013 《叢書》入選首届向全國推薦優秀古籍整理圖書目録

2009 《叢書》出版達 100 種

1978 《叢書》首批出版《聊齋誌異會校會注會評本》《阮籍集》《李賀詩歌集注》《樊川文集》4 種

一月一日，上海古籍出版社宣告成立

1977 十二月二十六日，國家出版事業管理局宣佈中華書局上海編輯所獨立爲上海古籍出版社

1958 六月一日，古典文學出版社改組爲中華書局上海編輯所

1957 《韓昌黎詩繫年集釋》《人境廬詩草箋注》《稼軒詞編年箋注》（後被列入《中國古典文學叢書》）出版

1956 十一月一日，古典文學出版社成立

龍榆生（一九〇二－一九六六），名沐勛，以字行。江西萬載人。曾任上海音樂學院教授。

蘇軾畫像

（趙孟頫繪）

三十三年今誰存者算只
君與長江凜然蒼檜鐵
霜榦苦難雙閱盡同州
古縣雲溪上竹塢松窗江
南岸不因送子寧肯過
吾邦擬鋪雨過風林霽
破煙蓋雲幢持此邀
君一飲空缸居士先生老矣
真夢裏相對殘紅歌脣
斷行人未起船鼓已逢逢

蘇軾《滿庭芳》詞手迹

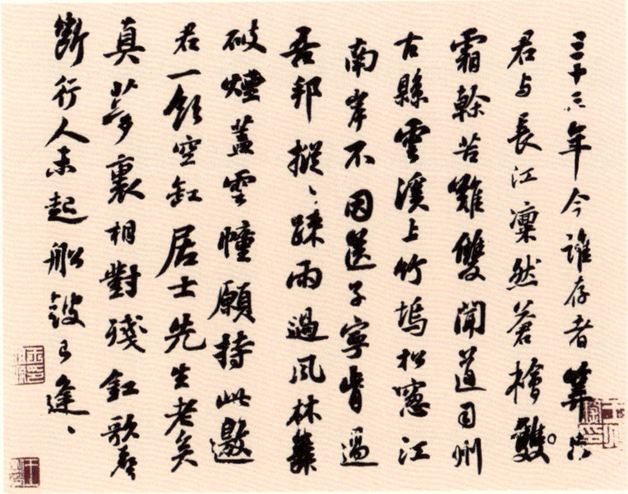

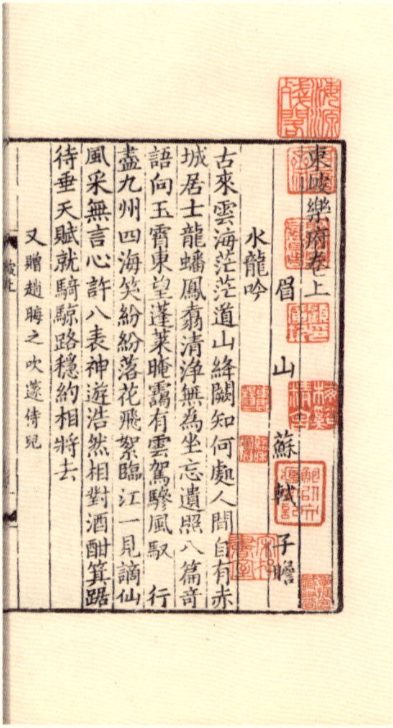

東坡樂府卷上

眉山蘇軾子瞻

水龍吟

古來雲海茫茫道山絳闕知何處人間自有赤城居士龍蟠鳳翥清淨無為坐忘遺照八篇奇語向玉霄東望蓬萊晻靄有雲駕驂風馭行盡九州四海笑紛紛落花飛絮臨江一見謫仙風采無言心許八表神遊浩然相對酒酣箕踞待垂天賦就騎鯨路穩約相將去

又贈趙晦之吹篴侍兒

元延祐刊本《東坡樂府》

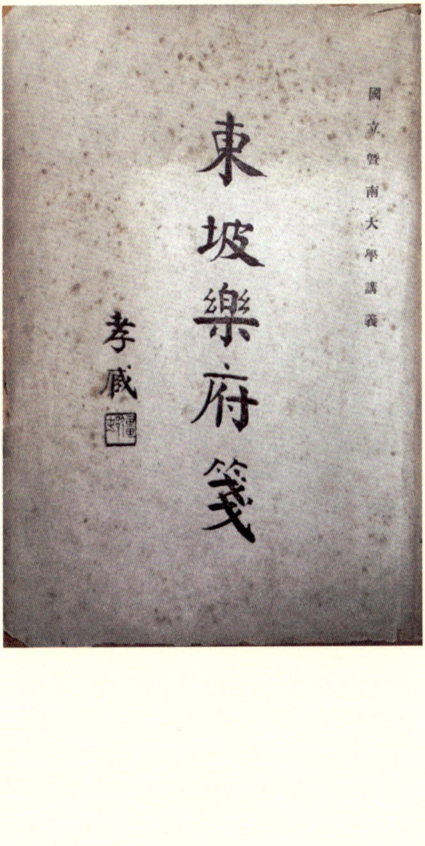
國立暨南大學講義
東坡樂府箋
孝臧

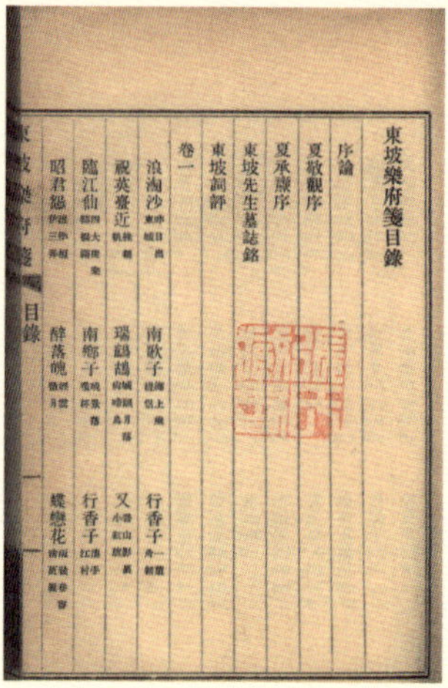

東坡樂府箋目錄

序論

夏敬觀序

夏承燾序

東坡先生墓誌銘

東坡詞評

卷一

浪淘沙　南歌子　行香子

祝英臺近　瑞鷓鴣　又

臨江仙　南鄉子　行香子

昭君怨　醉落魄　蝶戀花

東坡樂府箋　目錄　一

商務印書館綫裝排印本（一九五八）

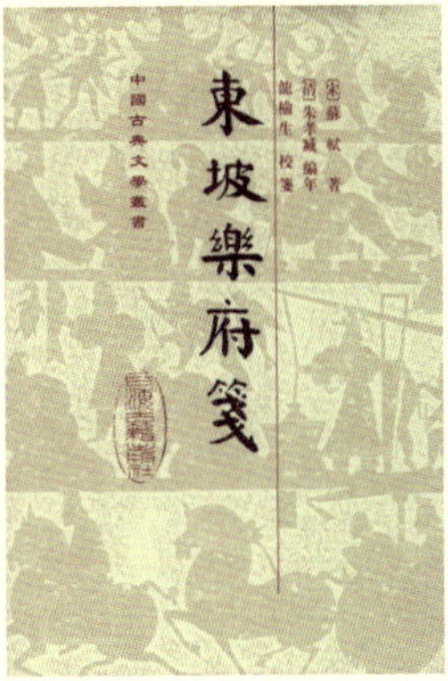

《中國古典文學叢書》版書影

序

徐培均

先師龍榆生教授是舉世公認的詞學大師，早年所著唐宋名家詞選、晚年所著詞學十講，皆廣爲流傳，一印再印。特别是前者，自一九三四年由上海開明書店付梓後，迄今在祖國大陸及香港不斷再版，共約二十次之多。唯其東坡樂府箋，自一九三六年由商務印書館以綫裝二册排印問世以後，在大陸僅印過一次，在臺灣也僅印過三次，且由於衆所周知的原因，大陸讀者都難得一見，以致治東坡詞者，一卷難求，實在令人憾悵。

可是現在好了，在出版界素負盛名的上海古籍出版社即將推出龍先生東坡樂府箋的新式標點本，這無疑是當代詞壇的一件盛事！

在此書付印之前，上海古籍出版社朱懷春同志約我撰寫一篇序。我覺得通常是長輩爲晚輩寫序，很少有晚輩爲長輩作序的先例；而弟子爲老師作序則更少見。因此婉謝再三，遲遲不敢動筆。可是懷春同志堅執不允，並説：「你是最適合寫這篇序的人選。」實在推辭不了，只好

勉爲其難，誠惶誠恐，說說我跟龍先生學詞的一些體會，借以告慰先生的在天之靈，并就教於方家。

龍先生治詞，不像今天流行的那樣多重「體制外的研究」。他既談詞人的風格、詞史的演進、詞與時代之關係，而更重「體制内的研究」。他對詞這種特殊的藝術形式，獨具隻眼，別有會心。由於善於倚聲填詞，因此論詞時常言人之所不能言，不像有些人那樣誇誇其談，却只是「隔靴搔癢」。在講授作品時，他多從音樂性入手，解剖詞的藝術結構和抒情功能。如在講授詞學十講時，他便開宗明義地說：「詞不稱『作』，而稱『填』，因爲它受到聲律的嚴格約束，不像散文可以自由抒寫。它的每一曲調都有固定形式，而這種特殊形式，是經過音樂的陶冶，在句讀和韻位上都和樂曲的節拍恰相諧會，有它整體的結構，不容任意破壞的。」〔一〕接着，先生便沿着音樂性這根主綫，講解詞是怎樣從唐人近體詩演化爲曲子詞，詞中的四聲陰陽，詞中韻位的疏密與表情的關係以及「領格字」的安排與妙用等等，并結合具體作品，作層層深入、細緻入微的分析。一九五七年東坡樂府箋重版時，先生仍以音樂性作爲指導思想，在此書「序論」中說：「一般所說的詞，宋人也把它叫做樂府。它是依據唐宋以來新興曲調從而創作的新體詩，是音樂語言和文學語言緊密結合的特種藝術形式。這種『倚聲填詞』的新形式，從唐五代以迄北宋仁宗朝的作家柳永，積累了許多的經驗，把長短句的新體詩完全音樂化了。」那麽，曾被李清照譏爲「長短不葺之詩」的東坡詞，是否有音樂性呢？對此，先生發表了非常辯證的看法。他說：「所

謂『横放傑出』、自是曲中『縛不住』的東坡詞，不等於説他全不講音樂。」他既肯定東坡詞中不乏音樂性很强的作品，又説東坡能自歌陽關曲，並以此曲與王維的渭城曲逐字對勘，細辨平仄，覺得連四聲都不肯輕易出入。正由於掌握音樂性這把尺子，先生在箋東坡樂府時，才能明辨何者爲詩，何者爲詞。如剛纔提到的陽關曲，從形式上看，與平起格的七言絶句相似；而瑞鷓鴣（城頭月落尚啼烏）這首詞，則似七言八句的律詩，因此從宋代施元之開始，至清代王文誥，都把它當作詩收入東坡詩集。直到朱祖謀的東坡樂府和先生的東坡樂府箋，纔確定二者爲詞。

然而對東坡樂府中格律不嚴的問題，先生也不諱言。但他認爲這正是東坡對發展詞體的一大貢獻。他説：「東坡詞既以開拓心胸爲務，擺脱聲律束縛，遂於一代詞壇上，廣開方便法門。」〔二〕至此，這被視爲艷科的小詞，便能「無意不可入，無事不可言」〔三〕，詞境日益拓展，衝破了倚紅偎翠的局限，可以用來反映個人的政治理想，描寫祖國的山川風物。而傷今、弔古、狩獵、悼亡、贈友、懷鄉等等題材，在東坡樂府中更是屢見不鮮。因此四庫全書總目提要這樣評價蘇軾：「詞自晚唐五代以來，以清切婉麗爲宗，至柳永而一變，如詩家之有白居易；至蘇軾而又一變，如詩家之有韓愈，遂開南宋辛棄疾等一派。」

這一派在詞史上通常稱之爲豪放派，如明人張綖詩餘圖譜凡例云：「詞體大略有二：一體婉約，一體豪放。婉約者欲其詞情醖藉，豪放者欲其氣象恢弘，蓋亦存乎其人，如秦少游之作，多是婉約；蘇子瞻之作，多是豪放。」雖然人們多稱蘇軾爲豪放派詞人，但龍師榆生却不這

樣認爲。他說：「坡詞雖有時清麗舒徐，有時横放傑出，而其全部風格，當以近代詞家王鵬運拈出『清雄』二字，最爲恰當。」〔四〕在合論蘇辛風格時又指出：「辛以豪壯，蘇以清雄，同源異流，亦未容相提並論。」〔五〕細玩「清雄」二字，蓋指蘇詞既有清麗、清切、清婉、清華、清雅、清曠的一面，也有雄放、雄豪、雄俊、雄壯、雄奇的一面；而二者又常常交相融會，難以截然分開。以「清雄」二字定格蘇詞，這就避免了後世將豪放詞引入粗豪叫囂的歧途，保持了詞這種文體「情韵兼勝」的藝術特色。

先生之所以以「清雄」定格蘇詞，蓋出於剛柔相濟的考慮。晚清馮煦在爲朱祖謀（一名孝臧，號彊村）東坡樂府作序時指出：「世第以『豪放』目之，非知蘇辛者也……詞有二派，曰剛與柔。毗剛者斥温厚爲妖冶，毗柔者目縱軼爲粗獷，而東坡剛亦不吐，柔亦不茹。纏綿芳悱，樹秦柳之前旃；空靈動蕩，導姜張之大輅。」即以一向被稱爲豪放詞的傑出代表作念奴嬌赤壁懷古而言，其中既有「大江東去」一瀉千里的豪邁氣勢，也有「江山如畫，一時多少豪傑」的深沉惋嘆；既有「公瑾當年，小喬初嫁了」的綽約風姿，也有詞人自己「早生華髮」的對影自憐。奇思壯彩，深情苦調，相互交織，變幻無端。說它豪放，有之而不盡然；說它婉約，藏之却不外露。若以「清雄」許之，庶幾得之。在我看來，所謂「清雄」，恰如有的學者所說，「實際上就是對於『陰柔之美』和『陽剛之美』這兩個互相矛盾的風格之間既對立又統一的辯證關係的形象說明」〔六〕。其原乃在於「剛柔相濟」，「剛亦不吐，柔亦不茹也」。

龍先生雖然在國步艱難、世事蜩螗之際，政治上走過一點彎路，但他愛國之心始終未泯。即使在汪僞時期，也曾於一九四四年暑假中與張東蓀、許寶騤等進步人士，密謀策動僞軍郝鵬舉向我軍投誠〔七〕。他的治詞，也有從愛國思想出發的。一九三七年編著唐五代宋詞選時，他就曾在導言中說過：「爲了時代的關係和顧及讀者方面的程度，特從各家的全集裏提取『聲情並茂』而又較易理解的作品，并且側重所謂豪放一派，目的是想借這個最富於音樂性而感人最深的歌詞來陶冶青年們的性靈，激揚青年們的志氣，砥礪青年們的情操，一方面對於這種聲調組織，得着相當的修養訓練，可以進一步去創造一種宜於現代的新體歌詞。」〔八〕這裏標舉「豪放一派」，乃是爲了抗日的需要，「激揚青年們的志氣」，與日寇作鬥争，與往日單純的評東坡詞的藝術特色並非出於同一想法。

在東坡樂府中，固然多「隨物賦形」之作，「嬉笑怒駡之詞」，「不自緣飾」，行文自然。但由於蘇軾博覽群書，淹通經史，也不免受到當時風氣的影響，或以文字爲詩，或以議論爲詞。清人周濟就曾說過：「東坡每事俱不十分用力，古文書畫皆爾，詞亦爾。」〔九〕所謂「事」，乃指事典。事典中既有古典，含典章文物、辭語出處等等；亦有今典，則包括當代有關的人和事。事典也稱故實、典實。用事典的作品，可以豐富其信息量，啓發讀者的聯想。因此宋人常以之作爲詞的一項審美標準，如李清照詞論批評秦觀詞時就說：「秦即專主情致，而少故實，譬如貧家美女，雖極妍麗豐逸，而終乏富貴態。」蘇軾則不然，其詞常多故實，如上引之念奴嬌赤壁懷古，多用三

國事。而洞仙歌則就蜀主孟昶與花蕊夫人納涼摩訶池上故事敷衍而成。其水龍吟贈趙晦之吹笛侍兒、賀新郎（乳燕飛華屋）等，也都有本事，有待於考覈。此類甚多，若不通過箋注，就難以讀懂。因此爲東坡樂府作箋，就很有必要了。龍師是全面箋注東坡樂府的第一人，有開創之功，值得治詞者好好學習，並永遠紀念。

我們説先生此舉有開創之功，當然不是絶對的。準確地説，這本著作應是有所繼承，也有所發展，謂之「開創」，只是就其箋注的全面性而言。先生在此書後記中談到它的來歷：「曩從上虞羅子經先生假得南陵徐氏舊鈔傅榦注坡詞殘本，取校毛氏汲古閣本、王氏四印齋影元延祐本、朱氏彊村叢書編年本，時有勝義，而所注典實，多不標出原書，因博稽群籍，更依朱本編年，作爲此箋。」也就是説，先生主要是在宋人傅榦注坡詞和晚清朱祖謀彊村叢書本的基礎上完成他的箋注的。既成之後，請他的好友夏承燾校證。夏氏提了一些意見，並爲之作序，曰：「榆生此箋，繁徵博稽，十倍舊編，東坡功臣，無俟乎揚贊。」先生前輩同鄉夏敬觀也爲之作序，認爲東坡詩前人多有編年箋注，「獨其詞别本單行，未有從事編注者。歸安朱漚尹侍郎（祖謀）始爲之校訂編年，刊之彊村叢書中。吾友萬載龍君榆生……復取漚尹所編本，考證箋注，精覈詳博，靡溢靡遺。」以上二序，可謂真知先生者。

現在先生遺著得以再版，予不敏，得以濫竽充數，爲此贅言，非敢稱序，權作生芻，以爲清酌之奠。先生泉下有知，能予指正否？門人徐培均丙戌清明於海上歲寒居。

【注釋】

〔一〕見詞學十講第一講，福建人民出版社一九八八年版第一頁。着重點爲引者所加，下同。

〔二〕蘇辛詞派之淵源流變，見龍榆生詞學論文集，上海古籍出版社一九九七年版二七二頁。

〔三〕清劉熙載詞概，見中華書局詞話叢編本三六九〇頁。

〔四〕東坡樂府綜論，見上海古籍出版社龍榆生詞學論文集一九九七年版二五八頁。

〔五〕同上二六三頁。

〔六〕程千帆、莫礪鋒蘇軾的風格論，載成都師範大學學報一九八六年第一期。

〔七〕張暉龍榆生先生年譜，學林出版社二〇〇一年版一三五—一三七頁。

〔八〕唐五代宋詞選，商務印書館一九三七年版。

〔九〕介存齋論詞雜著，詞話叢編本，中華書局一九八六年版一六三三頁。

標點整理説明

龍榆生先生是我國著名的詞學專家，其所著東坡樂府箋爲近代整理校釋蘇軾詞集的開山之作，影響深遠。近年來蘇軾詞集整理成績斐然，先後出版了數種專著，其中多有引用、借鑒龍箋者。東坡樂府箋仍是當今研讀蘇軾詞集不可或缺的文本。此書自二十世紀五十年代由商務印書館重版以來未曾再印，學者、讀者難得一見。今據商務印書館一九五八年排印綫裝本，依照上海古籍出版社中國古典文學叢書體例重新標點整理，各項處理條列如下。

一、原書明顯排印錯訛和異體字徑予改正。龍箋引用前人著作多以節録；徵引前人詩文，文字與今所見者或有異同；龍箋詞頭與正文或有不完全對應處：爲保持原貌，整理時未作改動。

二、龍箋徵引前人詩文，篇名或標或不標；前注復見後文者，曰見某卷某闋，然該闋之首句或出或不出。整理時爲統一體例，凡未出篇名、首句者皆予補出，並加（）標示，以便讀者。部

分徵引詩文來源不明者，未能考知確切篇名，即保留原貌。

三、龍箋徵引前人詩文偶有錯訛者，於必要時加按語說明。訛字加（）標示，正字、補字加〔〕標示。

四、龍箋卷下題「朱彊村先生編年圈點」。朱氏編年，仍按原書以「朱注」標出。原有圈點未予保留。

限於學識，標點難臻善美，不當之處，敬請讀者批評指正。

朱懷春　二〇〇九年五月

目録

卷二

序論

我們祖國的詩歌，自詩經以來，綿歷二千數百年之久，不斷產生着豐富多彩的新形式。這些新形式的產生，最初都是經過勞動人民的辛勤創作，和音樂有着不可分割的關係。但是發展到了相當時期，它就會脱離母體而獨立生存，開拓它的廣大園地，在詩歌史上特放異彩。蘇軾在長短句歌詞上的偉大貢獻，就是一個最好的例證。

一般所説的詞，宋人也把它叫作樂府。它是依附唐、宋以來新興曲調從而創作的新體詩，是音樂語言和文學語言緊密結合的特種藝術形式。這種「倚聲填詞」的新形式，從唐、五代以迄北宋仁宗朝的作家柳永，積累了許多的經驗，把長短句的新體詩完全音樂化了。五、七言近體詩進一步發展以後，由於不斷的音樂陶冶，不期然而然地會有「句讀不葺」（李清照説）的長短句的新體格律詩的出現。蘇軾看準了這個發展規律，也就不妨「一洗綺羅香澤之態，擺脱綢繆宛轉之度」（胡寅酒邊詞序），從「曲子」中解放出來，在詞壇獨樹一幟，打開「以詩爲詞」（陳師道説）

的新局面。這正好表示他的積極性和創造性，確是能夠「指出向上一路，新天下耳目」（王灼碧雞漫志卷二）的。

在「橫放傑出」的東坡詞派尚未崛興之前，對長短句歌詞形式的建立有很大功績的，在晚唐則有温庭筠，「能逐絃吹之音，爲側豔之詞」（舊唐書列傳卷一百四十下）；在北宋則有柳永，爲教坊樂工所得新腔創作歌曲（避暑録話卷三）。這樣，把唐、宋以來新興歌曲的音樂語言和文學語言緊密結合起來了。一般不懂音律的詩人，有了這個定型的新形式，如令、引、近、慢等，就可以照着它們的固定形式，體會每一詞牌的不同情調，「從心所欲」地來説作者自己所要説的話。温、柳二家的開創之功，是不容抹殺的。南宋愛國詩人陸游也曾説過：「飛卿南鄉子八闋，語意工妙，殆可追配劉夢得竹枝。」（渭南文集卷二十七跋金奩集）。蘇軾雖與柳永立於對立地位，但讀到他的八聲甘州「霜風淒緊，關河冷落，殘照當樓」，還不免要贊美一聲：「此語於詩句，不減唐人高處。」（侯鯖録卷七）蘇詞的作風，固然脱盡了温、柳二家的羈絆；但對創調方面，如果没有温、柳在前爲詞壇廣闢園地，那他也就很難寫出這許多「無意不可入，無事不可言」（藝概卷四）的好詞來。飲水思源，不能不在這裏特提一下。

從九六〇年至一一二六年，就是所謂北宋時代。五代以來長期割據的分裂局面，到了宋太祖趙匡胤定都汴京（開封）以後，中國復歸於統一。人民經過長期的休養生息，社會經濟也漸漸繁榮了起來。孟元老東京夢華録序談到當日汴京的繁盛情形，是：「新聲巧笑於柳陌花衢，按

管調絃於茶坊酒肆。」都市繁華達到這樣的程度，就爲新聲歌曲創造了發榮滋長的必要條件。柳詞所以爲當時廣大人民所喜愛，是有它的社會基礎的。可是統治階級的粉飾太平，掩蓋不了當時的階級矛盾。宰相呂蒙正就曾說起：「都城，天子所在，士庶走集，故繁盛至此。臣嘗見都城外不數里，飢寒而死者甚衆。」（宋史卷二百六十五）人民遭受到這樣悽慘的境遇，有良心的詩人，是不能熟視無覩的。加上仁宗朝（一〇二三—一〇六三）對西夏用兵的累遭慘敗，民族矛盾因之日益加深。富有愛國主義思想的詩人如蘇軾、黃庭堅等，就把西夏這個敵國刻刻放在心上，而有「甘心赴國憂」的雄圖。不但蘇詞有「會挽雕弓如滿月，西北望，射天狼」（江城子獵詞）的豪語，連黃庭堅謫貶黔中時，還把「静掃河西」（山谷詞洞仙歌瀘守王補之生日）寄希望於他的朋友。這些情況，反映到詩人們的思想感情上，是不容許再像柳永那樣，把生活圈子局限在「淺斟低唱」的「偎紅倚翠」中了。「關西大漢，鐵綽板，銅琵琶，唱大江東去」（吹劍錄），恰好是適應時代要求，發揮了蘇軾的創造性，用來打開南渡諸愛國詞人的新局面，這不是什麼偶然的。

蘇軾是一個「奮厲有當世志」（墓誌銘）的文人。雖然他的政治見解偏向保守，和王安石立於反對地位，但他畢竟具有愛國思想，而且是站在人民一邊的。他到處興修水利，抑制豪強，連在謫貶黃州和惠州、瓊州時，都和農民相處得很好，並不把個人遭遇戚戚於懷。這是何等坦蕩的胸襟，何等壯闊的抱負！他自己說：「作文如行雲流水，初無定質，但當行於所當行，止於所不可不止。雖嬉笑怒駡之詞，皆可書而誦之。」（宋史卷三百三十八本傳）他的散文和詩、詞，風

格都是一貫這樣的。蘇轍替他作的墓誌銘，提到他的思想發展，最初是留意於賈誼、陸贄的政論；後來又愛好莊子，說是：「吾昔有見於中，口未能言；今見莊子，得吾心矣！」終乃深契於佛教的禪宗，「參之孔、老，博辯無礙」。他的思想無疑還有消極的一面，但他在實際行動中，關心人民的痛苦，所以能够在顛連困苦的謫貶生活中，得到廣大羣衆的同情和敬愛。同時他的胸襟開闊，不介懷於個人的得失，不以一時挫抑動摇他的心志，一直抱着積極精神來追求現實和真理。像那最爲廣大讀者所傳誦不衰的作品，如赤壁賦及水調歌頭中秋詞，都是這種思想感情的表現。他的創作方法是「隨物賦形」，做到「非有意於文字之爲工，不得不然之爲工」（遺山文集卷三十六新軒樂府引）。所謂「滿心而發，肆口而成」，所謂「不自緣飾，因病成妍」。（同上）就是説他不過分注意文字的雕琢，而作品中貫串着真實的思想感情。這是從多方面的學養和實際生活的體驗中得來的。

所謂「横放傑出，自是曲中縛不住」的東坡詞，不等於説他全不講究音律。王灼説：「東坡先生非心醉於音律者。」（碧雞漫志卷二）陸游説：「先生非不能歌，但豪放，不喜裁剪以就聲律耳。」（歷代詩餘卷一百十五）這都只是説明蘇詞不肯犧牲内容來遷就形式，千萬不可誤解，認爲學習蘇詞可以破壞格律。破壞格律，就不能够算作長短句歌詞；死守格律而不能够充實内容，那也就會失却它的文學價值。陸游曾經聽到晁以道説起：「紹聖初，與東坡别於汴上，東坡酒酣，自歌古陽關。」（同上）我們再看他自己寫的陽關曲「暮雲收盡溢清寒，銀漢無聲轉玉盤。此

生此夜不長好，明月明年何處看」，把來和王維的渭城曲「渭城朝雨浥輕塵，客舍青青柳色新。勸君更盡一杯酒，西出陽關無故人」逐字對勘，連四聲都不肯輕易出入。他在黄州，檃栝陶淵明歸去來辭作哨遍，明明説道：「使就聲律，以遺[董]毅夫。使家僮歌之，時相從於東坡，釋耒而和之，扣牛角而爲之節。」（東坡樂府卷二）這難道不是作者重視詞的音律的最好證明嗎？南宋以後所謂「豪傑之詞」，自儕於蘇、辛一派，如陳亮、劉過、劉克莊等，雖然集子中也有些「壯顔毅色」、「可以立懦」的佳作，但是充滿了生硬字面，讀來格格不易上口，失掉了詞的音樂性，這是不能藉口學蘇而自護其短的。

當柳七樂章風靡一世的時候，蘇軾挺身而出，指出向上一路，和他對抗。雖然他的朋友和學生如陳師道、張耒、晁補之等，都不但不敢明目張膽地起來擁護他的主張，而且還是抱着懷疑態度，但他自己却憑着滿腔的「逸懷浩氣」，只管「我自用我法」地不斷寫作。這也證明他是確有遠見卓識，看準了長短句歌詞的發展道路，纔有勇氣這樣堅持到底的。風氣一開，於是他的學生黄庭堅、晁補之跟着他走了，他的後起政敵葉夢得也仿效起他的作風來了。北宋末、南宋初期，所有詩人志士，於喪亂流離中，往往藉這個長短句歌詞來發抒愛國思想，以及種種悲憤激越的壯烈懷抱，有如岳飛的滿江紅，張孝祥的六州歌頭，張元幹的賀新郎、石州慢等，以至陳與義、朱敦儒、韓元吉、向子諲、楊萬里、范成大、陸游、陳亮、劉過等的某些作品，幾乎没有一個不受東坡影響的。這個「横放傑出」的詞風，一方面也推向北方發展，有如金代作家吴激、蔡松年等，以

及元好問中州集中所録諸作家，也很少不是蘇詞的流派。辛棄疾懷抱「喑嗚鷙悍」（劉辰翁辛稼軒詞序）的雄才，突騎渡江，以恢復中原自任；同時把移植金國的蘇詞種子，挾以俱南，於原有基礎上作進一步的發展。所謂「稼軒斂雄心，抗高調；變温婉，成悲涼」（周濟宋四家詞選序論）。蘇詞發展到了稼軒，於是文學史上所大書特書的「蘇辛詞派」纔得正式建立，從而使這個特種藝術形式充實了它的内容，不妨脱離音樂而獨立生存，爲長短句歌詞延長了七八百年的生命。宋末作家如劉克莊、文天祥、劉辰翁等，金末作家如元好問，以迄清代作家如陳維崧、吴偉業、曹貞吉、顧貞觀、蔣士銓、王鵬運、文廷式、朱祖謀等，雖然因了作者的身世不同而異其造詣，都或多或少地受到東坡詞格的熏陶，在一些代表作品中，還凜然有它的生氣。窮源竟委，蘇軾在詞學上的地位，是不可動摇的。

二十二年前，我曾從南陵徐積餘先生借得舊鈔傅榦注坡詞殘本，並依朱彊村先生編年本東坡樂府重加排比箋釋，寫定爲東坡樂府箋三卷。初版剛出，遇到日本侵略者來犯，傳本遂稀。兹因各方要求，略爲訂補，並增蘇轍所撰墓誌銘及各家對蘇詞的評語，仍託商務印書館重印。試論蘇詞的特點和它的影響所及，以供參考。不當的地方，希望讀者隨時指正。

一九五七年九月十四日，龍榆生寫於上海

序一

詩文集非出手定，爲後人所輯録者，往往次序凌獵，讀者不得尋迹相證，以窺其旨，於是乎有編年；摛藻遺詞，字有來歷，校正譌舛，必詳其源，於是乎有箋注。東坡詩前有百家王注，毗陵邵長蘅、海寧查慎行、桐鄉馮應榴、仁和王文誥踵起編年校補，可謂備矣。獨其詞别本單行，未有從事編注者。歸安朱漚尹侍郎，始爲之校訂編年，刊之彊村叢書中。吾友萬載龍君榆生，好學深思，以能詩詞，先後教授於廈門、上海諸大學。暇日復取漚尹所編本，考證箋注，精覈詳博，靡溢靡遺。夫詞於文章，先輩所視爲小道也。然以古例今，街巷謳謡，輶軒所采，士夫潤色，升歌廟堂，三百篇亦周代之詞耳。古今文字嬗降，詩變爲五七言，又變而爲詞，爲南北曲，愈近則愈切於民俗國故。詞莫盛於趙宋，樂章、片玉，幾乎家絃户誦。東坡在當時，異軍特起，孤抱幽憂，託於風人微旨，宜榆生好之篤而考訂之勤也。比集朋輩爲漚社，月課一詞，座中榆生年最少，著述最矜慎。箋方畢，賫稿就予，殷殷求益。予不能有助於榆生也，因爲序言以歸之。新建夏敬觀。

序二

昔李東陽論坡詩，謂漢魏以前，詩格簡古，不得著細事長語。杜詩稍爲開闢，韓一衍之，蘇再衍之，於是情與事無不可盡。此説也，予以爲尤合於論坡詞。蓋詩至玉川、逋翁，縱横奇詭，已非杜、韓所能牢籠，雖坡無以遠過。若其詞横放傑出，盡覆花間舊軌，以極情文之變，則洵前人所未有。擷其粗迹，凡有數創焉。杜、韓以議論爲詩，宋人推波以及詞，若山谷、聖求、坦庵、竹齋諸家之論禪，重陽、丹陽、磻溪、清庵諸羽流之論道，以及稼軒、中庵、方壺、西崖之論文，徐鹿卿、陸牆東之論政，枝歧蜕嬗，溯其源實出於坡之如夢令、無愁可解，仲淹、半山，未足比數。此其一也。曹公謝客，好摭經子入詩，在詞則坡之醉翁操、西江月、浣溪沙爲其權輿。後來龍洲、竹齋之用語、孟，稼軒、方壺之用詩、騷，清庵、虚靖之用易、老，以及方壺衣絮之取義淮南，盧川稷雪之數典詩疏，雖落言筌，無嫌質實。樂府指迷以不用經典爲清真冠絶者，非可持繩諸賢不羈之駕。此其二也。湯衡序于湖詞，謂元祐諸公嬉弄樂府，寓以詩人句法，發自坡公。此殆

指水調歌頭之檃括韓詩，定風波之裁成杜句。他如以歸去來辭諧哨遍，以山海經協戚氏，合文入樂，尤坡之創制。繼起如石林、陽春、遯庵、道園、後村、竹山，皆有括淵明、李、杜之詩，馬遷、蘇、歐之文。吾鄉林正大風雅遺音且哀爲專集，固近緒餘，亦見創格。此其三也。荆公、子野始稍稍具詞題，然寂寥短語，引意而止。坡之西江月、滿江紅、定風波，皆係詳序，水龍吟一章，尤斐然長言，自成體制。效之者稼軒、明秀、遺山、秋澗、蘋洲，皆二百餘字，方是閒之哨遍，明秀之雨中花，皆逾三百字，白石且以四百數十字序徵招。詩人製題之風，浸淫及詞，擅其朔亦必及坡。此其四也。要之，令詞自晏、歐以降，其勢漸窮，耆卿闡其變於聲情，東坡肆其奇於文字，昔之以瑩冰暉露、不著迹象爲尚者，至是泮爲江河而沛然莫禦，蓋自凝而散，合其道於詩文矣。四端旨要，無以逾此。雖云禁囿既開，横流亦濫，其功罪未可遽論，然此豈暖姝拘墟之徒所當容議哉？榆生此箋，繁徵博稽，十倍舊編，東坡功臣，無俟乎揚贊。委爲弁言，聊舉碎義，祈爲讀坡詞者之一助。若云管窺筐舉，未覽其全，則詹詹固無所逃難也。一九三四年十月，永嘉夏承燾敬序。

東坡先生墓誌銘

弟蘇轍撰

予兄子瞻謫居海南。四年春正月，今天子即位，推恩海内，澤及鳥獸。夏六月，公被命渡海北歸。明年，舟至淮浙，秋七月，被病，卒於毘陵。吴越之民相與哭於市，其君子相與弔於家。訃聞四方，無賢愚皆咨嗟出涕，太學之士數百人，相率飯僧惠林佛舍。嗚呼，斯文墜矣，後生安所復仰！公始病，以書屬轍曰：「即死，葬我嵩山下，子爲我銘。」轍執書哭曰：「小子忍銘吾兄！」

公諱軾，姓蘇氏，字子瞻，一字和仲。世家眉山。曾大父諱杲，贈太子太保。妣宋氏，追封昌國太夫人。大父諱序，贈太子太傅。妣史氏，追封嘉國太夫人。考諱洵，贈太子太師。妣程氏，追封成國太夫人。公生十年，而先君宦學四方，太夫人親授以書，聞古今成敗，輒能語其要。太夫人嘗讀東漢史，至范滂傳，慨然太息。公侍側，曰：「軾若爲滂，夫人亦許之否乎？」太夫人曰：「汝能爲滂，吾顧不能爲滂母耶？」公亦奮厲有當世志。太夫人喜曰：「吾有子矣！」比冠，

學通經史，屬文日數千言。

嘉祐二年，歐陽文忠公考試禮部進士，疾時文之詭異，思有以救之。梅聖俞時與其事，得公論刑賞，以示文忠。文忠驚喜，以爲異人，欲以冠多士，疑曾子固所爲。子固，文忠門下士也。乃置公第二。復以春秋對義居第一。殿試中乙科，以書謝諸公。文忠見之，以書語聖俞曰：「老夫當避此人，放出一頭地。」士聞者始譁不厭，久乃信服。丁太夫人憂，終喪。五年，授河南福昌主簿。文忠以直言薦之秘閣，試六論。舊不起草，以故文多不工。公始具草，文義粲然，時以爲難。比答制策，復入三等。除大理評事，簽書鳳翔府判官。長吏意公文人，不以吏事責之，公盡心其職，老吏畏服。關中自元昊叛命，人貧役重，岐下歲以南山木栰自渭入河，經砥柱之險，衙前以破産者相繼也。公徧問老校，曰：「木栰之害，本不至此。若河、渭未漲，操栰者以時進止，可無重費也。患其乘河、渭之暴，多方害之耳。」公即修衙規，使衙前得自擇水工。栰行無虞，乃言於府，使得係籍。自是衙前之害減半。

治平二年，罷還，判登聞鼓院。英宗在藩聞公名，欲以唐故事召入翰林，宰相限以近例，欲召試秘閣。上曰：「未知其能否，故試。如蘇軾有不能耶？」宰相猶不可。及試二論，皆入三等，得直史館。丁先君憂，服除，時熙寧二年也。王介甫用事，多所建立。公與介甫議論素異，既還朝，置之官告院。四年，介甫欲變更科舉，上疑焉，使兩制三館議之。公議上，上悟曰：「吾固疑此，得蘇軾議，意釋然矣。」即日召見，問何以助朕。公辭避久之，乃曰：「臣竊意陛下求治

太急，聽言太廣，進人太鋭。願陛下安静以待物之來，然後應之。」上竦然聽受，曰：「卿三言，朕當詳思之。」介甫之黨皆不悦，命攝開封推官，意以多事困之。公決斷精敏，聲聞益遠。會上元有旨市浙燈，公密疏舊例無有，不宜以玩好示人。即有旨罷。殿前初策進士，舉子希合，争言祖宗法制非是。公爲考官，退擬答以進，深中其病。自是論事愈力，介甫愈恨。御史知雜事者，乃誣奏公過失，窮治無所得。公未嘗以一言自辯，乞外任避之，通判杭州。是時四方行青苗、免役、市易，浙西兼行水利、鹽法。公於其間常因法以便民，民賴以少安。高麗入貢，使者凌蔑州郡，押判使臣皆本路筦庫，乘勢驕横，至與鈐轄亢禮。公使人謂之曰：「遠夷慕化而來，理必恭順，今乃爾暴恣，非汝導之，不至是也。不悛當奏之。」押伴者懼，爲之小戢。使者發幣於官吏，書稱甲子，公卻之曰：「高麗於本朝稱臣，而不禀正朔，吾安敢受？」使者亟易書稱熙寧，然後受之。時以爲得體。吏民畏愛，及罷去，猶謂之學士而不言姓。

自杭徙知密州，時方行手實法，使民自疏財産以定户等，又使人得告其不實。司農寺又下諸路，不時施行者以違制論。公謂提舉常平官曰：「違制之坐，若自朝廷，誰敢不從？今出於司農，是擅造律也，若何？」使者驚曰：「公姑徐之。」未幾，朝廷亦知手實之害，罷之。密人私以爲幸。郡嘗有盜竊發而未獲，安撫轉運司憂之，遣一三班使臣，領悍卒數十人入境捕之。卒凶暴恣行，以禁物誣民，入其家争鬭至殺人，畏罪驚散，欲爲亂。民訴之，公投其書不視，曰：「必不至此。」潰卒聞之少安。徐使人招出，戮之。

自密徙徐，是歲河決曹村，泛於梁山泊，溢於南清河，城南兩山環繞，吕梁、百步扼之，滙於城下。漲不時洩，城將敗，富民争出避水。公曰：「富民若出，民心動摇，吾誰與守？吾在是，水決不能敗城。」驅使復入。公履屨杖策，親入武衛營，呼其卒長，謂之曰：「河將害城，事急矣，雖禁軍，宜爲我盡力。」卒長呼曰：「太守猶不避塗潦，吾儕小人效命之秋也。」執梃入火伍中，率其徒短衣徒跣，持畚鍤以出，築東南長堤，首起戲馬臺，尾屬於城。堤成，水至堤下，害不及城，民心乃安。然雨日夜不止，河勢益暴，城不沉者三板。公廬於城上，過家不入，使官吏分堵而守，卒完城以聞。復請調來歲夫，增築故城，爲木岸，以虞水之再至。朝廷從之。訖事，詔褒之。徐人至今思焉。

徙知湖州，以表謝上。言事者擿其語以爲謗，遣官逮赴御史獄。初公既補外，見事有不便於民者，不敢言，亦不敢默視也，緣詩人之義，託事以諷，庶幾有補於國。言者從而媒孽之。上初薄其過，而浸潤不止，至是不得已從其請。既付獄，必欲置之死，鍛鍊久之不決。上終憐之，促具獄，以黄州團練副使安置。公幅巾芒屩，與田父野老相從溪谷之間，築室於東坡，自號東坡居士。五年，上有意復用，而言者沮之。上手札徙汝州，略曰：「蘇軾黜居思咎，閲歲滋深，人材實難，不忍終棄。」未至，上書自言有飢寒之憂，有田在常，願得居之。書朝入，夕報可，士大夫知上之卒喜公也。會晏駕，不果復用。

至常，以哲宗即位，復朝奉郎，知登州。至登，召爲禮部郎中。公舊善門下侍郎司馬君實及

知樞密院章子厚，二人冰炭不相入。子厚每以謔侮困君實，君實苦之，求助於公。公見子厚曰：「司馬君實時望甚重。昔許靖以虚名無實，見鄙於蜀先主，法正曰：『靖之浮譽，播流四海，若不加禮，必以賤賢爲累。』先主納之，乃以靖爲司徒。許靖且不可慢，況君實乎？」子厚以爲然，君實賴以少安。既而朝廷緣先帝意欲用公，除起居舍人。公起於憂患，不欲驟履要地，力辭之，見宰相蔡持正自言。持正曰：「公徊翔久矣，朝中無出公右者。」公固辭，持正曰：「今日誰當在公前者？」公曰：「昔林希同在館中，年且長。」持正曰：「希固當先公耶？」卒不許。然希亦由此繼補記注。

元祐元年，公以七品服入侍延和，即改賜銀緋。二月，遷中書舍人。時君實方議改免役爲差役。差役行於祖宗之世，法久多弊。編户充役不習，府官吏虐使之，多以破産，而狹鄉之民，或有不得休息者。先帝知其然，故爲免役，使民以户高下出錢，而無執役之苦。行法者不循上意，於雇役實費之外，取錢過多，民遂以病。若量出爲入，毋多取於民，則足矣。君實爲人，忠信有餘而才智不足，知免役之害而不知其利，欲一切以差役代之。方差官置局，公亦與其選，獨以實告，而君實始不悦矣。嘗見之政事堂，條陳不可，君實忿然。公曰：「昔韓魏公刺陝西義勇，公爲諫官，争之甚力，魏公不樂，公亦不顧。軾昔聞公道其詳，豈今日作相，不許軾盡言耶？」君實笑而止。公知言不用，乞補外，不許。君實始怒，有逐公意矣，會其病卒乃已。時臺諫官多君實之人，皆希合以求進，惡公以直形己，争求公瑕疵。既不可得，則因緣熙寧謗訕之説以病公。

公自是不安於朝矣。

尋除翰林學士。二年，復除侍讀。每進讀，至治亂盛衰、邪正得失之際，未嘗不反覆開導，覬上有所覺悟。上雖恭默不言，聞公所論說，輒首肯喜之。三年，權知禮部貢舉。會大雪苦寒，士坐庭中，噤不能言。公寬其禁約，使得盡其技。而巡鋪内臣伺其坐起，過爲淩辱，公以其傷動士心，虧損國體，奏之。有旨送内侍省撻而逐之，士皆悦服。嘗侍上讀祖宗寶訓，因及時事，公歷言今賞罰不明，善惡無所勸沮；又黄河勢方西流，而強之使東；夏人寇鎮戎，殺掠幾萬人，帥臣擁蔽不以聞，朝廷亦不問。事每如此，恐寖成衰亂之漸。當軸者恨之。公知不見容，乞外任。四年，以龍圖閣學士知杭州。時諫官言前宰相蔡持正知安州，作詩借郝處俊事以譏刺時事，大臣議逐之嶺南。公密疏，言朝廷若薄確之罪，則於皇帝孝治爲不足；若深罪確，則於太皇太后仁政爲小累。謂宜皇帝降敕，置獄逮治，而太皇太后内出手詔赦之，則仁孝兩得矣。宣仁后心善公言而不能用。公出郊，未發，遣内侍賜龍茶、銀合，用前執政恩例，所以慰勞甚厚。

及至杭，吏民習公舊政，不勞而治。歲適大旱，饑疫並作，公請於朝，免本路上供米三之一，故米不翔貴。復得賜度僧牒百，易米以救飢者。明年方春，即減價糶常平米，民遂免大旱之苦。公又多作饘粥藥劑，遣吏挾醫分坊治病，活者甚衆。公曰：「杭水陸之會，因疫病死比他處常多。」乃裒羨緡，得二千，復發私橐，得黄金五十兩，以作病坊，稍畜錢糧以待之，至於今不廢。是秋復大雨，太湖汎溢，害稼。公度來歲必飢，復請於朝，乞免上供米半。又多乞度牒，以糴常平

米並義倉所有，皆以備來歲出糶。朝廷多從之，由是吳越之民復免流散。

杭本江海之地，水泉鹹苦，居民稀少。唐刺史李泌始引西湖水作六井，民足於水，故井邑日富。及白居易復浚西湖，放水入運河，自河入田，所溉至千頃。然湖水多葑，自唐及錢氏，歲輒開治，故湖水足用。近歲廢而不理，至是湖中葑田積二十五萬餘丈，而水無幾矣。運河失湖水之利，則取給於江潮，潮渾濁多淤，河行闤闠中，三年一淘，爲市井大患，而六井亦幾廢。公始至，浚茅山、鹽橋二河，以茅山一河專受江潮，以鹽橋一河專受湖水。復造堰閘，以爲湖水畜洩之限，然後潮不入市。且以餘力復完六井，民稍獲其利矣。公間至湖上，周視良久，曰：「今欲去葑田，葑田如雲，將安所置之？湖南北三十里，環湖往來，終日不達，若取葑田積之湖中，爲長堤以通南北，則葑田去而行者便矣。吳人種菱，春輒芟除，不遺寸草。葑田若去，募人種菱，收其利以備修湖，則湖當不復湮塞。」乃取救荒之餘，得錢糧以貫石數者萬，復請於朝得百僧度牒，以募役者。堤成，植芙蓉楊柳其上，望之如圖畫，杭人名之蘇公堤。

杭僧有淨源者，舊居海濱，與舶客交通牟利，舶至高麗，交譽之。元豐末，其王子義天來朝，因往拜焉。至是源死，其徒竊持其畫像附舶往告，義天亦使其徒附舶來祭。祭訖，乃言國母使以金塔二祝皇帝、太皇太后壽。公不納，而奏之曰：「高麗久不入貢，失賜予厚利，意欲來朝，以未測朝廷所以待之薄厚，故因祭亡僧而行祝壽之禮，禮意鮮薄，蓋可見矣。若受而不答，則遠夷或以怨怒；因而厚賜之，正墮其計。臣謂朝廷宜勿與知，而使州郡以理卻之。然庸僧猾商，敢

擅招誘外夷，邀求厚利，爲國生事，其漸不可長，宜痛加懲創。」朝廷皆從之。未幾，高麗貢使果至。公按舊例，使之所至，吴越七州，實費二萬四千餘緡，而民間之費不在，乃令諸郡量事裁損。比至，民獲交易之利，而無侵擾之害。

浙江潮自海門東來，勢如雷霆，而浮山峙於江中，與漁浦諸山犬牙相錯，洄洑激射，歲敗公私船不可勝計。公議自浙江上流地名石門，並山而東，鑿爲運河，引浙江及谿谷諸水二十餘里以達於江。又並山爲岸，不能十里，以達於龍山之大慈浦，自浦北折抵小嶺，鑿嶺六十五丈，以達於嶺東古河，浚古河數里以達於龍山運河，以避浮山之嶮。人皆以爲便。奏聞，有惡公成功者。會公罷歸，使代者盡力排之，功以不成。公復言三吴之水瀦爲太湖，太湖之水溢爲松江以入海。海日兩潮，潮濁而江清，潮水嘗欲淤塞江路，而江水清駛，隨輒滌去，海口常通，則吴中少水患。昔蘇州以東，公私船皆以篙行，無陸挽者。自慶曆以來，松江大築挽路，建長橋以扼塞江路，故今三吴多水。欲鑿挽路爲千橋以迅江勢。亦不果用，人皆恨之。公二十年間再莅此州，有德於其人，家有畫像，飲食必祝，又作生祠以報。

六年，召入爲翰林承旨，復侍邇英。當軸者不樂，風御史攻公。公之自汝移常也，受命於宋，會神考晏駕，哭於宋，而南至揚州。常人爲公買田，書至，公喜作詩，有「聞好語」之句，言者妄謂公聞諱而喜，乞加深譴。然詩刻石有時日，朝廷知言者之妄，皆逐之。公懼，請外補，乃以龍圖閣學士守潁。先是，開封諸縣多水患，吏不究本末，決其陂澤，注之惠民河，河不能勝，則陳

亦多水。至是又將鑿鄧艾溝與潁河並，且鑿黄堆，注之於淮，議者多欲從之。公適至，遣吏以水平準之，淮之漲水高於新溝幾一丈，若鑿黄堆，淮水顧流浸州境，決不可爲。朝廷從之。郡有宿賊尹遇等數人羣黨驚刼，殺變主及捕盜吏兵者非一。朝廷以名捕不獲，被殺者噤不敢言。公召汝陰尉李直方，謂之曰：「君能擒此，當力言於朝，乞行優賞。不獲，亦以不職奏免君矣。」直方退，緝知羣盜所在，分命弓手往捕其黨，而躬往捕遇。直方有母年九十，母子泣别而行，手戟刺而獲之。然小不應格，推賞不及，公爲言於朝，請以年勞改朝散郎階，爲直方賞。朝廷不從。其後吏部以公當遷，以符會考，公自謂已許直方，卒不報。

七年，徙揚州。發運司舊主東南漕法，聽操舟者私載物貨，征商不得留難。故操舟者富厚，以官舟爲家，補其弊漏，而周船夫之乏困，故其所載，率無虞而速達。近歲不忍征商之小失，一切不許，故舟弊人困，多盜所載以濟飢寒，公私皆病。公奏乞復故，朝廷從之。未閱歲，以兵部尚書召還，兼侍讀。是歲親視南郊，爲鹵簿使，導駕入太廟。有貴戚以其車從争道，不避仗衛，公於車中劾奏之。明日，中使傳命，申敕有司嚴整仗衛。尋遷禮部，復兼端明殿、翰林侍讀二學士。高麗遣使請書於朝，朝廷以故事，盡許之。公曰：「漢東平王請諸子及太史公書，猶不肯予，今高麗所請有甚於此，其可予之乎？」不聽。公臨事必以正，不能俯仰隨俗，乞守郡自效。

八年，以二學士知定州。定久不治，軍政尤弛，武衛卒驕惰不教，軍校蠶食其廩賜，故不敢何問。公取其貪污甚者，配隸遠惡，然後繕修營房，禁止飲博。軍中衣食稍足，乃部勒以戰法，

衆皆畏服。然諸校多不自安者，有卒史復以贓訴其長，公曰：「此事吾自治則可，汝若得告，軍中亂矣。」亦決配之，衆乃定。會春大閱，軍禮久廢，將吏不識上下之分。公命舉舊典，元帥常服坐帳中，將吏戎服奔走執事。副總管王光祖自謂老將，恥之，稱疾不出。公召書吏作奏，將上，光祖震恐而出。訖事，無敢慢者。定人言：「自韓魏公去，不見此禮至今矣。」北戎久和，邊兵不試，臨事有不可用之憂，惟沿邊弓箭社兵與寇爲鄰，以戰射自衛，猶號精鋭。故相龐公守邊，因其故俗，立隊伍將校，出入賞罰，緩急可使。歲久法弛，復爲保甲所撓，漸不爲用。公奏爲免保甲及兩税折變科配，長吏以時訓勞。不報，議者惜之。

時方例廢舊人，公坐爲中書舍人日草責降官制，直書其罪，誣以謗訕，紹聖元年，遂以本官知英州，尋復降一官。未至，復以寧遠軍節度副使安置惠州。公以侍從齒嶺南編户，獨以少子過自隨。瘴癘所侵，蠻蜑所侮，胸中泊然，無所蔕芥。人無賢愚，皆得其歡心，疾苦者畀之藥，殞斃者納之竁，又率衆爲二橋以濟病涉者，惠人愛敬之。居三年，大臣以流竄者爲未足也，四年，復以瓊州别駕安置昌化。昌化非人所居，食飲不具，藥石無有。初僦官屋以庇風雨，有司猶謂不可，則買地築室，昌化士人畚土運甓以助之，爲屋三間。人不堪其憂，公食芋飲水，著書以爲樂。時從其父老遊，亦無間也。

元符三年，大赦，北還。初徙廉，再徙永，已乃復朝奉郎提舉成都玉局觀，居從其便。公自元祐以來，未嘗以歲課乞遷，故官止於此，勳上輕車都尉封武功縣開國伯，食邑九百户。將居

許，病暑，暴下，中止於常。建中靖國元年六月，請老，以本官致仕，遂以不起。未終旬日，獨以諸子侍側，曰：「吾生無惡，死必不墜，慎無哭泣以怛化。」問以後事，不答，湛然而逝，實七月丁亥也。公娶王氏，追封通義郡君，繼室以其女弟，封同安郡君，亦先公而卒。子三人，長曰邁，雄州防禦推官，知河間縣事。次曰迨，次曰過，皆承務郎。孫男六人，簞、符、箕、籥、筌、籌。明年閏六月癸酉，葬於汝州郟城縣釣臺鄉上瑞里。

公之於文，得之於天。少與轍皆師先君，初好賈誼、陸贄書，論古今治亂，不爲空言。既而讀莊子，喟然歎息曰：「吾昔有見於中，口未能言，今見莊子，得吾心矣。」乃出中庸論，其言微妙，皆古人所未喻。嘗謂轍曰：「吾視今世學者，獨子可與我上下耳。」既而謫居於黄，杜門深居，馳騁翰墨，其文一變，如川之方至，而轍瞠然不能及矣。後讀釋氏書，深悟實相，參之孔、老，博辯無礙，浩然不見其涯也。先君晚歲讀易，玩其爻象，得其剛柔、遠近、喜怒、逆順之情，以觀其詞，皆迎刃而解。作易傳，未完，疾革，命公述其志。公泣受命，卒以成書，然後千載之微言，焕然可知也。復作論語説，時發孔氏之秘。最後居海南，作書傳，推明上古之絶學，多先儒所未達。既成三書，撫之曰：「今世要未能信，後有君子當知我矣。」至其遇事所爲詩、騷、銘、記、書、檄、論、譔，率皆過人。有東坡集四十卷，後集二十卷，奏議十五卷，内制十卷，外制三卷。公詩本似李、杜，晚喜陶淵明，追和之者幾遍，凡四卷。幼而好書，老而不倦，自言不及晉人，至唐褚、薛、顏、柳，髣髴近之。

平生篤於孝友，輕財好施。伯父太白早亡，子孫未立，杜氏姑卒未葬，先君没，有遺言。公既除喪，即以禮葬姑。及當可蔭補，復以奏伯父之曾孫彭。其於人，見善稱之如恐不及，見不善斥之如恐不盡，見義勇於敢爲而不顧其後，用此數困於世，然終不以爲恨。孔子謂伯夷、叔齊古之賢人，曰：「求仁而得仁，又何怨？」公實有焉。銘曰：

蘇自欒城，西宅於眉。世有潛德，而人莫知。猗與先君，名施四方。公幼師焉，其學以光。出而從君，道直言忠。行險如夷，不謀其躬。英祖擢之，神考試之。亦既知矣，而未克施。晚侍哲皇，進以詩書。誰實間之，一斥而疏。公心如玉，焚而不灰。不變生死，孰爲去來。古有微言，衆説所蒙。手發其樞，恃此以終。心之所涵，遇物則見。聲融金石，光溢雲漢。耳目同是，舉世畢知。欲造其淵，或眩以疑。絶學不繼，如已斷絃。百世之後，豈無其賢。我初從公，賴以有知。撫我則兄，誨我則師。皆遷於南，而不同歸。天實爲之，莫知我哀！

東坡詞評

龍榆生輯録

宋陳師道後山詩話

退之以文爲詩，子瞻以詩爲詞，如教坊雷大使之舞，雖極天下之工，要非本色。今代詞手，惟秦七、黄九爾，唐諸人不迨也。

宋胡仔苕溪漁隱叢話前集卷四十二引王直方詩話

東坡嘗以所作小詞示无咎、文潛，曰：「何如少游？」二人皆對曰：「少游詩似小詞，先生小詞似詩。」

漁隱叢話後集卷二十六

苕溪漁隱曰：後山詩話謂退之以文爲詩，子瞻以詩爲詞，如教坊雷大使之舞，雖極天下之工，要非本色。余謂後山之言過矣。子瞻佳詞最多，其間傑出者，如「大江東去，浪淘盡、千古風流人物」赤壁詞，「明月幾時有，把酒問青天」中秋詞，「落日繡簾捲，庭下水連空」快哉亭詞，「乳燕飛華屋，悄無人，桐陰轉午」初夏詞，「明月如霜，好風如水，清景無限」夜登燕子樓詞，「楚山修竹如雲，異材秀出千林表」詠笛詞，「玉骨那愁瘴霧，冰肌自有仙風」詠梅詞，「東武南城，新隄固，漣漪初溢」宴流杯亭詞，「冰肌玉骨，自清涼無汗」夏夜詞，「有情風萬里捲潮來，無情送潮歸」别參寥詞，「缺月挂疏桐，漏斷人初静」秋夜詞，「霜降水痕收，淺碧鱗鱗露遠洲」重九詞。凡此十餘詞，皆絶去筆墨畦徑間，直造古人不到處，真可使人一唱而三歎。若謂以詩爲詞，是大不然。子瞻自言平生不善唱曲，故間有不入腔處，非盡如此。後山乃比之教坊司雷大使舞，是何每況愈下，蓋其謬耳。

漁隱叢話後集卷三十三引晁无咎評本朝樂章

東坡詞，人謂多不諧音律，然居士詞横放傑出，自是曲中縛不住者。

詩耳。

漁隱叢話後集卷三十三引李清照評語

晏元獻、歐陽永叔、蘇子瞻，學際天人，作爲小歌詞，直如酌蠡水於大海，然皆句讀不葺之詩耳。

宋王灼碧雞漫志卷二

東坡先生以文章餘事作詩，溢而作詞曲，高處出神入天，平處尚臨鏡笑春，不顧儕輩。或曰長短句中詩也。爲此論者，乃是遭柳永野狐涎之毒。詩與樂府同出，豈當分異。若從柳氏家法，正自不分異耳。晁无咎、黄魯直皆學東坡，韻製得七八。黄晚年間放於狹邪，故有少疏蕩處。後來學東坡者，葉少藴、蒲大受亦得六七，其才力比晁、黄差劣。蘇在庭、石耆翁，入東坡之門矣，短氣跼步，不能進也。

長短句雖至本朝盛，而前人自立與真情衰矣。東坡先生非心醉於音律者，偶爾作歌，指出向上一路，新天下耳目，弄筆者始知自振。今少年妄謂東坡移詩律作長短句，十有八九不學柳耆卿則學曹元龍，雖可笑，亦毋用笑也。

宋胡寅題酒邊詞

詞曲者，古樂府之末造也。古樂府者，詩之傍行也。詩出於離騷楚詞，而離騷者，變風變雅之怨而迫、哀而傷者也，其發乎情則同，而止乎禮義則異。名之曰曲，以其曲盡人情耳。方之曲藝猶不逮焉，其去曲禮則益遠矣。然文章豪放之士，鮮不寄意於此者，隨亦自掃其跡，曰謔浪遊戲而已也。唐人爲之最工者。柳耆卿後出，掩衆製而盡其妙，好之者以爲不可復加。及眉山蘇氏，一洗綺羅香澤之態，擺脱綢繆宛轉之度，使人登高望遠，舉首高歌，而逸懷浩氣超然乎塵垢之外，於是花間爲皂隸，而柳氏爲輿臺矣。

宋陸游渭南文集卷二十八跋東坡七夕詞後

昔人作七夕詩，率不免有珠櫳綺疏惜别之意，惟東坡此篇居然是星漢上語，歌之曲終，覺天風海雨逼人。學詩者當以是求之。

清康熙御選歷代詩餘卷一百十五引陸游説

世言東坡不能歌，故所作樂府多不協律。晁以道謂紹聖初，與東坡别於汴上，東坡酒酣，自

歌陽關曲。則公非不能歌，但豪放不喜剪裁以就聲律耳。試取東坡諸詞歌之，曲終覺天風海雨逼人。

宋劉辰翁須溪集卷六辛稼軒詞序

詞至東坡，傾蕩磊落，如詩如文，如天地奇觀，豈與羣兒雌聲學語較工拙？然猶未至用經用史，牽雅頌入鄭衛也。

宋張炎詞源卷下雜論

東坡詞如水龍吟詠楊花、詠聞笛，又如過秦樓（榆案：現行東坡詞未見此調）、洞仙歌、卜算子等作，皆清麗舒徐，高出人表，哨遍一曲隱栝歸去來辭，更是精妙，周、秦諸人所不能到。

金王若虛滹南遺老集卷三十九詩話

晁无咎云：眉山公之詞短於情，蓋不更此境耳。陳後山曰：宋玉不識巫山神女，而能賦之，豈待更而後知，是直以公爲不及於情也。嗚呼，風韻如東坡而謂不及於情，可乎？彼高人逸士正當如是，其溢爲小詞，而間及於脂粉之間，所謂滑稽玩戲，聊復爾爾者也。若乃纖豔淫媟，

入人骨髓，如田中行、柳耆卿輩，豈公之雅趣也哉？公雄文大手，樂府乃其游戲，顧豈與流俗争勝哉？蓋其天資不凡，辭氣邁往，故落筆皆絶塵耳。

金元好問遺山文集卷三十六新軒樂府引

唐歌詞多宫體，又皆極力爲之。自東坡一出，情性之外不知有文字，真有「一洗萬古凡馬空」氣象。雖時作宫體，亦豈可以宫體概之？人有言樂府本不難作，從東坡放筆後便難作。此殆以工拙論，非知坡者所以然者。詩三百所載小夫賤婦幽憂無聊賴之語，時猝爲外物感觸，滿心而發，肆口而成者爾，其初果欲被管絃，諧金石，經聖人手以與六經並傳乎？小夫賤婦且然，而謂東坡翰墨游戲，乃求與前人角勝負，誤矣。自今觀之，東坡聖處，非有意於文字之爲工，不得不然之爲工也。坡以來山谷、晁无咎、陳去非、辛幼安諸公，俱以歌詞取稱，吟詠情性，留連光景，清壯頓挫，能起人妙思，亦有語意拙直，不自緣飾，因病成妍者，皆自坡發之。

明王世貞藝苑巵言

子瞻「與誰同坐，明月清風我」，「明月幾時有，把酒問青天」，快語也；「大江東去，浪淘盡、千古風流人物」，壯語也；「杏花疏影裏，吹笛到天明」（榆案：此二句爲陳與義臨江仙詞，王氏

誤記）」，又「高情已逐曉雲空，不與梨花同夢」，爽語也。其詞濃與淡之間也。

清王士禛花草蒙拾

山谷云：「東坡書挾海上風濤之氣。」讀坡詞，當作如是觀。瑣瑣與柳七較錙銖，無乃爲髯公所笑。

清周濟宋四家詞選序論

蘇、辛並稱，東坡天趣獨到處，殆成絶詣，而苦不經意，完璧甚少。稼軒則沉著痛快，有轍可循，南宋諸公無不傳其衣盋，固未可同年而語也。

周濟介存齋論詞雜著

人賞東坡粗豪，吾賞東坡韶秀。韶秀是東坡佳處，粗豪則病也。東坡每事俱不十分用力，古文、書畫皆爾，詞亦爾。

清吴衡照蓮子居詞話卷四

蘇、辛並稱，辛之於蘇，亦猶詩中山谷之視東坡也。東坡之大，與白石之高，殆不可以學

而至。

清劉熙載藝概卷四詞曲概

東坡詞頗似老杜詩，以其無意不可入，無事不可言也。若其豪放之致，則時與太白爲近。太白憶秦娥聲情悲壯，晚唐、五代惟趨婉麗，至東坡始能復古。後世論詞者或轉以東坡爲變調，不知晚唐、五代乃變調也。

東坡定風波云：「尚餘孤瘦雪霜姿。」荷華媚云：「天然地、別是風流標格。」雪霜姿、風流標格，學坡詞者便可從此領取。

東坡詞具神仙出世之姿，方外白玉蟾諸家，惜未詣此。

清王鵬運半塘未刊稿

北宋人詞，如潘逍遥之超逸，宋子京之華貴，歐陽文忠之騷雅，柳屯田之廣博，晏小山之疏俊，秦太虛之婉約，張子野之流麗，黄文節之雋上，賀方回之醇肆，皆可橅擬得其彷彿，唯蘇文忠之清雄，敻乎軼塵絶迹，令人無從步趨。蓋霄壤相懸，寧止才華而已，其性情、其學問、其襟抱，舉非恒流所能夢見。詞家蘇、辛並稱，其實辛猶人境也，蘇其殆仙乎！

清陳廷焯白雨齋詞話卷一

蘇、辛並稱，然兩人絶不相似。魄力之大，蘇不如辛；氣體之高，辛不逮蘇遠矣。東坡詞寓意高遠，運筆空靈，措語忠厚，其獨至處，美成、白石亦不能到。昔人謂東坡詞非正聲，此特拘於音調言之，而不究本原之所在，眼光如豆，不足與之辯也。

詞至東坡，一洗綺羅香澤之態，寄慨無端，别有天地。水調歌頭、卜算子雁、賀新涼、水龍吟諸篇，尤爲絶構。

太白之詩，東坡之詞，皆是異樣出色，只是人不能學，烏得議其非正聲？

近人馮煦宋六十一家詞選例言

興化劉氏熙載所著藝概，於詞多洞微之言，而論東坡尤爲深至，如云：東坡詞頗似老杜詩，以其無意不可入，無事不可言也。若其豪放之致，則時與太白爲近。又云：東坡定風波云：「尚餘孤瘦雪霜姿。」荷華媚云：「天然地、别是風流標格。」雪霜姿、風流標格，學東坡詞者便可從此領取。又云：詞以不犯本位爲高，東坡滿庭芳「老去君恩未報，空回首，彈鋏悲歌」，語誠慷慨，然不若水調歌頭「我欲乘風歸去，又恐瓊樓玉宇，高處不勝寒」，尤覺空靈藴藉。觀此

可以得東坡矣。

近人沈曾植菌閣瑣談

東坡以詩爲詞，如雷大使之舞，雖極天下之工，要非本色。此後山談叢語也。然考蔡絛鐵圍山叢談，稱上皇在位，時屬昇平，手藝之人有稱者，棋則有劉仲甫、晉士朋，琴則有僧梵如、僧全雅，教坊琵琶則有劉繼安，舞有雷中慶，世皆呼之爲雷大使，笛則孟水清。此數人者，視前代之技皆過之。然則雷大使乃教坊絶技，謂非本色，將外方樂乃爲本色乎？

近人王國維人間詞話卷上

東坡之詞曠，稼軒之詞豪，無二人之胸襟而學其詞，猶東施之效捧心也。

讀東坡、稼軒詞，須觀其雅量高致，有伯夷、柳下惠之風。白石雖似蟬蜕塵埃，然不免局促轅下。

蘇、辛詞中之狂，白石猶不失爲狷。

近人夏敬觀手批東坡詞

東坡詞如春花散空，不著跡象，使柳枝歌之，正如天風海濤之曲，中多幽咽怨斷之音，此其

上乘也。若夫激昂排宕，不可一世之概，陳無己所謂如教坊雷大使之舞，雖極天下之工，要非本色，乃其第二乘也。後之學蘇者惟能知第二乘，未有能達上乘者，即稼軒亦然。

東坡永遇樂詞云：「紞如三鼓，鏗然一葉，黯黯夢雲驚斷。夜茫茫，重尋無處，覺來小園行遍。」此數語可作東坡自道聖處。

予既重校二十年前所纂東坡樂府箋，隨録諸家對蘇詞之總評若干則，以便參考。其有未備，容俟續編。一九五七年九月十日，龍榆生記於上海寓廬之葵傾室。

東坡樂府箋卷一

壬子

年譜：神宗熙寧五年壬子，先生年三十七，在杭州通判任。

浪淘沙

昨日出東城，試探春情。牆頭紅杏暗如傾。檻内羣芳芽未吐，早已回春。綺陌斂香塵，雪霽前村。東君用意不辭辛。料想春光先到處，吹綻梅英。

【校】

傅注本及四印齋景元延祐本俱無。毛本題作「探春」。

【朱注】

王文誥蘇詩總案：熙寧五年壬子正月，城外探春作。又曰：此倅杭作，而年無所考，首載

於此。今從其說。

南歌子 八月十八日觀潮

海上乘槎侣，仙人萼緑華。飛升元不用丹砂，住在潮頭來處渺天涯。　雷輥夫差國，雲翻海若家。坐中安得弄琴牙。寫取餘聲歸向水仙誇。　傅注本卷五

【朱注】

王案：壬子八月十八日作。

【箋】

乘槎　博物志：近世有人居海上，每年八月，見海槎來不違時，齎一年糧，乘之到天河。見婦人織，丈夫飲牛，問之不答。遣歸，問嚴君平。某年某月日，客星犯牛斗，即此人也。又云：天河與海通。

萼緑華　真誥（運象第一）：萼緑華者，自云是南山人。女子，年可二十許，顏色絶整。以晉穆帝昇平三年十一月十日，夜降羊權家，自此往來。後贈權詩、火浣布、金條脱。訪問，曰：「是九疑山得道女羅郁也。」李商隱詩（無題二首）：「聞道閶門萼緑華，昔年相望抵天涯。」

潮頭來處　列子（湯問）：渤海之東不知幾億萬里，有大壑焉，實爲無底之谷。其中有五山，一曰代輿，二曰圓嶠，三曰方壺，四曰瀛州，五曰蓬萊。而五山之根無所連著，常隨潮上下往來。

雷輥　廣韻：輥，古本切，音袞。六書故：輥，轉之速也。傅注：今餘杭乃吴王夫差之故國。雷輥，言其潮聲如雷。

雲翻　莊子秋水：北海若曰：「井鼃不可以語於海者，拘於虚也。」司馬注：若，海神。傅注：雲翻，言其潮勢如雲。

弄琴牙　傅注：弄琴牙，伯牙也，而善撫琴。古者撫琴亦謂之弄。司馬相如飲卓氏而弄琴。樂府解題：伯牙學琴於成連，三年不成。成連云：「吾師方子春，今在東海中，能移人情。」乃與伯牙俱往。至蓬萊山，留伯牙曰：「子居習之，吾將迎子。」刺船而去，旬日不返。伯牙延望無人，但聞海濤洶湧，山林窅冥，愴然歎曰：「先生移我情矣！」乃援琴而歌，作水仙操。曲終，成連回，刺船迎之而還，因而鼓琴妙絶天下。今水仙操乃伯牙之所作。

癸丑

年譜：熙寧六年癸丑，先生年三十八，在杭州通判任。運司又差先生往潤州，出秀州。

行香子　過七里瀨

一葉舟輕，雙槳鴻驚。水天清、影湛波平。魚翻藻鑑，鷺點煙汀。過沙溪急，霜

溪冷，月溪明。重重似畫，曲曲如屏。算當年、虚老嚴陵。君臣一夢，今古空名。但遠山長，雲山亂，曉山青。傅注本卷七

【校】

元本題闕。「水」誤「冰」。毛本題作「七里灘」。「虚」、「空」二字互誤。此從傅注本。

【朱注】

傅藻紀年録：甲子十二月，同泗州太守遊南山，過十里灘作。王案據地類編癸丑二月，謂自新城放棹桐廬，過嚴陵瀨作。又曰：詩文事實均無經由漸江蹤迹，惟新城水出漸江，檣楫所通，或由此放棹桐廬，未可知也。案詞正賦子陵故事，王説較合，從之。下闋疑同時作。

【箋】

七里瀨　一統志嚴州府：七里瀨一名七里灘，在桐廬縣嚴陵山西。元和郡縣志：在建德縣東四十里。寰宇記：七里瀨即富春渚也。葉夢得避暑録：七里灘兩山聳起壁立，連亘七里，土人謂之瀧。

嚴陵　後漢書逸民列傳：嚴光字子陵，會稽餘姚人。少有高名，與光武同遊學。及光武即位，光乃變名姓，隱身不見。帝令以物色訪之。後齊國上言：有一男子，披羊裘釣澤中。帝疑其光，遣使聘之。三反而後至，除爲諫議大夫，不屈。乃耕於富春山。後人名其釣處爲嚴陵瀨焉。

李賢注：顧野王輿地志曰：七里瀨在東陽江下，與嚴陵瀨相接，有嚴山。桐廬縣南有嚴子陵漁釣處，今山邊有石，上下可坐十人，臨水，名爲嚴陵釣壇也。

空名　韓偓詩（招隱）：「時人未會嚴陵志，不釣鱸魚只釣名。」　傅注引滕白嚴陵釣臺詩：「只將溪畔一竿竹，釣卻人間萬古名。」

祝英臺近

挂輕帆，飛急槳，還過釣臺路。酒病無聊，攲枕聽鳴艣。斷腸簇簇雲山，重重煙樹，回首望、孤城何處？　閒離阻，誰念縈損襄王，何曾夢雲雨。舊恨前歡，心事兩無據。要知欲見無由，癡心猶自，倩人道、一聲傳語。

【校】

傅注本、元本俱無。　毛本題作「惜別」。

【箋】

襄王　宋玉高唐賦：昔者楚襄王與宋玉遊於雲夢之臺，望高唐之觀，其上獨有雲氣。玉曰：「昔者先王嘗遊高唐，怠而晝寢，夢見一婦人，曰：『妾巫山之女也，爲高唐之客。聞君遊高唐，願薦枕席。』王因幸之。去而辭曰：『妾在巫山之陽，高丘之阻，旦爲朝雲，暮爲行雨，朝朝暮暮，陽臺

之下。』旦朝視之如言。故爲立廟，號曰朝雲。」

瑞鷓鴣

寒食未明至湖上，太守未來，兩縣令先在。

城頭月落尚啼烏，朱艦紅船早滿湖。鼓吹未容迎五馬，水雲先已漾雙鳧。映山黄帽螭頭舫，夾岸青煙鵲尾鑪。老病逢春只思睡，獨求僧榻寄須臾。

【校】傅注本、元本俱無。毛本無題，從詩集補。詩集「朱艦」作「烏榜」，「漾」作「颺」，「岸」作「道」。

【朱注】案詩集並載此詞，編癸丑。

【箋】五馬　漢官儀：四馬載車，此常禮也。惟太守出則增一馬，故曰五馬。程氏演繁露：五馬未詳所出，疑始於毛詩「良馬五之」。鄭注：周禮：州長建旟。漢太守比州長，御五馬，故云。

雙鳧　後漢書方術傳：王喬者，河東人也。顯宗世爲葉令。喬有神術，每月朔望，常自縣詣

臺朝。帝怪其來數而不見車騎，密令太史伺望之。言其臨至，輒有雙鳧從東南飛來。於是候鳧至，舉羅張之，但得一隻舃焉。

黃帽　漢書佞倖傳：鄧通以濯船爲黃頭郎。文帝嘗夢欲上天不能，有一黃頭郎推上天。覺而之漸臺，以夢陰求推者郎，見鄧通，夢中所見也。注：刺船之郎皆著黃帽，故名。

又　觀潮

碧山影裏小紅旗，儂是江南蹋浪兒。拍手欲嘲山簡醉，齊聲争唱浪婆詞。

西興渡口帆初落，漁浦山頭日未攲。儂欲送潮歌底曲，尊前還唱使君詩。　傅注本卷十二

【校】

傅注本及元本題並闕。從毛本。

【朱注】

王案：熙寧癸丑八月十五日觀潮作。是日與陳襄同遊，故落句及之。

【箋】

蹋浪兒　孟郊送澹公詩：「儂是清浪兒，每蹋清浪游。笑伊鄉貢郎，蹋土稱風流。」

山簡　晉書山濤傳：濤子簡，字季倫。性温雅，有父風。永嘉三年，出鎮襄陽。優游卒歲，唯酒是耽。諸習氏，荆土豪族，有佳園池。簡每出游嬉，多之池上，置酒輒醉，名之曰高陽池。時有童兒歌曰：「山公出何許，往至高陽池。日夕倒載歸，酩酊無所知。時時能騎馬，倒著白接䍦。舉鞭向葛彊，何如并州兒？」彊家在并州，簡愛將也。

浪婆　孟郊詩（送澹公）：「銅斗飲江酒，手拍銅斗歌。儂是蹋浪兒，飲則拜浪婆。腳蹋小船頭，獨速舞轉莎。笑伊漁陽摻，空持文章多。閑倚青竹竿，白日奈我何。」

西興漁浦　傅注：西興、漁浦，皆吴地。清一統志：西興渡在浙江蕭山縣西十二里。本名西陵，爲吴越通津。

送潮　傅注：唐陸龜蒙有迎潮、送潮曲。

臨江仙　風水洞作

四大從來都遍滿，此間風水何疑。故應爲我發新詩。幽花香澗谷，寒藻舞淪漪。借與玉川生兩腋，天仙未必相思。還憑流水送人歸。層巔餘落日，草露已沾衣。

傅注本卷三

【朱注】紀年録：癸丑八月作。咸淳臨安志：風水洞在楊村慈巖院，洞極大，流水不竭。頂上又一

洞，立夏清風自生，立秋則止。

【箋】

四大　傅注：釋氏以地、水、火、風爲四大。

淪漪　詩魏風伐檀：「河水清且淪漪。」毛傳：「小風（吹）水成文，轉如輪也。」柳宗元南澗詩：「羈禽響幽谷，寒藻舞淪漪。」

玉川　傅注：盧仝號玉川子，有茶詩云：「惟覺兩腋習習生清風。」

層巔二句　杜甫詩（西枝村尋置草堂夜宿贊公土室二首）：「層巔餘落日，草蔓已多露。」

甲寅

年譜：熙寧七年甲寅，先生年三十九，在杭州通判任。紀年録：元日以事過丹陽，二十九日過毗陵。六月，自常潤還。所至作詩。秋，捕蝗至浮雲嶺，又至於潛。九月，移知密州。十月，赴密州，早行馬上作沁園春。十一月到任。

南鄉子

晚景落瓊杯。照眼雲山翠作堆。認得岷峨春雪浪，初來，萬頃蒲萄漲淥醅。　春

雨暗陽臺。亂灑歌樓溼粉顋。一陣東風來捲地，吹迴，落照江天一半開。傅注本卷四

【校】

傅注本題作「黄州臨臯亭作」。「淥醅」作「緑醅」，「春雨」作「暮雨」。毛本題作「春情」。「春」作「暮」，「歌」作「高」。

【朱注】

紀年録：甲寅，潤州作。

【箋】

瓊杯　傅注：楊妃外傳：貴妃進見，初處即授以合歡條脱紫瓊杯。

岷峨　岷山在今四川松潘縣北。峨嵋山在今四川峨嵋縣西南。兩山相對如蛾眉，故又名蛾眉。

蒲萄淥醅　傅注：李太白：「遥看漢水鴨頭緑，恰似葡萄初醱醅。」蓋西域人每以葡萄釀酒。

陽臺　注見本卷祝英臺近「挂輕帆」闋。

亂灑歌樓　鄭谷雪詩：「亂飄僧舍茶煙溼，密灑歌樓酒力微。」

【附考】

案此詞傅注本既作「黄州臨臯亭作」，則當編辛酉，時先生年四十六，方寓居臨臯亭也。朱刻既從紀年録編入甲寅，姑仍之，以待更考。

行香子　丹陽寄述古

攜手江村，梅雪飄裙。情何限、處處消魂。故人不見，舊曲重聞。向望湖樓，孤山寺，湧金門。　尋常行處，題詩千首。繡羅衫、與拂紅塵。別來相憶，知是何人。有湖中月，江邊柳，隴頭雲。　傅注本卷七

【校】

毛本題作「冬思」。

【朱注】

紀年録：甲寅，自京口還，寄述古作。案詞云「梅雪」，應是正月赴潤州過丹陽時作。詩集查注：陳襄字述古，文惠公堯佐長子。咸淳臨安志：熙寧五年五月，陳襄自陳州移知杭州。

【箋】

丹陽　一統志鎮江府：丹陽縣在府東南七十里。戰國楚雲陽邑，唐置縣，屬潤州，宋屬鎮江府。

消魂　江淹別賦：「黯然銷魂者，唯別而已矣。」

望湖樓　傅注：望湖樓、孤山寺、湧金門並在錢塘。詩集王注：圖經：「望湖樓一名看經樓，

乾德七年忠懿王錢氏建，去錢塘一里。」

孤山寺　白居易詩（錢唐湖春行）：「孤山寺北賈亭西，水面初平雲腳低。」一統志：孤山在錢塘縣西二里，裏外二湖之間，一嶼聳立，旁無聯附，爲湖山勝絶處。亦曰孤嶼。

湧金門　一統志：杭州府城周三十五里有奇，門十，正西曰湧金，西南曰清波，西北曰錢唐，皆近湖。

題詩千首　杜牧詩（登池州九峰樓寄張祐）：「千首詩輕萬户侯。」

羅衫拂塵　青箱雜記：寇萊公典陜日，與處士魏野同遊僧寺，觀覽舊遊，有留題處，公詩皆用碧紗籠之，至野詩則塵蒙其上。時從行官妓之慧黠者，輒以紅袖拂之。野顧公曰：「若得常將紅袖拂，也應勝著碧紗籠。」萊公大笑。

昭君怨　金山送柳子玉

誰作桓伊三弄，驚破緑窗幽夢。新月與愁煙，滿江天。　欲去又還不去，明日落花飛絮。飛絮送行舟，水東流。　傅注本卷十二

【校】

毛本題作「送别」。　换頭三字，元本作「人欲去」。今從傅注本，毛本同。

【朱注】

紀年録：甲寅，金山送柳子玉作。王案：甲寅二月，再送柳瑾作。詩集查注：柳子玉名瑾，吴人，與王介甫同年。王文誥曰：瑾，丹徒人。其子仲遠，中都公壻，公之妹壻也。公赴常潤賑饑，瑾往監靈仙觀，因附載以行。

【箋】

金山　詩集施注：南唐僧應之頭陀巖記：金山昔名浮玉，因裴頭陀江際獲金，貞元二十一年，節帥李錡奏易名金山。

桓伊三弄　晉書（桓伊傳）：伊字叔夏，善音樂，盡一字之妙，爲江左第一。有蔡邕柯亭笛，常自吹之。王徽之赴召京師，泊舟青溪側。素不與徽之相識，伊於岸上過，船中客稱伊小字曰：「此桓野王也。」徽之便令人謂伊曰：「聞君善吹笛，試爲我一奏。」伊是時已貴顯，素聞徽之名，便下車，踞胡床，爲作三調。弄畢，便上車去，客主不交一言。

醉落魄　離京口作

輕雲微月，二更酒醒船初發。孤城回望蒼煙合。記得歌時，不記歸時節。

巾偏扇墜藤牀滑，覺來幽夢無人説。此生飄蕩何時歇。家在西南，常作東南別。

傅注本卷九

【校】

傅注本及元本醉落魄有「醉醒醒醉」一首。毛本注：「山谷老人云『醉醒醒醉』非東坡作。刪去。」「記得歌時」傅本、毛本並作「公子佳人」。

【朱注】

紀年録：甲寅作。

【箋】

京口　詩集查注：吴志：建安十四年，孫權謀拒曹操，始於吴遷京口，謂之京城。十六年徙居秣陵，而置京口鎮。南徐志：京口舊名須口，即西浦也。一統志：京峴山在丹徒縣東五里，京口因山得名。

蝶戀花　京口得鄉書

雨後春容清更麗。只有離人，幽恨終難洗。北固山前三面水，碧瓊梳擁青螺髻。

一紙鄉書來萬里。問我何年，真個成歸計。回首送春拚一醉，東風吹破千行淚。

【校】 傳注本闕。 毛本題作「送春」。「後」作「過」，「回」作「白」。

【朱注】 紀年録：甲寅作。

【箋】 北固山 一統志：北固山在丹徒縣北一里。梁大同十年，帝登望久之，曰：「此嶺不足資固守，然於京口實乃壯觀。」乃改曰北顧。元和志：下臨長江，其勢險固，因以爲名。寰宇記：山斗入江，三面臨水。

少年遊

潤州作，代人寄遠。

去年相送，餘杭門外，飛雪似楊花。今年春盡，楊花似雪，猶不見還家。 對酒捲簾邀明月，風露透窗紗。恰似姮娥憐雙燕，分明照，畫梁斜。 傳注本卷十一

【校】 毛本題無下四字。此從傳本及元本。

【朱注】

紀年録：甲寅，代人寄遠作。王案：甲寅四月，有感雪中行役作。公以去年十一月發臨平，及是春盡猶行役未歸，故託爲此詞。

【箋】

潤州　元和郡縣志：潤州東有潤浦口，因以名。一統志鎮江府：隋開皇十五年置潤州，唐天寶元年改丹陽郡。宋仍曰潤州丹陽郡，開寶八年改鎮江軍。

餘杭　一統志杭州府：隋置杭州，大業三年改曰餘杭郡。宋仍曰杭州餘杭郡。

邀明月　李白月下獨酌詩：「舉杯邀明月，對影成三人。」

姮娥　淮南子（覽冥訓）：羿請不死之藥於西王母，姮娥竊之，奔月宮。

照畫梁　宋玉神女賦：「月初出，照屋梁。」

卜算子

自京口還錢塘，道中寄述古太守。

蜀客到江南，長憶吴山好。吴蜀風流自古同，歸去應須早。　還與去年人，共藉西湖草。莫惜尊前子細看，應是容顔老。　傅注本卷十二

【校】

元本無題。　毛本題作「感舊」。此從傅注本。

【朱注】

紀年録：甲寅，自京口還寄述古作。

【箋】

錢塘　一統志：秦置錢唐縣，後漢省入餘杭縣，隋爲餘杭郡治。唐改「唐」曰「塘」，爲杭州治。五代及宋初因之。

吴山　一統志杭州府：吴山在府城内西南隅，舊名胥山，上有子胥祠。

藉草　孫綽遊天台山賦：「藉萋萋之纖草。」

江城子

陳直方妾嵇，錢塘人也，求新詞，爲作此。錢塘人好唱陌上花緩緩曲，余嘗作數絶以紀其事。

玉人家在鳳凰山。水雲間，掩門閑。門外行人，立馬看弓彎。十里春風誰指似，斜日映，繡簾斑。　多情好事與君還。閔新鰥，拭餘潸。明月空江，香霧著雲鬟。

陌上花開春盡也，聞舊曲，破朱顔。

【校】

傅注本江城子作江神子，此闋無。　毛本題「求」作「丐」。「春盡」作「看盡」。

【朱注】

案詩集陌上花三首編癸丑，此詞似爲甲寅前在杭州作，酌編於此。

【箋】

陌上花　詩集陌上花三首并引云：遊九仙山，聞里中兒歌陌上花。父老云，吴越王妃每歲春必歸臨安，王以書遺妃曰：「陌上花開，可緩緩歸矣。」吴人用其語爲歌，含思宛轉，聽之淒然。而其詞鄙野，爲易之云。「陌上花開蝴蝶飛，江山猶是昔人非。遺民幾度垂垂老，遊女長歌緩緩歸。」「陌上山花無數開，路人争看翠輧來。若爲留得堂堂去，且更從教緩緩回。」「生前富貴草頭露，身後風流陌上花。已作遲遲君去魯，猶教緩緩妾還家。」

鳳凰山　傅注：鳳凰山在錢塘。　一統志：鳳凰山在仁和縣南十里，與錢塘縣接界。自唐以來州治在山右，宋建行宮，山遂環入禁苑。其頂砥平，可容萬馬，有宋時御教場。

立馬看弓彎　古樂府日出東南隅行：「觀者見羅敷，下擔捋髭鬚。少年見羅敷，脱巾著幧頭。耕者忘其耕，鋤者忘其鋤。來歸自相喜，但坐觀羅敷。使君從南來，五馬立踟躕。」弓彎，謂美人足

也。稼軒詞（念奴嬌書東流村壁）：「聞道綺陌東頭，行人曾見，簾底纖纖月。」疑從坡詞脱化。

十里春風　杜牧詩（贈别）：「春風十里揚州路，捲上珠簾總不如。」

新鰥　書孔傳：無妻曰鰥。釋名：鰥，昆也。昆，明也。愁悒不寐，目恒鰥鰥然也。故其字從魚，魚目恒不閉者也。

香霧　杜甫詩（月夜）：「香霧雲鬟溼，清輝玉臂寒。」

【附考】

西湖遊覽志餘：陳直方之妾嵇，本錢塘妓人也，乞新詞於蘇子瞻。子瞻因直方新喪正室，而錢塘人好唱陌上花緩緩曲，乃引其事以戲之，其詞則江神子也。案志餘引此詞，惟「掩門閑」作「掩門關」，餘並同。

又

湖上與張先同賦，時聞彈箏。

鳳凰山下雨初晴。水風清，晚霞明。一朵芙蕖，開過尚盈盈。何處飛來雙白鷺，如有意，慕娉婷。　忽聞江上弄哀箏。苦含情，遣誰聽。煙斂雲收，依約是湘靈。欲待曲終尋問取，人不見，數峰青。　傅注本卷六

【校】

元本、毛本題下皆無「時聞彈箏」四字。此從傅注本。甕牖閑評引此詞，「江上」作「筵上」。

【朱注】

案此詞亦甲寅以前作。

【箋】

張先　談鑰吳興志：張先字子野，烏程人，天聖八年進士。詩格清麗，尤長於樂府。晚歲優游鄉里，常汎扁舟垂釣爲樂，至今號「張公釣魚灣」。仕至都官郎。卒年八十九，葬弁山多寶寺之右。有文集一百卷。石林詩話：張先郎中能爲詩及樂府，至老不衰。居錢塘，蘇子瞻作倅時，先年已八十餘，視聽尚精強，猶有聲妓。子瞻嘗贈以詩云：「詩人老去鶯鶯在，公子歸來燕燕忙。」蓋全用張氏故事戲之。先和云：「愁似鰥魚知夜永，懶同蝴蝶爲春忙。」極爲子瞻所賞。俚俗多喜傳詠先樂府，遂掩其詩聲，識者皆以爲恨云。

芙蕖　爾雅：荷，芙渠。郭注：别名芙蓉，江東呼荷。

白鷺　杜牧晚晴賦：「復引舟於深灣，忽八九之紅芰。姹然如婦，斂然如女。墮蕊黦顔，似見放棄。白鷺潛來兮，邈風標之公子。窺此美人兮，如慕悦其容媚。」

哀箏　魏文帝與吳質書：「高談娱心，哀箏順耳。」通典：箏，秦聲也。急就篇注：箏，瑟類。本十二絃，今則十三。

湘靈　傅注：湘靈，帝舜二妃娥皇、女英，帝堯之二女也。從舜南征三苗不返，道死沅湘之間，後世謂之湘靈。離騷、九歌有湘君、湘夫人者，即此也，故文選有「湘靈鼓瑟」之句。

曲終　唐錢起湘靈鼓瑟詩：「曲終人不見，江上數峰青。」

【附考】

墨莊漫録：東坡在杭州，一日遊西湖，坐孤山竹閣前臨湖亭上。時二客皆有服，預焉。久之，湖心有綵舟漸近亭前，靚妝數人，中有一人尤麗，方鼓箏，年且三十餘，風韻嫻雅，綽有態度。二客競目送之。曲未終，翩然而逝。公戲作長短句云。

鄭文焯手批東坡樂府：宋袁文甕牖閑評記此詞爲劉貢父兄弟作，换頭處作「忽聞筵上起哀箏」，此誤作「江上」，蓋後人因「江上數峰青」句而以意改之。不知此詞本事，實於湖上遇小舟載佳人，自云慕公十餘年，善箏，願當筵獻一曲，并賜以詞爲榮。詞中所詠，皆當時事也。

案彊村叢書本張子野詞有江城子兩闋，特皆單調，當時與東坡同賦，不知係用何體。宋詞散佚至多，深可惜也。

虞美人　有美堂贈述古

湖山信是東南美，一望彌千里。使君能得幾回來，便使尊前醉倒更徘徊。沙

河塘裏燈初上，水調誰家唱。夜闌風靜欲歸時，惟有一江明月碧琉璃。　傅注本卷八

【校】

傅注本題作「爲杭守陳述古作」。　毛本題作「陳述古守杭，已及瓜代，未交前數日，宴僚佐於有美堂，因請貳車蘇子瞻賦詞。子瞻即席而就，寄攤破虞美人云」。「彌」作「須」，「更」作「且」。

【朱注】

紀年録：甲寅，述古將去作。　王案：甲寅七月，陳襄將罷任，宴僚佐於有美堂作。　庚溪詩話：嘉祐初，梅公儀守杭，上特製詩寵賜，其首章曰：「地有湖山美，東南第一州。」梅既到杭，遂築堂山上，名曰有美。

【箋】

湖山　傅注：學士梅摯出鎮錢塘，仁廟賜詩寵行，首句云：「郡有東南美。」既到任，選勝地建堂，以寫御詩，勒石，立名曰有美堂。

沙河塘　傅注：沙河塘，錢塘繁會之地。　詩集王注：唐地理志：錢塘縣南五里，有沙河塘。咸通二年，刺史崔彦曾開。昔潮水衝擊錢塘江岸，至於奔逸入城，勢莫能禦，故開沙河以決之。河有三，曰外沙、中沙、裏沙。

水調　碧雞漫志：水調歌，理道要訣所載唐樂曲，南吕商，時號水調。予數見唐人説水調，各有

不同，予因疑水調非曲名，乃俗呼音調之異名，今決矣。按隋唐嘉話，煬帝鑿汴河，自製水調歌，即是水調中製歌也。世以今曲水調歌爲煬帝自製，今曲迺中吕調，而唐所謂南吕商，則今俗呼中管林鐘商也。脞説云：水調河傳，煬帝將幸江都時所製，聲韻悲切，帝喜之。樂工王令言謂其弟子曰：「不返矣。水調河傳，但有去聲。」此説與安公子事相類，蓋水調中河傳也。明皇雜録云：禄山犯順，議欲遷幸，帝置酒樓上，命作樂。有進水調歌者，曰：「山川滿目淚沾衣，富貴榮華能幾時。不見只今汾水上，惟有年年秋雁飛。」上問：「誰爲此曲？」曰：「李嶠。」上曰：「真才子。」不終飲而罷。此水調中一句七字曲也。白樂天聽水調詩云：「五言一遍最殷勤，調少情多似有因。不會當時翻曲意，此聲腸斷爲何人。」脞説亦云：水調第五遍五言，調聲最愁苦。此水調中一句五字曲。又有多遍，似是大曲也。樂天詩又云：「時唱一聲新水調，謾人道是採菱歌。」此水調中新腔也。南唐近事云：元宗留心内寵，宴私擊鞠無虚日。嘗命樂工楊花飛奏水調詞進酒，花飛惟唱「南朝天子好風流」一句，如是數四。上悟，覆桮，賜金帛。此又一句七字。然既曰「命奏水調詞」，則是令楊花飛水調中撰詞也。外史檮杌云：王衍泛舟巡閬中，舟子皆衣錦繡，自製水調銀漢曲。此水調中製銀漢曲也。今世所唱中吕調水調歌，迺是以俗呼音調異名者名曲，雖首尾亦各有五言兩句，決非樂天所聞之曲。河傳唐詞存者二，其一屬南吕宫，凡前段平韻，後仄韻；其一乃今怨王孫曲，屬無射宫。以此知煬帝所製河傳不傳已久。然歐陽永叔所集詞内，河傳附越調，亦怨王孫曲。今世河傳乃仙吕調，皆令也。

琉璃　杜甫渼陂行：「波濤萬頃堆琉璃。」

【本事】傅注：本事集云：陳述古守杭，已及瓜代，未交前數日，宴寮佐於有美堂。侵夜月色如練，前望浙江，後顧西湖，沙河塘正出其下。陳公慨然，請貳車蘇子瞻賦之，即席而就。

訴衷情

送述古，迓元素。

錢塘風景古今奇，太守例能詩。先驅負弩何在，心已浙江西。花盡後，葉飛時，雨淒淒。若爲情緒，更問新官，向舊官啼。傅注本卷八

【校】傅注本、元本「浙」並誤作「誓」。從毛本。毛本「今」作「來」。

【朱注】紀年録：甲寅作。王案：甲寅七月，楊繪自應天來代作。詩集王注：楊繪字元素。查注：宋史：楊繪，綿竹人。神宗朝爲御史中丞，出知亳州，歷應天、杭州。

【箋】太守能詩　傅注：白樂天爲杭州太守，以詩名。初樂天爲蘇守，劉禹錫以詩寄樂天云：「蘇

州太守例能詩，西掖吟來替左司。」

先驅負弩　漢書司馬相如傳：相如，成都人。持節使巴蜀，太守以下郊迎，縣令負弩矢先驅，蜀人以爲寵。

新官舊官　傳注：陳太子舍人徐德言之妻，後主叔寶之妹，封樂昌公主，才色冠絶。時陳政方亂，德言知不相保，謂其妻曰：「君之才貌，國亡必入權豪之家，斯永絶矣。倘情緣未斷，猶冀相見，宜有以信之。」乃破一照。人執其半，約曰：「他日必以正月望日賣於都市，我當在，即以是日訪之。」及陳亡，其妻果入越公楊素之家，寵嬖殊厚。德言流離，僅能至京，遂以正月望日訪於都市。有蒼頭賣半照者，大高其價，人皆笑之。德言直引至其居，設食，具言其故。出半照以合之，仍題詩曰：「照與人俱去，照歸人不歸。無復姮娥影，空留明月輝。」公主得詩，悲泣不已。素詰知之，愴然改容，即召德言，還其妻。仍三人共宴，命公主作詩以自解。詩曰：「此日何遷次，新官對舊官。笑啼都不敢，方驗作人難。」遂與德言歸江南，竟以終老。案傳注出本事詩。

菩薩蠻

杭妓往蘇迓新守楊元素，寄蘇守王規甫。

玉童西迓浮丘伯，洞天冷落秋蕭瑟。不用許飛瓊，瑤臺空月明。　清香凝夜

宴，借與韋郎看。莫便向姑蘇，扁舟下五湖。　傅注本卷七

【校】

毛本題作「杭妓往蘇」。「向」作「過」。

【朱注】

紀年録：甲寅作。　吴郡志：王誨字規父，熙寧六年以朝散大夫、司勳郎中知蘇州。

【箋】

杭妓往蘇迓新守　鄭文焯手批東坡樂府：李東川有送人攜妓赴任詩，此詞又記杭妓往蘇迓新守，是知唐宋時赴任迎任，皆有官妓爲導之例。此風蓋自元明已來，微論廢絶，國朝且懸爲厲禁，著之律條，并飲酒挾妓亦有罪已。古今風氣之碩異如是。

玉童　李白詩（古風）：「兩兩白玉童，雙吹紫鸞笙。去影忽不見，迴風送天聲。」

浮丘伯　列仙傳：浮丘伯本嵩山道士，後得仙去。

許飛瓊　漢武帝内傳：西王母乘紫雲之輦，履玄瓊之舃。下輦上殿，呼帝共坐，命侍女許飛瓊鼓雲和之簧。

瑶臺　傅注：瑶臺，崑崙之别名。李白清平調詞：「若非羣玉山頭見，會向瑶臺月下逢。」

韋郎　韋應物詩（郡齋雨中與諸文士燕集）：「兵備森畫戟，宴寢凝清香。」雲溪友議：韋皋少

遊江夏，止於姜使君之館，有小青衣曰玉簫，常令承侍，因而有情。廉使陳常侍得韋季父書，發遣歸覲，遂與玉簫言約，少則五載，多則七年來取。因留玉指環并詩遺之。至八年春不至，玉簫歎曰：「韋家郎君一別七年，是不來矣。」

姑蘇　史記河渠書贊：上姑蘇，望五湖。吴越春秋：越進西施於吴，請退師。吴得之，築姑蘇臺，遊宴其上。

扁舟五湖　傅注：世説范蠡相越，平吴之後，因取西子，遂乘扁舟泛五湖而去。杜牧之杜秋娘詩：「夏姬滅兩國，逃作巫臣妻。西子下姑蘇，一舸逐鴟夷。」

又

西湖席上，代諸妓送陳述古。

娟娟缺月西南落，相思撥斷琵琶索。枕淚夢魂中，覺來眉暈重。　華堂堆燭淚，長笛吹新水。醉客各西東，應思陳孟公。　傅注本卷七

【校】

傅注本題作「述古席上」。　毛本題作「代妓送陳述古」。「華」作「畫」。此題從西湖遊覽志餘。　元本題作「靈璧寄彭城故人」，朱刻因之，編入己未。察詞中情意，似與代妓送述古較合，改

編甲寅。

【箋】

相思　陶穀詞（春光好）：「琵琶撥斷相思調。」

新水　注見本卷虞美人「湖山信是東南美」闋。

陳孟公　後漢書（游俠傳）：陳遵字孟公，好客，每大宴，賓客滿堂，輒關門，取客車轄投井中。雖有急，終不得去。

【附考】

西湖游覽志餘：唐宋間郡守新到，營妓皆出境而迎。既出，猶得以鱗鴻往返，靦不爲異。蘇子瞻送杭妓往蘇州迎新守菩薩蠻詞云云，又西湖席上代諸妓送陳述古云云。此亦足覘一時之風氣矣。

江城子　孤山竹閣送述古

翠蛾羞黛怯人看。掩霜紈，淚偷彈。且盡一尊，收淚聽陽關。漫道帝城天樣遠，天易見，見君難。

畫堂新創近孤山。曲闌干，爲誰安。飛絮落花，春色屬明年。欲棹小舟尋舊事，無處問，水連天。

傅注本卷六

【校】

傳注本「尊」作「樽」，「聽」作「唱」，「漫」作「謾」，「新創」作「新締」。毛本題作「述古去餘杭，爲去思者作」。「聽」作「唱」，「創」作「搆」。

【朱注】

紀年録：甲寅，送述古赴南都作。王案：甲寅七月，與陳襄放舟湖上，宴於孤山竹閣作。傳燈録：烏窠禪師見秦望山有長松，枝葉繁茂，盤屈如蓋，遂棲止其上。白居易出守兹郡，因入山禮謁。乃起竹閣於湖上，迎師居之。

【箋】

竹閣　白居易詩（宿竹閣）：「晚坐松簷下，宵眠竹閣間。」咸淳臨安志：白公竹閣，舊在廣化寺柏堂之後。

霜紈　班婕妤怨歌行：「新織齊紈素，皎潔如霜雪。」

陽關　傳注：王維詩：「勸君更盡一杯酒，西出陽關無故人。」後人以爲陽關曲唱之。

帝城天遠　世説新語（夙惠）：晉明帝數歲，坐元帝膝上。有人從長安來，元帝問洛下消息，潸然流涕。明帝問何以致泣，具以東渡意告之。因問明帝：「汝意謂長安何如日遠？」答曰：「日遠。不聞人從日邊來，居然可知。」元帝異之。明日，集羣臣宴會，告以此意，更重問之，乃答曰：「日近。」元帝失色曰：「爾何故異昨日之言邪？」答曰：「舉目見日，不見長安。」

水連天　傅注：杜甫詩：「水天相與永。」胡曾詩：「黄金臺上草連天。」

菩薩蠻　西湖送述古

秋風湖上蕭蕭雨，使君欲去還留住。今日漫留君，明朝愁殺人。　佳人千點淚，灑向長河水。不用斂雙蛾，路人啼更多。　傅注本卷七

【校】毛本題作「西湖」。「佳人」作「尊前」。　傅注本「灑」作「洒」。

【朱注】紀年録：甲寅，送述古赴南都作。

【箋】灑向長河水　傅注：倦游録：令狐挺題相思河云：「只應自古征人淚，灑向空川作浪波。」江淹别賦：「别復别兮遠山曲，去復去兮長河湄。」

清平樂　送述古赴南都

清淮濁汴，更在江西岸。紅旆到時黄葉亂，霜入梁王故苑。　秋原何處攜壺，

停驂訪古踟躕。雙廟遺風尚在，漆園傲吏應無。　傳注本卷十二

【校】

傳注本「江西」作「西南」。　元本、朱本並無題。　毛本題作「秋詞」。此從傳注本。

【朱注】

紀年録：甲寅，送述古作。

【箋】

清淮　水經：淮水出南陽平氏縣胎簪山，東北過桐柏山。又東過原鹿縣南，汝水從西北來流注之。又東北至九江壽春縣東，潁水從西北來流注之。又東過壽春縣北，肥水從縣東北流注之。又東過當塗縣北，又東過鍾離縣北。又東北至下邳淮陰縣西，泗水從西北來流注之。又東至廣陵淮浦縣，入於海。

濁汴　汴渠故道有二，一爲隋以後汴河故道。由前故道至商邱縣治南改東南流，歷安徽之宿縣、靈璧、泗縣，入淮。

梁王故苑　傳注：梁孝王都陳留，大治宮室。爲東苑，方三百里，及景亳之間，中爲鴈池、兔園、鶴洲、鳧渚焉。

雙廟　傳注：唐張巡、許遠。天寶之亂，二人守睢陽，力困城破，死於賊。列於忠義傳。今睢

陽有二祠，世謂之雙廟。案新唐書忠義傳：大中時，圖巡、遠、霽雲像于淩煙閣。睢陽至今祠享，號雙廟云。傅注本此。

漆園傲吏　史記老莊申韓列傳：莊周嘗爲蒙漆園吏，與梁惠王、齊宣王同時。楚威王聞莊周賢，使使厚幣迎之，許以爲相。莊周笑謂楚使者曰：「千金重利，卿相尊位也。子獨不見郊祭之犧牛乎？養食之數歲，衣以文繡，以入太廟。當是之時，雖欲爲孤豚，豈可得乎？子亟去，無污我。我寧遊戲污瀆之中自快，無爲有國者所羈，終身不仕，以快吾志焉。」

南鄉子　送述古

回首亂山横，不見居人只見城。誰似臨平山上塔，亭亭，迎客西來送客行。

歸路晚風清，一枕初寒夢不成。今夜殘燈斜照處，熒熒，秋雨晴時淚不晴。傅注本卷四

【校】

毛本「歸」作「臨」。

【朱注】

紀年録：甲寅，送述古作。王案：甲寅七月，追送陳襄移守南都，别於臨平舟中作。

【箋】

臨平　傅注：臨平山在杭州。詩集查注：九域志：仁和縣有臨平鎮。

南歌子

苒苒中秋過，蕭蕭兩鬢華。寓身此世一塵沙，笑看潮來潮去了生涯。　方士三山路，漁人一葉家。早知身世兩聱牙，好伴騎鯨公子賦雄誇。　傅注本卷五

【校】

毛本題作「再用前韻」。「此」作「化」。

【朱注】

王案：甲寅八月十八日，江上觀潮作。

【箋】

塵沙　傅注：内典：化佛以三千大千世界，其衆猶微塵，其數猶恒河沙。

三山路　史記封禪書：蓬萊、方丈、瀛州，此三神山者，其傳在勃海中，去人不遠，患且至，則船風引而去。蓋嘗有至者，諸僊人及不死之藥皆在焉。其物、禽獸盡白，而黄金、銀爲宫闕。未至，望之如雲，及到，三神山反居水下。臨之，風輒引去，終莫能至云。

一葉家　傅注：唐顔真卿爲湖州刺史，以張志和舟敝，請更之。志和曰：「願爲浮家泛宅，往來苕霅間耳。」

聱牙　韓愈進學解：周誥殷盤，詰屈聱牙。傅注：聱牙，齟齬不合之謂。

騎鯨　杜甫詩（送孔巢父謝病歸江東兼呈李白）：「若逢李白騎鯨魚，道甫問訊今何如。」傅注：騎鯨公子，謂李白。賦雄誇，則白所著大鵬賦是也。

泛金船　流杯亭和楊元素

無情流水多情客，勸我如相識。杯行到手休辭卻，似軒冕相逼。曲水池上，小字更書年月。還對茂林修竹，似永和節。　纖纖素手如霜雪，笑把秋花插。尊前莫怪歌聲咽，又還是輕別。此去翱翔，遍上玉堂金闕。欲問再來何歲，應有華髮。　傅注本卷十一

【校】

傅注本調作「勸金船」，與子野詞合。題作「和元素自撰腔，命名亦作泛金船」。「相識」作「曾識」，「似軒冕」句作「這公道難得」，「似永和節」作「永和時節」，「還對」作「如對」，「遍上」作「遍賞」。　毛本調同傅本，題作「和元素韻自撰腔命名」。餘字並同傅本。　元本「節」上衍「時」字，

從毛本删。

【朱注】

紀年録：甲寅，和元素。王案：甲寅九月，公以太常博士權知密州軍州事，罷杭州通守任。楊繪餞别於中和堂，和韻作。案張子野有流杯堂唱和翰林主人元素自撰腔勸金船詞，當是同作。中和堂在杭州，亭或近其地，非東武之流杯亭也。

【箋】

杯行到手　韓愈詩（贈鄭兵曹）：「杯行到君莫停手。」

永和節　王羲之蘭亭序：永和九年，歲在癸丑。暮春之初，會於會稽山陰之蘭亭，修禊事也。羣賢畢至，少長咸集。此地有崇山峻嶺，茂林修竹，又有清流激湍，映帶左右。引以爲流觴曲水，列坐其次，雖無絲竹管絃之盛，一觴一詠，亦足以暢叙幽情。

玉堂金闕　傅注：漢武帝作玉堂於太液池南，去地二十丈。闕，門旁兩觀也，飾之以黄，故曰金闕。

【附録】

彊村叢書本張子野詞補遺：流杯堂唱和翰林主人元素自撰腔勸金船詞云：「流泉宛轉雙開竇，帶染輕紗皺。何人暗得金船酒，擁羅綺前後。緑定見花影，並照與、豔妝争秀。行盡曲名，休更再歌楊柳。光生飛動摇瓊甃，隔障笙簫奏。須知短景歡無足，又還過清晝。翰閣遲歸來，傳

騎恨留住難久。異日鳳凰池上，爲誰思舊。」案此闋與東坡作同和元素，而韻既不同，句度又復參差，豈自撰腔可隨意偷聲減字耶？附誌於此，以俟知音者考定。

南鄉子

和楊元素，時移守密州。

東武望餘杭，雲海天涯兩渺茫。何日功成名遂了，還鄉，醉笑陪公三萬場。不用訴離觴，痛飲從來別有腸。今夜送歸燈火冷，河塘，墮淚羊公卻姓楊。傅注本卷四

【校】傅注本「渺茫」作「杳茫」。毛本題無下五字。

【朱注】紀年録：甲寅，移守密，和元素。王案：甲寅九月，楊繪再餞别於湖上作。

【箋】密州　蘇轍超然臺賦序：子瞻通守餘杭，三年不得代。以轍之在濟南也，求爲東州守。既得請高密，五月乃有移知密州之命。一統志：萊州府高密縣，後魏置高密郡，治高密。北齊徙郡治

東武。隋屬高密郡，唐屬密州。

功成名遂　老子：功成名遂身退，天之道。

三萬場　李白詩（襄陽歌）：「百年三萬六千日，一日須傾三百杯。」

痛飲　傅注：一説王孝伯云：「名士不可須奇才，但常得無事，痛飲，讀離騷，可稱名士。」

墮淚　晉書羊祜傳：祜爲荊州都督，卒，襄陽百姓于峴山祜平生游憩之所建碑立廟，歲時饗祭焉。望其碑者莫不流涕。杜預因名爲「墮淚碑」。

又　和楊元素

涼簟碧紗廚，一枕清風晝睡餘。睡聽晚衙無個事，徐徐，讀盡牀頭幾卷書。

搔首賦歸歟，自覺功名懶更疏。若問使君才與氣，何如，占得人間一味愚。

傅注本卷四

【校】

傅注本題無「楊」字，「睡聽」作「卧聽」，「個事」作「一事」，「氣」作「術」。　毛本題作「自述」，餘同傅本。

【箋】

歸歟　論語（公冶長）：子在陳，曰：「歸與，歸與。」

懶更疏　傅注：嵇叔夜不涉經學，性復疏懶。孔文舉才疏意廣，卒無成功。

又

梅花詞，和楊元素。

寒雀滿疏籬，争抱寒柯看玉蕤。忽見客來花下坐，驚飛，蹋散芳英落酒卮。

痛飲又能詩，坐客無氈醉不知。花謝酒闌春到也，離離，一點微酸已著枝。　傅注本

【校】

毛本「花謝」作「花盡」。

【朱注】

案二詞題、調皆同前首，似是一時唱和之作。

【箋】

玉蕤　傅注：梅花綴樹，葳蕤如玉。戎昱詩：「一樹梅花白玉條。」

驚飛二句　皇甫冉詩：「繁蕊風驚散，輕紅鳥蹋翻。」（按：此承傅注。查全唐詩皇甫冉卷内無此詩。乃爲王質詩，題爲金谷園花發懷古，見全唐詩卷四八八。）

無氈　杜甫贈鄭虔詩：「才名四十年，坐客寒無氈。」

浣溪沙

自杭移密守，席上別楊元素，時重陽前一日。

縹緲危樓紫翠間，良辰樂事古難全。感時懷舊獨淒然。　璧月瓊枝空夜夜，菊花人貌自年年。不知來歲與誰看。

【校】

傅注本闕。　元本浣溪沙有「風壓輕雲」一首，毛注是李後主作，刪去。　毛本題作「菊節別元素」。「古」作「苦」。

【朱注】

紀年録：甲寅，答元素。

【箋】

璧月瓊枝　陳書皇后傳：後主與狎客共賦新詩，互相贈答，採其尤豔麗者以爲曲詞，被以新

聲。其曲有玉樹後庭花、臨春樂等，大指所歸，皆美張貴妃、孔貴嬪之容色也。其略曰：「璧月夜夜滿，瓊樹朝朝新。」莊子：積石生樹，名曰瓊枝。其高一百二十仞，大三十圍，以琅玕爲之實。（按：此所引不見今本莊子。）

又

白雪清詞出坐間，愛君才器兩俱全。異鄉風景卻依然。　可恨相逢能幾日。不知重會是何年。茱萸子細更重看。

【校】

傅注本闕。　毛本題作「重九」。

【朱注】

案韻同前首，疑同時答元素作也。

【箋】

白雪　宋玉對楚王問：其爲陽春白雪，國中屬而和者，不過數人而已。

茱萸　杜甫九日詩：「明年此會知誰健，醉把茱萸子細看。」

南鄉子

沈强輔雯上出犀麗玉作胡琴送元素還朝，同子野各賦一首。

裙帶石榴紅，卻水殷勤解贈儂。應許逐雞雞莫怕，相逢，一點靈心必暗通。
何處遇良工，琢刻天真半欲空。願作龍香雙鳳撥，輕攏，長在環兒白雪胸。

傅注本卷四

【校】

傅注本題首有「公舊序」三字，「犀」字上有「文」字，於義爲長，宜據補。元本無題，此從毛本。

【箋】

逐雞　抱朴子（内篇登涉）：通天犀有一白理如線者，以盛米，置雞羣中，雞欲往啄米，至則驚卻。故南人名爲駭雞犀。得其角一尺以上，刻爲魚，銜以入水，水常開，方三尺，可得氣息水中耳。歐陽修詩（代鳩婦言）：「人家嫁雞逐雞飛。」

靈心　李商隱詩（無題）：「身無彩鳳雙飛翼，心有靈犀一點通。」傅注誤作李後主詞。

雙鳳　傅注：楊妃外傳：妃子琵琶，乃寺人白季貞使蜀還所進，用邏迦檀爲之。木温潤如

玉，光耀可鑒。有金縷紅文，蹙成雙鳳。絃乃末彌訶羅國所貢緑冰絲蠶也，光瑩如貫瑟。

輕攏　傅注：樂天琵琶行：「輕攏慢撚抹復挑。」

環兒　傅注：環兒，貴妃小字玉環也。凡作樂，若琴瑟類皆置而撫弦，惟琵琶則抱以按曲，故曰「長在環兒白雪胸」。

【附考】

鄭文焯手批東坡樂府：此詞題當分爲二，以胡琴送元素還朝爲第二題。集中采桑子慢題序：有胡琴者姿色尤好，三公皆一時英秀，景之秀，妓之妙，真爲希遇云云。是胡琴爲妓女可證。次闋過片所謂「粉淚怨離居」，即胡琴送元素之意。定風波送元素作，亦有「紅粉尊前添懊惱」之句，可知胡琴爲元素所眷已。朱云一賦胡琴，一送元素，誤甚。至「犀麗玉」亦妓名，詞中用典切，正可證託喻其人。本集中詠姬人名字並如是例。此「作」字即結束前題，斷無詠作胡琴之理。況以玉作胡琴，更與送元素無關。詞中「良工」「琢刻」云云，皆喻言麗玉之天真，故下有「願作龍香雙鳳撥」之語，益足徵命題之義。且集中謂某出妓或侍姬某，亦詞人恒例，豈可泥於「琢刻」等字，即謂其切「作」字，不亦死於句下乎？集中雙荷葉，本耘老侍兒小（女）〔名〕，公即以爲曲名，且詞中以荷葉貼切，尤盡清妙之致。此犀麗玉並姓字亦曲曲寫出，獨何疑乎？

又

旌旆滿江湖，詔發樓船萬舳艫。投筆將軍因笑我，迂儒，帕首腰刀是丈夫。

粉淚怨離居，喜子垂窗報捷書。試問伏波三萬語，何如，一斛明珠換緑珠。傳注本卷四

【校】

傳注本、元本並無題。毛本題作「贈行」。

【朱注】

案二詞一賦胡琴，一送元素，所謂各賦一首也。元素典兵，史無明文。張子野送元素詞云：「浴殿詞臣亦議兵，禁中頗牧党羌平。」或當時有是命，寢而未行。

【箋】

樓船舳艫　傳注：漢武帝征南越、東甌，始置樓船、戈船將軍之號。建武時，嘗以劉隆爲樓船將軍，副馬援討交趾。漢紀：舳艫千里。注：舳，船後也。艫，船前頭也。

投筆　後漢書班超傳：超字仲升，扶風平陵人。爲人有志，不修細節。與母隨兄固至洛陽，家貧，常爲官傭書以供養，久勞苦。嘗輟業投筆嘆曰：「大丈夫無他志略，猶當效傅介子、張騫立功異域，以取封侯，安能久事筆硯間乎？」左右皆笑之。超曰：「小子安知壯士志哉！」

帕首腰刀　韓愈送鄭尚書序：嶺南節度爲大府，其餘四府亦各置帥，然大府帥或過其府，府帥必戎服，左握刀，右屬弓矢，帕首袴鞾迎於郊。及既至，大府帥入據館，帥守若將趨拜，大府與之

爲讓，至一至再，乃敢改服，以賓主見焉。

離居　禮記檀弓：子夏曰：「吾離羣而索居，亦已久矣。」

喜子　傳注：西京雜記云：蜘蛛集而百事喜，故俗以蜘蛛爲喜子。

伏波　後漢書馬援傳：建武十七年，交阯女子徵側及女弟徵貳反，攻没其郡。九真、日南、合浦蠻夷皆應之，寇略嶺外六十餘城。側自立爲王。於是璽書拜援伏波將軍，緣海而進，隨山刊道千餘里，斬徵側、徵貳，傳首洛陽，嶠南悉平。援奏言：西于縣户有三萬二千，遠界去庭千餘里，請分爲封溪、望海二縣。許之。

緑珠　傳注：嶺表異録：緑珠井在白水雙角山下。昔梁氏之女有容貌，石季倫爲交趾採訪使，以真珠三斛買之。梁氏之居，舊井存焉。耆老傳云，汲飲此井者，生女必多美麗。閭里有識者以美色無益於時，遂以巨石填之。爾後雖時有産或端嚴，則七竅四肢多不完具。異哉！

定風波　送元素

今古風流阮步兵，平生遊宦愛東平。千里遠來還不住，歸去，空留風韻照人清。紅粉尊前添懊惱，休道，如何留得許多情。記取明年花絮亂，看泛，西湖總是斷腸聲。　傅注本卷四

【校】

傅注本「今」作「千」,「添」作「深」,「如何」作「怎生」。毛本「休」作「知」,「取」作「得」,「看泛」五字作「須看泛西湖」。餘同傅本。

【朱注】

案張子野送元素、送子瞻詞,皆同此韻,當在二公過湖州時作。元素守杭未久即内召,子野詞有「詔卷促歸」語,與此詞「千里遠來還不住」情事正合。「明年花絮」,與子野之「黄鶯相識晚」,又俱謂元素去之速也。

【箋】

阮步兵　晉書阮籍傳:籍容貌瓌傑,志氣宏放,傲然獨得,任性不羈,而喜怒不形於色。本有濟世志,屬魏晉之際,天下多故,名士少有全者。籍由是不與世事,遂酣飲爲常。及文帝輔政,籍嘗從容言於帝曰:「籍平生曾遊東平,樂其風土。」帝大悦,即拜東平相。籍乘驢到郡,壞府舍屏障,使内外相望,法令清簡,旬日而還。帝引爲大將軍從事中郎。籍聞步兵營廚人善釀,有貯酒三百斛,乃求爲步兵校尉。遺落世事,雖去佐職,恒遊府内,朝宴必與焉。

【附録】

張子野詞補遺定風波令次子瞻韻送元素内翰云:「浴殿詞臣亦議兵,禁中頗牧党羌平。詔卷促歸難自緩,溪館,綵花千數酒泉清。　春草未青秋葉暮,□去,一家行色萬家情。可恨黄鶯

相識晚，望斷，湖邊亭上不聞聲。」又再次韻送子瞻云：「談辨纔疏堂上兵，畫船齊岸暗潮平。萬乘靴袍曾好問，須信，文章傳口齒牙清。　三百寺應遊未遍，□算，湖山風物豈無情。不獨渠丘歌叔度，行路，吴謡終日有餘聲。」

減字木蘭花

秘閣古笑林云：晉元帝生子，宴百官，賜束帛。殷羨謝曰：「臣等無功受賞。」帝曰：「此事豈容卿有功乎？」同舍每以爲笑。余過吴興，而李公擇適生子三日會客，求歌辭。乃爲作此戲之，舉坐皆絶倒。

惟熊佳夢，釋氏老君親抱送。壯氣横秋，未滿三朝已食牛。　犀錢玉果，利市平分沾四坐。多謝無功，此事如何著得儂。　傅注本卷九

【校】

傅注本題作「過吴興，李公擇生子三日會客，作此詞戲之」。自「秘閣古笑林」至「豈容卿有功乎」移作後半闋小注，減去「同舍」一句，易爲「世説亦云」四字。「親」作「曾」，「著」作「到」。　毛本題及「曾」「到」二字並同傅本。

【朱注】

紀年録：甲寅作。王案：甲寅九月，訪李常於湖州作。案公擇，建昌人。

【箋】

李公擇　淮海集李公擇行狀：神宗初，爲右正言，力詆新法，落職，通判滑州。歲餘復職，知鄂州，徙知湖州。遷尚書祠部員外郎，徙知齊州。詩集施注：公擇知湖州，東坡以杭倅來會。

維熊　詩小雅斯干：「大人占之，維熊維羆，男子之祥。」

食牛　尸子：「虎豹之駒，雖未成文，已有食牛之氣。」杜甫徐卿二子歌：「徐卿二子生絶奇，感應吉夢相追隨。孔子釋氏親抱送，盡是天上麒麟兒。大兒九齡色清澈，秋水爲神玉爲骨。小兒五歲氣食牛，滿堂賓客皆回頭。」

犀錢　謂洗兒錢，以犀角爲之者也。

利市　乾淳歲時記：臘月二十四日，市井迎儺，以鑼鼓遍至人家乞求利市。

河滿子　湖州寄南守馮當世

見説岷峨悽愴，旋聞江漢澄清。但覺秋來歸夢好，西南自有長城。東府三人最少，西山八國初平。　莫負花溪縱賞，何妨藥市微行。試問當壚人在否，空教是處

聞名。唱著子淵新曲，應須分外含情。　傳注本卷八

【校】

傳注本題作「湖州作寄益守馮當世」。　毛本題作「湖州作」。

【朱注】

案宋史：熙寧六年，復熙、河、洮、岷、疊、岩等州。七年，平瀘夷木征寇岷州，王韶敗降之。詞云「西山八國初平」，當作於甲寅。　詩集查注：馮京字當世，江夏人。富鄭公壻，謚文簡。

【箋】

長城　傳注：唐李勣治并州十六年，以威肅聞。太宗嘗曰：「煬帝不擇人守邊，勞中國築長城以備虜。今我用勣守并，突厥不敢南，賢長城遠矣。」

東府　元經：冬十月，城東府。薛氏傳：城東府者，何尚書府也。自道子、元顯分東府西府掌其事，至劉裕因之居東府。

西山八國　唐書韋皋傳：皋字城武，京兆萬年人。貞元初，代張延賞爲劍南西川節度使，蠻部震服。於是西山羌女、訶陵、南水、白狗、逋租、弱水、清遠、咄霸八國酋長，皆因皋請入朝，乃詔皋統押近界諸蠻，西山八國，加雲南安撫使。

花溪　傳注：西蜀遊賞，始正月上元日，終四月十九日，而浣花溪最爲盛集。

藥市　傅注：益州有藥市，期以七月，四遠皆集。其藥物品甚衆，凡三月而罷，好事者多市取之。

當壚　漢書司馬相如傳：相如與臨邛令王吉飲富人卓王孫家，相如酒酣弄琴，卓氏女文君新寡，竊從户窺，心悦而好之，乃夜奔相如。相如乃與馳歸成都，家徒四壁。久之，相如與俱之臨邛，盡賣車騎，置一酒舍酤酒。令文君當壚，相如身著犢鼻褌，與傭保雜作，滌器於市。王孫恥之，諸公更謂王孫曰：「司馬長卿故倦遊，雖貧而人材足依也，且又令客，奈何相辱如此？」王孫不得已，分與僮僕財物。文君乃與相如歸成都，買田宅，而爲富人矣。

子淵　傅注：漢王褒字子淵，蜀人。王襄爲益州刺史，聞有俊才，請與相見。使褒作中和、樂職、宣布詩，選好事者，令依鹿鳴之聲，習而歌之。下傳而上聞，宣帝召見，悦之，擢褒爲諫大夫，使侍太子。太子喜褒所爲甘泉及洞簫頌，令後宫貴人左右皆誦讀之。

菩薩蠻　席上和陳令舉

天憐豪俊腰金晚，故教月向松江滿。清景爲淹留，從君都占秋。　身閑惟有酒，試問遨遊首。帝夢已遥思，悤悤歸去時。　傅注本卷七

【校】

毛本題闕，詞闕十四字。

【朱注】

案本集書遊垂虹亭記：吾昔自杭移守高密，與楊元素同舟，而陳令舉、張子野皆從吾過公擇於湖，遂與劉孝叔俱至松江。詞必是時作。

【箋】

腰金　殷芸小說：有客言志，一願爲揚州刺史，一願多貲財，一願騎鶴上升。其一人曰：「願腰纏十萬貫，騎鶴上揚州。」欲兼三者。

松江　傅注：吳松江也。　一統志：松江源出蘇州府之太湖，自崑山縣東南流入，經青浦縣北二十里，北接太倉州嘉定縣界。又東經上海縣北，南與黃浦江合，又東入海，曰吳松海口。

遨遊首　傅注：成都風俗，以遨遊相尚。綺羅珠翠，雜沓衢巷，所集之地，行肆畢備，須得太守一往後方盛，土人因目太守爲「遨頭」云。

帝夢　尚書傳：高宗夢得說，使百工營求諸野，得諸傅巖。

鵲橋仙　七夕送陳令舉

緱山仙子，高情雲渺，不學癡牛騃女。鳳簫聲斷月明中，舉手謝時人欲去。

客槎曾犯，銀河波浪，尚帶天風海雨。相逢一醉是前緣，風雨散飄然何處。傅注本卷六

【校】

毛本題作「七夕」，「波」作「微」。

【朱注】

案本集王中甫哀詞，施注原編丙辰七月五日。詩前叙云「哭中甫於密州」，則令舉没矣。又祭陳令舉文云：「余與令舉別二年而令舉没。」公以甲寅九月與令舉訪公擇於湖州，六客之會，令舉與焉。既過松江，令舉怱怱歸去，此詞乃送之也。

【箋】

陳令舉　一統志湖州府人物：陳舜俞字令舉，烏程人。博學強記，登進士，又舉制科第一。熙寧中，知山陰縣。青苗法行，舜俞不奉令，上疏自劾，謫監南康軍酒稅，卒。蘇軾爲文哭之，稱其學術才能，兼百人之器。

緱山仙子　列仙傳：王子晉，周靈王太子也。好吹笙作鳳鳴。遊伊洛間，道士浮丘公接上山，三十餘年。後來于山上告桓良曰：「我家七月七日，待我緱氏山。」至日果乘白鶴駐山頭，望之不得到，舉手謝時人而去。　案緱氏山在今河南偃師縣南。

癡牛騃女　荆楚歲時記：天河之東有織女，天帝之子也。年年機杼勞役，織成雲錦天衣。天帝憐其獨處，許嫁河西牽牛郎，遂廢織紝。天帝怒，責令歸河東，唯每年七月七日夜渡河一會。盧仝詩（月蝕）：「癡牛與騃女，不肯勤農桑。徒勞含淫思，夕旦遥相望。」

客槎　注見本卷南歌子「海上乘槎侣」闋。

風雨散　曹植詩：「風流雲散，一别如雨。」（按：此承傅注。查非曹植詩，乃王粲詩，題爲贈蔡子篤，見文選卷二十三。）

阮郎歸

一年三過蘇，最後赴密州，時有問這回來不來，其色淒然。太守王規父嘉之，令作此詞。

一年三度過蘇臺，清尊長是開。佳人相問苦相猜，這回來不來。　情未盡，老先催，人生真可咍。他年桃李阿誰栽，劉郎雙鬢衰。　傅注本卷六

【校】　元本題下注云：「一本名醉桃源。」傅注本題作「蘇州席上作」，「衰」作「摧」。毛本同傅本。

【朱注】

紀年録：甲寅，赴密過蘇作。王案：甲寅十月，至金閶，飲於王誨席上作。

【箋】

王規父　見本卷菩薩蠻「玉童西迓浮丘伯」闋朱注。

蘇臺　傳注：姑蘇臺在蘇州。越絶書曰：闔閭起姑蘇臺，三年聚材，五年乃成，高可見五百里。餘詳本卷菩薩蠻（玉童西迓浮丘伯）注。

咍　唐韻：咍，呼來切，音⿸疒台。説文：蚩笑也。

劉郎　本事詩：劉尚書禹錫自屯田員外左遷朗州司馬，凡十年，始徵還。方春，作贈看花諸君子詩曰：「紫陌紅塵拂面來，無人不道看花回。玄都觀裏桃千樹，盡是劉郎去後栽。」其詩一出，傳於都下。有素嫉其名者，白於執政，又誣其有怨憤。他日見時宰，與坐，慰問甚厚。既辭，即曰：「近有新詩，未免爲累，奈何？」不數日，出爲連州刺史。其自叙云：「貞元十一年春，余爲屯田員外，時此觀未有花。是歲出牧連州，至荆南，又貶朗州司馬。居十年，詔至京師，人人皆言有道士手植仙桃滿觀，盛如紅霞，遂有前篇，以記一時之事。旋又出牧，於今十四年，始爲主客郎中，重遊玄都，蕩然無復一樹，唯兔葵燕麥動摇於春風耳。因再題二十八字，以俟後再遊。」時大和二年三月也。詩曰：「百畝庭中半是苔，桃花浄盡菜花開。種桃道士歸何處，前度劉郎今又來。」

醉落魄　蘇州閶門留别

蒼顔華髮，故山歸計何時決？舊交新貴音書絶，惟有佳人，猶作殷勤别。　離亭欲去歌聲咽，瀟瀟細雨涼吹頰。淚珠不用羅巾裛，彈在羅衫，圖得見時説。　傅注本卷九

【校】

傅注本「吹」作「生」，「衫」作「衣」。　毛本「衫」作「衣」，注云：「一刻山谷。但『故山歸計何時決』作『故鄉歸路無因得』。」「顔」作「頭」。

【朱注】

案此與前調疑同時作。

【箋】

閶門　一統志蘇州府：闔閭城西，閶、胥二門。吴越春秋：閶門者，以象天門，通閶闔風也。闔閭欲破楚，楚在西北，故立閶門以通天氣。復名破楚門。寰宇記云：吴城西門也。春申君改爲閶門。

舊交新貴　漢書（鄭當時傳）：翟公云：「一死一生，乃知交情。一貧一富，乃知交態。一貴

一賤，交情乃見。」杜詩（狂夫）：「厚禄故人書斷絕，恒飢稚子色淒涼。」

菩薩蠻 潤州和元素

玉笙不受珠唇暖，離聲淒咽胸填滿。遺恨幾千秋，心留人不留。　他年京國酒，墮淚攀枯柳。莫唱短因緣，長安遠似天。　傅注本卷七

【校】傅注本「秋」作「愁」，誤。「心」作「恩」，「墮」作「泫」。　毛本題作「感舊」，「心」、「墮」二字同傅本。

【朱注】紀年録：甲寅，和元素。

【箋】

潤州　見本卷少年游「去年相送」闋題注。

玉笙　李商隱詩（銀河吹笙）：「悵望銀河吹玉笙。」傅注：陸罕笙詩：「響合絳唇吹。」

攀柳　晉書桓溫傳：溫自江陵北伐，行經金城，見少爲琅邪時所種柳皆已十圍，慨然曰：「木猶如此，人何以堪！」攀枝執條，泫然流涕。

短因緣　太平廣記（卷三四九韋鮑生妓）：鮑生者，有妾二人，遇外弟韋生有良馬，鮑出妾爲酒勸韋。韋請以馬换妾，鮑許以抱胡琴者，仍命歌以送韋酒。既而妾又歌以送鮑酒，歌曰：「風颭荷珠難暫圓，多生信有短因緣。西樓今夜三更月，還照離人泣斷絃。」

長安遠　注見本卷江城子「翠蛾羞黛怯人看」闋。

減字木蘭花

贈潤守許仲塗，且以鄭容落籍、高瑩從良爲句首。

鄭莊好客，容我尊前先墮幘。落筆生風，籍籍聲名不負公。　高山白早，瑩骨冰膚那解老。從此南徐，良夜清風月滿湖。　傅注本卷九

【校】

傅注本「清風」作「風清」。　東皋雜録引此詞，「尊」作「樓」，「冰膚」作「柔肌」，「清風」作「風清」。　毛本題作「自錢塘被召，林子中作郡守，有會，坐中營妓出牒，鄭容求落籍，高瑩求從良，子中呈東坡，東坡索筆爲減字木蘭花書牒後，時用鄭容落籍、高瑩從良八字於句端也，兼贈潤守許仲塗」。

【朱注】

紀年録：甲寅作。　詩集查注：許遵字仲塗，泗州人。神宗朝以大理寺請知潤州。

【箋】

鄭莊　傳注：鄭當時字莊，爲漢太子舍人。每五日洗沐，常置驛馬長安諸郊，請謝賓客，夜以繼日，至明旦，常恐不遍。

墮幘　晉書庾峻傳：峻子敳，字子嵩，爲陳留相。參東海王越太傅軍事，有重名，爲搢紳所推，而聚斂積實，談者譏之。時劉輿見任於越，人士多爲所構，惟敳縱心事外，無迹可間。後以其性儉家富，説越令就换錢千萬，冀其有吝，因此可乘。越於衆坐中問於敳，而敳乃頹然已醉，幘墮机上，以頭就穿取。徐答曰：「下官家有二千萬，隨公所取矣。」輿於是乃服。越甚悦，因曰：「不可以小人之慮，度君子之心。」

落筆生風　杜甫詩（寄李十二白二十韻）：「筆落驚風雨。」李白詩（贈從弟宣州長史昭）：「摇筆起風霜。」

籍籍　李白詩（贈韋秘書子春）：「高名動京師，天下皆籍籍。」

高山白早　劉禹錫詩（蘇州白舍人寄新詩有歎早白無兒之句因以贈之）：「雪裏高山頭白早。」

瑩骨冰膚　宋玉神女賦：「温乎如瑩。」莊子逍遥遊：「藐姑射之山有神人居焉，肌膚若冰雪，

淖約若處子。」

南徐　傅注：南徐，潤州也。晉元帝渡江，而淮北之地皆陷於胡。後幽、冀、青、并、兗、徐之流人相率過江，帝并僑立諸縣以司牧之，各仍其舊號，而爲南北之别矣。今潤州乃南徐之地。

良夜　傅注：鬼仙詩：「明月清風，良宵會同。」

【附考】

東臯雜録：東坡自錢塘被召，過京口，林子中作郡守，有宴會，座中營妓出牒，鄭容求落籍，高瑩求從良。子中命呈牒東坡，坡索筆題減字木蘭花於牒後云云，暗用「鄭容落籍、高瑩從良」八字於句端也。一作潤守許仲遠。　案聚蘭集作許仲塗，毛本題從此出。

南歌子　别潤守許仲塗

欲執河梁手，還升月旦堂。酒闌人散月侵廊，北客明朝歸去雁南翔。　窈窕高明玉，風流鄭季莊。一時分散水雲鄉，惟有落花芳草斷人腸。　傅注本卷五

【校】

毛本題「潤守」作「潤州」。

【朱注】

案此詞仍賦高、鄭事，因類編之。

【箋】

河梁　李陵詩（與蘇武三首）：「攜手上河梁，遊子暮何之。」

月旦　後漢書許劭傳：劭字子將，汝南平輿人。與從兄靖俱有高名，好共覈論鄉黨人物，每月輒更其品題。故汝南俗有月旦評焉。

窈窕二句　傅注：高明玉，瑩也。鄭季莊，容也。高瑩、鄭容，皆南徐之名妓。

水雲鄉　傅注：江南地卑濕而多沮澤，故謂之水雲鄉，亦謂之水國。

采桑子

潤州甘露寺多景樓，天下之殊景也。甲寅仲冬，余同孫巨源、王正仲參會於此，有胡琴者姿色尤好。三公皆一時英秀，景之秀，妓之妙，真爲希遇。飲闌，巨源請於余曰：「殘霞晚照，非奇才不盡。」余作此詞。

多情多感仍多病，多景樓中，尊酒相逢，樂事回頭一笑空。　停杯且聽琵琶語，細撚輕攏，醉臉春融，斜照江天一抹紅。　傅注本卷十二

【校】

傅注本題作「潤州多景樓與孫巨源相遇」。　毛本同傅本，惟「多」作「東」。

【朱注】

紀年録：甲寅，多景樓與孫巨源相遇作。　詩集王注：圖經：甘露寺在北固山，唐寶曆中，李德裕建，時甘露降此山，因以名之。又施注：孫巨源名洙，廣陵人。在諫院時，王介甫行新法，巨源心知不可，懇乞補外，知海州。又王文誥注：公至揚州，與李公擇書云：「塗中與完夫、正仲、巨源相會，所至輒作數劇飲笑樂，人生如此有幾。」胡完夫坐封還李定詞頭落職，家在晉陵。王存字正仲，潤州人。官左右史正言，知制誥，是時以事至家也。王注、查注脱去完夫，今補載。案完夫爲胡宗愈字，題云「三公皆一時英秀」，蓋指王、孫與胡也。

【箋】

多景樓　詩集查注：京口志：甘露寺有多景樓，中刻東坡熙寧甲寅與孫巨源輩會此賦采桑子詞，碑石今尚存。清一統志：多景樓在今江蘇北固山甘露寺内，北面大江，頗據形勢。始建於宋郡守陳天麟，即唐臨江亭故址。

尊酒相逢　韓愈詩（贈鄭兵曹）：「尊酒相逢十載前，君爲壯夫我少年。」

琵琶語　白居易琵琶行：「今夜聞君琵琶語。」

細撚輕攏　注見本卷南鄉子「裙帶石榴紅」闋。

【附考】

詩集馮注引楊元素云：「孫洙巨源、王存正仲，與東坡同遊多景樓，京師官妓皆在，而胡琴者姿伎尤妙。三公皆一時英彦，境之勝，客之秀，伎之妙，真爲希遇。酒闌，巨源請於東坡曰：『殘霞晚照，非奇詞不盡。』遂作采桑子，所謂『多情多感仍多病，多景樓中』是也。」又傅氏注坡詞引本事集云：「潤州甘露寺多景樓，天下之殊景。甲寅仲冬，蘇子瞻、孫巨源、王正仲參會於此，有胡琴者姿色尤好。三公皆一時英秀，景之秀，妓之妙，真爲希遇。飲闌，巨源請于子瞻曰：『殘霞晚照，非奇才不盡。』子瞻作此詞。案二說同出一源，雖字句頗有參差，然味其語意，必皆元素紀録之詞。而王文誥注以三公爲不可解，遽引胡完仲以足之，殊爲可笑。元本如此標題，疑亦旁注混入，或他人引本事集爲之，彊村本亦沿其謬。愚意此詞題自當從傅注本爲妥。

更漏子　送孫巨源

水涵空，山照市，西漢二疏鄉里。新白髮，舊黄金，故人恩義深。　海東頭，山盡處，自古客槎來去。槎有信，赴秋期，使君行不歸。　傅注本卷十二

【朱注】

紀年録：甲寅，送巨源作。王案：甲寅十月作。

【箋】

二疏　漢書疏廣傳：疏廣、疏受，東海人。廣爲太子太傅，受爲少傅。並乞骸骨歸鄉里，宣帝賜黄金二十斤，太子贈五十斤。公卿大夫、故人邑子設祖道，供帳東都門外，觀者皆曰：「賢哉，二大夫！」廣既歸鄉里，日與故舊賓客相與飲樂。問其家金餘有幾所，趣賣以共具，曰：「此聖主所以惠養老臣也。」於是鄉黨族人悦服焉。

客槎　注見本卷南歌子「海上乘槎侶」闋。

醉落魄　席上呈楊元素

分攜如昨，人生到處萍飄泊。偶然相聚還離索。多病多愁，須信從來錯。尊前一笑休辭卻，天涯同是傷淪落。故山猶負平生約。西望峨嵋，長羨歸飛鶴。

傅注本卷九

【校】

傅注本題無「楊」字。

【朱注】

紀年録：甲寅，離京口，呈元素作。

【箋】

萍飄　杜甫詩（秦州見敕目薛三璩授司議郎……凡三十韻）：「浩蕩逐浮萍。」傅注：萍無根，逐流而已，豈復有定居。

離索　注見本卷南鄉子「旌旆滿江湖」闋。

淪落　白居易琵琶行：「同是天涯淪落人，相逢何必曾相識。」

歸飛鶴　搜神後記：丁令威學道於靈虚山，後化鶴歸遼，集華表柱云：「有鳥有鳥丁令威，去家千年今始歸。城郭如故人民非，何不學仙冢累累。」杜甫詩（卜居）：「歸羨遼東鶴。」傅注：韓溉詠鶴詩：「王孫若問歸飛處，萬里秋風是故鄉。」

浣溪沙

贈陳海州。陳嘗爲眉令，有聲。

長記鳴琴子賤堂，朱顔緑髮映垂楊。如今秋鬢數莖霜。　聚散交遊如夢寐，升沉閑事莫思量。仲卿終不忘桐鄉。

【校】

傅注本闕。　毛本題作「憶舊」，「忘」作「避」。

【朱注】

案詩集甲寅十月，次韻陳海州書懷詩：「酒醒卻憶兒童事，長恨雙鳧去莫攀。」自注：「陳嘗令鄉邑。」詞當是同時作。

【箋】

鳴琴　説苑(政理)：子賤宰單父，鳴琴而治。巫馬期亦宰單父，以星出，以星入，日夜不處，以身親之，而單父亦治。

朱顔　宋玉招魂：「美人既醉，朱顔酡些。」

桐鄉　在今安徽桐城縣北，春秋桐國地。漢書循吏傳：朱邑字仲卿，廬江舒人。少時爲舒桐鄉嗇夫，廉平不苛，以愛利爲行，未嘗笞辱人，存問耆老孤寡，遇之有恩，所部吏民愛敬焉。後官至大司農，病且死，屬其子曰：「我故爲桐鄉吏，其民愛我，必葬我桐鄉。後世子孫奉嘗我，不如桐鄉民。」及死，其子葬之桐鄉西郭外。民果然共爲邑起冢立祠，歲時祠祭，至今不絶。

沁園春

赴密州，早行，馬上寄子由。

孤館燈青，野店雞號，旅枕夢殘。漸月華收練，晨霜耿耿，雲山摛錦，朝露團團。

世路無窮，勞生有限，似此區區長鮮歡。微吟罷，凭征鞍無語，往事千端。當時共客長安，似二陸初來俱少年。有筆頭千字，胸中萬卷，致君堯舜，此事何難。用舍由時，行藏在我，袖手何妨閑處看。身長健，但優游卒歲，且鬬尊前。 傅注本卷十一

【校】

傅注本前半闋殘。 毛本無題，「團團」作「漙漙」。

【朱注】

紀年録：甲寅十月作。王案：公時由海州赴密，不復繞道至齊一視子由，故其詞如此耳。

【箋】

子由　宋史蘇轍傳：轍字子由，年十九，與兄軾同登進士科。熙寧五年，授齊州掌書記。又三年，改著作佐郎。後以大中大夫致仕，築室於許，號潁濱遺老。自作傳萬餘言，不復與人相見，終日默坐，如是者幾十年。政和二年卒，年七十四。追復端明殿學士。淳熙中，謚文定。轍性沉靜簡潔，爲文汪洋澹泊，似其爲人，不願人知之，而秀傑之氣終不可掩，其高處殆與兄軾相迫。所著詩傳、春秋傳、古史、老子解、欒城文集，並行於世。

野店雞號　温庭筠商山早行詩：「雞聲茆店月，人跡板橋霜。」

耿耿　小明也。謝朓詩（暫使下都夜發新林至京邑贈府同僚）：「秋河曙耿耿。」

漙漙　露多貌。詩經（鄭風野有蔓草）：「野有蔓草，零露漙兮。」

世路二句　杜甫詩（絶句漫興九首）：「莫思身外無窮事，且盡生前有限杯。」

二陸　晉書陸機傳：機字士衡，吴郡人。抗子。少有異才，文章冠世。抗卒，領父兵爲牙門將。年二十而吴滅。太康末，與弟雲俱入洛，造太常張華。華素重其名，如舊相識，曰：「伐吴之役，利獲二俊。」雲字士龍，六歲能屬文。性清正，有才理。少與機齊名，雖文章不及機，而持論過之，號曰「二陸」。年十六，吴平，入洛。機初詣張華，華問雲何在，機曰：「雲有笑疾，未敢自見。」俄而雲至，華爲人多姿制，又好帛繩纏鬚，雲見而大笑，不能自已。

萬卷　杜甫詩（奉贈韋左丞丈二十二韻）：「讀書破萬卷，下筆如有神。」

致君　孟子（萬章上）：伊尹曰：「吾安能使是君爲堯舜之君哉？」杜甫詩（奉贈韋左丞丈二十二韻）：「致君堯舜上，再使風俗淳。」

用舍二句　論語（述而）：用之則行，舍之則藏，惟我與爾有是夫。

優游二句　家語：優哉游哉，聊以卒歲。杜牧詩（按：此爲牛僧孺詩席上贈劉夢得）：「且鬬尊前見在身。」

【附考】

遺山文集東坡樂府集選引：絳人孫安常注坡詞，參以汝南文伯起小雪堂詩話，删去他人所作無愁可解之類五十六首，其所是正亦無慮數十百處，坡詞遂爲完本，不可謂無功。然尚有可論

者，如「古岸開青葑」南柯子以末後二句倒入前篇。此等猶爲未盡，然特其小小者耳。就中「野店雞號」一篇，極害義理，不知誰所作，世人誤爲東坡，而小説家又以神宗之言實之，云神宗聞此詞不能平，乃貶坡黄州，且言「教蘇某閑處袖手，看朕與王安石治天下」。安常不能辨，復收之集中。如「當時共客長安，似二陸初來俱妙年。有胸中萬卷，筆頭千字，致君堯舜，此事何難。用舍由時，行藏在我，袖手何妨閑處看」之句，其鄙俚淺近，叫呼衒鬻，殆市駔之雄醉飽而後發之，雖魯直家婢僕且羞道，而謂東坡作者，誤矣。又前人詩文有一句或一二字異同，蓋傳寫之久，不無訛謬，或是落筆之後，隨有改定。而安常一切以别本爲是，是亦好奇尚異之蔽也。就孫集録取七十五首，遇語句兩出者，擇而從之。自餘「玉龜山」一篇，予謂非東坡不能作，孫以爲古詞，删去之，當自别有所據。姑存卷末，以候更考。丙申九月朔書于陽平寓居之東齋，元某引。

永遇樂

孫巨源以八月十五日離海州，坐别於景疏樓上。既而與余會於潤州，至楚州乃别。余以十一月十五日至海州，與太守會於景疏樓上，作此詞以寄巨源。

長憶别時，景疏樓上，明月如水。美酒清歌，留連不住，月隨人千里。别來三度，孤光又滿，冷落共誰同醉。捲珠簾、淒然顧影，共伊到明無寐。今朝有客，來從

濰上，能道使君深意。憑仗清淮，分明到海，中有相思淚。而今何在，西垣清禁，夜永露華侵被。此時看、回廊曉月，也應暗記。　傅注本卷七

【校】

傅注本題首有「公自序云」四字，「上」作「下」，「濰」作「淮」。　毛本題作「寄孫巨源」，「露」作「雲」，餘同傅本。

【朱注】

紀年録：甲寅，海州寄巨源作。　詩集施注：東坡與巨源既别於海州景疏樓，後登此樓，懷巨源作。　王案：此詞有「别來三度，孤光又滿」，乃與巨源相别三月，而客至東武，爲道巨源寄語，故作此詞。　時巨源以同修起居注、知制誥召還，計其必已自淮入京，故又有「而今何在，西垣清禁」及「此時看、迴廊曉月」等句，道其鎖宿之情事也。　此詞作於乙卯正月，確不可易。案詞叙稱巨源八月十五日坐别樓上，則詞中「别來三度」，乃謂巨源之别海州，歷九月、十月，至公至之十一月十五日恰爲三度，非公與别三月也。　仍從紀年録編甲寅。　名勝志：景疏樓在海州治東北。石刻云宋葉祖洽慕二疏之賢而建。　疏廣、疏受皆東海人也。　本集次韻孫巨源詩：「高才晚歲終難進，勇退常年正急流。　不獨二疏爲可慕，他時當有景孫樓。」自注：「巨源近離東海，郡有景疏樓。」

【箋】

海州　元和郡縣志：海州，春秋魯之東鄙，秦分薛郡爲郯郡，漢改郯爲東海郡，武德四年改海州。元豐九域志：淮南東路海州，治朐山縣，東南至漣水軍三百四十里，北至密州四百五十里。

景疏樓　傅注：今東武有景疏樓，有景慕之意也。二疏，東海人。　案：此亦以是詞爲在密州作，故臆説東武有景疏樓耳。

明月如水　杜甫詩（江月）：「江月光於水。」

月隨人千里　鮑照月詩（翫月城西門廨中）：「三五二八時，千里與君同。」

別來三度　詩集次韻孫巨源寄漣水李盛二著作并見寄五絶自注云：「昔與巨源、劉貢父、孫莘老相遇於山陽，自爾契闊，惟巨源近者復相遇於京口。」詳朱注。

濰上　括地志：濰水首受浚儀縣浪蕩渠水，東經臨慮縣入泗。

西垣　傅注：中書省謂之西掖。劉楨詩：「誰謂相去遠，隔此西掖垣。拘限清切禁，中情無由宣。」

露華　李白清平調：「春風拂檻露華濃。」

減字木蘭花

空牀響琢，花上春禽冰上雹。醉夢尊前，驚起湖風入坐寒。　轉關鑊索，春水

流絃霜入撥。月墮更闌，更請宮高奏獨彈。

【校】

傅注本、毛本俱無。

【朱注】

本集公與蔡景繁書：朐山臨海石室，信如所諭。某嘗攜家一遊，時家有胡琴婢，就室中作濩索涼州，凜然有冰車鐵馬之聲。案公於甲寅十一月至海州，是詞疑賦胡琴婢事。

【箋】

轉關鑊索　石湖詩集復作韻記昨日坐中劇談及趙家琵琶之妙呈王正之提刑二絶自注云：「正之云，轉關六么、濩索梁州、歷弦薄媚、醉吟商胡渭州，此四曲承平時專入琵琶，今不復有能傳者。」白石道人歌曲醉吟商小品序：「石湖老人謂予曰：琵琶有四曲，今不傳矣。曰濩索梁州、轉關緑腰、醉吟商胡渭州、歷弦薄媚也。」敖陶孫詩話：「樂譜琵琶曲有轉關六么，取其聲調諧婉。又有濩索梁州，謂其音節閒繁。」

春水流絃　白居易琵琶行：「間關鶯語花底滑，幽咽流泉水下灘。」

乙卯

年譜：熙寧八年乙卯，先生年四十，到密州任。有後杞菊賦，其叙云：予仕宦十有九年，家日益貧。移守膠西，而齋廚索然。案：先生丁酉年登第，至是恰十九年矣。

蝶戀花　密州上元

燈火錢塘三五夜，明月如霜，照見人如畫。帳底吹笙香吐麝，更無一點塵隨馬。寂寞山城人老也，擊鼓吹簫，卻入農桑社。火冷燈稀霜露下，昏昏雪意雲垂野。

【校】

傅注本闕。　毛本「更無」句作「此般風味應無價」，「卻」作「乍」，「稀」作「希」。

【朱注】

紀年録：乙卯作。　王案：乙卯正月十五日作。

【箋】

上元　白六帖：正月十五日爲上元。

香吐麝　說文：麝如小麋，臍有香。一名射父。劉遵詩（繁華應令）：「腕動香飄麝。」

塵隨馬　蘇味道詩（正月十五夜）：「暗塵隨馬去。」

擊鼓二句　謂社祭也。周禮（鼓人）：「以靈鼓鼓社祭。」

江城子　乙卯正月二十日夜記夢

十年生死兩茫茫。不思量，自難忘。千里孤墳，無處話淒涼。縱使相逢應不識，塵滿面，鬢如霜。　夜來幽夢忽還鄉。小軒窗，正梳妝。相顧無言，惟有淚千行。料得年年腸斷處，明月夜，短松岡。

【校】

傅注本闕。毛本無題。

【朱注】

紀年録：乙卯作。王案：詞注謂公悼亡之作，考通義君卒於治平二年乙巳，至是熙寧八年乙卯，正十年也。　本集亡妻王氏墓誌銘：治平二年五月丁亥，趙郡蘇軾之妻卒於京師。其明年六月壬子，葬於眉之東北彭山縣安鎮鄉可龍里先君先夫人墓之西北。

雨中花慢

初至密州，以累年旱蝗，齋素累月。方春牡丹盛開，遂不獲一賞。至九月，忽開千葉一朵，雨中特爲置酒，遂作。

今歲花時深院，盡日東風，輕颺茶煙。但有緑苔芳草，柳絮榆錢。聞道城西，長廊古寺，甲第名園。有國豔帶酒，天香染袂，爲我留連。　　清明過了，殘紅無處，對此淚灑尊前。秋向晚、一枝何事，向我依然。高會聊追短景，清商不假餘妍。不如留取，十分春態，付與明年。　傅注本卷十一

【校】

傅注本題存詞闕。調名無「慢」字，題首有「公」字，題末有「此詞」二字。元本調名亦脱「慢」字，「假」誤作「暇」。從毛本。　毛本題作「初至密州，以旱蝗齋素者累月，方春牡丹盛開，不獲一賞，至九月，忽開千葉一朵，雨中爲置酒作」。「輕颺」作「蕩漾」。

【朱注】

紀年録：乙卯九月作。

【箋】

累年旱蝗　詩集查注：水經注：扶淇之水，出西南常山。本集記略云：山不甚高大，而下臨城中，如在山上。歲旱禱雨茲山，未嘗不應。蓋有常德者，故謂之常山。熙寧八年春夏旱，再禱焉，皆應如響，乃新其廟。熙寧九年七月，詔封常山神爲潤民侯。

柳絮榆錢　杜甫詩（送路六侍御入朝）：「不分桃花紅勝錦，生憎柳絮白于綿。」施肩吾詩（戲詠榆莢）：「風吹榆錢落如雨，繞林繞屋來不住。」先生次韻田國博部夫南京見寄詩：「深紅落盡東風惡，柳絮榆錢不當春。」

古寺　詩集玉盤盂小序：東武舊俗，每歲四月，大會於南禪、資福兩寺，以芍藥供佛。而今歲最盛，凡七千餘朵，皆重跗累萼，繁麗豐碩。中有白花，正圓如覆盂，其下十餘葉稍大，承之如盤，姿格絶異，獨出於七千朵之上，云得之於城北蘇氏園中，周宰相莒公之别業也。據此知此詞所稱城西古寺，南禪、資福，必居其一。

甲第　漢書（高帝紀下）：列侯居邑，皆賜大第室。注云：有甲乙次第，故曰甲第。

國豔天香　松窗雜録：明皇内殿賞牡丹，問侍臣牡丹詩誰爲首。奏云，李正封詩曰：「國色朝酣酒，天香夜染衣。」

清商　魏文帝燕歌行：「援琴鳴絃發清商，短歌微吟不能長。」文選注引宋玉笛賦：「吟清商，追流徵。」

江城子　密州出獵

老夫聊發少年狂。左牽黄，右擎蒼。錦帽貂裘，千騎卷平岡。爲報傾城隨太守，親射虎，看孫郎。　酒酣胸膽尚開張。鬢微霜，又何妨。持節雲中，何日遣馮唐。會挽雕弓如滿月，西北望，射天狼。　傅注本卷六

【校】

毛本題作「獵詞」。

【朱注】

紀年録：乙卯冬，祭常山回，與同官習射放鷹作。

【箋】

牽黄、擎蒼　傅注：黄，黄狗也。蒼，蒼鷹也。梁書張克傳：克字延符，吴郡人。父緒，有名前代。克少時不持操行，好逸遊。緒嘗請假還吴，始入西郭，值克出獵，左手臂鷹，右手牽狗。遇緒船至，便放紲脱鞲，拜於水次。緒曰：「一身兩役，無乃勞乎？」克跪對曰：「克聞三十而立，今二十九矣，請至來歲而敬易之。」

錦帽貂裘　傅注：錦帽，錦蒙帽也。貂裘，貂鼠裘也。李白：「繡衣貂裘明白雪。」古者諸侯

千乘，今太守，古諸侯也，故出擁千騎。

傾城　漢書外戚傳：李延年性知音，善歌舞，武帝愛之。每爲新聲變曲，聞者莫不感動。延年侍上，起舞，歌曰：「北方有佳人，絶世而獨立。一顧傾人城，再顧傾人國。寧不知傾城與傾國，佳人難再得。」上歎息，以爲世無其人。平陽主因言延年有女弟，上乃召見之，實妙麗善舞，由是得幸。

孫郎　三國志吴志：二十三年十月，權將如吴，親乘馬射虎於庱亭。馬爲虎所傷，權投以雙戟，虎卻廢，常從張世擊以戈，獲之。

鬢霜　王禹偁老將詩：「歸來兩鬢霜。」

馮唐　漢書馮唐傳：唐事文帝，帝曰：「公何以言吾不能用頗、牧也？」唐對曰：「今臣竊聞魏尚爲雲中守，軍市租盡以給士卒，出私養錢，五日壹殺牛，以饗賓客軍吏舍人，是以匈奴遠避，不近雲中之塞。虜嘗一入，尚帥車騎擊之，所殺甚衆。夫士卒盡家人子，起田中從軍，安知尺籍伍符。終日力戰，斬首捕虜，上功莫府，一言不相應，文吏以法繩之。其賞不行，吏奉法必用。愚以爲陛下法太明，賞太輕，罰太重。且雲中守尚坐上功首虜差六級，陛下下之吏，削其爵，罰作之。繇此言之，陛下雖得李牧，不能用也。臣誠愚，觸忌諱，死罪！」文帝説，是日令唐持節赦魏尚，復以爲雲中守，而拜唐爲車騎都尉。

天狼　楚辭九歌東君：「舉長矢兮射天狼。」王逸注：天狼，星名，以喻貪殘。晉書天文志：

狼一星在東井南，爲野將，主侵掠。

【附録】

詩集祭常山回小獵一首云：「青蓋前頭點皂旗，黄茅岡下出長圍。弄風驕馬跑空立，趁兔蒼鷹掠地飛。回望白雲生翠巘，歸來紅葉滿征衣。聖明若用西涼簿，白羽猶能效一揮。」

水龍吟 贈趙晦之吹笛侍兒

楚山修竹如雲，異材秀出千林表。龍鬚半翦，鳳膺微漲，玉肌匀繞。木落淮南，雨晴雲夢，月明風嫋。自中郎不見，桓伊去後，知孤負，秋多少。　聞道嶺南太守，後堂深、緑珠嬌小。綺窗學弄，梁州初遍，霓裳未了。嚼徵含宮，泛商流羽，一聲雲杪。爲使君洗盡，蠻風瘴雨，作霜天曉。　傅注本卷一

【校】

傅注本題作「詠笛村。公舊序云，時太守閭邱公顯已致仕，居姑蘇，後房懿卿者甚有才色，因賦此詞云。贈趙晦之」。「嫋」作「裊」，「孤」作「辜」。毛本題作「嶺南太守閭邱公顯致仕居姑蘇，東坡每過必留連。嘗言過姑蘇，不遊虎丘，不謁閭丘，乃二欠事，其重之如此。一日出其後房佐酒，有懿卿者甚有才色，善吹笛，因作水龍吟贈之」。案：此説出鶴林玉露。貴耳録引此詞，

「桓伊」作「將軍」，「梁州初遍」作「涼州初試」。

【朱注】

紀年録：乙卯作。案晦之名昶。

【箋】

楚山　傅注：今蘄州笛村，故楚地也。

龍鬚三句　傅注：笛製取良簳通洞之，若於首頸處則存一節，節間留纖枝，剪而束之，節以下若膺處則微漲，而全體皆要匀净。若漢書所謂生其竅厚均者，斷兩節間而吹之。審如是，然後可製。故能遠可通靈達微，近可以寫情暢神。謂之龍鬚、鳳膺、玉肌，皆取其美好之名也。

木落三句　傅注：善吹笛者，必俟氣肅天清，風微月亮，聊作一二弄，遂臻其妙。漢書諸侯王年表：北界淮瀕，略衡、廬爲淮南。初學記：淮南道者，禹貢揚州之域。又得荆州之東界，自淮以南，略江而西，盡其地也。曹植與吴質書：伐雲夢之竹以爲笛。周禮職方氏：荆州，其澤藪曰雲瞢。瞢，模紅切，與夢同。一統志：雲夢澤在天門縣西。寰宇記：竟陵城西大澤，即古雲夢。

中郎　傅注：蔡邕初避難江南，宿於柯亭之館，以竹爲椽。邕仰而眄之，曰：「此良材也。」取以爲笛，奇聲獨絶。歷代傳之至於今。邕嘗爲中郎將。　案後漢書注引張騭文士傳曰：邕告吴人曰：吾昔嘗經會稽高遷亭，見屋椽竹東間第十六可以爲笛。取用果有異聲。伏滔長笛賦序云：柯亭之觀，以竹爲椽。邕取爲笛，奇聲獨絶也。與傅注微異。傅或别有所本。

桓伊　注見本卷昭君怨「誰作桓伊三弄」闋。

緑珠　傳注：緑珠，石崇家妓名也。素善吹笛。餘詳本卷南鄉子（旌旆滿江湖）注。

梁州二句　傳注：楊妃外傳：梁州，乃開元間西涼州所獻之曲也。其詞則貴妃爲之。天寶初，羅公遠侍明皇中秋宴，公遠奏曰：「陛下能從臣月宮遊乎？」命取桂枝杖，向空擲之爲大橋，色如白金。上同行數十里，至大城闕，公遠曰：「此月宮也。」仙女數百，素衣飄然，舞於廣庭中。上問：「此爲何曲？」曰：「霓裳羽衣曲也。」上密記其聲節，及回，即喻伶人象其音調，製爲霓裳羽衣之曲。初遍者，今樂府諸大曲，凡數十解，於擲前則有排遍，擲後則有延遍。此謂之初遍，豈非排遍之首謂乎？　案：傳説與碧雞漫志所言微異。又今本太真外傳無梁州詞乃貴妃所作之説。

嚼徵二句　宋玉對楚王問：「引商刻羽，雜以流徵，國中屬而和者，不過數人。」

雲杪　傳注：諸樂器中，唯笛有穿雲裂石之聲。

霜天曉　曲名有霜天曉角。

【附考】

貴耳録：東坡水龍吟詠笛詞，傳有八字謚：「楚山修竹如雲，異材秀出千林表」，此笛之質也；「龍鬚半翦，鳳膺微漲，玉肌匀繞」，此笛之狀也；「木落淮南，雨晴雲夢，月明風嫋」，此笛之時也；「自中郎不見，將軍去後，知孤負，秋多少」，此笛之事也；「聞道嶺南太守，後堂深、緑珠嬌小」，此笛之人也；「綺窗學弄，涼州初試，霓裳未了」，此笛之曲也；「嚼徵含宫，泛商流羽，一

聲雲杪」，此笛之音也；「爲使君洗盡，蠻煙瘴雨，作霜天曉」，此笛之功也。嚼徵、含宮、泛商、流羽，五音已用其四，唯少一「角」字。末句作「霜天曉」，欹後一「角」字。

減字木蘭花　送東武令趙昶失官歸海州

賢哉令尹，三仕已之無喜愠。我獨何人，猶把虚名玷搢紳。不如歸去，二頃良田無覓處。歸去來兮，待有良田是幾時？　傅注本卷九

【校】

傅注本「趙昶」作「趙晦之」，餘同元本。　毛本題作「送東武令趙晦之」。

【朱注】

紀年録：乙卯作。

【箋】

海州　見本卷永遇樂「長憶別時」闋題注。

令尹　論語（公冶長）：令尹子文三仕爲令尹，無喜色；三已之，無愠色。

搢紳　傅注：搢，笏。紳，大帶也。「搢」或作「縉」。

二頃田　史記（蘇秦列傳）：蘇秦曰：「使我有洛陽負郭田二頃，吾豈能佩六國相印乎？」

歸去來兮　晉陶潛爲彭澤令，解印去縣，乃賦歸去來辭。

丙辰

年譜：熙寧九年丙辰，先生年四十一，在密州任。

蝶戀花

微雪，客有善吹笛擊鼓者，方醉中，有人送苦寒詩求和，遂以此答之。

簾外東風交雨霰。簾裏佳人，笑語如鶯燕。深惜今年正月暖，燈光酒色摇金琖。

摻鼓漁陽撾未遍。舞褪瓊釵，汗溼香羅軟。今夜何人吟古怨，清詩未了冰生硯。

傅注本卷六

【校】

傅注本存目闕詞。　毛本題作「密州冬夜文安國席上作」，「了」作「就」。

【朱注】

王案：丙辰春夜，文勛席上作。又曰：正月，遷祠部員外郎。案王説據毛本題也。後一首

類編。

【箋】

雨霰　詩小雅頍弁：「如彼雨雪，先集維霰。」

摻鼓漁陽　後漢書禰衡傳：曹操聞衡善擊鼓，乃召爲鼓史。因大會賓客，閱試音節。諸史過者，令脱其故衣，更著岑牟單絞之服。次至衡，衡方爲漁陽摻撾，蹀躍而前，容態有異，聲節悲壯，聽者莫不慷慨。注：撾，擊鼓杖也。摻撾，擊鼓之法。

滿江紅

正月十三日，雪中送文安國還朝。

天豈無情，天也解、多情留客。春向暖、朝來底事，尚飄輕雪。君遇時來紆組綬，我應老去尋泉石。恐異時、杯酒復相思，雲山隔。　浮世事，俱難必。人縱健，頭應白。何辭更一醉，此歡難覓。不用向佳人訴離恨，淚珠先已凝雙睫。但莫遣、新燕卻來時，音書絶。　傅注本卷二

【校】

傅注本題奪「三」字，「遇時」作「過春」，「先」誤「光」。　毛本題「文」作「姜」，「遇時」作「過

春」，「老」作「歸」，「尋」作「耽」，「復」作「忽」，「不用」作「欲」，「遺」作「追」。

【朱注】

案詩集，丙辰有立春日病中邀安國仍請率禹功同來詩二首。詞疑作於是時。詩集合注：東坡全集有文安國席上作蝶戀花詞，即盧江文勛也。倪濤六藝之一録載書史會要云：勛官太府寺丞，工篆書。

【箋】

組綬　說文：組，綬屬，其小者以爲冕纓。急就篇注：綬，受也，所以承受印環也。亦謂之璲。後漢輿服志：韍佩既廢，秦乃以采組連結於璲，光明章表，轉相結受，故謂之綬。

新燕　傅注：燕子以秋分去，春分至。江文通詩：「袖中有短書，願寄雙飛燕。」

殢人嬌　戲邦直

別駕來時，燈火熒煌無數。向青瑣、隙中偷覷，元來便是，共彩鸞仙侶。方見了、管須低聲說與。　百子流蘇，千枝寶炬，人間有、洞房煙霧。春來何事，故抛人別處。坐望斷、樓中遠山歸路。　傅注本卷八

【校】

傅注本奪「熒煌」二字。　毛本次句作「滿城燈火無數」。

【朱注】

案詩集，丙辰春有和邦直詩。施注：邦直名清臣，魏人。居高密時，以京東提刑按部至密也。又次韻李邦直感舊詩注：感舊詩有「入夢」、「還鄉」之戲。東坡又爲長短句云：「誰教幽夢裏，插他花。」亦此意也。

【箋】

邦直　詩集施注：李邦直，名清臣，魏人。七歲知誦書，日數千言。韓忠獻公聞其名，妻以兄子。舉進士，應材識兼茂科。歐陽公壯其文，廷對策入等，名聲籍甚。以薦知太常禮院。從韓絳使陝西，坐貶出通判海州。還故官，提點京東刑獄。召爲兩朝國史編修官，同修起居注，知制誥，拜吏部尚書，擢尚書左丞。哲宗立，以資政殿學士出守三郡。徽宗立，入爲門下侍郎，出知大名府。年七十一，薨。邦直早以詞藻受知人主，爲文簡重宏放，然志於利禄，謀國無公心，一意欲取宰相，故操持悖謬，竟不如願以死。後追治其罪，貶雷州司户。邦直居高密時，以京東提刑行部至密也。東坡晚年瘴海，僅得生還，推原禍本，實自邦直發之。

別駕　傅注：晉庾亮云：「別駕任居刺史之半，安可非其人？」

青瑣　傅注：漢武故事：西王母嘗見帝於承華殿，東方朔從青瑣竊窺之。青瑣，謂青瑣牕闥

耳。漢書注：青瑣者，刻爲連瑣文而青塗之。

綵鸞　傅注：傳奇集：大和末，有書生文簫遊鍾陵，因中秋許仙君上昇日，吴、蜀、楚、越士女駢集，生亦往焉。忽遇一姝，風韻出塵，吟詩曰：「若能相伴陟仙壇，應得文簫駕綵鸞。自有繡襦并甲帳，瓊臺不怕雪霜寒。」生曰：「吾姓名其兆乎？此必神仙之儔侣也。」夜四鼓，姝與三四輩獨秉燭登山，生潛躡其後。姝覺，回首曰：「豈非文簫耶？」至絶頂，乃知其爲女仙矣。綵鸞與生有夙契，遂同歸鍾陵，僅十載。後至會昌間，遂入越王山，各乘一虎，登仙而去。

流蘇　傅注：倦遊録：流蘇者，乃盤線繪繡之球，五色錯爲之，同心而下垂者是也。今此謂流蘇者，乃百子帳之流蘇也，蓋昔人以流蘇繫帳之四隅爲飾耳。

寶炬　傅注：江淹燈賦：「雙流百枝，豔帳充庭。」李賀詩（河陽歌）：「蜜炬千枝爛。」

望江南　超然臺作

春未老，風細柳斜斜。試上超然臺上看，半壕春水一城花，煙雨暗千家。　寒食後，酒醒卻咨嗟。休對故人思故國，且將新火試新茶，詩酒趁年華。　傅注本卷十二

【校】

毛本無題。

【朱注】

紀年録：乙卯，於超然臺作望江南。案公於甲寅十一月至密州任。超然臺記謂移守膠西，處之期年，園之北因城以爲臺者舊矣，稍葺而新之，時相與登覽，放意肆志焉。詞作於春，當屬丙辰。後一首疑同時作，以類附焉。

【箋】

半壕　廣韻：壕，城下池也。柳宗元詩：「雁鳴寒雨下空壕。」（按：此非柳宗元詩，乃許渾詩，題爲登故洛陽城，見全唐詩卷五三三。）

寒食　荆楚歲時記：冬節一百五日，即有疾風甚雨，謂之寒食，禁火三日。

思故國　杜甫詩（題衡山縣文宣王廟新學堂呈陸宰）：「思國延歸望。」

新火　傅注：周官以季春出火，則寒食後乃其時爾，故曰「新火」。

又

春已老，春服幾時成？曲水浪低蕉葉穩，舞雩風軟紵羅輕，酣詠樂昇平。　微雨過，何處不催耕。百舌無言桃李盡，柘林深處鵓鴣鳴，春色屬蕪菁。　傅注本卷十二

【校】傅注本「酣詠」作「酣歌」。毛本題作「暮春」，「紵」作「苧」，「林」作「枝」。

【箋】春服　論語（先進）：莫春者，春服既成，冠者五六人，童子六七人，浴乎沂，風乎舞雩，詠而歸。

曲水　文選顔延年三月三日曲水詩序，李善注：韓詩曰：三月桃花水之時，鄭國之俗，三月上巳，於溱、洧兩水之上，執蘭招魂，祓除不祥也。續齊諧記曰：晉武帝問尚書摯虞曰：「三月曲水，其義何？」答曰：「漢章帝時，平原徐肇以三月初生三女，至三日而俱亡，一村以爲怪，乃招攜至水濱盥洗，遂因水以泛觴。曲水之義起於此。」帝曰：「若所談非好事。」尚書郎束晳曰：「仲治小生，不足以知。臣請説其始。昔周公成洛邑，因流水以泛酒，故逸詩曰：『羽觴隨流波。』又秦昭王三日置酒河曲，見有金人出奉水心劍曰：『令君制有西夏。』乃因其處立爲曲水。二漢相沿，皆爲盛集。」帝曰：「善。」賜金五十斤，左遷仲治爲陽城令。

蕉葉　傅注：蕉葉，乃杯名耳。

紵羅　傅注：紵，枲屬，可爲縷布。紵羅，則紵之纖縞者。吴有白紵歌。

酣詠　宋之問詩（寒食還陸渾别業）：「野老不知堯舜力，酣歌一曲太平人。」

催耕　周禮鄰長、里宰：趣其耕耨。杜甫詩（洗兵馬）：「田家望望惜雨乾，布穀處處催

春種。」

百舌　蟲薔：角舌，伯勞之一種，一名反舌。似伯勞而小，全體黑色，喙甚尖，色黃黑相雜，鳴聲圓滑。人或畜之，至冬則死。杜甫百舌詩：「過時如發口，君側有讒人。」无則百舌詩：「千愁萬恨過花時。」

鶗鴂　傅注：鶗鴂，鳩也。杜甫詩：「鳴鳩乳燕青春深。」

蕪菁　傅注：蕪菁，本草以爲蔓菁也。方春易盛，梗短葉大，連生地上，故諸葛亮所止，必令人種此，以其纔出可食，其利亦博。今三蜀人呼蔓菁爲諸葛菜。韓退之詩云：「黃黃蕪菁花，桃李事已退。」

滿江紅

東武會流杯亭，上巳日作。城南有坡，土色如丹，其下有隄，壅邦淇水入城。

東武南城，新隄就、邦淇初溢。微雨過、長林翠阜，卧紅堆碧。枝上殘花吹盡也，與君試向江頭覓。問向前、猶有幾多春，三之一。　官裏事，何時畢？風雨外，無多日。相將泛曲水，滿城争出。君不見蘭亭修禊事，當時坐上皆豪逸。到如今、修竹滿山陰，空陳迹。　傅注本卷二

【校】

傅注本題作「東武會流杯亭」，次句作「新隄畔漣漪初溢」，「微雨過」作「隱隱遍」，「翠阜」作「高阜」，「江頭」作「江邊」。　元本「邞」誤「郏」。　毛本題同傅本，次句作「新隄固、漣漪初溢」，「微雨過」作「隱隱遍」，「翠」作「高」，「試」作「更」。

【朱注】

紀年録：丙辰上巳日，流觴於南禪小亭作。　詩集王注：援曰：水經注：邞淇之水出西南常山，東北流注濰。　濰自箕縣北徑東武縣西北流，合邞淇之水。　漢琅琊有扶縣，蓋「邞」與「扶」同音。　名勝志：諸城縣有柳林河，出石門山，流徑縣西北，入於邞淇。　密人爲上巳祓除之所。

【箋】

東武　傅注：東武，密州。　詳本卷南鄉子（東武望餘杭）注。

曲水　荆楚歲時記：三月三日，都人并出水渚，爲流杯曲水之飲。　餘詳本卷望江南（春已老）注。

蘭亭　晉王羲之蘭亭序：「向之所欣，俯仰之間，已爲陳迹，猶不能不以之興懷，況修短隨化，終期於盡。」餘詳本卷泛金船（無情流水多情客）注。

水調歌頭

丙辰中秋，歡飲達旦，大醉，作此篇，兼懷子由。

明月幾時有，把酒問青天。不知天上宮闕，今夕是何年。我欲乘風歸去，惟恐瓊樓玉宇，高處不勝寒。起舞弄清影，何似在人間。　轉朱閣，低綺户，照無眠。不應有恨，何事長向別時圓。人有悲歡離合，月有陰晴圓缺，此事古難全。但願人長久，千里共嬋娟。　傅注本卷一

【校】

毛本「惟」作「又」。

【朱注】

王宗稷年譜：丙辰作。

【箋】

明月二句　李白詩（把酒問月）：「青天有月來幾時，我今停杯一問之。」

今夕　杜甫詩（今夕行）：「今夕何夕歲云徂。」

乘風　傅注：列子：隨風東西，猶木葉幹殼，竟不知我乘風耶？風乘我耶？

瓊樓　傳注：唐段成式云，翟天師嘗於江上望月，或曰：「此中竟何有？」翟笑曰：「可隨吾指觀之。」忽見月規半天，瓊樓金闕滿焉，頃刻不復見。

不勝寒　傳注：明皇雜録：八月十五夜，葉静能邀上游月宫，將行，請上衣裘而往。及至月宫，寒凜特異，上不能禁。静能出丹二粒進，上服之，乃止。

起舞　李白月下獨酌詩：「我歌月徘徊，我舞影零亂。」

有恨　傳注：唐詩：「月如無恨月長圓。」

陰晴圓缺　傳注：公中秋寄子由詩云：「嘗聞此宵月，萬里同陰晴。」

千里　謝莊月賦：「美人邁兮音塵絶，隔千里兮共明月。」

【評】

張炎詞源：此詞清空中有意趣，無筆力者未易到。

王闓運湘綺樓詞選：「人有」三句，大開大闔之筆，他人所不能。

鄭文焯手批東坡樂府：發端從太白仙心脱化，頓成奇逸之筆。湘綺誦此詞，以爲此全字韻，可當三語掾，自來未經人道。

【附考】

坡仙集外紀：蘇軾於中秋夜宿金山寺，作水調歌頭寄子由云云。神宗讀至「瓊樓玉宇」二句，乃歎曰：「蘇軾終是愛君。」即量移汝州。

鐵圍山叢談卷三：歌者袁綯，乃天寶之李龜年也，宣和間供奉九重。嘗爲吾言：東坡公昔與客游金山，適中秋夕，天宇四垂，一碧無際，加江流澒湧，俄月色如晝。遂共登金山山頂之妙高臺，命綯歌其水調歌頭曰：「明月幾時有，把酒問青天。」歌罷，坡爲起舞而顧問曰：「此便是神仙矣。」吾謂文章人物，誠千載一時，後世安所得乎？

畫堂春　寄子由

柳花飛處麥搖波，晚湖净，鑑新磨。小舟飛棹去如梭，齊唱采菱歌。　平野水雲溶漾，小樓風日晴和。濟南何在暮雲多，歸去奈愁何。

【校】

傅注本、毛本俱無。

【朱注】

案穎濱遺老傳，張文定知淮陽，以學官見辟，從之三年，授齊州掌書記，復三年。考子由以癸丑九月自陳至齊，迨丙辰九月，三年成資罷任，即以上書還京。詞必於是時寄之，故有「濟南」、「歸去」等語。前段則追述辛亥七八月同遊陳州柳湖事。

【箋】

濟南　一統志：濟南府，禹貢青州之域。周爲齊地，秦屬齊郡，漢初分置濟南郡，後魏改曰齊州，宋初曰齊州濟南郡。

江城子

前瞻馬耳九仙山。碧連天，晚雲閑。城上高臺，真個是超然。莫使匆匆雲雨散，今夜裏，月嬋娟。　小溪鷗鷺静聯拳。去翩翩，點輕煙。人事淒涼，回首便他年。莫忘使君歌笑處，垂柳下，矮槐前。

【校】

傅注本、元本俱無。

【朱注】

紀年録：丙辰十二月，東武道中作。王案：丙辰十月，晚登超然臺望月作。又曰：十一月告下，以祠部員外郎移知河中府。　名勝志：盧山在諸城縣東南四十五里。又二十五里爲九仙山，高聳摩空，常有仙人居之。

【箋】

馬耳　先生雪後書北臺壁詩：「試掃北臺看馬耳，未隨埋没有雙尖。」水經注：馬耳山高百丈，上有二石並舉，望齊馬耳，故世取名焉。陳沂山東志：馬耳山在諸城縣西南六十里。

九仙　詩集次韻周邠寄雁蕩山圖：「九仙今已壓京東。」自注：「將赴河中，密邇太華，九仙在東武，奇秀不減雁蕩也。」一統志青州府：九仙山在諸城縣西南九十里，潮河出此。山勢高聳摩空，嘗有仙人居之。

超然　子由超然臺賦叙略云：子瞻守高密，因其城上之廢臺而增葺之，以告轍曰：「將何以名之？」轍曰：「天下之士，奔走於是非之場，浮沉於榮辱之海，囂然盡力而忘反，亦莫自知也。而達者哀之，非以其超然不累于物耶？老子曰：『雖有榮觀，燕處超然。』試以『超然』名之，可乎？」乃爲之賦云云。

聯拳　謝莊玩月詩：「水鷺足聯拳。」杜甫漫成一絶：「沙頭宿鷺聯拳静，船尾跳魚撥剌鳴。」

又　東武雪中送客

相從不覺又初寒。對尊前，惜流年。風緊離亭，冰結淚珠圓。雪意留君君不住，從此去，少清歡。轉頭山上轉頭看。路漫漫，玉花翻。雲海光寬，何處是超然。

知道故人想念否，攜翠袖，倚朱闌。

【校】傳注本闕。毛本題作「冬景」，「不住」作「且住」，「上」作「下」，「雲」作「銀」。

【朱注】紀年録：丙辰十二月，東武雪中送章傳道作。案詩集，乙卯有游盧山次韻章傳道詩。

【箋】

轉頭山　一統志青州府：轉頭山在諸城縣南四十里。

雲海　詩集雪後書北臺壁：「凍合玉樓寒起粟，光摇銀海眩生花。」蔡卞曰：此句不過詠雪之狀，妝點樓臺如玉樓，瀰漫萬象若銀海耳。據此，「雲海」宜從毛本作「銀海」爲是。

丁巳

年譜：熙寧十年丁巳，先生年四十二。正月，自密州至京師。四月後赴徐州任。

南鄉子　席上勸李公擇酒

不到謝公臺，明月清風好在哉。舊日髯孫何處去，重來，短李風流更上才。

秋色漸摧頹，滿院黃英映酒杯。看取桃花春二月，爭開，盡是劉郎去後栽。　傳注本卷四

【校】

傳注本「好」作「安」。

【朱注】

紀年録：丁巳，過齊，時公擇守齊，席上作。　詩集查注：李公擇，神宗初爲右正言，力詆新法，落職，通判滑州，徙知齊州。東坡離密，正公擇知齊州時也。

【箋】

謝公臺　傳注：謝公臺在維揚。

髯孫　三國志（吴書吴主傳裴松之注）：張遼問吴降人：「向有紫髯將軍，長上短下，是誰？」答曰：「是孫會稽仲謀也。」

短李　傳注：唐李紳爲人短小精悍，於詩最有名，時號「短李」。初孫莘老、李公擇及公同會，至是惟公擇在焉。

劉郎　注見本卷阮郎歸「一年三度過蘇臺」闋。

陽關曲　答李公擇

濟南春好雪初晴，纔到龍山馬足輕。使君莫忘霅溪女，還作陽關腸斷聲。　傅注本卷九

【校】

詩集「曲」作「詞」，「纔」作「行」，「還」作「時」。　傅注本、元本題俱脱「答」字，毛本同。從詩集補。毛本「還」作「時」。

【朱注】

案詩集並載此詞，編丁巳，從之。　詩集翁注：王文簡曰，濟南郡城東七十里龍山鎮，即水經注巨合城也。施注：公擇先知湖州，自湖移濟南，故東坡以「霅溪女」戲之。

【箋】

霅溪　詩集王注：霅溪在湖州。一統志湖州府：霅溪在府治南，即諸水所滙也。寰宇記：在烏程縣東南一里，自浮玉山曰苕溪，自銅峴山曰前溪，自天目山曰餘不溪，自德清縣前北流至州南興國寺前曰霅溪，凡四水合爲一溪，東北流四十里入太湖。字書云：霅者，四水激射之聲也。

陽關　李商隱詩（贈歌妓二首）：「斷腸聲裏唱陽關。」

【附考】

案：馮注詩集卷十五有陽關詞三首，王注：次公曰，三詩各自説事，惟是皆可歌之，故曰陽關三絶。按王立之詩話云，先生作彭門守時，過齊州李公擇，中秋席上賦一絶云云。其後山谷在黔南，令以小秦王歌之。次公謂先生名之爲陽關三絶，則必用「西出陽關無故人」之聲歌之矣。王立之説恐非也。蓋贈張繼愿言戲馬臺，則在徐州所贈也；答李公擇云「濟南春好雪初晴」，則自是春初之作，豈可便指爲過齊州作耶？意者三詩先生皆以陽關歌之，乃聚爲一處，標其題曰陽關三絶。榴案：此段注自「按」字以下似另出一手，引次公語以駁王立之詩話者，然無從考别矣。鄭文焯手批東坡樂府：是闋第三句第五字，以入聲爲協律，蓋昉於「勸君更盡一杯酒」也。

蝶戀花　暮春别李公擇

簌簌無風花自墮。寂寞園林，柳老櫻桃過。落日有情還照坐，山青一點横雲破。

路盡河回人轉柁。繫纜漁村，月暗孤燈火。憑仗飛魂招楚些，我思君處君思我。

【校】

傅注本闕。　元本闕題，從毛本。　毛本「墮」作「嚲」，「有」作「多」，「人」作「千」。

【朱注】

紀年録：丁巳作。

【箋】

簌簌　元稹連昌宫詞：「風動落花紅簌簌。」

楚些　楚辭招魂句尾，皆用「些」字爲語助，故詞人沿稱「楚些」。夢溪筆談：今夔、陜、湖、湘，凡禁咒句尾皆稱「些」，乃楚人舊俗。

殢人嬌　小王都尉席上贈侍人

滿院桃花，盡是劉郎未見。於中更、一枝纖軟。仙家日月，笑人間春晚。濃睡起、驚飛亂紅千片。　密意難傳，羞容易變。平白地、爲伊腸斷。問君終日，怎安排心眼？須信道、司空自來見慣。　傅注本卷八

【校】

傅注本「難傳」作「難窺」，「易變」作「易見」。　毛本題無「小」字，餘同傅本。

【朱注】

王案：丁巳二月，告下，以尚書祠部員外郎直史館，徙知徐州軍州事。三月二日寒食，與王詵

飲於四照亭上作。案紀年録，丁巳三月一日，與王詵會四照亭，有倩奴者求曲，遂作洞仙歌、喜長春與之。元本、毛本皆無此二詞，疑喜長春爲殢人嬌别名。今據王説編丁巳，而以洞仙歌列於次焉。

【箋】

小王都尉　宋史本傳：王詵字晉卿，能詩善畫。尚蜀國長公主，官至留後。

劉郎　傅注：續齊諧記：漢明帝永平中，剡縣有劉晨、阮肇入天台山采藥，迷失道路。望山頭有一桃樹，共取食之。下山，得澗水，飲之。又見蔓菁從山後出，次有一杯流出，中有胡麻飯屑。二人因過水，行一里許，又度一山，出大溪。見二女顔容絶妙，唤劉、阮姓名如有舊。問：「郎等來何晚也。」因邀過家，床帳帷幔，非世所有。又有數仙客，將三五桃至，云：「來慶女壻。」各出樂器作樂。二人就女家止宿，行夫婦之禮。住半年，天氣和適，常如二三月，百鳥哀鳴，求歸甚切。女曰：「罪根未滅，使君等如此。」送劉、阮從此山洞口去。鄉里怪異，驗得七代子孫。卻欲還女家，尋山路不獲。至太康八年，失二人所在。又劉禹錫詩：「玄都觀裏桃千樹，盡是劉郎去後栽。」見本卷阮郎歸「一年三度過蘇臺」注。

亂紅　傅注：張舜民調笑詞：「潺潺流水武陵溪，洞裏春長日月遲。紅英滿地無人到，此度劉郎去路迷。」

平白地　傅注：李白越女詞：「東陽素足女，會稽素舸郎。相看月未墮，白地斷肝腸。」

司空見慣　本事詩（情感）：劉尚書禹錫罷和州，爲主客郎中，集賢殿學士。李司空罷鎮在京，慕劉名，嘗邀至第中，厚設飲饌。酒酣，命妙妓歌以送之。劉於席上賦詩曰：「髻鬌梳頭宮様粧，春風一曲杜韋娘。司空見慣渾閑事，斷盡江南刺史腸。」李因以妓贈之。

洞仙歌

江南臘盡，早梅花開後。分付新春與垂柳。細腰肢、自有入格風流，仍更是，骨體清英雅秀。永豐坊那畔，盡日無人，誰見金絲弄晴晝。斷腸是飛絮時，緑葉成陰，無個事、一成消瘦。又莫是東風逐君來，便吹散眉間，一點春皺。　傅注本卷五

【校】

傅注本題作「詠柳」。　毛本題同傅本，「誰」作「惟」。

【朱注】

案毛本題與紀年未合，然細繹詞意，與殢人嬌詞略同，非止賦物也。

【箋】

細腰肢　杜甫詩（絶句漫興九首）：「隔户垂楊弱嫋嫋，恰如十五女兒腰。」

永豐坊　傅注：白樂天集有河南盧貞和樂天詩序云：永豐坊西南角園中有垂柳一株，柔條

極茂。白尚書曾賦詩，傳入樂府，流遍京都。近有詔旨，取兩枝植于禁苑，乃知一顧增十倍之價，非虛語也。白詩曰：「一樹春風千萬枝，嫩於金色軟於絲。永豐西角荒園裏，盡日無人屬阿誰？」盧詩曰：「一樹依依在永豐，兩枝飛去杳無蹤。玉皇曾採人間曲，應逐歌聲入九重。」

眉間　傅注：辛寅遜柳詩：「纔聞暖律先開眼，直待和風始展眉。」

陽關曲　中秋作

暮雲收盡溢清寒，銀漢無聲轉玉盤。此生此夜不長好，明月明年何處看？　傅注本卷九

【校】

傅注本題作「中秋作，本名小秦王，入腔即陽關」。毛本同傅本，惟「陽關」下尚有「曲」字。元本脱「即陽關曲」四字。

【朱注】

紀年録：戊午作，是年在徐州。案本集書彭城觀月詩云：余十八年前中秋與子由觀月彭城，作此詩，以陽關歌之。今復此夜，宿於贛上，方遷嶺表，獨歌此曲，聊復書之。公南遷過贛，在紹聖甲戌，上推至丁巳爲十八年。若云戊午中秋，子由已在南京還判任矣。今改編丁巳。

【箋】

玉盤　李太白詩（古朗月行）：「小時不識月，喚作白玉盤。」

【評】

鄭文焯手批東坡樂府：不字律，妙句天成。

【附考】

詩集查注：慎案詩話總龜，謂東坡作彭城守時過齊州李公擇，中秋席上作絶句「暮雲收盡溢清寒」云云。此詩與前一首似是同時作。以愚考之，先生過濟南在本年正月，有詩載卷首，四月赴徐州，未嘗在齊州過中秋也。

水調歌頭

余去歲在東武，作水調歌頭以寄子由。今年子由相從彭門百餘日，過中秋而去，作此曲以別。余以其語過悲，乃爲和之，其意以不早退爲戒，以退而相從之樂爲慰云。

安石在東海，從事鬢驚秋。中年親友難別，絲竹緩離愁。一旦功成名遂，準擬東還海道，扶病入西州。雅志困軒冕，遺恨寄滄洲。　歲云暮，須早計，要褐裘。故

鄉歸去千里，佳處輒遲留。我醉歌時君和，醉倒須君扶我，惟酒可忘憂。一任劉玄德，相對卧高樓。　傅注本卷一

【校】

傅注本題首有「公舊序云」四字，「爲慰云」下多一「耳」字。

【朱注】

年譜：丁巳，有和子由水調歌頭詞。紀年録：丁巳，子由過中秋而別作。

【箋】

彭門　一統志：徐州府，禹貢徐州之域，古大彭氏國，春秋屬宋爲彭城邑，唐曰彭成郡，宋仍爲徐州。

安石二句　晉書謝安傳：安字安石，少有重名，棲遲東土，放情丘壑。安妻，劉惔妹也，既見家門富貴，而安獨静退，乃謂曰：「丈夫不如此也。」安掩鼻曰：「恐不免耳。」及萬黜廢，安始有仕進志，時年已四十餘矣。

中年絲竹　晉書王羲之傳：謝安嘗謂羲之曰：「中年以來，傷於哀樂，與親友別，輒作數日惡。」羲之曰：「年在桑榆，自然至此。頃正賴絲竹陶寫，恒恐兒輩覺，損其懽樂之趣。」

功成名遂　注見本卷南鄉子「東武望餘杭」闋。

東還二句　謝安傳：安雖受朝寄，然東山之志，始末不渝，每形於言色。及鎮新城，盡室而行，造汎海之裝，欲須經略粗定，自江道還東。雅志未就，遂遇疾篤，上疏請量宜旋旆。詔遣侍中慰勞，遂還都。聞當輿入西州門，自以本志不遂，深自慨失，因悵然謂所親曰：「吾病殆不起乎！」

困軒冕　莊子（繕性）：「今之所謂得志者，軒冕之謂也。軒冕在身，物之儻來寄也。」張九齡詩（商洛山行懷古）：「避世辭軒冕，逢時解薜蘿。」傳注：一作「傲軒冕」。

滄洲　杜甫詩（奉贈盧五丈參謀琚）：「辜負滄洲願。」

褐裘　詩豳風七月：「無衣無褐，何以卒歲。」楊子（法言寡見）：「大寒然後索衣裘，不亦晚乎？」

忘憂　傳注：晉顧榮謂張翰曰：「惟酒可以忘憂，但無如作病何耳。」

玄德　傳注：三國志：陳登字元龍。許汜曰：「陳元龍湖海之士，豪氣未除。」劉備謂汜曰：「君言豪，寧有事耶？」汜曰：「昔過下邳，見元龍。元龍無主客之意，久不與語，自上大牀卧，使客卧下牀。」備曰：「天下大亂，望君有救世之意，而君求田問舍，言無可采，如小人，欲卧百尺樓，而卧君於地，何但上下牀之間耶？」玄德，備字。

【附録】

子由徐州中秋作：「離別一何久，七度過中秋。去年東武今夕，明月不勝愁。豈意彭城山下，同泛清河古汴，船上載涼州。鼓吹助清賞，鴻雁起汀洲。　坐中客，翠羽帔，紫綺裘。素娥無賴

西去，曾不爲人留。今夜清尊對客，明夜孤帆水驛，依舊照離憂。但恐同王粲，相對永登樓。」

朱孝臧案：此詞爲子由原作，元本、毛本題固甚明，王案於題首增「與」字，遂目爲坡公自作。不知公詞敘固謂子由作此曲以別也。

【附考】

詩集施注：子由逍遥堂會宿二首并引云：轍幼從子瞻讀書，未嘗一日相捨。既壯，將遊宦四方，讀韋蘇州詩，至「那知風雨夜，復此對牀眠」，惻然感之。乃相約早退，爲閑居之樂。故子瞻始爲鳳翔幕府，留詩爲别曰：「夜雨何時聽蕭瑟。」其後子瞻通守餘杭，復移守膠西，而轍滯留於睢陽、濟南，不見者七年。熙寧十年二月，始復會于澶、濮之間，相從來徐，留百餘日。時宿於逍遥堂，追感前約，爲二小詩云。案：此引於詞意足相映發，特并著之。

浣溪沙

贈閭丘朝議，時還徐州。

一别姑蘇已四年，秋風南浦送歸船。晝簾重見水中仙。霜鬢不須催我老，杏丹依舊駐君顔。夜闌相對夢魂間。傅注本卷十

【校】

傳注本闕題。　毛本「還」作「過」，「丹」作「花」。

【朱注】

紀年録：甲寅，再過蘇，贈閭丘公顯作。王案：丁巳八月，閭丘公顯過彭城作。案公甲寅有蘇州閭丘江君二家飲酒詩，至丁巳，故云「一别四年」也。吴郡志：閭丘孝終字公顯，郡人。嘗守黄州。既挂冠，與諸名人耆艾爲九老會。東坡經從，必訪孝終，賦詩爲樂。

【箋】

姑蘇　此泛指蘇州也。元和郡縣志：江南道蘇州，禹貢揚州之地。周時爲吴國，太伯初置城，在今吴縣西北五十里，至闔閭始遷都於此。後漢順帝永建四年，割浙江以東爲會稽，浙江以西爲吴郡。隋開皇九年，改爲蘇州，因姑蘇山爲名，南至杭州三百七十里。别見本卷菩薩蠻（玉童西迓浮丘伯）注。

南浦　江淹别賦：「春草碧色，春水緑波，送君南浦，傷如之何。」

水中仙　傳注：湘中怨：鄭生晨出，渡洛橋，遇艷麗，載而與俱，號曰氾人。居歲滿，無以久留，生持泣留之不能，竟去。後十餘年，生之兄爲岳州刺史，上巳日與家徒登岳陽樓，望岳渚，張樂宴酣。生愁思，吟詩曰：「情無限兮蕩洋洋，懷佳期兮屬三湘。」聲未終，有畫艫浮漾而來，中有綵樓，高百尺，其上施帷帳欄籠，畫飾幃褰。有彈弦鼓吹者，皆神仙蛾眉，被服煙霞，裾袖皆廣尺。中

有一人起舞，含顰怨望，形類汜人，舞而歌曰：「泝青春兮江之隅，拖湖波兮裊緑裾。荷拳拳兮未舒，非同歸兮焉如。」舞畢，斂袖翔然，凝望樓中。縱觀方臨檻，須臾風濤崩怒，遂迷所往。

杏丹　神仙傳：董奉居廬山，爲人治病，重者種杏五株，輕者種一株，號董仙杏林。

夜闌　杜甫羌村詩：「夜闌更秉燭，相對如夢寐。」

戊午

年譜：元豐元年戊午，先生年四十三，在徐州任。二月，有旨賜錢二千四百一十萬，起夫四千二十三人，及發常平錢米，改築徐州外小城。迺即徐州城之東門爲大樓，堊以黄土，名之曰黄樓。八月癸丑，樓成。九月庚辰，大合樂以落之。是年秦少游將入京應舉，至徐謁見先生。黄魯直以古風二首上先生。秦、黄二君奉教於先生始此。

臨江仙　送李公恕

自古相從休務日，何妨低唱微吟。天垂雲重作春陰。坐中人半醉，簾外雪將深。

聞道分司狂御史，紫雲無路追尋。淒風寒雨更騷騷。問囚長損氣，見鶴忽驚心。

【校】

傅注本「更」誤作「有」，元本同。從毛本。　毛本題作「冬日即事」，「忽」作「總」。

【朱注】

案詩集，元豐元年正月有送李公恕赴闕詩，詞編戊午。　詩集施注：李公恕時爲京東轉運判官，召赴闕。公恕一再持節山東，子由亦有詩送行云：「幸公四年持使節，按行千里長相見。」

【箋】

休務　徐堅初學記：漢律，吏五日得一休沐。言休息以洗沐也。世說：車武子爲侍中，每休沐，與東亭諸人期共遊集。案：休務即休沐。（按：龍箋引世說之文乃承傅注，不見今本世説新語。見於宋葉廷珪海録碎事職官。）文同詩閑遺：「掩門休務外，隱几坐忘中。」休務當爲宋人語也。

低唱微吟　傅注：世傳陶穀學士買得党太尉家故妓，過定陶，取雪冰烹團茶，謂妓曰：「党家應不識此。」妓曰：「彼粗人，安有此景。但能於銷金暖帳下淺斟低唱，喫羊羔兒酒耳。」陶默然，愧其言。微吟，注見本卷雨中花慢「今歲花時深院」闋。

半醉　盧思道後園宴詩：「欲眠衣先解，半醉臉逾紅。」　傅注：韓愈詩：「金釵半醉坐

添春。」

紫雲　本事詩（高逸）：杜牧爲御史，分務洛陽。時李司徒罷鎮閑居，聲伎豪華，爲當時第一，洛中名士咸謁見之。李乃大開筵席，當時朝客高流，無不臻赴。以杜持憲，不敢邀置。杜遣座客達意，願與斯會。李不得已馳書。方對花獨酌，亦已酣暢，聞命遽來。時會中已飲酒，女奴百餘人，皆絶藝殊色。杜獨坐南行，瞪目注視。引滿三卮，問李云：「聞有紫雲者，孰是？」李指示之。杜凝睇良久，曰：「名不虚得，宜以見惠。」李俯而笑，諸妓亦皆迴首破顔。杜又自飲三爵，朗吟而起曰：「華堂今日綺筵開，誰喚分司御史來。忽發狂言驚滿座，兩行紅粉一時迴。」意殊閑逸，傍若無人。

見鶴　庾信小園賦：「龜言此地之寒，鶴訝今年之雪。」

浣溪沙

徐門石潭謝雨，道上作五首。潭在城東二十里，常與泗水增減，清濁相應。

照日深紅暖見魚，連村緑暗晚藏烏。黄童白叟聚睢盱。　麋鹿逢人雖未慣，猿猱聞鼓不須呼。歸來説與采桑姑。　傅注本卷十

【校】傳注本「徐門」作「徐州」，「村」作「溪」，「來」作「家」。　毛本題無「潭在」下十七字，餘同傳本。

【箋】石潭　詩集起伏龍行序：徐州城東二十里有石潭，父老云與泗水通，增損清濁，相應不差，時有河魚出焉。元豐元年春旱，或云置虎頭潭中，可以致雷雨。用其説，作起伏龍行。

泗水　一統志徐州府：泗水自山東魚臺縣流入，逕沛縣城北，又逕縣東南至銅山縣東北，循城而東，又東南入邳州界。

藏烏　古樂府：「暫出白門前，楊柳可藏烏。」

睢盱　易豫：「六三，盱豫，悔。遲，有悔。」孔疏：盱者，睢盱。睢盱者，喜悦之貌。傳注引唐韻：睢盱，仰目視也。睢音隳，盱音吁。

又

旋抹紅妝看使君，三三五五棘籬門。相排踏破蒨羅裙。　老幼扶攜收麥社，烏鳶翔舞賽神村。道逢醉叟卧黄昏。同前

【校】

傅注本「排」作「挨」，毛本同。

【箋】

蒨羅裙　傅注：蒨羅，紅羅也。　案：「蒨」與「茜」通。史記貨殖傳：千畝卮茜。注：其花染繒赤黄也。

烏鳶翔舞　傅注：烏鳶以下有所搏食，故翔舞於其上。

又

麻葉層層檾葉光，誰家煮繭一村香。隔籬嬌語絡絲娘。　垂白杖藜抬醉眼，捋青擣麨軟肌腸。問言豆葉幾時黄。同前

【校】

元本「捋」作「扶」。從傅、毛二本。

【箋】

檾葉　檾音頃。説文：枲屬，从林，熒省聲。爾雅翼：檾高四五尺，或六七尺，葉似苧而薄，實如大麻子。今人績爲布。或作「蹟」。

絡絲娘　爾雅翼：莎雞以六月振羽作聲，連夜札札不止，其聲如紡絲之聲，故一名梭雞，一名絡緯。今俗人謂之絡絲娘。

垂白杖藜　杜詩（屏跡三首）：「杖藜從白首。」

捋青擣麨　麨音尺沼切。急就篇師古注：今通以熬米麥謂之麨。傅注：麨，乾糧也。以麥爲之，野人所食。漢書曰：小麥青青大麥枯。則青者已足捋，而枯者可爲麨矣。

又

簌簌衣巾落棗花，村南村北響繅車。牛衣古柳賣黃瓜。　酒困路長惟欲睡，日高人渴漫思茶。敲門試問野人家。同前

【校】

傅注本「牛衣」作「牛依」。

【箋】

繅車　傅注：即繅絲車也。「繅」與「繰」通，音騷。說文：繹繭出絲也。

牛衣　後漢書王章傳注：牛衣，編亂麻爲之。艇齋詩話：東坡在徐州作長短句云：「半依古柳賣黃瓜。」今印本作「牛依古柳賣黃瓜」，非。予嘗見東坡墨蹟作「半依」，乃知「牛」字誤也。

又

軟草平莎過雨新，輕沙走馬路無塵。何時收拾耦耕身。日暖桑麻光似潑，風來蒿艾氣如薰。使君元是此中人。同前

【朱注】紀年録：戊午作。

【箋】耦耕　論語微子：長沮、桀溺耦而耕，孔子過之，使子路問津焉。鄭注：耜廣五寸，二耜爲耦。

如薰　説文：薰，香草也。南方草木狀：薰陸香出大秦。

又　徐州藏春閣園中

慚愧今年二麥豐，千歧細浪舞晴空。化工餘力染夭紅。歸去山公應倒載，闌街拍手笑兒童。甚時名作錦薰籠。

【校】

傅注本闕。　元本無題，「應」誤作「因」。從毛本。　毛本「歧」作「畦」，「細」作「翠」。

【朱注】

紀年録：戊午，藏春閣作。

【箋】

千歧　漢書張堪傳：堪爲漁陽守，民歌之曰：「桑無附枝，麥秀兩歧。張公爲政，樂不可支。」

山公　注見本卷瑞鷓鴣「碧山影裏小紅旗」闋。

錦薰籠　天禄識餘：瑞香一名錦薰籠，一名錦被堆。

又

縹緲紅妝照淺溪，薄雲疏雨不成泥。送君何處古臺西。　廢沼夜來秋水滿，茂林深處晚鶯啼。行人腸斷草凄迷。

【校】

傅注本、毛本俱無。

【朱注】案紀年録：戊午，送顏、梁，作浣溪沙。集中無是題，疑即是詞。古臺，戲馬臺也。顏、梁，謂顏復、梁吉。

【箋】古臺　詩集王注：次公曰，戲馬臺在徐州彭城縣，項羽所築。宋武建第舍，重九日引賓客登臺賦詩。自春秋以來，乃用武之處。春秋鄭伯取宋彭城，而漢高祖、項羽皆起於此。後漢吕布自下邳相持，築城於彭城。　一統志：戲馬臺在銅山縣南。

永遇樂

彭城夜宿燕子樓，夢盼盼，因作此詞。

明月如霜，好風如水，清景無限。曲港跳魚，圓荷瀉露，寂寞無人見。紞如三鼓，鏗然一葉，黯黯夢雲驚斷。夜茫茫、重尋無處，覺來小園行遍。　天涯倦客，山中歸路，望斷故園心眼。燕子樓空，佳人何在，空鎖樓中燕。古今如夢，何曾夢覺，但有舊歡新怨。異時對、黄樓夜景，爲余浩歎。　傅注本卷七

【校】

傅注本題作「公舊注云，夜宿燕子樓，夢盼盼，因作此詞。一云徐州夜夢覺，登燕子樓作」。「清景」作「清光」，「鏗」作「錚」，「處」上衍「覓」字。元本題下云：「一云徐州夜夢覺，此登燕子樓作。」毛本題無「彭城」二字，「紞如」作「沉沉」，「鏗」作「飄」，「處」上衍「覓」字，「黄」作「南」。鄭文焯曰：燕子樓未必可宿，盼盼更何必入夢。東坡居士斷不作此癡人説夢之題，亟宜改正。又曰：題當從王案云云。

【朱注】

王案：戊午十月，夢登燕子樓，翼日往尋其地作。

【箋】

彭城　詩集王注：次公曰，徐州彭城縣，以彭祖而得名。按寰宇記，殷之賢臣彭祖，顓頊之元孫，至殷末壽七百六十七歲。今墓猶存，故邑號大彭。餘詳本卷水調歌頭（安石在東海）注。

燕子樓　傅注：張建封鎮武寧，盼盼乃徐府奇色，公納之於燕子樓，三日樂不息。後別爲新燕子樓，獨安盼盼，以寵嬖焉。暨公薨，盼盼感激深恩，誓不他適。後往往不食，遂卒。唵囈集：唐張建封妾盼盼，誓節燕子樓，今在徐州州廨。

盼盼　白居易和燕子樓詩序：徐州張尚書有愛妓盼盼，善歌舞，雅多風態。予爲校書郎時，遊淮、泗間，張尚書宴予。酒酣，出盼盼佐歡。予因贈詩，落句云：「醉嬌勝不得，風嫋牡

丹花。」

明月如霜　傅注：李頻月詩：「看共雪霜同。」

紞如三鼓　晉書鄧攸傳：紞如打五鼓，雞鳴天欲曙。紞，都感切，擊鼓聲。

鏗然一葉　韓愈詩（秋懷詩十一首）：「空階一片下，錚若摧琅玕。」

夢雲　注見本卷祝英臺近「挂輕帆」闋。

故園心眼　杜甫詩（春日梓州登樓二首）：「天畔登樓眼，隨春入故園。」

夢覺　莊子（大宗師）：「吾與汝，其夢未始覺者也。」

黄樓　傅注：公守徐州，河決澶淵，徐當水衝，而城幾壞。水既去，公請增築徐城。於是爲大樓於城東門之上，堊以黄土，曰土實勝水，因名之黄樓。　一統志：黄樓在銅山縣城東門，宋郡守蘇軾建。

【評】鄭文焯手批東坡樂府：公以「燕子樓空」三句語秦淮海，殆以示詠古之超宕，貴神情，不貴迹象也。余嘗深味是言，若發奥悟。昨賦吴小城觀梅水龍吟，有句云：「對此茫茫，何曾西子，能傾一顧。又水漂花出，無人見也，回闌遶，空懷古。」自信得清空之致，即從此詞悟得法門。以視舊詠吴小城詞，竟有仙凡之别。

【附録】

獨醒雜志：東坡守徐州，作燕子樓樂章，方具稿，人未知之。一日，忽鬨傳於城中，東坡訝焉。詰其所從來，乃謂發端於邏卒。東坡召而問之，對曰：「某稍知音律，嘗夜宿張建封廟，聞有歌聲，細聽乃此詞也，記而傳之，初不知何謂。」東坡笑而遣之。

千秋歲 徐州重陽作

淺霜侵緑，髪少仍新沐。冠直縫，巾横幅。美人憐我老，玉手簪金菊。秋露重，真珠滿袖沾餘馥。　坐上人如玉，花映花奴肉。蜂蝶亂，飛相逐。明年人縱健，此會應難復。須細看，晚來明月和銀燭。　傅注本卷十二

【校】

傅注本「明月」作「月上」。　元本題作「重陽作徐州」，「露」作「霜」。從傅本。　毛本題作「湖州暫來徐州，重陽作」。「金」作「黄」，「滿」作「落」，「明月」作「月上」。

【朱注】

紀年録：戊午九月作。

【箋】

冠巾二句　傅注：禮曰：古者冠縮縫，今也横縫。縮縫則直縫是也。晉志：漢末王公名士好服幅巾，蓋裂取幅縑而横著之也。

花奴　傅注：羯鼓録：花奴，汝陽王璡小字也。善羯鼓，明皇極鍾愛焉，嘗曰：「花奴姿質明瑩，肌髮光細，非人間人，必神仙謫墮也。」杜子美詩：「紅顔白面花映肉。」

明年人縱健　注見本卷浣溪沙「白雪清詞出坐間」闋。

陽關曲　贈張繼愿

受降城下紫髯郎，戲馬臺南舊戰場。恨君不取契丹首，金甲牙旗歸故鄉。　傅注本卷九

【校】

傅注本、元本俱無題，從詩集補。　毛本題作「軍中」。　詩集「南」作「前」，「舊」作「古」。

【朱注】

紀年録：戊午作。

【箋】

受降城　舊唐書（張仁愿傳）：神龍三年，張仁愿於河北築三受降城，首尾相應，以絕南寇之路。以拂雲祠爲中城，與東西兩城相去各四百餘里。北拓地三百餘里，置烽堆一千八百所。自是突厥不敢度山放牧。元和郡縣志：東受降城，漢雲中郡地，在榆林縣東北八里。中受降城，本漢五原郡地，今爲天德軍。西受降城，在豐州西北八十里，蓋漢朔方郡地。

紫髯郎　注見本卷南鄉子「不到謝公臺」闋。

戲馬臺　太平寰宇記：戲馬臺在彭城縣南三里。文集上神宗書曰：彭城三面阻水，獨其南可通車馬，而戲馬臺在焉。其高十仞，廣袤百步。若用武之世，屯千人其上，凡戰守之具，與城相表裏，雖用十萬人，未易取也。傅注：劉、項嘗戰此地，故曰「舊戰場」。餘詳本卷浣溪沙（縹緲紅妝照淺溪）注。

契丹　隋書（契丹傳）：契丹之先，與庫莫奚異種而同類，居黄龍之北。傅注：契丹，北虜號也。在漢謂之匈奴，在唐謂之契丹。

金甲牙旗　傅注：蔡文姬詩：「金甲耀朝陽。」曹子建詩：「高牙乃建。」蓋高牙，大旗也，立於元帥帳前。詩集馮注：金甲，當用唐書李勣傳振旅還，服金甲事。施注：文選潘安仁關中詩：「桓桓將軍，高牙乃建。」注云：牙，牙旗也。兵書曰，牙旗，將軍之旗。馮注：蔡琰詩：「金甲耀日光。」

己未

年譜：元豐二年己未，先生年四十四，在徐州任。三月，自徐州移知湖州。四月二十九日，到湖州任。是歲，言事者以先生湖州到任謝表以爲謗，七月二十八日，中使皇甫遵到湖追攝，八月十八日赴臺，已而獄具。十二月二十九日，責授黃州團練副使，本州安置。是年，子由聞先生下獄，上書乞以見任官職贖先生罪，責筠州酒官。

江城子　別徐州

天涯流落思無窮。既相逢，卻匆匆。攜手佳人，和淚折殘紅。爲問東風餘幾許，春縱在，與誰同？　隋隄三月水溶溶。背歸鴻，去吳中。回首彭城，清泗與淮通。欲寄相思千點淚，流不到，楚江東。

【校】

傅注本闕。　毛本題作「恨別」，「首」作「望」，「欲寄」作「寄我」。

【朱注】紀年録：己未二月作。王案：己未三月，告下，以祠部員外郎直史館知湖州軍州事。留別田叔通、寇元弼、石坦夫作。

【箋】隋隄　開河記：隋大業年，開汴河，築隄，自大梁至灌口，龍舟所過，香聞百里。既過雍丘，漸達寧陵，水勢緊急，龍舟阻礙。虞世基請爲鐵腳木鵝，驗水深淺。自雍州至灌口，得一百二十九淺處。今亦名隋隄。吴融詩（彭門用兵後經汴路）：「隋隄風物已淒涼。」

減字木蘭花　彭門留別

玉觴無味，中有佳人千點淚。學道忘憂，一念還成不自由。　如今未見，歸去東園花似霰。一語相開，匹似當初本不來。　傅注本卷九

【校】毛本題作「送別」。

【朱注】案是詞當與江城子詞同時作。

【箋】

學道忘憂　漢書楊惲傳：君子游道，樂以忘憂。

一念　傅注：釋氏以邪心正性，皆生乎一念。

花似霰　傅注：梁元帝別詩：「昆明夜月光如練，上林朝花色如霰。朝花夜月動春心，誰忍相思今不見。」

西江月　平山堂

三過平山堂下，半生彈指聲中。十年不見老仙翁，壁上龍蛇飛動。　欲弔文章太守，仍歌楊柳春風。休言萬事轉頭空，未轉頭時是夢。　傅注本卷二

【校】

傅注本、元本題俱闕，從毛本。　傅注本「是」作「皆」。

【朱注】

王案：己未四月，同張大亨遊平山堂。公倅杭、赴密、守湖，三過揚。熙寧辛亥，見歐陽公於汝陰，至是元豐己未，凡九年。詞云「十年」，舉成數也。時鮮于侁自京東轉運使移知揚州，此燕集平山堂主人也。　德洪石門題跋：東坡登平山堂，懷醉翁，作此詞。張嘉父謂余曰：「時紅妝成

輪，名士堵立，看其落筆置筆，目送萬里，殆欲仙去爾。」

【箋】

平山堂　傅注：歐陽文忠公守揚州，於僧舍建平山堂，頗得觀覽之勝。輿地紀勝：在大明寺側。負堂而望，江南諸山拱列檐下，故名，爲士女遊觀之所。

彈指　吕氏春秋：二十瞬爲一彈指。（按：此所引不見今本吕氏春秋。）

老仙翁　傅注：老仙翁，謂文忠公也。文忠公墨妙多著於平山堂，「龍蛇飛動」，言其筆勢之騰揚如此。

文章太守　傅注：歐陽文忠公知滁州日，作亭琅琊山，自號醉翁，因以名亭。後守揚州，於僧寺建平山堂，甚得觀覽之勝，堂下手植柳數株。後數年，公在翰林，金華劉原父出守維揚，公出家樂飲餞，親作朝中措詞。議者謂非劉之才不能當公之詞，可謂雙美矣。詞曰：「平山欄檻倚晴空，山色有無中。手種堂前楊柳，別來幾度春風。文章太守，揮毫萬字，一飲千鍾。行樂直須年少，樽前看取衰翁。」

萬事轉頭空　白居易詩（自詠）：「百年隨手過，萬事轉頭空。」

南歌子　湖州作

山雨蕭蕭過，溪風瀏瀏清。小園幽榭枕蘋汀，門外月華如水綵舟横。　苕岸

霜花盡，江湖雪陣平。兩山遥指海門青，回首水雲何處覓孤城。　傅注本卷五

【校】

傅注本「蕭蕭」作「瀟瀟」，風作「橋」，毛本同。　傅注本「苕岸」作「苕圻」。　毛本「苕」作「岧」。　朱孝臧曰：案「湖」疑「潮」誤。

【朱注】

王案：己未五月十三日，錢氏園送劉撝赴餘姚作。　詩集施注：撝赴餘姚，公即席賦南柯子餞之，「山雨瀟瀟過」者是也。後題「元豐二年五月十三日吴興錢氏園作」。今集中乃指他詞爲送行甫，而此詞第云湖州，誤也。　案撝字行甫，湖州人。　集中有送劉寺丞赴餘姚詩，即其人也。　别有「日出西山雨」一首，題作送行甫赴餘姚，即施注所謂他詞者，疑與是詞題互誤。今編於次以待攷，而題皆姑仍其舊云。

【箋】

湖州　一統志：湖州府，禹貢揚州之域。三國吴始於烏程置吴興郡，唐置湖州，宋曰湖州吴興郡。

月華如水　謝莊月賦：「柔祇雪凝，圓靈水鏡。連觀霜縞，周除冰浄。」

苕岸　寰宇記：苕溪在安吉縣西南七十五里，北流逕長興縣東四十五里，烏程縣南五十步。

以其兩岸多生蘆葦，故曰苕溪。

海門　傅注：錢塘江海門，兩山對起。

又　送行甫赴餘姚

日出西山雨，無晴又有晴。亂山深處過清明，不見綵繩花板細腰輕。　盡日行桑野，無人與目成。且將新句琢瓊英，我是世間閑客此閑行。　傅注本卷五

【校】

傅注本題作「送劉行甫赴餘杭」。　毛本題作「和前韻」，以編於「雨暗初疑夜」一首後也。

【箋】

西山雨　王勃滕王閣詩：「畫棟朝飛南浦雲，珠簾暮捲西山雨。」

無晴有晴　劉禹錫竹枝：「東邊日出西邊雨，道是無晴還有晴。」

綵繩花板　傅注：鞦韆戲也。開元遺事：天寶宮中，至寒食節競豎鞦韆，令宮嬪戲笑以爲宴樂，帝呼爲半仙之戲。

目成　楚辭九歌：「滿堂兮美人，忽獨與余兮目成。」

閑客　杜牧詩（八月十二日得替後移居霅溪館因題長句四韻）：「景物登臨閑始見，願爲閑客

此閑行。」

又

雨暗初疑夜，風回便報晴。淡雲斜照著山明，細草軟沙溪路馬蹄輕。　卯酒醒還困，仙村夢不成。藍橋何處覓雲英，只有多情流水伴人行。同前

【校】

傅注本「便」作「忽」，「仙村」作「仙材」。毛本題作「寓意」，「便」作「忽」。

【箋】

斜照著山　梁朱超詩（對雨）：「落照依山盡。」

卯酒　白居易詩（薔薇正開春酒初熟因招劉十九張大夫崔二十四同飲）：「明日早花應更好，心期同醉卯時杯。」

仙村　傅注：漢武內傳：西王母曰：「劉徹好道，然形慢神穢，雖語之以至道，殆恐非仙材也。」故郭璞詩曰：「漢武非仙材。」　案：參同契：得長生，居仙村。先生詩亦云：「藍輿西出登山門，嘉與我友尋仙村。」傅注作「仙材」，非是。

藍橋　裴硎傳奇：唐長慶中，有裴航秀才下第游襄漢，與樊夫人同舟。樊贈詩：「一飲瓊漿

百感生，玄霜擣盡見雲英。藍橋便是神仙宅，何必崎嶇上玉京。」後經藍橋驛，道渴，求漿，見女子雲英，願納厚禮娶之。訪得玉杵臼，更爲擣藥百日。仙姬迎航往一大第就禮，遂遣航將妻入玉峰洞中，餌絳雪瓊英之丹，神化自在，超爲上仙。

又

帶酒衝山雨，和衣睡晚晴。不知鐘鼓報天明，夢裏栩然胡蝶一身輕。　老去才都盡，歸來計未成。求田問舍笑豪英，自愛湖邊沙路免泥行。同前

【校】

傅注本「胡」作「蝴」。　毛本題作「再用前韻」。

【朱注】

案二首與前同韻，附編。

【箋】

鐘鼓　杜甫詩（偪側行贈畢曜）：「睡美不聞鐘鼓傳。」

胡蝶　莊子齊物論：昔者莊周夢爲胡蝶，栩栩然胡蝶也。自喻適志與，不知周也。俄然覺，則蘧蘧然周也。不知周之夢爲胡蝶與，胡蝶之夢爲周與？周與胡蝶則必有分矣，此之謂

物化。

老去　杜甫詩（寄彭州高三十五使君適虢州岑二十七長史參三十韻）：「老去才雖盡，愁來興甚長。」

歸來　鄭谷詩（興州江館）：「向蜀還秦計未成。」

求田問舍　注見本卷水調歌頭「安石在東海」闋。

沙路免泥　杜甫詩（到村）：「碧澗雖多雨，秋沙先少泥。」

雙荷葉　湖州賈耘老小妓名雙荷葉

雙溪月，清光偏照雙荷葉。雙荷葉。紅心未偶，綠衣偷結。　背風迎雨流珠滑，輕舟短棹先秋折。先秋折。煙鬟未上，玉杯微缺。

【校】

傅注本存目闕詞。元本脱疊文「雙荷葉」三字，誤從「滑」字分段。並從毛本改補。　毛本無題，「流」作「淚」。朱孝臧曰：案是調爲憶秦娥，或公易以新名。

【朱注】

紀年録：己未作。　詩集查注：賈收字耘老，烏程人，所著有懷蘇集。本集與耘老尺牘：念

賈處士貧甚，乃作怪石枯木一紙，可令雙荷葉收掌，須添丁長以付之也。

【箋】

雙溪　謂苕、霅二溪也。

緑衣　詩衛風（緑衣）：「緑兮衣兮，緑衣黄裏。」

煙鬟　韓愈題炭谷湫祠堂詩：「祠堂像侔真，擢玉紆煙鬟。」

玉杯　述異記：廬山上有三石梁，長數十丈，廣不盈尺。吴猛將弟子登山，見一老公坐桂樹下，以玉杯承甘露與猛，猛遍與弟子飲之。謝脁詩（金谷聚）：「渠椀送佳人，玉杯邀上客。」

漁家傲　七夕

皎皎牽牛河漢女，盈盈臨水無由語。望斷碧雲空日暮。無尋處，夢回芳草生春浦。　鳥散餘花紛似雨，汀洲蘋老香風度。明月多情來照户。但攬取，清光長送人歸去。　傅注本卷三

【校】

傅注本「春浦」作「南浦」。　毛本無題。

【朱注】

案詞有「汀洲蘋老」語，疑在湖州時作。公在湖州遇七夕，惟元豐己未也。

【箋】

皎皎二句　古詩：「迢迢牽牛星，皎皎河漢女。河漢清且淺，相去復幾許。盈盈一水間，脉脉不得語。」

碧雲　選詩（江淹休上人怨別）：「日暮碧雲合，佳人殊未來。」

夢回芳草　謝靈運登池上樓詩：「池塘生春草，園柳變鳴禽。」南史謝惠連傳：惠連十歲能屬文。靈運云：「每有篇章，對弟惠連輒有佳句。」嘗於永嘉西堂，詩思不就，忽夢見惠連，即得「池塘生春草」之句，大以爲工。

鳥散　謝朓詩（游東田）：「魚戲新荷動，鳥散餘花落。」

汀洲　宋玉風賦：「夫風起於地，生於青蘋之末。」

明月　鮑照詩（擬明月何皎皎）：「明月入我牖。」

攬取　陸機詩（擬明月何皎皎）：「照之有餘輝，攬之不盈手。」

庚申

年譜：元豐三年庚申，先生年四十五。責黄州，自京師道出陳州，子由自南都來陳相見，三日而別。至岐亭，訪故人陳慥季常，爲留五日，賦詩一首而去。乃以二月一日至黄州，寓居定惠院，未久，遷臨皋亭。

臨江仙

龍丘子自洛之蜀，載二侍女，戎裝駿馬，至溪山佳處輒留數日，見者以爲異人。其後十年，築室黄岡之北，號曰静安居士，作此詞贈之。

細馬遠馱雙侍女，青巾玉帶紅韡。溪山好處便爲家。誰知巴峽路，卻見洛城花。

面旋落英飛玉蕊，人間春日初斜。十年不見紫雲車。龍丘新洞府，鉛鼎養丹砂。

傅注本卷三

【校】

傅注本「作此詞贈之」作「乃作臨江仙以紀之」。苕溪漁隱叢話「卻見」作「卻是」。

【朱注】

王案：己未八月，送御史臺根勘。十二月，責授檢校尚書水部員外郎，充黄州團練副使，本州安置。庚申正月，贈故人陳慥季常作。詩集施注：陳季常名慥，少時慕朱家、郭解爲人，稍壯，折節讀書，晚乃遯於光、黄間。東坡至黄，季常數從之游。

【箋】

龍丘子　詩集施注：陳季常名慥，父希亮，字公弼。其先自京兆遷於眉。公弼知鳳翔，東坡始筮仕爲簽書判官，相從二年。公弼後家洛陽。季常少時慕朱家、郭解爲人，稍壯，折節讀書。晚乃遯於光、黄間，曰岐亭，不與世相聞，棄車馬，徒步往來山中。環堵蕭然，而妻子奴婢皆有自得之意。東坡在岐下識之，至黄，季常數從之游。既爲公弼作傳，又爲季常作方山子傳。

黄岡　唐書地理志：黄州齊安郡黄岡縣，武德二年，省木蘭縣入焉。一統志：黄岡縣，唐爲黄州治，宋、元因之，明爲黄州府治。

細馬二句　李白詩（對酒）：「吴姬十五細馬馱，青黛畫眉紅錦靴。」

溪山　僧皎然詩「是山皆有寺，何處不爲家。」（按：此承傅注。查全唐詩皎然卷内無此詩句，乃閩僧可士送僧詩句，見詩話總龜後集卷四十四所引西清詩話。）

巴峽路　陳子昂詩（初入峽苦風寄故鄉親友）：「寧知巴峽路，辛苦石尤風。」

洛城花　傅注：牡丹花出洛陽者，爲天下第一。

面旋　曾鞏亳州雪詩：「繁英飛面旋，豔舞起翩躚。」

玉蕊　傳注：唐長安唐昌觀舊有玉蕊花，其花每發，若瓊林瑶樹。唐元和中，忽有女子，年可十七八，容色婉娩，從以二女冠、三小僕。既下馬，以白角扇障面，直造花所，異香芬馥，聞於數十步之外。良久，令小僕取花數枝而出，舉轡百餘步，而輕風擁塵，隨之而去。須臾塵滅，已在半天，方悟神仙之游。劉禹錫作詩云：「玉女來看玉樹花，異香先引七香車。攀枝弄雪時回首，驚怪人間日易斜。」出劇談傳。

紫雲車　傳注：杜牧贈妓人張好好詩：「聘之碧瑶佩，載以紫雲車。」漢武外傳：七月七日夜，帝於尋真臺見王母乘紫雲輦來。則紫雲車，神仙事也。

龍丘　後漢書任延傳：吴有龍丘萇者，隱居太末。掾吏白請召之，延曰：「龍丘先生躬德履義，有原憲、伯夷之節，都尉掃灑其門猶懼辱焉，召之不可。」東陽記：龍丘山有九石，特秀林表，色丹白，遠望盡如蓮花。龍丘萇隱居於此，因以爲名。一統志：龍丘在黄岡縣北一百二十里，宋陳慥居此，以地爲號。

洞府　隋煬帝詩（步虚詞二首）：「洞府凝玄液，靈山體自然。」

鉛鼎　金華玉女丹經：烹鉛爲砂，化砂爲餅，化資玉液，實爲通汁也。以餅歸爐，收鉛爲砂，砂而復餅，終始數九。九，陽也。九九相乘，化之爲砂。其不爾者，粉白可用，是爲九轉矣。

丹砂　史記封禪書：李少君言上曰：「祀竈則致物，致物則丹砂可化爲黄金。」

【評】

鄭文焯曰：詞句亦飄飄欲仙。

【附録】

苕溪漁隱叢話：東坡云：龍丘子自洛之蜀，載二侍女，戎裝駿馬，至溪山佳處輒留數日，見者以爲異人。後十年，築室黄岡之北，號静庵居士，作臨江仙贈之云云。龍丘子即陳季常也。西清詩話云：季常自以爲飽禪學，妻柳，頗悍忌，季常畏之，故東坡因詩戲之，有「忽聞河東獅子吼，拄杖落手心茫然」之句。觀此，則知季常載二侍女以遠遊，及暮年甘於枯寂，蓋有所制而然，亦可憫笑也。

西江月　黄州中秋

世事一場大夢，人生幾度新涼。夜來風葉已鳴廊，看取眉頭鬢上。　酒賤常愁客少，月明多被雲妨。中秋誰與共孤光，把琖淒然北望。　傅注本卷二

【校】

傅注本題作「中秋寄子由」，「琖」作「酒」。元本題闕，從毛本。　毛本「新」作「秋」。

【朱注】

王案：庚申八月十五日作。漁隱叢話：古今詞話：東坡在黄州，中秋對月獨酌，作西江月詞。聚蘭集載此詞，注曰「寄子由」，故後句云云。疑是在錢塘作，時子由爲睢陽幕客。

【箋】

大夢　莊子（齊物論）：且有大覺，而後知此其大夢也。

人生二句　唐徐寅賦（人生幾何賦）：「落葉辭柯，人生幾何。」

酒賤二句　韓愈詩（醉後）：「人生如此少，酒賤且勤置。」潘閬詩（中秋無月）：「西風妒秋月，浮雲重疊生。」

共孤光　注見本卷水調歌頭「明月幾時有」闋。

【附録】

苕溪漁隱叢話：古今詞話：東坡在黄州，中秋夜對月獨酌，作西江月詞云云。坡以讒言謫居黄州，鬱鬱不得志，凡賦詩綴詞，必寫其所懷，然一日不負朝廷。其懷君之心，末句可見矣。苕溪漁隱曰：聚蘭集載此詞，注曰「寄子由」，故後句云：「中秋誰與共孤光，把酒淒涼北望。」則兄弟之情，見于句意之間矣。疑是在錢唐作，時子由爲睢陽幕客。若詞話所云，則非也。

定風波

十月九日，孟亨之置酒秋香亭。有雙拒霜獨向君猷而開，坐客喜笑，以爲非使君莫可當此花，故作是篇。

兩兩輕紅半暈腮，依依獨爲使君回。若道使君無此意，何爲，雙花不向別人開？但看低昂煙雨裏，不已，勸君休訴十分杯。更問尊前狂副使，來歲，花開時節與誰來？　傅注本卷四

【校】

毛本題無「雙」字。

【朱注】

紀年録：庚申，孟亨之置酒西風亭作。詩集施注：孟亨之名震，東平人，舉進士。東坡來黄州，君爲倅。

【箋】

拒霜　本草：芙蓉一名拒霜，豔如荷花。八九月始開，故名拒霜。益部方物記：添色拒霜花，生彭漢蜀州，花常多葉，始開白色，明日稍紅，又明日則若桃花然。

君猷　詩集施注：徐君猷名大受，東海人。東坡來黄州，君猷爲守，厚禮之，無遷謫意。君猷秀惠列屋，杯觴流行，多爲賦詞。滿去而殂，坡有祭文挽詞，意甚悽惻。查注：王明清揮麈録云，徐得之君猷，陽翟人，韓康公壻也。知黄州日，東坡遷謫于郡，君猷周旋不遺餘力。子端益，字輔之。案：施注與揮麈異，未詳孰是，録存俟考。

辛酉

年譜：元豐四年辛酉，先生年四十六，在黄州，寓居臨皋亭。正月，往岐亭，訪陳季常。先生至黄二年，日以困匱，故人馬正卿哀其乏食，於郡請故營地，使躬耕其中。是歲始營東坡。

少年遊

黄之僑人郭氏，每歲正月迎紫姑神，以箕爲腹，箸爲口，畫灰盤中爲詩，敏捷立成。余往觀之，神請余作少年遊，乃以此戲之。

玉肌鉛粉傲秋霜，準擬鳳呼凰。伶倫不見，清香未吐，且糠粃吹揚。　到處成雙君獨隻，空無數、爛文章。一點香檀，誰能借箸，無復似張良。

【校】

傅注本、元本俱無。

【朱注】

案本集子姑神記：余始來黄州，進士潘丙謂余曰：「異哉！公之始受命，黄人未知也，有神降於僑人郭氏之第，曰：『蘇公將至，而吾不及見也。』」其明年正月，神復降於郭氏，余往觀之。公以庚申來黄，明年則辛酉也。

【箋】

紫姑神　異苑：世有紫姑神，云是人家妾，爲大婦所嫉，每以穢事相次役。正月十五日，感激而死。故世人以其日作其形，夜于廁間迎之。李商隱詩（昨日）：「昨日紫姑神去也，今朝青鳥使來賒。」鄭文焯曰：今南北猶有此箕神，能占休咎。

鉛粉　沈約木蘭詩：「易卻紈綺裳，洗卻鉛粉妝。」

伶倫　風俗通（聲音）：昔黄帝使伶倫自大夏之西、崑崙之陰，取竹於嶰谷，生其竅厚均者，斷兩節而吹之，以爲黄鐘之管。案：漢書律曆志「伶倫」作「泠綸」。

糠粃　莊子逍遥遊：「是其塵垢粃糠，將以陶鑄堯舜者也。」玉篇：糠，穀皮也。粃，音比。説文：粃，不成粟也。

借箸　史記留侯世家：酈食其勸漢王立六國後，張良從外來謁漢王，方食，曰：「子房前，客有爲

我計撓楚權者。」具以酈生語告於子房，曰：「何如？」良曰：「誰爲陛下畫此計者？陛下事去矣。」漢王曰：「何哉？」張良曰：「臣請藉前箸爲大王籌之。」集解張晏曰：求借所食之箸用指畫也。

又　端午贈黄守徐君猷

銀塘朱檻麴塵波，圓緑卷新荷。蘭條薦浴，菖花釀酒，天氣尚清和。　好將沉醉酬佳節，十分酒、一分歌。獄草煙深，訟庭人悄，無恡宴遊過。　傅注本卷十一

【校】

毛本「一」作「十」。

【朱注】

紀年録：辛酉端午作。王案：辛酉五月五日，過徐大受飲作。

【箋】

端午　風土記：仲夏端午，烹鶩、角黍。注：端，始也。

麴塵　白居易詩（春江閑步贈張山人）：「晴沙金屑色，春水麴塵波。紅簇交枝杏，青含卷葉荷。」西溪叢話：劉禹錫詩：「龍池遥望麴塵絲。」按禮記「鞠衣」注：如鞠塵色。又周禮内司服「鞠衣」，鄭氏云：黄桑服，如鞠塵色。乃知用「麴蘖」字非是。

蘭浴　大戴禮記（夏小正）：五月五，蓄蘭沐浴。

菖酒　荆楚歲時記：端午，以菖蒲一寸九節者泛酒，以辟瘟氣。傅注：近世五月五日，必以菖蒲漬酒而飲，謂之飲浴。

天氣清和　選詩（謝靈運遊赤石進帆海）：「首夏猶清和。」

酬佳節　杜牧詩（九日齊山登高）：「但將酩酊酬佳節。」

浣溪沙

十二月二日雨後微雪，太守徐君猷攜酒見過，坐上作浣溪沙三首。明日酒醒，雪大作，又作二首。

覆塊青青麥未蘇，江南雲葉暗隨車。臨皋煙景世間無。　雨脚半收檐斷線，雪牀初下瓦跳珠。歸來冰顆亂黏鬚。　傅注本卷十

【校】

傅注本題後有「時元豐五年也」六字。據此，是此詞作於壬戌，惟別無旁證，仍依朱本從紀年録編辛酉。　傅注本、元本、毛本「雪牀」並作「雪林」。從墨跡。　毛本「跳」作「疏」。　傅注本「線」誤「絶」。

【箋】

青青麥　莊子（外物）：青青之麥，生於陵陸。韓愈詩（過南陽）：「桑下麥青青。」

雲葉隨車　陳蔡凝春雲詩（賦得春雲處處生）：「入風衣暫斂，隨車蓋轉輕。作葉還依樹，爲樓欲近城。」杜甫詩（夏夜李尚書筵送宇文石首赴縣聯句）：「雨稀雲葉斷。」

臨皋　詩集查注：許端夫齊安拾遺云：夏澳口之側本水驛，有亭曰臨皋。名勝志：臨皋館在黄州朝宗門外，其上有快哉亭，縣令張夢得建。子由記略云：亭之所見，南北百里，東西一舍。晝則舟楫出没於其前，夜則魚龍悲嘯於其下。西望武昌諸山，岡陵起伏，草木行列。煙消日出，漁父樵夫之舍，皆可指數。

雨脚　杜甫茅屋爲秋風所破歌：「雨脚如麻未斷絶。」

雪牀　汪穰卿筆記言在張文襄幕，見蘇文忠手書浣溪沙五首，「雪林初下瓦跳珠」句，「林」作「牀」，注：「京師俚語，霰爲雪牀。」

黏鬚　羅鄴早行詩：「時整帽檐風刮頂，旋呵鞭手凍黏鬚。」（按：此承傅注。查全唐詩羅鄴早行詩無此句，乃杜荀鶴詩，題爲早發，見全唐詩卷六九二。）

又

醉夢昏昏曉未蘇，門前轣轆使君車。扶頭一琖怎生無？　廢圃寒蔬挑翠羽，

小槽春酒滴真珠。清香細細嚼梅鬚。　同前

【校】

傅注本「昏昏」作「醺醺」。　墨跡「挑」作「排」。　毛本「轣轆」作「轆轆」，「滴」作「凍」。

【箋】

扶頭一琖　白居易詩（早飲湖州酒寄崔使君）：「一榼扶頭酒，泓澄瀉玉壺。十分蘸甲酌，瀲灩滿銀盂。」

寒蔬翠羽　杜甫詩（園官送菜）：「青青佳蔬色，埋没在荒園。」又（行官張望補稻畦水歸）：「芊芊煙翠羽。」

小槽真珠　李賀詩（將進酒）：「琉璃鍾，琥珀濃，小槽酒滴真珠紅。」

梅鬚　傅注：花香多在鬚間粉上。　杜甫詩（陪李金吾花下飲）：「隨意數花鬚。」

又

雪裏餐氈例姓蘇，使君載酒爲回車。天寒酒色轉頭無。　薦士已聞飛鶚表，報恩應不用蛇珠。醉中還許攬桓鬚。　同前

【校】

墨跡「聞」作「曾」，注：「公近薦僕於朝。」

【朱注】

紀年録：辛酉，微雪作。

【箋】

餐氈　漢書蘇武傳：武使匈奴，脅使降，武不可。匈奴乃幽武，置大窖中，絶其飲食。天雨雪，武卧齧雪，與氈毛并咽之，數日不死。匈奴以爲神。徙武北海上，使牧羝，羝乳乃得歸。

鶚表　孔融薦禰衡表：鷙鳥累百，不如一鶚。

蛇珠　高誘淮南子注：隋侯見大蛇傷斷，以藥傅而塗之。後蛇于夜中銜大珠以報之，因曰隋侯之珠。

桓鬢　晉書桓伊傳：謝安女壻王國寶專利無檢行，安惡其爲人，每抑制之。及孝武末年，嗜酒好内，而會稽王道子昏醟尤甚，惟狎昵諂邪，於是國寶讒諛之計，稍行於主相之間。而好利險詖之徒，以安功名盛極而構會之，嫌隙遂成。帝召伊飲讌，安侍坐。帝命伊吹笛，伊神色無迕，即吹爲一弄。乃放笛云：「臣於箏，分乃不及笛，然自足以韻合歌管，請以箏歌，并請一吹笛人。」帝善其調達，乃勑御妓奏笛。伊又云：「御府人於臣必自不合。臣有一奴，善相便串。」帝彌賞其放率，乃許召之。奴既吹笛，伊便撫箏而歌怨詩曰：「爲君既不易，爲臣良獨難。忠信事不顯，乃有見疑患。周旦佐文武，金縢功不刊。推心輔王政，二叔反流言。」聲節慷慨，俯仰可觀。安泣下沾衿，乃

越席而就之，捋其鬚曰：「使君於此不凡。」帝甚有愧色。

又

半夜銀山上積蘇，朝來九陌帶隨車。濤江煙渚一時無。　空腹有詩衣有結，溼薪如桂米如珠。凍吟誰伴撚髭鬚。同前

【箋】

銀山積蘇　詩苑：劉師道雪詩：「三千世界銀成色，十二樓臺玉作層。」列子（周穆王）：穆王遊化人之宮，實以爲清都紫微，鈞天廣樂，帝之所居。王俯而視之，其宮榭若累塊積蘇焉。

九陌隨車　韓愈詩（詠雪贈張籍）：「隨車翻縞帶，逐馬散銀盃。」

腹詩衣結　晉書隱逸傳：董京能詩，逍遥吟詠，常宿白社中。時丐於市，得殘碎繒絮，結以自覆，全帛佳綿，則不肯受。

薪桂米珠　戰國策（楚策）：蘇秦謂楚王曰：「楚國食貴於玉，薪貴於桂。」晉張景陽詩（雜詩十首）：「尺燼重尋桂，紅粒貴瓊瑶。」

凍吟撚鬚　王維詩：「平旦東風騎蹇驢，旋呵凍手暖髭鬚。」（按：查全唐詩王維卷中無此詩句。苕溪漁隱叢話後集卷八載之，云是碑本子美畫像上之詩，不見杜甫集中，必好事者爲之。）盧

延讓苦吟詩：「吟安一個字，撚斷數莖鬚。」

又

萬頃風濤不記蘇，雪晴江上麥千車。但令人飽我愁無。　翠袖倚風縈柳絮，絳唇得酒爛櫻珠。尊前呵手鑷霜鬚。同前

【朱注】

紀年録：辛酉大雪，又作。

【箋】

不記蘇　墨跡先生自注：「公田在蘇州，今年風潮蕩盡。」傅注：舊注云：「公有薄田在蘇，今歲爲風濤蕩盡。」

翠袖二句　方干詩（贈美人四首）：「翠袖低徊真蹀躞，朱唇得酒假櫻桃。」

江城子

大雪，有懷朱康叔使君，亦知使君之念我也，作此以寄之。

黄昏猶是雨纖纖。曉開簾，欲平檐。江闊天低，無處認青帘。孤坐凍吟誰伴我，

揩病目，撚衰髯。　使君留客醉厭厭。　水晶鹽，爲誰甜。　手把梅花，東望憶陶潛。

雪似故人人似雪，雖可愛，有人嫌。

【校】

傅注本闕。

【朱注】

王案：辛酉十二月，雪中有懷朱壽昌作。　宋史：朱壽昌字康叔，揚州天長人。知鄂州，提舉崇禧觀。

【箋】

青帘　鄭谷詩（旅寓洛南村舍）：「白鳥窺魚網，青帘認酒家。」

厭厭　詩小雅湛露：「厭厭夜飲，不醉無歸。」

水晶鹽　北史崔浩傳：帝語至中夜，賜浩縹醪酒十斛，水晶戎鹽一兩，曰：「朕味卿言，若此鹽酒，故與卿同其味也。」李白題東谿公幽居詩：「客到但知留一醉，盤中秖有水晶鹽。」

滿江紅　寄鄂州朱使君壽昌

江漢西來，高樓下、蒲萄深碧。　猶自帶、岷峨雪浪，錦江春色。　君是南山遺愛守，

我爲劍外思歸客。對此間、風物豈無情，殷勤說。江表傳，君休讀。狂處士，真堪惜。空洲對鸚鵡，葦花蕭瑟。獨笑書生爭底事，曹公黃祖俱飄忽。願使君、還賦謫仙詩，追黃鶴。　傅注本卷二

【校】

傅注本、元本「獨笑」上有「不」字，「願使君」句無「使」字。從毛本。

【朱注】

案是詞當在黃州作，附編於此。

【箋】

蒲萄深碧　注見本卷南鄉子「晚景落瓊杯」闋。

岷峨二句　傅注：李白詩：「江帶岷峨雪，川橫山峽流。」蓋峨嵋積雪，經春不消。鄭谷峨嵋雪詩：「萬仞白雲端，經春雪未殘。夏消江峽滿，清照蜀樓寒。」杜子美詩：「朝來巫峽水，遠逗錦江波。」注云：「錦江水與巫峽相通也。」杜詩：「錦江春色逐人來。」餘詳本卷南鄉子（晚景落瓊杯）注。

遺愛　春秋左氏傳（昭公二十年）：子產，古之遺愛也。又（襄公十四年）：欒武子之德在民，如周人之思召公，愛其甘棠，况其子乎？

劍外　謂劍門外也。水經注：小劍戍西去大劍山三十里，連山絶險，飛閣通衢，謂之劍閣。杜甫詩（恨別）：「草木變衰行劍外，兵戈阻絶老江邊。」

江表傳　傅注：江表傳載江左吴時事，多見漢末羣雄角逐之義，三國志每引以爲證也。

狂處士　後漢書文苑傳：禰衡字正平，平原般人。少有才辯，而氣尚剛傲，好矯時慢物。孔融既愛衡才，數稱述於曹操，操喜，勑門者有客便通，待之極晏。衡乃着布單衣疏巾，手持三尺梲杖，坐大營門，以杖箠地大罵。吏白：「外有狂生，坐於營門，言語悖逆，請收案罪。」操怒，謂融曰：「禰衡豎子，孤殺之猶鼠雀耳。顧此人素有虚名，遠近將謂孤不能容之。今送與劉表，視當何如。」於是遣人騎送之。表及荆州士大夫先服其才名，甚賓禮之。後復侮慢於表，表恥不能容，以江夏太守黄祖性急，故送衡與之。祖亦善待焉。衡爲作書記，輕重疏密，各得體宜。祖持其手曰：「處士，此正得祖意，如祖腹中之所欲言也。」後黄祖在蒙衝船上大會賓客，而衡言不遜順。祖慚，乃訶之。衡更熟視曰：「死公，云等道？」祖大怒，令五百將出，欲加箠，衡方大罵。祖恚，遂令殺之。

鸚鵡洲　傅注：衡死，埋於沙洲之上，後人因號其洲曰鸚鵡洲，以衡嘗爲鸚鵡賦故也。崔顥詩（黄鶴樓）：「晴川歷歷漢陽樹，芳草萋萋鸚鵡洲。」李白贈江夏韋太守詩：「一忝青雲客，三登黄鶴樓。顧慚禰處士，虚對鸚鵡洲。焚山霸氣盛，寥落天地秋。」一統志：鸚鵡洲在江夏縣西南二里。水經注：江之右岸當鸚鵡洲南。寰宇記：鸚鵡洲在大江中，與漢陽縣分界。後漢黄祖爲江

夏太守，祖長子射，大會賓客，有獻鸚鵡於此洲，故名。

飄忽　李白詩（淮陰書懷寄王宋城）：「徘徊且不定，飄忽悵徂征。」

謫仙　本事詩（高逸）：李太白初自蜀至京師，舍於逆旅。賀監知章聞其名，首訪之。既奇其姿，復請所爲文，出蜀道難以示之。讀未竟，稱歎者數四，號爲謫仙。解金龜換酒，與傾盡醉，期不間日。由是稱譽光赫。

黄鶴　李白贈韋使君詩（江夏贈韋南陵冰）：「我且爲君槌碎黄鶴樓，君亦爲我倒卻鸚鵡洲。赤壁争雄如夢裏，且須歌舞寬離憂。」

東坡樂府箋卷二

壬戌

年譜：元豐五年壬戌，先生年四十七，在黄州。寓居臨皋亭，就東坡築雪堂，自號東坡居士。三月，以事至蘄水。秋七月，與客泛舟遊於赤壁之下。十月，又遊之。

水龍吟

閭丘大夫孝終公顯嘗守黄州，作棲霞樓，爲郡中絶勝。元豐五年，余謫居黄，正月十七日，夢扁舟渡江，中流回望，樓中歌樂雜作，舟中人言公顯方會客也。覺而異之，乃作此曲，蓋越調鼓笛慢。公顯時已致仕，在蘇州。

小舟横截春江，卧看翠壁紅樓起。雲間笑語，使君高會，佳人半醉。危柱哀絃，豔歌餘響，繞雲縈水。念故人老大，風流未減，空回首，煙波裏。推枕惘然不見，

但空江、月明千里。五湖聞道，扁舟歸去，仍攜西子。雲夢南州，武昌東岸，昔遊應記。料多情夢裏，端來見我，也參差是。

【校】傅注本卷一傅注本題首有「公舊注云」四字，「終」作「直」，「郡」誤「野」，「曲」作「詞」，「蓋越調鼓笛慢」六字闕，「東」作「南」。毛本「終」作「直」，「蓋越調鼓笛慢」六字闕，「空」作「獨」，「東」作「南」。

【朱注】年譜：壬戌，夢扁舟望棲霞，作鼓笛慢。紀年録：壬戌作。荆州記：棲霞樓，宋臨川康王義慶建。詩集施注：許端夫齊安拾遺云：棲霞樓在郡城最高處，江淮絶境也。

【箋】

閭丘大夫　見卷一浣溪沙「一别姑蘇已四年」闋朱注。

鼓笛慢　康熙欽定詞譜：水龍吟，姜夔詞注無射商，俗名越調。吕渭老詞名鼓笛慢。

翠壁　杜甫詩（涪城縣香積寺官閣）：「含風翠壁孤雲細。」

半醉　注見卷一臨江仙「自古相從休務日」闋。

危柱哀絃　宋史樂志：八音之中，革爲燥溼所薄，絲有絃柱，緩急不齊，故二者其聲難定。魏

文帝詩（善哉行二首）：「哀絃微妙，清氣含芳。」杜甫詩（題柏大兄弟山居屋壁二首）：「哀絃繞白雪，未與俗人操。」

繞雲　列子（湯問）：薛譚學謳於秦青，未窮青之技，自謂盡之，遂辭歸。秦青弗止，餞於郊衢，撫節悲歌，聲振林木，響遏行雲。薛譚乃謝求反，終身不敢言歸。

五湖三句　注見卷一菩薩蠻「玉童西迓浮丘伯」闋。

雲夢二句　傅注：齊安在雲夢澤之南。武昌，今江夏之地，又在大江之南岸。周禮夏官職方氏：正南曰荆州，其山鎮曰衡山，其澤藪曰雲夢。餘詳卷一水龍吟（楚山修竹如雲）注。

參差　白居易長恨歌：「中有一人字太真，雪膚花貌參差是。」

【評】

鄭文焯曰：突兀而起，仙乎，仙乎！「翠壁」句，奇嶄不露雕琢痕。上闋全寫夢境，空靈中雜以淒麗。過片始言情，有滄波浩渺之致。真高格也。「雲夢」二句，妙能寫閑中情景。煞拍不説夢，偏説夢來見我，正是詞筆高渾不猶人處。讀東坡先生詞，於氣韵格律，並有悟到，空靈妙境，匪可以詞家目之，亦不得不目爲詞家。世每謂其以詩入詞，豈知言哉？董文敏論畫曰：同能不如獨詣。吾於坡仙詞亦云。

江城子

陶淵明以正月五日遊斜川，臨流班坐，顧瞻南阜，愛曾城之獨秀，乃作斜川詩，至今使人想見其處。元豐壬戌之春，余躬耕於東坡，築雪堂居之。南挹四望亭之後丘，西控北山之微泉。慨然而歎，此亦斜川之遊也。乃作長短句，以江城子歌之。

夢中了了醉中醒。只淵明，是前生。走遍人間，依舊卻躬耕。昨夜東坡春雨足，烏鵲喜，報新晴。雪堂西畔暗泉鳴。北山傾，小溪橫。南望亭丘，孤秀聳曾城。都是斜川當日境，吾老矣，寄餘齡。傅注本卷六

【校】

傅注本「江城子」作「江神子」，題首有「公舊注云」四字，「使人」作「彼人」，「春」誤「新」。元本「使」亦作「彼」。從毛本。

【朱注】

年譜：壬戌作。王案：壬戌二月作。

【箋】

斜川　陶潛遊斜川詩序：辛丑正月五日，天氣澄和，風物閑美，與二三鄰曲同遊斜川。臨長

流，望曾城，魴鯉躍鱗於將夕，水鷗乘和以翻飛。彼南阜者，名實舊矣，不復乃爲歎嗟。若夫曾城，傍無依接，獨秀中皋。遥想靈山，有愛嘉名。欣對不足，率爾賦詩。悲日月之遂往，悼吾年之不留。各疏年紀鄉里，以紀其時日。

雪堂　年譜：以東坡圖攷之，自黄州門南至雪堂四百三十步。雪堂問云：蘇子得廢圃於東坡之脇，號其正曰雪堂，以大雪中爲之，因繪雪於四壁之間無容隙。其名蓋起於此。

夢中三句　傅注：世人于夢中顛倒，醉中昏迷，而能在夢而了，在醉而醒者，非公與淵明之徒，其誰能哉？

鵲喜　傅注：烏鵲，陽鳥，先事而動，先物而應。漢武帝時，天新雨止，聞鵲聲，帝以問東方朔。方朔曰：「必在殿後柏木枯枝上，東向而鳴也。」驗之果然。

餘齡　韓愈詩（過南陽）：「吾其寄餘齡。」

定風波

三月七日，沙湖道中遇雨，雨具先去，同行皆狼狽，余獨不覺。已而遂晴，故作此。

莫聽穿林打葉聲，何妨吟嘯且徐行。竹杖芒鞵輕勝馬，誰怕？一蓑煙雨任平生。

料峭春風吹酒醒，微冷，山頭斜照卻相迎。回首向來蕭瑟處，歸去，也無風雨也無晴。　傅注本卷四

【校】

傅注本題首有「公舊序云」四字，「此」下有「詞」字，「鞵」作「鞋」，「蕭瑟」作「瀟洒」。元本題無「獨」字，「蓑」作「莎」。從傅本。毛本「蕭瑟」作「瀟灑」。

【朱注】

王案：壬戌，相田至沙湖，道中遇雨作。

【箋】

吟嘯　晉書阮籍傳：登山臨水，嘯詠自若。

竹杖芒鞵　旡則詩：「騰騰兀兀恣閑行，竹杖芒鞵稱野情。」（按：此承傅注。全唐詩卷八二五收旡則詩三首，未見此二句。又江湖小集卷二十二載李龏集句詩重寄，首句即「竹杖芒鞋稱野情」，爲旡則詩句。）

一蓑煙雨　鄭谷詩（釣翁）：「來往煙波非定居，生涯蓑笠外無餘。」魏野詩（暮春閑望）：「何日扁舟去，江上負煙蓑。」

料峭　先生有詩（送范德孺）云：「漸覺春風料峭寒。」

【評】鄭文焯曰：此足徵是翁坦蕩之懷，任天而動。句亦瘦逸，能道眼前景，以曲筆直寫胸臆，倚聲能事盡之矣。

浣溪沙

遊蘄水清泉寺。寺臨蘭溪，溪水西流。

山下蘭芽短浸溪，松間沙路凈無泥。蕭蕭暮雨子規啼。　誰道人生無再少，門前流水尚能西。休將白髮唱黄雞。傅注本卷十

【校】東坡志林「門前」作「君看」。

【朱注】王案：壬戌三月，與龐醫遊清泉寺，飲王羲之洗筆泉，徜徉蘭溪之上作。本集書清泉寺詞：清泉寺在蘄水郭門外二里許，有王逸少洗筆泉，水極甘。下臨蘭溪，溪水西流。

【箋】蘄水　太平寰宇記：淮南蘄春郡，領縣四。其一蘄水，在州西北，本漢蘄春縣地，唐武德四

年，改曰蘭溪，天寶中，改蘄水。

清泉寺　東坡志林：黄州東南三十里爲沙湖，亦曰螺師店，予買田其間。因往相田得疾，聞麻橋人龐安常善醫而聾，遂往求療。安常雖聾而穎悟絶人，以指畫字，不書數字，輒深了人意。予戲之曰：「予以手爲口，君以眼爲耳，皆一時異人也。」疾愈，與之同遊清泉寺。寺在蘄水郭門外二里許，有王逸少洗筆泉，水極甘。下臨蘭溪，溪水西流，予作歌云云。是日，劇談而歸。

松間　杜甫詩（到村）：「碧澗雖多雨，秋沙先少泥。」獨醒雜志：徐公師川嘗言，東坡長短句有云「山下蘭芽短浸溪，松間沙路浄無泥」，白樂天詩云「柳橋晴有絮，沙路潤無泥」。「浄」、「潤」兩字，當有能辨之者。

子規　成都記：杜宇亦曰杜主，自天而降，稱望帝。好稼穡，教人務農，至今蜀之將農者，必先祀杜主。望帝時以國相開明有治水功，因禪位焉。後望帝死，其魄化爲鳥，名曰杜鵑，亦曰子規云。唐吴娘曲：「暮雨蕭蕭郎不歸。」

再少　古詩：「花有重開日，人無再少年。」

白髮黄雞　白居易醉歌示妓人商玲瓏：「罷胡琴，掩秦瑟，玲瓏再拜歌初畢。誰道使君不解歌，聽唱黄雞與白日。黄雞催曉丑時鳴，白日催年酉前没。腰間紅綬繫未穩，鏡裏朱顔看已失。玲瓏玲瓏奈老何，使君歌了汝更歌。」

西江月

頃在黄州，春夜行蘄水中，過酒家，飲酒醉。乘月至一溪橋上，解鞍，曲肱醉卧少休。及覺已曉，亂山攢擁，流水鏘然，疑非塵世也。書此語橋柱上。

照野瀰瀰淺浪，横空隱隱層霄。障泥未解玉驄驕，我欲醉眠芳草。　可惜一溪風月，莫教踏碎瓊瑶。解鞍攲枕緑楊橋，杜宇一聲春曉。　傅注本卷二

【校】

傅注本題作「公自序，春夜行蘄水山中，過酒家，故飲酒醉。乘月至一溪橋上，解鞍，曲肱少休。及覺已曉，亂山葱蘢，不謂人世也。書此詞橋柱上」。「野」誤作「墅」，「風月」作「明月」。元本題首有「公自序云」四字。毛本題無「頃在黄州」、「醉卧」、「流水鏘然」十字，「攢擁」作「葱蘢」，「疑非塵世」作「不謂人世」，「語」作「詞」，「隱隱」作「曖曖」，「層」作「微」，「風」作「明」，「一聲」作「數聲」。

【朱注】

年譜：壬戌三月作。

【箋】

瀰瀰　瀰，密蟻切。瀰瀰，水流貌。詩經（邶風新臺）：「河水瀰瀰。」

障泥　晉書（王濟傳）：王濟善解馬性，常乘一馬，著連乾障泥，前有一水，終不肯渡。濟曰：「此必是惜障泥。」使人解去，便渡。故當時謂濟有馬癖。

醉眠　鄭谷草詩（曲江春草）：「香輪莫輾青青破，留與愁人一醉眠。」

滿江紅

董毅夫名鉞，自梓漕得罪，罷官東川。歸鄱陽，過東坡於齊安。怪其豐暇自得，余問之，曰：「吾再娶柳氏，三日而去官。吾固不戚戚，而憂柳氏不能忘懷於進退也。已而欣然，同憂患若處富貴，吾是以益安焉。」命其侍兒歌其所作滿江紅。嗟歎之不足，乃次其韻。

憂喜相尋，風雨過、一江春緑。巫峽夢、至今空有，亂山屏簇。何似伯鸞攜德耀，簞瓢未足清歡足。漸粲然、光彩照階庭，生蘭玉。　幽夢裏，傳心曲。腸斷處，憑他續。文君婿知否，笑君卑辱。君不見周南歌漢廣，天教夫子休喬木。便相將、左手抱琴書，雲間宿。傅注本卷二

【校】

傅注本題首有「楊元素本事曲集」七字，無「罷官東川」四字，「過」作「遇」，無「余問之」三字，「若處」作「如處」，「命其侍兒」作「乃令家童」，「嗟歎」上有「東坡」二字，「何似」誤作「何以」。毛本題無「罷官東川」、「余問之」七字，「嗟歎」上有「東坡」二字，「毅」作「義」，「梓」作「倅」，「過」作「遇」，「若」作「如」，「命其侍兒」作「乃令家童」，「粲」作「燦」。

【朱注】

王案：壬戌三月，和董鉞。又曰：董義夫因朱壽昌納交於公，不一年，以病没。見本集與蔡景繁書中。至公與朱蔡書及滿江紅詞叙均作義夫，獨哨遍詞叙作毅夫。義略可通毅，似兩用之者。

【箋】

巫峽夢　注見卷一祝英臺近「挂輕帆」闋。

亂山　傅注：巫峽有十二峰，故云「亂山屏簇」。

伯鸞　後漢書逸民傳：梁鴻字伯鸞，扶風平陵人。鄰里勢家慕其高節，多欲女之，鴻並絶不娶。同縣孟氏有女，狀肥醜而黑，力舉石臼，擇對不嫁，至年三十。父母問其故，女曰：「欲得賢如梁伯鸞者。」鴻聞而聘之。女求作布衣麻屨，織作筐緝績之具。及嫁，始以裝飾入門，七日而鴻不答。妻乃跪牀下，請曰：「竊聞夫子高義，簡斥數婦，妾亦偃蹇數夫矣。今而見擇，敢不請罪。」鴻

曰：「吾欲裘褐之人，可與俱隱深山者爾。今又衣綺縞，傅粉墨，豈鴻所願哉？」妻曰：「以觀夫子之志耳。妾自有隱居之服。」乃更爲椎髻，著布衣，操作而前。鴻大喜曰：「此真梁鴻妻也，能奉我矣。」字之曰德曜，名孟光。居有頃，妻曰：「常聞夫子欲隱居避患，今何爲默默，無乃欲低頭就之乎？」鴻曰：「諾。」乃共入霸陵山中，以耕織爲業，詠詩書，彈琴以自娱。東出關，過京師，作五噫之歌。肅宗聞而非之，求鴻不得。乃易姓名，遂至吴，依大家皋伯通，居廡下，爲人賃舂。每歸，妻爲具食，不敢於鴻前仰視，舉案齊眉。伯通察而異之，曰：「彼傭能使其妻敬之如此，非凡人也。」乃方舍之於家。

簞瓢　論語（雍也）：「一簞食，一瓢飲，在陋巷，人不堪其憂，回也不改其樂。賢哉回也。」

蘭玉　晉書謝安傳：安嘗戒約子姪，因曰：「子弟亦何豫人家事，而正欲使其佳？」諸人莫有言者。謝玄答曰：「譬如芝蘭玉樹，欲使其生於庭階耳。」安大悦。

心曲　詩秦風（小戎）：「在其板屋，亂我心曲。」

文君壻　注見卷一河滿子「見説岷峨悽愴」闋。聞見後録：東坡爲董毅夫作長短句：「文君壻知否，笑君卑辱。」奇語也。文君壻猶虞姬壻云。今刻本者不知有自，改「文君細知否」，可笑耳。

漢廣　詩漢廣：「南有喬木，不可休思。漢有游女，不可求思。」

琴書二句　白居易廬山草堂記：「左手引妻子，右手抱琴書，終老于斯，以成就平生之志。清泉白石，實聞斯言。」秦系詩（山中奉寄錢起員外兼簡苗發員外）：「逸妻相共老煙霞。」

哨遍

陶淵明賦歸去來，有其詞而無其聲。余既治東坡，築雪堂於上，人俱笑其陋，獨鄱陽董毅夫過而悦之，有卜鄰之意。乃取歸去來詞，稍加檃括，使就聲律，以遺毅夫。使家僮歌之，時相從於東坡，釋耒而和之，扣牛角而爲之節，不亦樂乎？

爲米折腰，因酒棄家，口體交相累。歸去來，誰不遣君歸？覺從前皆非今是。露未晞，征夫指余歸路，門前笑語喧童穉。嗟舊菊都荒，新松暗老，吾年今已如此。但小窗容膝閉柴扉，策杖看孤雲暮鴻飛。雲出無心，鳥倦知還，本非有意。噫！歸去來兮，我今忘我兼忘世。親戚無浪語，琴書中有真味。步翠麓崎嶇，泛溪窈窕，涓涓暗谷流春水。觀草木欣榮，幽人自感，吾生行且休矣。念寓形宇内復幾時，不自覺皇皇欲何之。委吾心、去留誰計？神仙知在何處，富貴非吾志。但知臨水登山嘯詠，自引壺觴自醉。此生天命更何疑，且乘流、遇坎還止。　傅注本卷八

【校】

傅注本題首有「公舊序云」四字,「余」下無「既」字,「棄家」作「棄官」。毛本「志」作「願」。

【朱注】

紀年録:壬戌春,以淵明歸去來辭隱括爲哨遍。

【箋】

哨遍　侯鯖録:東坡在昌化,負大瓢行歌田間,蓋哨遍也。

歸去來　陶潛歸去來:歸去來兮,田園將蕪胡不歸。既自以心爲形役,奚惆悵而獨悲。悟已往之不諫,知來者之可追。實迷途其未遠,覺今是而昨非。舟遥遥以輕颺,風飄飄而吹衣。問征夫以前路,恨晨光之熹微。乃瞻衡宇,載欣載奔。僮僕歡迎,稚子候門。三徑就荒,松菊猶存。攜幼入室,有酒盈罇。引壺觴以自酌,眄庭柯以怡顔。倚南窗以寄傲,審容膝之易安。園日涉以成趣,門雖設而常關。策扶老以流憩,時矯首而遐觀。雲無心以出岫,鳥倦飛而知還。景翳翳以將入,撫孤松而盤桓。歸去來兮,請息交以絶遊。世與我而相違,復駕言兮焉求。悦親戚之情話,樂琴書以消憂。農人告余以春及,將有事乎西疇。或命巾車,或棹孤舟。既窈窕以尋壑,亦崎嶇而經丘。木欣欣以向榮,泉涓涓而始流。善萬物之得時,感吾生之行休。已矣乎,寓形宇内復幾時,曷不委心任去留,胡爲遑遑欲何之。富貴非吾願,帝鄉不可期。懷良辰以孤往,或植杖而耘耔。登東皋以舒嘯,臨清流而賦詩。聊乘化以歸盡,樂夫天命復奚疑。

乘流遇坎　賈誼鵩鳥賦：「乘流則逝兮，遇坎則止。」

漁家傲　贈曹光州

些小白鬚何用染，幾人得見星星點。作郡浮光雖似箭。君莫厭，也應勝我三年貶。　我欲自嗟還不敢，向來三郡寧非忝。婚嫁事稀年冉冉。知有漸，千鈞重擔從頭減。

【校】

傅注本、元本俱無。

【朱注】

王案：壬戌六月，曹煥來謁。爲漁家傲，使煥寄其父九章。本集弔李臺卿詩敘：曹光州演甫以書報其亡。查注：曹光州，曹煥九章之父。王文誥曰：本集記朱元經云：光州有朱元經道人者，百許歲。聞其死，故人曹九章適爲光守，斂葬之。又記神清洞云：蘇轍之壻曹煥。又欒城集祭曹演父文云：始於朋友，求我婚姻。匪我知公，我兄實知。以上合詩敘觀之，皆曹光州名九章、字演甫之碻證，而其子則煥也。

【箋】

染鬚　劉禹錫詩（與歌者米嘉榮）：「近來時世輕前輩，好染髭鬚事後生。」

星星　宋書謝靈運傳：何長瑜嘗於江陵寄書與宗人何勗，以韻語序義慶府僚佐云：「陸展染鬢髮，欲以媚側室。青青不解久，星星行復出。」

三郡　先生歷知密州、徐州、湖州，故云「三郡」。

定風波

元豐五年七月六日，王文甫家飲釀白酒，大醉。集古句作墨竹詞。

雨洗娟娟嫩葉光，風吹細細緑筠香。秀色亂侵書帙晚，簾捲，清陰微過酒尊涼。人畫竹身肥擁腫，何用？先生落筆勝蕭郎。記得小軒岑寂夜，廊下，月和疏影上東牆。

傅注本卷四

【校】

傅注本題「家飲」二字倒。　元本題「五年」作「六年」，「娟娟」作「涓涓」。

【朱注】

年譜：壬戌，飲王文甫家作。　紀年録：壬戌作。　詩集查注：王齊萬，蜀人，時寓居武昌縣。

王文誥曰：齊萬字子辯，乃齊愈字文甫之弟。其居在武昌之東湖，與伍洲相對。

【箋】

雨洗五句　杜甫嚴鄭公詠竹詩：「緑竹半含籜，新梢纔出牆。色侵書帙晚，陰過酒尊涼。雨洗娟娟静，風吹細細香。但令無翦伐，會見拂雲長。」

擁腫　莊子逍遥遊：惠子謂莊子曰：「吾有大樹，人謂之樗，其大本擁腫而不中繩墨，其小枝卷曲而不中規矩。」注：擁腫，猶盤瘿。

蕭郎　傅注：唐協律郎蕭悦善畫竹，舉世無倫。白樂天嘗爲畫竹歌曰：「蕭郎下筆獨逼真，丹青已來惟一人。人畫竹身肥擁腫，蕭畫莖瘦節節竦。」

洞仙歌

余七歲時，見眉山老尼，姓朱，忘其名，年九十歲。自言嘗隨其師入蜀主孟昶宫中。一日大熱，蜀主與花蕊夫人夜納涼摩訶池上，作一詞，朱具能記之。今四十年，朱已死久矣，人無知此詞者。但記其首兩句，暇日尋味，豈洞仙歌令乎？乃爲足之云。

冰肌玉骨，自清涼無汗。水殿風來暗香滿。繡簾開、一點明月窺人，人未寝，攲

枕釵横鬢亂。　起來攜素手，庭户無聲，時見疏星渡河漢。試問夜如何？夜已三更，金波淡、玉繩低轉。但屈指西風幾時來，又不道流年，暗中偷换。　傅注本卷五

【校】

苕溪漁隱叢話引此詞，「余」作「僕」，「眉山」作「眉州」，「九十歲」作「九十餘」，「夜納涼」作「夜起避暑」，「死」字下無「久」字，「但記」作「獨記」，「兩句」下有「云冰肌玉骨自清涼無汗」十字，「鬢」字上有「雲」字，「但屈指」作「細屈指」。　傅注本題首有「公自序云」四字，「余」作「僕」，「山」作「州」，「歲」作「餘」，「納涼」作「起避暑」，「但」作「獨」，「但屈指」作「細屈指」。　毛本題無「久」字、「云」字，「歲」作「餘」，「納涼」作「起避暑」，「但」作「獨」，「三更」上衍「是」字。

【朱注】

案：公生丙子，七歲爲壬午，又四十年爲壬戌也。

【箋】

孟昶　十國春秋：後蜀主孟昶好學，爲文皆本於理。居恒謂李昊、徐光溥曰：「王衍浮薄，而好輕豔之詞，朕不爲也。」然昶亦工聲曲，有相見歡詞。

花蕊夫人　能改齋漫録：徐匡璋納女於孟昶，拜貴妃，别號花蕊夫人，意花不足擬其色，似花蕊翾輕也。又升號慧妃，如其性也。王師下蜀，太祖聞其名，命别護送。陳無己云姓費，誤矣。鐵

圍山叢談：國朝降下西蜀，而花蕊夫人又隨昶歸中國。昶至且十日，則召花蕊夫人入宫中，而昶遂死。昌陵後亦惑之。太宗在晉邸時，數數諫昌陵而不克，去。一日兄弟相與獵苑中，花蕊夫人在側，晉邸方調弓矢引滿，政擬走獸，忽回射花蕊夫人，一箭而死焉。

冰肌玉骨　「冰肌」注見卷一減字木蘭花「鄭莊好客」闋。杜甫徐卿二子歌：「秋水爲神玉爲骨。」

釵横　歐陽修臨江仙詞：「水晶雙枕，傍有墮釵横。」

夜如何　詩小雅庭燎：「夜如何其？夜未央，庭燎之光。」

玉繩　春秋元命苞：玉衡北兩星爲玉繩。謝朓詩（暫使下都夜發新林至京邑贈西府同僚）：「金波麗鳷鵲，玉繩低建章。」

【評】

鄭文焯曰：坡老改添此詞數字，誠覺氣象萬千，其聲亦如空山鳴泉，琴筑競奏。

【附録】

苕溪漁隱叢話：漫叟詩話云，楊元素作本事曲，記洞仙歌云云。錢塘有老尼，能誦後主詩首章兩句，後人爲足其意，以填此詞。余嘗見一士人誦全篇云：「冰肌玉骨清無汗，水殿風來暗香滿。簾開明月獨窺人，攲枕釵横雲鬢亂。起來瓊户啓無聲，時見疏星渡河漢。屈指西風幾時來，只恐流年暗中换。」又東坡洞仙歌序云云。苕溪漁隱曰：漫叟詩話所載本事曲云錢塘一老尼，能

誦後主詩首章兩句，與東坡洞仙歌序全然不同，當以序爲正也。

温叟詩話：蜀主孟昶令羅城上盡種芙蓉，盛開四十里。語左右曰：「古以蜀爲錦城，今觀之，眞錦城也。」嘗夜同花蕊夫人避暑摩訶池上，作玉樓春詞云：「冰肌玉骨清無汗，水殿風來暗香滿。繡簾一點月窺人，攲枕釵横雲鬢亂。起來瓊户啓無聲，時見疏星渡河漢。屈指西風幾時來，只恐流年暗中换。」

西谿叢話：孟蜀主水殿詩，東坡續爲長短句。一云昶與花蕊夫人避暑摩訶池上所詠玉樓春詞也。一云東坡少年遇美人，喜洞仙歌，又邂逅處景色暗相似，故隱括稍協律以贈之也。然攷東坡洞仙歌序云云，惟朱尼作宋尼，與諸本異。

古今詞話：沈雄曰：東京人士隱括東坡洞仙歌爲玉樓春，以記摩訶池上之事。

味水軒日記：東坡墨蹟行書洞仙歌詞一首，字如當三錢大，豐茂多姿，全法徐季海。此詞首語「冰肌玉骨，自清涼無汗」，舊傳蜀花蕊夫人句，後皆坡翁續成之，豪華婉逸，如出一手，亦公自所得意者。染翰灑灑，想見其軒渠滿志也。

念奴嬌　赤壁懷古

大江東去，浪淘盡、千古風流人物。故壘西邊，人道是、三國周郎赤壁。亂石崩

雲，驚濤裂岸，捲起千堆雪。江山如畫，一時多少豪傑。遥想公瑾當年，小喬初嫁了，雄姿英發。羽扇綸巾，談笑間、強虜灰飛煙滅。故國神遊，多情應笑我，早生華髮。人間如夢，一尊還酹江月。　傅注本卷二

【校】

傅注本「崩雲」作「穿空」，「裂」作「拍」，「酹」作「醉」。　毛本「穿空」、「拍岸」同傅本。　鄭文焯曰：容齋續筆詩詞改字一條，謂向巨原云，元不伐家有魯直所書東坡念奴嬌，與今人歌不同者數處，如「浪淘盡」爲「浪聲沉」，「周郎赤壁」爲「孫吴赤壁」，「穿空」爲「崩雲」，「拍岸」爲「掠岸」，「多情應笑我早生華髮」爲「多情應是笑我生華髮」，「如夢」爲「如寄」。不知此本今何在也。案此從元祐雲間本，唯「崩雲」二字與山谷所録無異。汲古刻固作「穿空」、「拍岸」，此又作「裂岸」，亦奇。愚謂他無足異，只「多情應是」句，當從魯直寫本校正。又云：曩見陳伯弢齋頭有王壬老讀是詞校字，改「了」爲「與」，伯弢極傾倒。余笑謂此正是湘綺不解詞格之證，即以音調言，亦啞鳳也。

【朱注】

紀年録：壬戌七月作。

【箋】

赤壁　詩集王注：厚曰：周瑜以兵三萬敗曹公於赤壁山，在鄂州蒲圻縣。援曰：赤壁在武

昌之西也。查注：江夏辨疑云，江漢之間指赤壁者三焉，一在漢水之側，竟陵之東；一在齊安郡之步下；一在江夏西南二百里。本集雜記云：黄州少西山麓斗入江中，石色如丹，相傳所謂赤壁者，或曰非也。曹公敗歸由華容路，今赤壁少西對岸即華容鎮，庶幾是也。然岳州亦有華容縣，未知孰是。

大江　傅注：漢書地理志：岷山，岷江所出，故爲大江，至九江爲中江，至徐陵爲北江，蓋一源而三目。尚書稱岷山導江，東别爲沱，又東至于澧，東迤北，會于淮。

浪淘　白居易浪淘沙詞：「白浪茫茫與海連，平沙浩浩四無邊。暮去朝來淘不住，遂令東海變桑田。」

周郎　吴志（周瑜傳）：周瑜字公瑾，廬江舒人。長壯有姿貌。孫策與瑜同年，獨相友善。策衆已數萬，親自迎瑜，授建威中郎將。瑜時年二十四，吴中皆呼爲周郎。曹公入荆州，劉琮舉衆降，曹公得其水軍船及步兵數十萬，將士聞之皆恐懼。時劉備爲曹公所破，欲引南渡江，與魯肅遇於當陽，遂共圖計。因進駐夏口，遣諸葛亮詣權。權遂遣瑜及程普等，與備併力逆曹公，遇於赤壁。時曹公軍衆已有疾病，初一交戰，公軍敗退，引次江北。瑜等在南岸。瑜部將黄蓋曰：「今寇衆我寡，難與持久。然觀操軍方連船艦，首尾相接，可燒而走也。」乃取蒙衝鬭艦數十艘，實以薪草，膏油灌其中，裹以帷幕，上建牙旗。先書報曹公，欺以欲降，又豫備走舸，各繫大船後，因引次俱前。曹公軍吏士皆延頸觀望，指言蓋降。蓋放諸船，同時發火，時風盛火猛，悉延燒岸上營落，

頃之，煙炎漲天，人馬燒溺，死者甚衆。軍遂敗退，還保南郡。備與瑜等復共追曹公。

小喬　吴志（周瑜傳）：策欲取荆州，以瑜爲中護軍，領江夏太守，從攻皖，拔之。時得橋公兩女，皆國色也，策自納大橋，瑜納小橋。江表傳：策從容戲瑜曰：「橋公二女雖流離，得吾二人作壻，亦足爲歡。」

英發　吴志（吕蒙傳）：孫權與陸遜論周瑜、魯肅及蒙，曰：「子明少時，孤謂不辭劇易，果敢有膽而已。及身長大，學問開益，籌略奇至，可以次於公瑾，但言議英發不及之耳。」子明，吕蒙字。

羽扇綸巾　蜀志：諸葛武侯與宣王在渭濱將戰，宣王戎服蒞事，使人視武侯，乘素車，葛巾毛扇，指麾三軍，皆從其進止。宣王聞之，歎曰：「可謂名士也。」傳注引，今本三國志無此節。晉書顧榮傳：廣陵相陳敏反，周玘與榮及甘卓、紀瞻潛謀起兵攻敏。榮發檄斂舟南岸，敏率萬餘人出，不獲濟，榮麾以羽扇，其衆潰散。晉書謝萬傳：萬早有時譽，簡文帝作相，召爲撫軍從事中郎，著白綸巾，鶴氅裘，履版而前。既見，與帝共談移日。

灰飛煙滅　聞見後録：東坡赤壁詞「灰飛煙滅」之句，圓覺經中佛語也。李白赤壁歌：「二龍争鬭決雌雄，赤壁樓船掃地空。烈火初張燕雲海，周瑜於此破曹公。」

神遊　列子（周穆王）：化人曰：「吾與王神遊，形奚動哉？」

【附録】

吹劍録：東坡在玉堂日，有幕士善歌，因問：「我詞何如柳七？」對曰：「柳郎中詞，只合十七

八女郎，執紅牙板，歌『楊柳岸曉風殘月』。學士詞須關西大漢，銅琵琶，鐵綽板，唱『大江東去』。」東坡爲之絶倒。

藝苑卮言：昔人謂銅將軍，鐵綽板，唱蘇學士「大江東去」，十八九歲好女子，唱柳屯田「楊柳岸曉風殘月」，爲詞家三昧。然學士此詞，亦自雄壯，感慨千古，果令銅將軍於大江奏之，必能使江波鼎沸。至詠楊花水龍吟慢，又進柳妙處一層矣。

又　中秋

憑高眺遠，見長空萬里，雲無留迹。桂魄飛來光射處，冷浸一天秋碧。玉宇瓊樓，乘鸞來去，人在清涼國。江山如畫，望中煙樹歷歷。　我醉拍手狂歌，舉杯邀月，對影成三客。起舞徘徊風露下，今夕不知何夕。便欲乘風，翻然歸去，何用騎鵬翼。水晶宫裏，一聲吹斷横笛。

【校】

傳注本、元本俱無。

【朱注】

王案：壬戌八月十五日作。

【箋】

桂魄　參同契：陽神日魂，陰神月魂，魂之與魄，互爲室宅。酉陽雜俎（天咫）：月中有桂，高五百丈，下有一人常斫之，樹創隨合。其人姓吳名剛，西河人。學仙有過，謫伐桂。王維詩（按此爲王涯詩秋夜曲）：「桂魄初生秋露微。」

玉宇瓊樓　注見卷一水調歌頭「明月幾時有」闋。

乘鸞　異聞録：開元中，明皇與申天師遊月中，見素娥十餘人，皓衣，乘白鸞，笑舞於廣庭大桂樹下，樂音嘈雜清麗。明皇歸，製霓裳羽衣曲。集仙録：天使降時，鸞鶴千萬，衆仙畢集，高者乘鸞，次乘騏麟，次乘龍。

清涼國　陸龜蒙詩：「溪山自是清涼國，松竹合封瀟灑侯。」

狂歌四句　李白月下獨酌詩：「我歌月徘徊，我舞影零亂。醒時同交歡，醉後各分散。」餘詳卷一少年遊「玉肌鉛粉傲秋霜」注。

今夕何夕　詩唐風（綢繆）：「綢繆束薪，三星在天。今夕何夕，見此良人。」

鵬翼　莊子逍遥遊：鵬之背，不知其幾千里也，怒而飛，其翼若垂天之雲。

水晶宮　述異記：闔閭水晶宮，備極珍巧，皆出自水府。杜甫詩（曲江對酒）：「水晶宮殿轉霏微。」

橫笛　夢溪筆談（樂律一）：後漢馬融所賦長笛，空洞無底，正似今之尺八。李善爲之注云：

七空，長一尺四寸。此乃今之横笛耳。青瑣高議：唐莊宗最愛夜月，月夜自吹横笛數曲。

南鄉子

重九涵輝樓呈徐君猷。

霜降水痕收，淺碧鱗鱗露遠洲。酒力漸消風力軟，颼颼。破帽多情卻戀頭。

佳節若爲酬，但把清尊斷送秋。萬事到頭都是夢，休休。明日黄花蝶也愁。

傅注本卷四

【朱注】

紀年録壬戌作。

【箋】

水痕　杜甫詩（冬深）：「寒水落依痕。」薛能詩：「舊痕依石落，初凍著槎生。」

破帽　三山老人語録：從來九日用落帽事，東坡獨云「破帽多情卻戀頭」，語爲奇特，不知東坡用杜子美詩：「羞將短髮還吹帽，笑倩旁人爲整冠。」

佳節　注見卷一少年遊「銀塘朱檻麴塵波」闋。

是夢　潘閬詩（樽前勉兄長）：「須信百年都似夢，莫嗟萬事不如人。」

蝶愁　鄭谷十日菊詩：「節去蜂愁蝶不知，曉庭還繞折空枝。」先生九日次韻王鞏云：「相逢不用忙歸去，明日黃花蝶也愁。」

臨江仙　夜歸臨皋

夜飲東坡醒復醉，歸來髣髴三更。家童鼻息已雷鳴。敲門都不應，倚杖聽江聲。
長恨此身非我有，何時忘卻營營。夜闌風靜縠紋平。小舟從此逝，江海寄餘生。

傅注本卷三

【校】

元本、毛本俱無題。從傅注本補。

【朱注】

王案：壬戌九月，雪堂夜飲，醉歸臨皋作。　避暑録：子瞻在黄州，與數客飲江上。夜歸，江面際天，風露浩然，有當其意，乃作歌詞，所謂「小舟從此逝，江海寄餘生」者，與客大歌數過而散。翼日喧傳子瞻夜作此詞，挂冠服江邊，拏舟長嘯去矣。郡守徐君猷聞之驚且懼，以爲州失罪人，急命駕往謁，則子瞻鼻鼾如雷，猶未興也。然此語卒傳至京師，裕陵亦聞而疑之。

【箋】

鼻息雷鳴　韓愈石鼎聯句序：衡山道士軒轅彌明，與進士劉師服、校書郎侯喜聯石鼎詩已畢，道士曰：「此皆不足與語，吾閉口矣。」即倚牆睡，鼻息如雷鳴。二子怛然失色。

身非我有　莊子（知北游）：舜問乎丞曰：「道可得而有乎？」曰：「汝身非汝有也，女何得有夫道？」舜曰：「吾身非吾有也，孰有之哉？」曰：「是天地之委形也。」

營營　莊子（庚桑楚）：無使汝思慮營營。

縠紋　傅注：風息浪平，水紋如縠。選詩：「風浪吹紋縠。」劉禹錫竹枝詞：「江上春來新雨晴，瀼西春水縠紋生。」

小舟二句　高適詩（奉酬睢陽李太守）：「寸心仍有適，江海一扁舟。」

減字木蘭花

贈徐君猷三侍人，一嫵卿。

嬌多媚殺，體柳輕盈千萬態。殢主尤賓，斂黛含顰喜又嗔。　徐君樂飲，笑謔從伊情意恁。臉嫩膚紅，花倚朱闌裹住風。

【校】

傳注本、元本俱無。

【箋】

體柳　注見卷一洞仙歌「江南臘盡」闋。

含顰　温庭筠照影曲：「黄印額山輕爲塵，翠鱗紅穉俱含顰。」

又　勝之

雙鬟緑墜，嬌眼横波眉黛翠。妙舞蹁躚，掌上身輕意態妍。　曲窮力困，笑倚人旁香喘噴。老大逢歡，昏眼猶能子細看。

【校】

傳注本、元本俱無。

【箋】

雙鬟　白居易詩（續古詩十首）：「窈窕雙鬟女，容德俱如玉。」

横波　傅毅舞賦：「眉連娟以增繞兮，目流睇而横波。」

蹁躚　南都賦：「翩遥遷延，蹴蹀蹁躚。」

掌上身輕　趙飛燕外傳：飛燕體輕，能爲掌上舞。南史羊侃傳：儛人張浄琬，腰圍一尺六寸，時人咸推能掌上舞。

香喘　歐陽炯浣溪沙詞：「蘭麝細香聞喘息，綺羅纖縷見肌膚。此時還恨薄情無？」

又　慶姬

天真雅麗，容態温柔心性慧。響亮歌喉，遏住行雲翠不收。　妙詞佳曲，囀出新聲能斷續。重客多情，滿勸金卮玉手擎。

【校】

傅注本、元本俱無。

【朱注】

王案：壬戌十二月，張商英過黄州，會於徐大受席上作。春渚紀聞：張無盡過黄州，徐君猷有四侍人，適張夫人攜其一往壻家爲浴兒之會，無盡因戲語云：「厥有美妾，良由令妻。」公即續之云：「道得徽章鄭趙，姓稱孫姜閻齊。浴兒於玉潤之家，一夔足矣；侍坐於冰清之仄，三英粲兮。」既暮而張夫人還，其一還，乃閻姬也，最爲徐所寵。

【箋】

遏雲　注見本卷水龍吟「小舟橫截春江」闋。

又　贈君猷家姬

柔和性氣，雅稱佳名呼懿懿。解舞能謳，絶妙年中有品流。　眉長眼細，淡淡梳妝新綰髻。懊惱風情，春著花枝百態生。

【校】

傅注本、元本俱無。

【箋】

品流　南史王僧綽傳：累遷尚書郎，參掌大選，究識流品，任舉咸盡其分。

綰髻　梅堯臣詩（桓妒妻）：「妾初見主來，綰髻下庭隅。」

懊惱　宋書五行志：晉安帝隆安中，民忽作懊惱歌，其曲中有「草生可攣結，女兒可攣抱」之言。白居易詩（聽竹枝贈李侍御）：「巴童蠻女竹枝歌，懊惱何人怨咽多。」

又　贈勝之

天然宅院，賽了千千并萬萬。説與賢知，表德元來是勝之。今來十四，海裏猴兒奴子是。要賭休癡，六隻骰兒六點兒。　傅注本卷九

【校】傅注本題下多「乃徐君猷侍兒」六字。

【箋】千千萬萬　杜牧晚晴賦：「閑草甚多，叢者束兮，靡者杳兮。仰風獵日，如立如笑兮，千千萬萬之容兮，不可得而狀也。」

海猴　傅注：海猴兒，言好孩兒也。

骰兒　骰，音頭，骰子，博陸彩具。傅注：六點兒，言没賽也。

西江月

送建溪雙井茶、谷簾泉與勝之。徐君猷家後房，甚慧麗，自陳叙本貴種也。

龍焙今年絶品，谷簾自古珍泉。雪芽雙井散神仙，苗裔來從北苑。湯發雲

腴釃白，琖浮花乳輕圓。人間誰敢更爭妍，鬭取紅窗粉面。　傳注本卷二

【校】

傳注本「徐君猷」上更有「勝之」二字，下無「慧」、「陳」二字，「粉面」作「白面」。　毛本題作「送茶并谷簾與王勝之」。鄭文焯曰：題「勝之」下當是旁注。

【朱注】

詩集查注：茶事雜録：雙井在寧州西三十里，黄山谷所居也。其南溪心有二井，土人汲以造茶，爲草茶第一。方輿記：谷簾泉在南康府城西，泉水如簾，布巖而下，三十餘派。陸羽品其味，爲天下第一。

【箋】

龍焙　傳注：建溪龍焙出臘茶，天下奇特。　宋史地理志：建寧府建安縣，有北苑茶龍焙監庫，及石舍、永興、丁地三銀場。

谷簾　傳注：谷簾泉在今星子縣。茶經：陸羽第水高下，有二十品，廬山谷簾水居第一。

雪芽　傳注：洪州雙井出草茶絶品。北苑貢茶録：茶芽凡數品，最上曰小芽，如雀舌鷹爪，以其勁直纖挺，故號芽茶。早春極少。軾詩（次韻完夫再贈之什某已卜居毗陵與完夫有廬里之約也）：「雪芽爲我求陽羨，乳水君應餉惠山。」

北苑　傅注：北苑即建州之龍焙。避暑録話：北苑茶正所産爲曾坑，謂之正焙，非曾坑爲沙溪，謂之外焙。二地相去不遠，而茶種懸絶。沙溪色白過於曾坑，但味短而微澀，識茶者一啜，如別涇渭也。

雲腴　傅注：唐陸龜蒙茶詩云：「枉壓雲腴爲酪奴。」時號茶爲酪奴。

花乳　傅注：雲腴、花乳，茶之佳品如此。曹鄴茶詩：「碧波霞脚碎，香泛乳花輕。」又丁謂詩：「花隨僧筯破，雲逐客甌圓。」

争妍　軾詩（次韻曹輔寄壑源試焙新芽）：「從來佳茗似佳人。」

菩薩蠻　贈徐君猷笙妓

碧紗微露纖摻玉，朱脣漸暖參差竹。越調變新聲，龍吟徹骨清。　夜闌殘酒醒，惟覺霜袍冷。不見斂眉人，胭脂覓舊痕。　傅注本卷七

【校】

傅注本「纖摻」作「纖纖」，「徹」作「澈」，「胭」作「燕」。　毛本無題，「摻」作「纖」，次句作「一曲雲和湘水緑」，「闌」作「長」，「惟」作「頓」，「斂眉」作「意中」，「胭脂覓」作「新啼壓」。

【朱注】

案四詞皆在黄州作，以類編。

【箋】

纖摻玉　傅注：張祜客淮南幕中，赴宴時，杜紫微爲支使，南座有屬意之處，索骰子賭酒。牧微吟曰：「骰子逡巡裹手拈，無因得見玉纖纖。」祜應曰：「但知報道金釵落，髣髴還因露指尖。」詩（魏葛屨）：「摻摻女手。」傳：摻摻，猶纖纖也。

參差竹　沈約笙詩：「孤篠定參差。」

越調新聲　傅注：水龍吟曲，乃越調也。漢書外戚傳：李延年性知音，善歌舞，武帝愛之。每爲新聲變曲，聞者莫不感動。

龍吟　羅鄴笙詩：「篘管參差排鳳翅，月堂淒戚勝龍吟。最宜稍動纖纖玉，醉送當歌灩灩春。」

斂眉　韋莊女冠子詞：「含羞半斂眉。」

醉翁操

琅琊幽谷，山川奇麗，泉鳴空澗，若中音會。醉翁喜之，把酒臨聽，輒欣然忘

歸。既去十餘年，而好奇之士沈遵聞之往游，以琴寫其聲，曰醉翁操。節奏疏宕而音指華暢，知琴者以爲絶倫。然有其聲而無其辭，翁雖爲作歌，而與琴聲不合。又依楚詞作醉翁引，好事者亦倚其辭以製曲，雖粗合韻度，而琴聲爲詞所繩約，非天成也。後三十餘年，翁既捐館舍，遵亦没久矣。有廬山玉澗道人崔閑，特妙於琴，恨此曲之無詞，乃譜其聲，而請東坡居士以補之云。

琅然，清圜，誰彈？響空山，無言，惟翁醉中知其天。月明風露娟娟，人未眠。荷蕢過山前，曰有心也哉此賢。醉翁嘯詠，聲和流泉。醉翁去後，空有朝吟夜怨。山有時而童巔，水有時而回川，思翁無歲年。翁今爲飛仙，此意在人間，試聽徽外三兩絃。

【校】

傅注本、元本、毛本俱無。從後集補。

【朱注】

王案：壬戌，爲崔閑作。案詞譜云，此本琴曲，所以蘇詞不載。自辛稼軒編入詞中，後遂沿爲詞調。今遵此説補編。

【箋】

琅琊　歐陽文忠公集醉翁亭記：環滁皆山也。其西南諸峰，林壑尤美，望之蔚然而深秀者，琅琊也。

醉翁引　歐陽文忠公集醉翁吟：余作醉翁亭於滁州，太常博士沈遵，好奇之士也，聞而往游焉。愛其山水，歸而以琴寫之，作醉翁吟三疊。去年秋，余奉使契丹，沈君會余恩、冀之間。夜闌酒半，援琴而作之，有其聲而無其辭，乃爲之辭以贈之。其辭曰：「始翁之來，獸見而深伏，鳥見而高飛。翁醒而往兮醉而歸，朝醒而暮醉兮無有四時。鳥鳴樂其林，獸出遊其蹊。咿嚶啁於翁前兮醉不知。有心不能以無情兮，有合必有離。水潺潺兮翁忽去而不顧，山岑岑兮翁復來而幾時。風嫋嫋兮山木落，春年年兮山草菲。嗟我無德於其人兮，有情於山禽與野麋。賢哉沈子兮，能寫我心而慰彼相思。」

琅然清圜　琅然，玉聲。楚辭九歌：「撫長劍兮玉珥，璆鏘鳴兮琳琅。」杜詩（舟中）：「今朝雲影蕩，昨夜月清圓。」

娟娟　杜甫詩（狂夫）：「風含翠篠娟娟静，雨浥芙蕖冉冉香。」

荷蕢　論語（憲問）：子擊磬於衛，有荷蕢而過孔氏之門者，曰：「有心哉，擊磬乎！」既而曰：「鄙哉，硜硜乎！莫己知也，斯己而已矣。深則厲，淺則揭。」子曰：「果哉，末之難矣。」

童巔　釋名：山無草木曰童，若童子未冠然。

處耳。

飛仙　十洲記：蓬萊山周迴五千里，有圓海繞山，無風而洪波百丈，不可往來，惟飛仙能到其處耳。

【評】

黄庭堅豫章先生文集跋子瞻醉翁操曰：人謂東坡作此文，因難以見巧，故極工。余則以爲不然。彼其老於文章，故落筆皆超逸絶塵耳。

鄭文焯曰：讀此詞，髯蘇之深於律可知。

【附録】

澠水燕談録：慶曆中，歐陽文忠公謫守滁州。有琅琊幽谷，山川奇麗，鳴泉飛瀑，聲若環佩，公臨聽忘歸。僧智仙作亭其上，公刻石爲記，以遺州人。既去十年，太常博士沈遵，好奇之士，聞而往遊。愛其山水秀絶，以琴寫其聲，爲醉翁吟，蓋宫聲三疊。後會公河朔，遵援琴作之，公歌以遺遵，并爲醉翁引以叙其事。然調不主聲，爲知琴者所惜。後三十餘年，公薨，遵亦殁。其後廬山道人崔閑，遵客也，妙於琴理，常恨此曲無詞，乃譜其聲，請於東坡居士子瞻，以補其闕。然後聲詞皆備，遂爲琴中絶妙，好事者争傳。詞不具録，「惟翁醉中」作「惟有醉翁」，「此賢」作「此弦」，下注「第二疊泛聲同此」七字，「童巔」作「同巔」，「回川」作「回淵」。方其補詞，閑爲弦其聲，居士倚爲詞，頃刻而就，無所點竄。遵之子爲比丘，號本覺真禪師，居士書以與之云：二水同器，有不相入；二琴同手，有不相應。沈君信手彈琴而與泉合，居士縱筆作詞而與琴會，此必有真同者矣。

卜算子　黄州定慧院寓居作

缺月挂疏桐，漏斷人初静。誰見幽人獨往來，縹緲孤鴻影。　驚起卻回頭，有恨無人省。揀盡寒枝不肯棲，寂寞沙洲冷。　傅注本卷十二

【校】

傅注本「慧」作「惠」，「誰見」下注云：「一作時見，一作唯有。」元本末句作「楓落吴江冷」。從傅本。毛本題作「惠州有温都監女，頗有色，年十六，不肯嫁人。聞坡至甚喜，每夜聞坡諷詠，則徘徊窗下。坡覺而推窗，則其女踰牆而去。坡從而物色之，曰：『吾當呼王郎與之子爲姻。』未幾而坡過海，女遂卒，葬於沙灘側。坡回惠，爲賦此詞」。

【朱注】

王案：壬戌十二月作。

【箋】

定慧院　詩集作定惠院。查注：名勝志：定惠院在黄岡縣東南。

幽人　周易（履卦）：「履道坦坦，幽人貞吉。」

孤鴻　張九齡感遇詩：「孤鴻海上來，池潢不敢顧。」

舟而去。

寒枝　滹南遺老集詩話：東坡雁詞云「揀盡寒枝不肯棲」，以其不棲木，故云爾。蓋激詭之致，詞人正貴其如此，而或者以爲語病，是尚可與言哉？近日張吉甫復以「鴻漸于木」爲辨，而怪昔人之寡聞，此益可笑。易象之言，不當援引爲證也。其實雁何嘗棲木哉？

沙洲　傅注：一作「楓落吴江冷」。唐崔信明美文章，鄭世翼者亦自負。二人相遇江中，鄭謂崔曰：「聞公有『楓落吴江冷』，願見其餘。」崔出之，鄭覽未終，曰：「所見不逮所聞。」投諸水，引舟而去。

【評】

黄庭堅曰：東坡道人在黄州時作，語意高妙，似非喫煙火食人語。非胸中有萬卷書，筆下無一點塵俗氣，孰能至此？

張惠言曰：此東坡在黄州時作。鮦陽居士云：缺月，刺明微也。漏斷，暗時也。幽人，不得志也。獨往來，無助也。驚鴻，賢人不安也。回頭，愛君不忘也。無人省，君不察也。揀盡寒枝不肯棲，不偷安於高位也。寂寞沙洲冷，非所安也。此詞與考槃詩極相似。

譚獻曰：以考槃爲比，其言非河漢也。此亦鄙人所謂作者未必然，讀者何必不然。

鄭文焯曰：此亦有所感觸，不必附會温都監女故事，自成馨逸。

【附録】

能改齋漫録：東坡先生謫居黄州，作卜算子云云，「漏斷」作「夢斷」，其屬意蓋爲王氏女子也，

讀者不能解。張右史文潛繼貶黄州，訪潘邠老，嘗得其詳，題詩以誌之：「空江月明魚龍眠，月中孤鴻影翩翩。有人清吟立江邊，葛巾藜杖眼窺天。夜冷月墮幽蟲泣，鴻影翹沙衣露溼。仙人采詩作步虚，玉皇飲之碧琳腴。」

古今詞話：女紅餘志云，惠州温氏女超超，年及笄，不肯字人。聞東坡至，喜曰：「我壻也。」日徘徊窗外，聽公吟詠，覺則亟去。東坡知之，乃曰：「吾將呼王郎與子爲姻。」及東坡渡海歸，超超已卒，葬於沙際。公因作卜算子詞，有「揀盡寒枝不肯棲」之句。按詞爲詠雁，當別有寄託，何得以俗情傅會也。

吴禮部詩話：東坡賀新郎詞「乳燕飛華屋」云云，後段「石榴半吐紅巾蹙」以下皆詠榴，卜算子「缺月挂疏桐」云云，「縹緲孤鴻影」以下皆説鴻，别一格也。

癸亥

年譜：元豐六年癸亥，先生年四十八，在黄州。

滿庭芳

有王長官者，棄官黄州，三十三年，黄人謂之王先生。因送陳慥來過余，因

爲賦此。

三十三年，今誰存者？算只君與長江。凜然蒼檜，霜幹苦難雙。聞道司州古縣，雲溪上、竹隝松窗。江南岸，不因送子，寧肯過吾邦。　摐摐，疏雨過，風林舞破，煙蓋雲幢。願持此邀君，一飲空缸。居士先生老矣，真夢裏、相對殘釭。歌聲斷，行人未起，船鼓已逢逢。　傅注本卷一

【校】

傅注本題首有「公舊序云」四字，無「黄州」二字，「摐摐」作「樅樅」。　毛本題無「黄州」二字，「聲」作「舞」。

【朱注】

王案：癸亥五月，陳慥報荆南莊田，同王長官來作。

【箋】

蒼檜　爾雅釋木：檜，柏葉松身。

司州　傅注：按唐書地理志：武德三年，以黄陂縣置南司州，七年州廢。此言「司州古縣」，謂黄陂也。

竹隝　説文：隝，小障也。唐韵：村隝也。與塢同。

摐摐　摐，七恭切。博雅：撞也。韓愈贈張籍詩（病中贈張十八）：「扶几導之言，曲節初摐摐。」

煙蓋雲幢　説文：幢，旌旗之屬。釋名：幢，童也，其貌童童也。韓愈詩（楸樹）：「青幢紫蓋立重重，細雨浮空作綵籠。」

空缸　廣韻：甖，缸。韓愈詩（病中贈張十八）：「傾樽與斟酌，四壁堆罌缸。」

殘釭　廣韻：釭，鐙也。謝朓詩（詠幔）：「但願置樽酒，蘭釭當夜明。」

逢逢　集韻：逢，音蓬，鼓聲也。詩大雅（靈臺）：「鼉鼓逢逢。」韓愈詩（病中贈張十八）：「不踏曉鼓朝，安眠聽逢逢。」

【評】鄭文焯曰：健句入詞更奇峰，此境匪稼軒所能夢到。不事雕鑿，字字蒼寒，如空巖霜幹，天風吹墮頗黎地上，鏗然作碎玉聲。

水調歌頭

黄州快哉亭贈張偓佺。

落日繡簾捲，亭下水連空。知君爲我新作，窗户溼青紅。長記平山堂上，攲枕江

南煙雨，渺渺没孤鴻。認得醉翁語，山色有無中。　一千頃，都鏡淨，倒碧峰。忽然浪起，掀舞一葉白頭翁。堪笑蘭臺公子，未解莊生天籟，剛道有雌雄。一點浩然氣，千里快哉風。　傅注本卷一

【校】

傅注本題作「快哉亭作」，「渺渺」作「杳杳」，「認得」作「認取」。　毛本題同傅本。

【朱注】

紀年録：癸亥作。　王案：癸亥六月，張夢得營新居於江上，築亭，公榜曰「快哉亭」，作水調歌頭。　欒城集黄州快哉亭記：清河張君夢得謫居齊安，即其廬之西南爲亭，以覽觀江流之勝，而余兄子瞻名之曰「快哉」。　王文誥曰：夢得又字偓佺。

【箋】

水連空　朱灣詩（九日登青山）：「水將空合色。」李端詩（宿洞庭）：「白水連天暮。」

窗户青紅　杜甫詩（越王樓歌）：「孤城西北起高樓，碧瓦朱甍照城郭。」

煙雨孤鴻　羅虬雁詩：「影沉江雨暝。」韋莊東湖詩：「何處最添詩客興，黄昏煙雨亂蛙聲。」

醉翁語　宋本醉翁琴趣外篇醉偎香詞：「平山欄檻倚晴空，山色有無中。」醉偎香毛本作朝中措。　詳卷一西江月（三過平山堂下）注。

千頃三句　韓愈詩（奉酬盧給事雲夫四兄……張十八助教）：「曲江千頃秋波浄，平鋪紅蕖蓋明鏡。」李白詩（陪從祖濟南太守泛鵲山湖三首）：「湖闊數千里，湖光摇碧山。」徐鉉孺子亭記：「平湖千畝，凝碧乎其下；西山萬疊，倒影乎其中。」

白頭翁　江表傳：會有白頭鳥集殿前，孫權問：「此何鳥？」諸葛恪曰：「白頭翁也。」張昭自以坐中最老，疑恪戲之，因曰：「恪欺陛下，未聞鳥名白頭翁者。試使恪復尋白頭母。」恪曰：「鳥名鸚母，未必有對。試使輔吴復求鸚父。」坐中皆笑。鄭谷詩（淮上漁者）：「白頭波上白頭翁，家逐船移浦浦風。」

蘭臺公子　宋玉風賦：楚襄王游於蘭臺之宫，宋玉、景差侍。有風颯然而至，王迺披襟而當之，曰：「快哉此風，寡人所與庶人共者邪？」宋玉對曰：「此獨大王之風耳，庶人安得而共之。」又：「清涼雄風，清清泠泠，愈病析酲，發明耳目，寧體便人。此所謂大王之雄風也。庶人之風，中心慘怛，生病造熱，中脣爲胗，得目爲蔑，啗齰嗽獲，死生不卒。此所謂庶人之雌風也。」

莊生天籟　莊子齊物論：顔成子游曰：「地籟則衆竅是已，人籟則比竹是已，敢問天籟。」南郭子綦曰：「夫吹萬不同，而使其自已也，咸其自取，怒者其誰邪？」

浩然氣　孟子（公孫丑上）：「我知言，我善養吾浩然之氣。其爲氣也，至大至剛，以直養而無害，則塞於天地之間。」

【評】鄭文焯曰：此等句法，使作者稍稍矜才使氣，便流入粗豪一派。妙能寫景中人，用生出無限情思。

蝶戀花　送潘大臨

别酒勸君君一醉。清潤潘郎，又是何郎壻。記取釵頭新利市，莫將分付東鄰子。回首長安佳麗地。三十年前，我是風流帥。爲向青樓尋舊事，花枝缺處餘名字。

【校】傅注本、元本俱無。能改齋漫録「勸」作「送」，「又」作「更」。

【朱注】案能改齋漫録載此詞，謂是公在黄州送潘邠老省試作。疑在癸亥年。

【箋】潘大臨　詩集查注：張文潛宛邱集中潘大臨文集序云：大臨字邠老，故閩人，後家黄州。嘗舉於有司，無知其才而力振之於困者。後客死於蘄春。潘子真詩話：潘邠老，唐太僕卿季荀之後，衢之曾孫，鯁之子。寓居齊安，得句法於東坡。年未五十歿。

潘郎　晉書潘岳傳：岳字安仁，舉秀才爲郎。少時常挾彈出洛陽道，婦人遇之者，皆連手縈繞，投之以果，遂滿車而歸。徐陵洛陽道樂府：「潘郎車欲滿，争奈擲花何。」

何郎　語林：何平叔晏美姿儀，面純白，魏明帝疑其傅粉，夏日以湯餅食之，汗出，以朱衣拭面，色轉皎然。韓偓詩（閑情）：「何郎燈暗誰能詠，韓壽香焦亦任偷。」

利市　周易（説卦）：爲近利，市三倍。餘詳卷一減字木蘭花（惟熊佳夢）注。

東鄰　宋玉登徒子好色賦：「楚國之麗者，莫若臣東家之子。此女登牆窺臣三年，至今未許也。」

風流帥　抱朴子（外篇崇教）：行爲會飲之魁，坐爲博弈之帥。

青樓　曹植美女篇：「青樓臨大路，高門結重關。」王昌齡青樓曲：「馳道楊花滿御溝，紅妝謾綰上青樓。」

【附録】

能改齋漫録：「别酒送君」云云。右蝶戀花詞，東坡在黄時，送潘邠老赴省試作也，今集不載。

醉蓬萊

余謫居黄州，三見重九，每歲與太守徐君猷會於棲霞樓。今年公將去，乞郡

湖南。念此惘然，故作是詞。

笑勞生一夢，羈旅三年，又還重九。華髮蕭蕭，對荒園搔首。賴有多情，好飲無事，似古人賢守。歲歲登高，年年落帽，物華依舊。　此會應須爛醉，仍把紫菊紅萸，細看重嗅。摇落霜風，有手栽雙柳。來歲今朝，爲我西顧，酹羽觴江口。會與州人，飲公遺愛，一江醇酎。　傅注本卷三

【校】

傅注本題無「州」、「樓」二字。毛本題作「重九上君猷」，「紅」作「茱」。

【朱注】

年譜：壬戌重九作。紀年録：癸亥君猷將去作。

【箋】

君猷將去　詩集查注：予考本集代巢元修所作遺愛亭記云：東海徐君猷以朝散郎爲黄州，每歲之春，與子瞻遊安國寺，飲酒於竹間亭。公既去郡，寺僧請名，子瞻名之曰「遺愛」。據此則君猷之没，在去黄州之後，非終於黄也。但其去郡後踪跡無可考耳。

勞生　李白詩（春日醉起言志）：「處世若大夢，胡爲勞其生。」

羈旅　左傳莊公二十二年：羈旅之臣。注：羈，寄也。旅，客也。

華髮　傳注：唐褚遂良帖云：「華髮蕭然。」蓋貶長沙時也。公時貶黄，故云。

好飲無事　史記（陳軫傳）：陳軫爲楚使秦，過梁，欲見犀首，謝弗見。已乃見之。陳軫曰：「公何好飲也？」犀首曰：「無事也。」曰：「吾請令公饜事可也。」　鄭文焯曰：東坡詩中恒用無事酒，以此。

登高　續齊諧記：桓景隨費長房學數年，房忽謂之曰：「九月九日，汝家有大災。可速去，令家人各作絳囊，盛茱萸繫臂，登高山，飲菊花酒，禍乃可消。」景如其言，舉家登高。夕還，見牛羊雞犬等皆暴死。

落帽　世説（識鑒）：孟嘉爲征西將軍桓温參軍事，温甚禮之。及九月九日，温宴龍門山，參寮畢至。有風吹嘉帽落，温令左右勿言，以觀其舉止也。

物華　盧思道美女篇：「京洛多妖豔，餘香愛物華。」

爛醉　杜甫詩（杜位宅守歲）：「爛醉是生涯。」

紫菊紅萸　西京雜記：九月九日，佩茱萸，飲菊花酒，令人長壽。

細看　注見卷一浣溪沙「白雪清詞出坐間」闋。

搖落　宋玉九辯：「悲哉秋之爲氣也，蕭瑟兮草木搖落而變衰。」

手栽雙柳　詩集徐君猷挽詞：「雪後獨來栽柳處，竹間行復采茶時。」然則此語蓋紀實也。

羽觴　陸機詩（擬今日良宴會）：「四座感同志，羽觴不可算。」注：羽觴，置鳥羽於觴，以取急

飲也。

醇酎　傅注：醇酎，三重釀酒也。黄石公記：昔者良將有饋簞醪者，投於河，令士逐流而飲之，三軍皆告醉。

【評】

鄭文焯曰：結處掉入蒼茫，便有無限離景。

好事近　黄州送君猷

紅粉莫悲啼，俯仰半年離别。看取雪堂坡下，老農夫淒切。　明年春水漾桃花，柳岸隘舟檝。從此滿城歌吹，看黄州闐咽。傅注本卷五

【校】

傅注本、毛本題俱無「黄州」二字。

【朱注】

紀年録：癸亥，君猷將去作。王案：此詞乃君猷置家於黄而去，故云「半年離别」也。

【箋】

紅粉　謂官妓也。唐宋時，太守赴任離任，皆有官妓迎送。詳卷一菩薩蠻（玉童西迓浮丘

伯)注。

雪堂　傅注：公于東坡自作雪堂，耕于其下。見本卷江城子(夢中了了醉中醒)注。

春水桃花　漢書溝洫志：來春桃花水盛，必羡溢，有填淤反壤之害。王維桃源行：「春來遍是桃花水，不辨仙源何處尋。」

闐咽　梁書陶弘景傳：永明十年，上表辭禄，詔許之。及發，公卿祖之，供帳甚盛，車馬填咽。

西江月　重陽棲霞樓作

點點樓頭細雨，重重江外平湖。當年戲馬會東徐，今日淒涼南浦。　莫恨黄花未吐，且教紅粉相扶。酒闌不必看茱萸，俯仰人間今古。　傅注本卷二

【校】

元本、毛本題俱作「重九」，無「棲霞樓作」四字。從傅注本。

【箋】

戲馬東徐　傅注：東徐，彭城也。南史：宋武帝爲宋公，在彭城，九月九日出項羽戲馬臺，至今相承，以爲故事。餘詳卷一浣溪沙(縹緲紅妝照淺溪)注。

南浦　注見卷一浣溪沙「一别姑蘇已四年」闋。

俯仰今古　古樂府：「俯仰逝將過，倏忽幾何間。」

【附記】

案：彊村本此詞列在卷三，不編年，以當時未見傅本，不敢臆定故也。今據傅本題文與詞中「戲馬東徐」之語，斷爲先生謫居黄州三年間作，因爲改編癸亥。

定風波

王定國歌兒曰柔奴，姓宇文氏，眉目娟麗，善應對，家世住京師。定國南遷歸，余問柔：「廣南風土應是不好？」柔對曰：「此心安處，便是吾鄉。」因爲綴詞云。

常羨人間琢玉郎，天應乞與點酥娘。自作清歌傳皓齒，風起，雪飛炎海變清涼。萬里歸來年愈少，微笑，笑時猶帶嶺梅香。試問嶺南應不好，卻道，此心安處是吾鄉。　傅注本卷四

【校】

傅注本題作「南海歸贈王定國侍人寓娘」，「常」作「誰」，「自作」作「盡道」。元本題同傅本，

「人」作「兒」，「酥」作「蘇」。從毛本。　毛本「應乞與」作「教分付」，「年」作「顏」，「笑時」作「時時」。

【朱注】

案本集王定國詩集序云：定國以余故，貶海上三年。又次韻王鞏南遷初歸詩，施注編癸亥，詞亦是年之作。　詩集施注：王鞏字定國，文正公旦之孫，懿敏公素之子。從東坡學爲文，東坡下御史獄，而定國亦坐累貶賓州監酒税，凡三年，亦幾死，而無幽憂憤歎之意。張宗橚曰：柔奴或作寓娘，考柳州志，王鞏侍兒柔奴，與詞叙同。

【箋】

定國南遷　詩集馮注：續通鑑長編元祐六年六月注載劉摯云：鞏奇俊有文詞，然不就規檢，喜立事功，往往犯分，躁於進取。蘇轍兄弟獎引之甚力。然好作議論夸誕，輕易臧否人物，其口可畏，以是頗不容於人。昔坐事竄南荒三年，安患難，一不戚於懷，歸來顔色和豫，氣益剛實。此其過人遠甚，不得謂無入於道也。

柔奴　東皐雜録：王定國自嶺表歸，出歌者柔奴，勸東坡飲。坡問：「廣南風土應不好？」柔奴曰：「此心安處，便是吾鄉。」東坡喜其語，作定風波詞以記之。「應乞與」作「教分付」。

琢玉點酥　傅注：琢玉郎，言其美姿容如玉也。點酥娘，言其如凝酥之滑膩也。

皓齒　杜甫詩（聽楊氏歌）：「佳人絶代歌，獨立發皓齒。」

嶺梅　六帖：庾嶺上梅花，南枝已落，北枝方開，寒暖之候異也。杜甫詩（秋日荆南述懷三十韻）：「秋水漫湘竹，陰風過嶺梅。」

安處　白居易詩（四十五）：「安處是吾鄉。」（按：此承傅注。查白居易四十五詩云：「安處即爲鄉。」又吾土詩云：「身心安處爲吾土。」

鷓鴣天

林斷山明竹隱牆，亂蟬衰草小池塘。翻空白鳥時時見，照水紅蕖細細香。

村舍外，古城旁，杖藜徐步轉斜陽。殷勤昨夜三更雨，又得浮生一日涼。傅注本卷十一

【校】傅注本題作「東坡調黄州時作此詞，真本藏林子敬家」。毛本題作「時謫黄州」。

【朱注】案公以甲子四月去黄，此詞乃六月景事，酌編癸亥。

【箋】杖藜　杜甫詩（絶句漫興九首）：「杖藜徐步立芳洲。」

浮生　杜甫詩（戲作俳諧體遣悶二首）：「是非何處定，高枕笑浮生。」

【評】鄭文焯曰：淵明詩：「嘯傲東軒下，聊復得此生。」此詞從陶詩中得來，逾覺清異。較「浮生半日閑」句，自是詩詞異調。論者每謂坡公以詩筆入詞，豈審音知言者？

十拍子

白酒新開九醖，黄花已過重陽。身外儻來都似夢，醉裏無何即是鄉。東坡日月長。

玉粉旋烹茶乳，金虀新擣橙香。强染霜髭扶翠袖，莫道狂夫不解狂。狂夫老更狂。　傅注本卷十二

【校】傅注本「都是」作「都似」。元本「粉」誤作「塵」。從傅本。毛本題作「暮秋」。

【朱注】王案：癸亥九月作。

【箋】九醖　西京雜記：漢制，宗廟八月飲酎，用九醖太牢，皇帝侍祠。以正月旦作酒，八月成，名

曰酎。一曰九醖，一名醇酎。唐中宗九日登高詩序：「陶潛盈把，既浮九醖之歡；畢卓持螯，須盡一生之興。」傅注：酒經云：空桑穢飯，醖以稷麥，以成醇醪，酒之始也。烏梅女𪎟，綠醹九投，澄清百品，酒之終也。今之醇酎，一名九醖。𪎟，胡板切。醹音乳。

儻來　莊子（繕性）：物之儻來，寄也。

無何有　莊子逍遥遊：莊子曰：「今子有大樹，患其無用，何不樹之於無何有之鄉，廣漠之野，彷徨乎無爲其側，逍遥乎寢卧其下。不夭斤斧，物無害者。無所可用，安所困苦哉？」

日月長　白居易詩（偶作二首）：「無事日月長。」

玉粉二句　傅注：試茶詩有「黄金碾畔玉塵飛，碧玉甌心素濤起」。金橙擣虀，以饌魚膾用之。歐陽修茶歌：「浮之白花如粉乳，乍見紫面生光華。」

染髭　注見本卷漁家傲「些小白鬚何用染」闋。

老更狂　杜甫詩（狂夫）：「欲填溝壑惟疏放，自笑狂夫老更狂。」

南歌子

黄州臘八日飲懷民小閣。

衛霍元勳後，韋平外族賢。吹笙只合在緱山，同駕綵鸞歸去趁新年。烘暖

燒香閣，輕寒浴佛天。他時一醉畫堂前，莫忘故人憔悴老江邊。傅注本卷五

【校】

傅注本「同」誤「聞」，「他時」作「他年」。毛本題「臘」下有「月」字，「同」作「間」。

【朱注】

王案：癸亥，飲張夢得小閣作。

【箋】

臘八　月令通考：南方專用臘月八日灌佛。宋朝東京，於此月都城諸大寺作浴佛會，并送七寶五味粥，謂之臘八粥。譬喻經：佛臘月八日，降伏六師，投佛請死。言佛以法水洗我心垢，今我請僧洗浴以除身穢，仍爲常緣。

懷民　東坡小品記承天夜遊：十月十二夜，至承天寺尋張懷民，相與步於中庭。庭中如積水空明，水中藻荇交橫，蓋竹柏影也。

衛霍　潘岳西征賦：「懷夫蕭曹魏丙之相，辛李衛霍之將。」注：衛霍，謂衛青、霍去病也。

韋平　傅注：韋賢，其子元成。平當，其子晏。班史云：漢興，惟韋、平父子至丞相。

緱山　注見卷一鵲橋仙「緱山仙子」闋。

彩鸞　裴硎傳奇：鍾陵西山有遊帷觀，每至中秋，車馬喧闐。太和末，有書生文簫往觀，忽遇

一姝，甚麗，吟詩相引，至絶頂坦然之地。俄有仙童持天判曰：「吴彩鸞以私慾洩天機，謫爲民妻一紀。」姝乃與生下，歸鍾陵。餘詳卷一殢人嬌（別駕來時）注。山海經：女牀之山有鳥焉，其狀如翟而五彩文，名曰鸞鳥，見則天下安寧。

浴佛　傅注：法雲記：佛於周穆王二年癸未，年三十，將成道，以臘月八日浴，食乳粥等。

瑤池燕

閨怨，寄陳季常。

飛花成陣，春心困。寸寸，別腸多少愁悶。無人問，偷啼自揾，殘妝粉。抱瑤琴、尋出新韻，玉纖趁，南風來解幽愠。低雲鬟，眉峰斂暈，嬌和恨。

【校】

元本、傅本俱無，從毛本及侯鯖録補。　毛本「來」作「未」。

【箋】

南風　史記五帝紀：舜作五絃之琴，以歌南風詩曰：「南風之薰兮，可以解吾民之愠兮。」

眉峰　陳師道詩：「眉聳三峰秀。」（按：查全宋詩陳師道卷中無此詩句。卷一一一六次韻無斁二首之一起句云：「肩聳三峰峻。」疑龍先生誤記。）

【附録】

俟鯖録東坡云：琴曲有瑶池燕，其詞不協，而聲亦怨咽。變其詞作閨怨，寄陳季常去。此曲奇妙，勿妄與人云。案：先生在黄州，與季常往還最密，則此詞亦居黄時作也。附編於此，以俟更考。

甲子

年譜：元豐七年甲子，先生年四十九。在黄州。二月，與徐得之、參寥子步自雪堂至乾明寺。四月，乃有量移汝州之命。郡人潘邠老及弟大觀俱以詩知名，多從先生遊，先生去，以雪堂付之，邠老因以居焉。四月六日，别黄州，送先生者皆至於慈湖，陳季常獨至九江。既到江州，因遊廬山。取道興國至高安，視子由。留十日，復往奉新。七月，過金陵。逼歲，到泗州。十二月十八日，浴雍熙塔下。除夜在泗州。

滿庭芳

元豐七年四月一日，余將去黄移汝，留别雪堂鄰里二三君子。會李仲覽自江東來别，遂書以遺之。

歸去來兮，吾歸何處，萬里家在岷峨。百年強半，來日苦無多。坐見黄州再閏，兒童盡楚語吴歌。山中友，鷄豚社酒，相勸老東坡。云何，當此去，人生底事，來往如梭？待閑看秋風，洛水清波。好在堂前細柳，應念我、莫翦柔柯。仍傳語，江南父老，時與曬漁蓑。　傅注本卷一

【校】

傅注本題首有「公舊序云」四字，「去黄」作「自黄」，「鄰里」作「鄰曲」。元本題「去」作「自」，「州」作「洲」，「酒」作「飲」，「此」作「遠」。

【朱注】

紀年録：甲子作。王案：甲子三月，告下，特授檢校尚書水部員外郎，汝州團練副使，本州安置。雪山集：楊元素起爲富川，聞先生自黄移汝，欲順大江逆西江適筠見子由，令富川弟子員李翔要先生道富川，滿庭芳叙所謂「會李仲覽自江南來」者是。

【箋】

去黄移汝　續通鑑長編：是年正月，責授黄州團練副使蘇軾言汝州無田産，乞居常州。從之。元豐中，軾繫御史獄，上本無意深罪之，遂薄其罪，以黄州團練副使安置。然上每憐之，一日語執政曰：「國史大事，朕欲俾蘇軾成之。」執政有難色。上曰：「非軾，則用曾鞏。」其後鞏亦不副上意，上

復有旨起軾，以本官知江州。中書蔡確、張璪受命，王震當詞頭，明日改承議郎，江州太平觀。又明日，命格不下。於是卒出手札，徙軾汝州，有「蘇軾黜居思咎，閲歲滋深，人材實難，不忍終棄」之語。軾即上表謝。前此京師盛傳軾已白日仙去，上對左丞蒲宗孟嘆息久之，故軾於表内有「疾病連年，人皆相傳爲已死；飢寒併日，臣亦自厭其餘生」之句也。案：後魏汝北郡，齊改爲汝陰，隋置汝州。今爲河南臨汝縣。

岷峨　水經：岷山在蜀郡氐道縣，大江所出。注：岷山，即瀆山也，水曰瀆水矣。又謂之汶阜。山在徼外，江水所導也。餘詳卷一南鄉子（晚景落瓊杯）注。

百年　列子（楊朱）：楊朱曰：「百年壽之大齊，得百年者，千無一焉。設有一者，孩抱以逮昏老，幾居其半矣。」韓愈詩（除官赴闕至江州寄鄂岳李大夫）：「年皆過半百，來日苦無多。」

再閏　傅注：公作黄州安國寺記云：元豐二年，余自吴興守得罪，爲黄州團練副使。明年二月至黄州。與陳季常詩序云：余在黄州四年，余三往見季常。七年四月，余量移汝州。以是二者考之，則知公自元豐三年二月到郡，七年四月移汝州，其實在黄州四年零兩月也。元豐三年閏九月，六年閏六月，則再閏可知。

楚語吴歌　漢書師古注：楚歌者，楚人之歌，猶吴歈越吟也。樂府有子夜吴歌。杜甫詩（秋野五首）：「兒童學蠻語，不必作參軍。」

社酒　韓愈詩（南溪始泛三首）：「願爲同社人，雞豚燕春秋。」

東坡　傅注：公在黄州，卜東坡以居。見本卷江城子（夢中了了醉中醒）題。
如梭　寇準詩（和倩桃）：「將相功名終若何，不堪急景似奔梭。」
秋風洛水　吕洞賓詩（促拍滿路花）：「秋風吹洛水，落葉滿長安。」
堂前細柳　傅注：公手植柳於東坡雪堂之下。
莫翦柔柯　詩經（召南甘棠）：「蔽芾甘棠，勿翦勿伐，召伯所茇。」
江南父老　傅注：齊安在江北，與武昌對岸。公每渡江而南，歷遊武昌之地，故有「江南父老」之句。

【評】鄭文焯曰：使君抱負不凡。

西江月

姑熟再見勝之，次前韻。

別夢已隨流水，淚巾猶裛香泉。相如依舊是臞仙，人在瑶臺閬苑。　花霧縈風縹緲，歌珠滴水清圓。蛾眉新作十分妍，走馬歸來便面。　傅注本卷二

【校】

毛本注：「或刻山谷詞。」

【朱注】

揮麈後録：徐君猷後房甚盛，東坡嘗聞堂上絲竹，詞中所謂「表德原來字勝之」者，所最寵也。東坡北歸過南都，其人已歸張樂全之子厚之恕矣。東坡復見之，不覺掩面號慟，妾乃顧其徒而大笑。東坡每以語人，爲蓄婢之戒。案公去黄北歸過姑熟，在甲子七月。

【箋】

姑熟　今安徽當塗縣，晉時置城戍守，後遂爲重鎮。元和郡縣志：姑熟城以姑熟溪名。

香泉　杜甫詩（杜鵑）：「淚下如迸泉。」趙嘏送僧詩：「題詩片石侵雲在，洗鉢香泉覆菊流。」

臞仙　漢書司馬相如傳：相如見上好仙，因曰：「上林之事，未足美也，尚有靡者。臣嘗爲大人賦，未就，請具而奏之。」相如以爲列仙之儒，居山澤間，形容甚臞，此非帝王之仙意也，乃遂奏大人賦。

瑶臺閬苑　傅注：瑶臺、閬苑，皆崑崙之别名。離騷：「望瑶臺之偃蹇兮，見有娀之佚女。」許敬宗詩（遊清都觀尋沈道士得清字）：「風衢通閬苑，星使下層城。」

花霧　傅注：廣記云：弱質纖腰，如霧蒙花。

歌珠　杜牧詩（羊欄浦夜陪宴會）：「珠唱鋪圓裊裊長。」

蛾眉　詩衛風(碩人)：「螓首蛾眉。」

走馬　漢書張敞傳：敞無威儀，時罷朝會，過走馬章臺街，使御吏驅，自以便面拊馬。又爲婦畫眉，長安中傳張京兆眉嫵。有司以奏敞，上問之，對曰：「臣聞閨房之內，夫婦之私，有過於畫眉者。」上愛其能，弗備責也。師古注：便面，所以障面，蓋扇之類也。不欲見人，以此自障面，則得其便，故曰便面，亦曰屏面。今之沙門所持竹扇，上衺平而下圜，即古之便面也。

漁家傲

金陵賞心亭送王勝之龍圖。王守金陵，視事一日，移南郡。

千古龍蟠并虎踞，從公一弔興亡處。渺渺斜風吹細雨。芳草渡，江南父老留公住。公駕風車淩彩霧，紅鸞驂乘青鸞馭。卻訝此洲名白鷺。非吾侶，翩然欲下還飛去。

傅注本卷三

【校】

傅注本「風車」作「飛車」。　毛本「翩」作「翻」，餘同傅本。

【朱注】

紀年録：甲子作。王案：甲子八月，與王益柔遊蔣山作。

詩集施注：王勝之名益柔，河南

人，樞密使晦叔子也。抗直尚氣，喜論天下事。用蔭入官，歷知制誥直學士院，連守大郡。至江寧纔一日，移守南郡。

【箋】

賞心亭　一統志：賞心亭在江寧縣西下水門城上。桯史：王荆公罷相鎮金陵，是秋江左大蝗，有人題詩賞心亭曰：「青苗免役兩妨農，天下嗷嗷怨相公。惟有蝗蟲感恩德，又隨鈞旆過江東。」荆公因餞客至亭，覽之大不悅。據此則賞心亭固爲當時餞別之地也。

勝之　東都事略：王益柔少力學，尹洙見其文，曰：「贍而不流，制而不窘，未可量也。」杜衍薦於朝，除集賢校理。蘇舜欽以祠神會客事除名，益柔坐奪職。久之，爲開封推官，歷知制誥，遷龍圖直學士，除祕書監。出知蔡、揚、亳州、江寧應天府。　詩集施注：東坡與勝之唱和，介甫時居金陵，數與坡遊，嘆息謂人曰：「不知更幾百年，方有如此人物。」

龍蟠虎踞　詩集王注：寰宇記載諸葛亮謂吳大帝曰：「鍾山龍蟠，石城虎踞，真帝王都也。」

興亡處　傅注：金陵，漢末六朝所都，故云「興亡處」。

斜風細雨　張志和漁父詞：「青箬笠，緑蓑衣，斜風細雨不須歸。」

風車　傅注：括地圖曰：奇肱氏能爲飛車，從風遠行。湯時，西風吹奇肱車至豫州，湯破其車，不以示民。十年，西風至，乃復使作車遺歸，去王門四萬里。又傅注：乘雲、遊霧、駕鶴、驂鸞，皆神仙之事。

紅鸞青鸞　洽聞記：光武時，有大鳥，高五尺，五色備舉而多青。詔問百僚，咸以爲鳳。太史令蔡衡對曰：「凡象鳳者有五，多赤色者鳳，多青色者鸞。此青者乃鸞，非鳳也。」李賀詩（謝秀才有妾……賀復繼四首）：「銅鏡立青鸞，燕脂拂紫綿。」曹唐遊仙詩：「紫水風吹劍樹寒，水邊年少下紅鸞。」

白鷺洲　一統志：白鷺洲在應天府西南江中。李白登金陵鳳凰臺詩：「三山半落青天外，二水中分白鷺洲。」

【附録】

侯鯖録：東坡自黄移汝，過金陵，見舒王，適陳和叔作守，多同飲會。一日遊蔣山，和叔被召將行，舒王顧江山曰：「子瞻可作歌。」坡醉中書云云。（「渡」作「路」，「風車」作「飛軿」，「彩」作「紫」。）和叔到任數日而去，舒王笑曰：「白鷺者得無意乎？」案：此與施注異，録以備考。

浣溪沙　席上贈楚守田待問小鬟

學畫鴉兒正妙年，陽城下蔡困嫣然。憑君莫唱短因緣。　霧帳吹笙香嫋嫋，霜庭按舞月娟娟。曲終紅袖落雙纏。

【校】

傅注本闕。　毛本題作「贈楚守田待制小鬟」。

【箋】

鴉兒　杜牧詩（閨情）：「娟娟卻月眉，新鬢學鴉飛。」鄒炳詩（暮春寫懷四絶）：「病目塗鴉不成字，粉牋香墨惜烏絲。」

陽城下蔡　宋玉登徒子好色賦：「東家之子，增之一分則太長，減之一分則太短，著粉則太白，施朱則太赤。眉如翠羽，肌如白雪，腰如束素，齒如含貝。嫣然一笑，惑陽城，迷下蔡。」

短因緣　注見卷一菩薩蠻「玉笙不受珠唇暖」闋。

吹笙　皇甫松夢江南詞：「夢見秣陵惆悵事，桃花柳絮滿江城。雙髻坐吹笙。」

雙纏　古樂府雙行纏曲：「新羅繡行纏，足趺如春妍。」

又

一夢江湖費五年，歸來風物故依然。相逢一醉是前緣。　遷客不應常眊矂，使君爲出小嬋娟。翠鬟聊著小詩纏。

【校】

傅注本闕。毛本「逢」作「從」。

【朱注】

紀年録：戊午，贈田楚州小鬟作。案戊午，公未嘗至楚州。己未，自徐道楚，到湖州任。甲子，乞常，赴南都，再過楚州，中間謫黄五載，故次首有「一夢五年」之語。王案謂公過淮上，正待問官楚州時，改編是詞於甲子。從之。王文誥曰：待問字仲宣。

【箋】

遷客　通鑑後晉紀：池州多遷客。注：以罷遷降外州者，其州人謂之遷客。

瓱矂　唐國史補：進士不捷而飲，謂之打瓱矂。

虞美人

波聲拍枕長淮曉，隙月窺人小。無情汴水自東流，只載一船離恨向西州。　竹溪花浦曾同醉，酒味多於淚。誰教風鑑在塵埃，醞造一場煩惱送人來。傅注本卷八

【校】

傅注本題作「冷齋夜話云，東坡與秦少游維揚飲别，作此詞。世傳以爲賀方回所作，非也。山谷

亦云。大觀中，於金陵見其親筆，醉墨超逸，詩壓王子敬，蓋實東坡詞也」。毛本題作「東坡與少游維揚飲別，作此詞」。

【朱注】

王案：甲子十一月，與秦觀淮上飲別作。此詞作於淮上，詞意甚明，而冷齋夜話以爲維揚飲別者，誤。公與少游未嘗遇於維揚，且少游見公金山而歸，有公竹西所寄書爲據。

【箋】

長淮三句　注見卷一清平樂「清淮濁汴」闋。

西州　傅注：揚州廨，王敦所創，開東西南三門，俗謂之西州也。

風鑑　傅注：晉王衍字夷甫，神情朗秀，風姿詳雅，又有重名於世，時人許以人倫風鑒。案：晉書王衍傳無「人倫風鑒」之説，惟其從兄戎傳稱戎有人倫鑒，嘗目衍神姿高徹，如瑶林瓊樹，自然是風塵表物云云。傅注誤混爲一耳。

【附録】

能改齋漫録：東坡長短句云：「無情汴水自東流，只載一船離恨向西州。」張文潛用其意以爲詩云：「亭亭畫舸繫東潭，只待行人酒半酣。不管煙波與風雨，載將離恨過江南。」王平甫嘗愛而誦之，彼不知其出于東坡也。

行香子

與泗守過南山晚歸作。

北望平川，野水荒灣，共尋春、飛步孱顔。和風弄袖，香霧縈鬟。正酒酣時，人語笑，白雲間。　飛鴻落照，相將歸去。澹娟娟、玉宇清閑。何人無事，宴坐空山。望長橋上，燈火亂，使君還。

【校】

傅注本無。　元本無題。從毛本。　毛本「時」作「適」。

【朱注】

紀年録：甲子十二月作。王案：甲子，與劉士彦山行晚歸作。揮麈後録：東坡自黄州移汝州，舟次泗上，偶作詞云：「何人無事，宴坐空山。望長橋上，燈火鬧，使君還。」太守劉士彦，本出法家，山東木強人也。聞之，亟謁東坡，曰：「知有新詞。學士名滿天下，京師便傳。在法，泗州夜過長橋者徒二年，况知州耶？」切告收起，勿以示人。

【箋】

南山　詩集查注：苕溪漁隱叢話：淮北之地平夷，自京師至汴口並無山，惟隔淮方有南山，米

元章謂爲第一山。太平寰宇記：盱眙縣在泗州南五里，都梁山在縣南六十里。又公自注：「南山名都梁山，山出都梁香故也。」

孱顔　漢書司馬相如大人賦：「放散畔岸，驤以孱顔。注：孱顔，不齊也。」

香霧　注見卷一江城子「玉人家在鳳凰山」闋。

鴻飛　周易：鴻飛冥冥，弋人何篡焉。（按：此非周易中文，語出揚雄法言問明。）

玉宇　雲笈七籤（卷八釋三十九章經第五章）：太微之所館，天帝之玉宇也。

【評】

鄭文焯曰：人外之遊，澹然仙趣。

如夢令

元豐七年十二月十八日，浴泗州雍熙塔下，戲作如夢令兩闋。此曲本唐莊宗製，名憶仙姿，嫌其名不雅，故改爲如夢令。莊宗作此詞，卒章云：「如夢，如夢，和淚出門相送。」因取以爲名云。

水垢何曾相受，細看兩俱無有。寄語揩背人，盡日勞君揮肘。輕手，輕手，居士本來無垢。　傅注本卷九

【校】

毛本題無「兩」字。

【箋】

泗州塔　中山詩話：泗州塔，人傳下藏真身，後閣上碑道興國中塑僧伽事甚詳。塔本喻都料造，極工巧，俗謂塔頂爲天門。桯史：余至泗，親至僧伽塔下。中爲大殿，兩旁皆荆榛瓦礫之區。塔院在東廂，無塔而有院。

憶仙姿　後唐莊宗如夢令詞：「曾宴桃源深洞，一曲舞鸞歌鳳。長記别伊時，和淚出門相送。如夢，如夢，殘月落花煙重。」詞林紀事：𣏌按東坡詞注：此曲本唐莊宗製，名憶仙姿，嫌其名不雅，故改爲如夢令。古今詞話乃云：莊宗修内苑，得斷碑，中有三十二字，令樂工入律歌之。一名憶仙姿者，非。

無垢　維摩詰經：八解之浴池，定水湛然滿。布以七浄華，浴於無垢人。

又

自浄方能浄彼，我自汗流呀氣。寄語澡浴人，且共肉身遊戲。但洗，但洗，俯爲人間一切。　同前

【校】傳注本「浄彼」作「洗彼」，「人間」作「世間」。　毛本「浄彼」作「洗彼」。

【朱注】

紀年録：甲子作。

【箋】

汗流呀氣　呀，許加切。説文：張口貌。韓愈詩（月蝕詩效玉川子作）：「汝口開呀呀。」淮南子（精神）：「鹽汗交流，喘息薄喉。」

肉身遊戲　傳注：釋氏有「遊戲三昧」之語。盧仝月蝕詩：「臣有血肉身，無由飛上天。」

人間一切　傳注：本行經云：太子至泥連河側，思維一切衆生根緣，六年後方可度之。乃求修苦行，亦以自試。後悟此非真修，乃受美食，洗浴於河也。

浣溪沙

元豐七年十二月二十四日，從泗州劉倩叔遊南山。

細雨斜風作小寒，淡煙疏柳媚晴灘。入淮清洛漸漫漫。　雪沫乳花浮午琖，蓼茸蒿筍試春盤。人間有味是清歡。

【校】

傅注本闕。　毛本「小」作「曉」，「茸」作「芽」。

【朱注】

紀年録：甲子作。　王案：甲子同劉倩叔遊都梁山作。

【箋】

乳花　茶寮記：雲脚漸垂，乳花浮面。餘詳本卷西江月（龍焙今年絶品）注。

蓼茸蒿筍　説文：蓼，辛菜。禮記月令注：蒿亦蓬蕭之屬。

滿庭芳

余年十七，始與劉仲達往來於眉山。今年四十九，相逢於泗上。淮水淺凍，久留郡中。晦日同遊南山，話舊感歎，因作滿庭芳云。

三十三年，飄流江海，萬里煙浪雲帆。故人驚怪，憔悴老青衫。我自疏狂異趣，君何事、奔走塵凡。流年盡，窮途坐守，船尾凍相銜。　巉巉，淮浦外，層樓翠壁，古寺空巖。步攜手林間，笑挽攕攕。莫上孤峰盡處，縈望眼、雲海相攙。家何在，因君問我，歸夢繞松杉。　傅注本卷一

【校】

傅注本題「淮水」作「洛水」，末注作「因作此詞」，「攕攕」作「纖纖」。　毛本題「淮」作「洛」，「雲海」作「雲水」，「夢」作「步」。

【朱注】

紀年録：甲子作。案劉仲達名巨，年譜作元達。

【箋】

煙浪雲帆　白居易樂府（海漫漫）：「雲濤煙浪最深處，人傳中有三神山。」李白詩（行路難三首）：「長風破浪會有時，直挂雲帆濟滄海。」

青衫　白居易琵琶行：「座中泣下誰最多，江州司馬青衫溼。」

疏狂　白居易詩（代書詩一百韻寄微之）：「疏狂屬年少，閑散爲官卑。」

窮途　晉書阮籍傳：時率意獨駕，不由徑路，車迹所窮，輒慟哭而返。

相銜　傅注：相銜，所謂舳艫銜尾是也。

巉巉　詩小雅（漸漸之石）：「漸漸之石，維其高矣。」注：漸，土銜反，高峻貌。俗作「巉」。

攕攕　注見本卷菩薩蠻「碧紗微露纖摻玉」闋。

家何在　韓愈詩（左遷至藍關示姪孫湘）：「雲橫秦嶺家何在，雪擁藍關馬不前。」

水龍吟

昔謝自然欲過海求師蓬萊，至海中，或謂自然：「蓬萊隔弱水三十萬里，不可到。」天台有司馬子微，身居赤城，名在絳闕，可往從之。」自然乃還，受道於子微，白日仙去。子微著坐忘論七篇，樞一篇。年百餘，將終，謂弟子曰：「吾居玉霄峰，東望蓬萊，嘗有真靈降焉。今爲東海青童君所召。」乃蟬脫而去。其後李太白作大鵬賦云：「嘗見子微於江陵，謂余有仙風道骨，可與神遊八極之表。」元豐七年冬，余過臨淮，而湛然先生梁公在焉，童顏清徹，如二三十許人，然人亦有自少見之者。善吹鐵笛，嘹然有穿雲裂石之聲。乃作水龍吟一首，記子微、太白之事，倚其聲而歌之。

古來雲海茫茫，道山絳闕知何處？人間自有，赤城居士，龍蟠鳳翥。清淨無爲，坐忘遺照，八篇奇語。向玉霄東望，蓬萊晻靄，有雲駕，驂風馭。　行盡九州四海，笑紛紛、落花飛絮。臨江一見，謫仙風采，無言心許。八表神遊，浩然相對，酒酣箕踞。待垂天賦就，騎鯨路穩，約相將去。傅注本卷一

【校】

傅注本題文在前半闋注内，上冠「楊元素本事曲集載公自序云」十二字，「或謂自然」下有「曰」字，「身居」作「自居」，「年百餘」上無「著坐忘論七篇樞一篇」九字，「弟子」二字誤倒，「青童」下無「君」字，「蟬脱」作「蟬蜕」，「湛然」上無「而」字，「梁公」作「梁君」，「清徹」作「清澈」，「如二」下無「三」字，「然人」下無「亦」字，「見之」下無「者」字，「善」作「喜」，「嘹然」作「遼然」，「記」作「寄」，「鳳翥」作「鳳舉」。元本無題。從毛本。毛本「道」作「蓬」，「翥」作「舉」。

【朱注】

年譜：甲子作。紀年録：甲子冬作。

【箋】

謝自然　韓愈謝自然詩：「果州南充縣，寒女謝自然。童騃無所識，但聞有神仙。輕生學其術，乃在金泉山。繁華榮慕絶，父母慈愛捐。凝心感魑魅，慌惚難具言。一朝坐空室，雲霧生其間。如聆笙竽韻，來自冥冥天。白日變幽晦，蕭蕭風景寒。檐楹暫明滅，五色光屬聯。觀者徒傾駭，躑躅詎敢前。須臾自輕舉，飄若風中煙。茫茫八紘大，影響無由緣。」注：果州謝真人上昇，在金泉山。貞元十年十一月十二日辰時，白晝輕舉。時郡守李堅以聞，有賜詔褒諭，謂所部之中，靈仙表異，玄風益振，至道彌彰。其詔今尚有石刻在焉。

蓬萊　注見卷一南歌子「苒苒中秋過」闋。

弱水　十洲記：鳳麟洲在西海之中央，洲四面有弱水繞之，鴻毛不浮，不可越也。

天台　會稽記：赤城山内，則有天台靈嶽，玉室璇臺。孫綽遊天台山賦序：天台山者，蓋山嶽之神秀者也。涉海則有方丈、蓬萊，登陸則有四明、天台，皆玄聖之所遊化，神仙之所窟宅。文選注引支遁天台山銘序曰：余覽内經山記云：剡縣東南有天台山。

赤城　文選（遊天台山賦）注：支遁天台山銘序曰：往天台，常由赤城山爲道徑。孔靈符會稽記曰：赤城，山名。色皆赤，狀似雲霞。懸霤千仞，謂之瀑布，飛流灑散，冬夏不竭。天台山圖曰：赤城山，天台之南門也。

司馬子微　傳注：司馬子微隱居天台之赤城，自號赤城居士。嘗著坐忘論八篇，云：神宅於内，遺照於外，自然而異於俗人，則謂之仙也。大唐新語：司馬承禎字子微，隱於天台山，自號白雲子，有服餌之術。則天、中宗朝，頻徵不起。睿宗雅尚道教，稍加尊異，承禎方赴召。無何，苦辭歸，乃賜寶琴花帔以遣之。

絳闕　雲笈七籤（卷九十八雲林右英夫人授楊真人許長史詩）：「絳闕排廣霄，披丹登景房。」

玉霄峰　一統志：玉霄峰在天台山，司馬子微隱處。有蜀女謝自然，將詣蓬萊求師，遇一叟，指言司馬承禎者，名在赤臺，身居赤城，真良師也。遂從承禎得道，白日沖舉。

青童君　真誥（稽神樞第一）：茅山天師壇，昔東海青童君曾乘獨輪飛飆之車按行此山，埋寶金白玉。

大鵬賦　李白大鵬賦序：余昔于江陵見天台司馬子微，謂余有仙風道骨，可與神遊八極之表。因著大鵬遇希有鳥賦以自廣。此賦已傳于世，往往人間見之。悔其少作，未窮宏達之旨，中年棄之。及讀晉書，覩阮宣子大鵬贊，鄙心陋之，遂更記憶，多將舊本不同，今復存手集。豈敢傳諸作者，庶可示之子弟而已。

八極　淮南子（地形）：八紘之外，乃有八極。

臨淮　唐書地理志：泗州臨淮郡，本下邳郡，治宿縣。開元二十三年，徙治臨淮，天寶元年，更郡名。

湛然先生　未詳。

道山　傅注：道山、絳闕，皆神仙所居。

龍蟠鳳翥　龍蟠，注見本卷漁家傲「千古龍蟠并虎踞」闋。禽經：鳳翥鸞舉，百羽從之。

清淨無爲　史記老莊申韓列傳：李耳無爲自化，清淨自正。

坐忘　莊子（大宗師）：顏回曰：「回坐忘矣。」仲尼曰：「何謂坐忘？」回曰：「墮肢體，黜聰明，離形去知，同于大通，此謂坐忘。」

晻靄　離騷：「揚雲霓之晻靄兮，鳴玉鸞之啾啾。」五臣注：晻靄，旌旗蔽日貌。

風馭　莊子逍遥游：夫列子御風而行，泠然善也。

九州　禹貢：冀、兖、青、徐、揚、荊、豫、梁、雍爲九州。夏書：九州既同，四隩既宅。

謫仙　傅注：李太白初至長安，賀知章見之，歎曰：「子謫仙人也。」餘詳卷一滿江紅（江漢西來）注。「臨江一見」，謂子微見太白於江陵。

八表　八方之外也。陶潛停雲詩：「靄靄停雲，濛濛時雨。八表同昏，平路伊阻。」

酒酣箕踞　漢書顏師古注：箕踞者，謂曲兩脚，其形如箕。劉伶酒德頌：捧甖承槽，銜杯漱醪。奮髯箕踞，枕麯藉糟。

垂天　傅注：莊子言鵬翼若垂天之雲。「垂天賦」，謂大鵬也。

騎鯨　注見卷一南歌子「苒苒中秋過」闋。

乙丑

年譜：元豐八年乙丑，先生年五十。正月四日，離泗州，表請常州居住。五月内，復朝奉郎，知登州，再過密州、海州。到郡五日，以禮部郎官召。到省半月，除起居舍人。

滿庭芳

余謫居黄州五年，將赴臨汝，作滿庭芳一篇别黄人。既至南都，蒙恩放歸陽

羨，復作一篇。

歸去來兮，清溪無底，上有千仞嵯峨。畫樓東畔，天遠夕陽多。老去君恩未報，空回首、彈鋏悲歌。船頭轉，長風萬里，歸馬駐平坡。　無何，何處有，銀潢盡處，天女停梭。問何事人間，久戲風波。顧謂同來稚子，應爛汝、腰下長柯。青衫破，群仙笑我，千縷挂煙蓑。

【校】

傅注本無。毛本題無「謫」字、「州」字，「別」上有「以」字，「樓」作「橋」，「東」作「西」，「何處有」作「何處是」，「何事人間」作「人間何事」，「謂」作「問」。

【朱注】

紀年録：乙丑作。王案：乙丑二月，告下，仍以檢校尚書水部員外郎、團練副使，不得簽書公事，常州居住，再作滿庭芳詞。

【箋】

臨汝　唐置郡，屬汝州，宋升陸海軍節度，即今河南臨汝縣。

陽羨　風土記：陽羨縣東有大湖，中有包山。山下有洞穴，潛行地中，云無所不通，謂之洞庭地脈。

嵯峨　淮南小山招隱士：「山氣巃嵸兮石嵯峨。」

彈鋏　史記孟嘗君列傳：初馮驩聞孟嘗君好客，躡屩而見之，置傳舍十日。孟嘗君問傳舍長曰：「客何所爲？」答曰：「馮先生甚貧，猶有一劍耳，又蒯緱，彈其劍而歌曰：『長鋏歸來乎，食無魚。』」孟嘗君遷之幸舍，食有魚矣。五日，又問傳舍長，答曰：「客又彈劍而歌曰：『長鋏歸來乎，出無輿。』」孟嘗君遷之代舍，出入乘輿車矣。五日，孟嘗君復問傳舍長，舍長答曰：「先生又嘗彈劍而歌曰：『長鋏歸來乎，無以爲家。』」孟嘗君不悅。

無何　注見本卷十拍子「白酒新開九醖」闋。

銀潢　史記天官書：王良旁有八星，絶漢曰天潢。

停梭　邢邵七夕詩：「秋期忽云至，停梭理容色。」

爛柯　水經注：晉中朝時，有民王質伐木至石室中，見童子四人，彈琴而歌，質倚柯聽之。童子以一物如棗核與質，質含之，不復飢。俄頃，童子曰：「其歸。」承聲而去，斧柯漼然爛盡。既歸，質去家已數十年，親戚凋落，無復向時比矣。

【附録】

鄭文焯曰：桃谿客語載：陽羡邵氏因東坡此詞，遂名所居曰天遠堂。余曾於吴市見一古砂壺，底有篆文，即此堂名，乃知爲宋製邵家故物。惜未購致爲憾耳。

南鄉子　宿州上元

千騎試春遊，小雨如酥落便收。能使江東歸老客，遲留，白酒無聲滑瀉油。　飛火亂星毬，淺黛横波翠欲流。不似白雲鄉外冷，温柔，此去淮南第一州。

【校】

傅注本、毛本俱無。

【朱注】

案本集泗岸喜題云：謫居黄州五年，今日離泗州北行，岸上聞騾馱鐸聲空籠，意亦欣然。元豐八年正月四日書。據此則上元至宿州，情事適合，編乙丑。

【箋】

宿州　唐置，即今安徽宿縣。

上元　見卷一蝶戀花「燈火錢塘三五夜」闋題注。

如酥　玉篇：酥，酪也。韓愈早春呈水部張十八員外詩：「天街小雨潤如酥，草色遥看近卻無。」

白雲鄉　飛燕外傳：后進合德，帝大悦，以輔屬體，無所不靡，謂爲温柔鄉，曰：「吾老是鄉矣，

不能效武皇帝求白雲鄉也。」

淮南　注見卷一水龍吟「楚山修竹如雲」闋。

又

用前韻，贈田叔通舞鬟。

繡鞅玉鐶遊，燈晃簾疏笑卻收。久立香車催欲上，還留，更且檀唇點杏油。　花

遍六幺毬，面旋迴風帶雪流。春入腰肢金縷細，輕柔，種柳應須柳柳州。

【校】

傅注本、元本俱無。

【朱注】

王案：乙丑四月作。

【箋】

田叔通　未詳。

杏油　齊民要術：杏可以爲油。

六幺　琵琶録：樂工進曲，録出要者名録要，誤爲緑腰、六幺。

金縷　杜秋娘詩（金縷衣）：「勸君莫惜金縷衣，勸君須惜少年時。」

柳州　柳宗元詩（種柳戲題）：「柳州柳刺史，種柳柳江邊。」

又　用韻和道輔

未倦長卿遊，漫舞夭歌爛不收。不是使君能□世，誰留，教有瓊梳脱麝油。　香粉縷金毬，花豔紅牋筆欲流。從此丹唇并皓齒，清柔，唱遍山東一百州。

【校】

傅注本、元本俱無。　毛本□作「矯」，「毬」作「裘」，據前二闋韻改。

【朱注】

案調、韻俱同前詞，一時之作。

【箋】

道輔　未詳。

長卿　注見卷一河滿子「見説岷峨悽愴」闋。

漫舞　白居易長恨歌：「緩歌漫舞凝絲竹，盡日君王看不足。」

麝油　謂以麝香合香油也。雲仙雜記：周光禄諸妓，掠鬢用鬱金油，傅面用龍消粉，染衣以沉水香。

花豔　晉書衛恒傳：恒爲四體書勢曰：處篇籍之首目，粲斌斌其可觀。摛華豔於紈素，爲學藝之範先。

丹脣皓齒　成公綏嘯賦：「發妙聲於丹脣，激哀音於皓齒。」

漁父

漁父飲，誰家去，魚蟹一時分付。酒無多少醉爲期，彼此不論錢數。

【箋】

醉爲期　南史陶潛傳：或置酒招之，造飲輒盡，期在必醉。

又

漁父醉，蓑衣舞，醉裏卻尋歸路。輕舟短棹任橫斜，醒後不知何處。

【箋】

蓑衣舞　孟郊送澹公詩：「短蓑不怕雨，白鷺相争飛。短楫畫菰蒲，鬭作豪横歸。笑伊水健兒，浪戰求光輝。不如竹枝弓，射鴨無是非。」餘詳卷一瑞鷓鴣（碧山影裏小紅旗）注。

又

漁父醒，春江午，夢斷落花飛絮。酒醒還醉醉還醒，一笑人間今古。

【箋】

酒醒　白居易詩（自問行何遲）：「酒醒夜深後，睡足日高時。」

又

漁父笑，輕鷗舉，漠漠一江風雨。江邊騎馬是官人，借我孤舟南渡。

【校】

以上四首，傅注本、元本、毛本俱無，從詩集補。

【朱注】

案張志和、戴復古皆有漁父詞，字句各異。恭案三希堂帖，公書此詞前二首，題作漁父破子，是確爲長短句，而詞律未收，前人亦無之，或公自度曲也。從詩集編乙丑。

【箋】

漠漠　杜甫詩（灩澦）：「江天漠漠鳥雙去，風雨時時龍一吟。」

官人　韓愈王君墓志：高處士曰：「吾以齟齬窮，一女，憐之，必嫁官人，不以與凡子。」劉禹錫插田歌：「君看二三年，我作官人去。」

菩薩蠻

買田陽羨吾將老，從來不爲溪山好。來往一虛舟，聊從造物遊。　有書仍懶著，且漫歌歸去。筋力不辭詩，要須風雨時。　傅注本卷七

【校】

傅注本「不爲」作「只爲」，「造物」作「物外」，「且漫」作「水調」。　毛本「聊從」作「聊隨」，餘同傅本。

【朱注】

王案：乙丑五月，歸宜興作。

【箋】

陽羨　傅注：陽羨，毗陵之宜興也。公愛其有荆溪西山之樂，而將老於是。見本卷滿庭芳（歸去來兮）注。

將老　左傳（隱公十一年）：公子翬請殺桓公以求太宰，隱公曰：「爲其少故也，吾將授之矣。使營菟裘，吾將老焉。」杜預注：老，致仕也。

虚舟　莊子（列禦寇）：泛若不繫之虚舟，而遨遊者也。
著書　史記（虞卿列傳）：虞卿去趙，困於梁，乃著書，上採春秋，下觀近世，曰節義、稱號、揣摩、政謀，凡八篇，以譏刺國家得失。世傳之，曰虞氏春秋。
歸去　傅注：公在彭城，嘗和子由水調歌頭，其意以不早退爲戒，以退而相從爲樂云。
風雨　傅注：韋蘇州詩：「那知風雨夜，復此對牀眠。」子由嘗感是語，遂與公相約，有早休之意，情見於詩。見卷一水調歌頭（安石在東海）附考。

蝶戀花

雲水縈回溪上路。疊疊青山，環繞溪東注。月白沙汀翹宿鷺，更無一點塵來處。溪叟相看私自語。底事區區，苦要爲官去。尊酒不空田百畝，歸來分取閑中趣。

【校】
傅注本闕。　毛本題作「述懷」，「取」作「得」。

【朱注】
王案：乙丑五月，起知登州，將行，有懷荆溪作。六月，告下，復朝奉郎，起知登州軍州事。

【箋】
尊酒不空　後漢書孔融傳：坐上客常滿，尊中酒不空。

又

過漣水軍贈趙晦之。

自古漣漪佳絶地。繞郭荷花，欲把吴興比。倦客塵埃何處洗，真君堂下寒泉水。左海門前魚酒市。夜半潮來，月下孤舟起。傾蓋相逢拚一醉，雙鳧飛去人千里。

【校】

傅注本闕。　毛本題無「軍」字，「絶」作「麗」，「魚」作「酤」。

【朱注】

王案：乙丑十月作。以吴興比漣水，故有「繞郭荷花」之句，非十月見荷花也。

【箋】

漣水　故城在今江蘇漣水縣東。

漣漪　詩魏風（伐檀）：「河水清且漣漪。」毛傳：漣，風行水成文也。

真君　莊子（齊物論）：百骸、九竅、六藏，賅而存焉，其遞相爲君臣乎？其有真君存焉？注：真君，真宰也。案：此所稱真君堂當在漣水，待考。

左海　東海一稱左海。

傾蓋　鄒陽獄中上梁王書：白頭如新，傾蓋如故。

雙鳧　注見卷一瑞鷓鴣「城頭月落尚啼烏」闋。

丙寅

年譜：哲宗元祐元年丙寅，先生年五十一。以七品服入侍延和，改賜銀緋，尋除中書舍人。　案先生是年所作詞無考。

丁卯

年譜：元祐二年丁卯，先生年五十二。爲翰林學士，復除侍講。

水調歌頭

歐陽文忠公嘗問余：「琴詩何者最善？」答以退之聽穎師琴詩。公曰：「此詩固奇麗，然非聽琴，乃聽琵琶詩也。」余深然之。建安章質夫家善琵琶者乞爲歌詞，余久不作，特取退之詞稍加隱括，使就聲律，以遺之云。

昵昵兒女語，燈火夜微明。恩怨爾汝來去，彈指淚和聲。忽變軒昂勇士，一鼓填

然作氣，千里不留行。回首暮雲遠，飛絮攪青冥。　衆禽裏，真彩鳳，獨不鳴。躋攀寸步千險，一落百尋輕。煩子指間風雨，置我腸中冰炭，起坐不能平。推手從歸去，無淚與君傾。　傅注本卷一

【校】

傅注本題首有「公舊序云」四字，「公曰」上有「最善」二字，「固」作「最」，「聽琴」下有「也」字，「琵琶」下無「詩」字，「聲律」作「音律」，「恩怨」作「恩寃」，「寸步」作「分寸」。　毛本題無「聽」字，「公曰」上有「最善」二字，「固」作「最」，「怨」作「寃」。

【朱注】

王案：乙丑十月，告下，以禮部郎中召還。丙寅，遷中書舍人、翰林學士。此詞無年月可考，據續通鑑長編，元祐二年正月，章楶爲吏部郎中，四月，出知越州。時楶正在京也，因附載於此。今從其説，編丁卯。　詩集查注：楶字質夫，浦城人。仕至資政殿學士，謚莊簡。

【箋】

聽穎師琴詩　韓昌黎集聽穎師琴詩：「昵昵兒女語，恩怨相爾汝。劃然變軒昂，勇士赴敵場。浮雲柳絮無根蒂，天地闊遠隨飛揚。喧啾百鳥群，忽見孤鳳凰。躋攀分寸不可上，失勢一落千丈强。嗟予有兩耳，未省聽絲篁。自聞穎師琴，起坐在一旁。推手遽止之，濕衣淚滂滂。穎乎爾誠

能，無以冰炭置我腸。」

昵昵　尚書疏（說命下）：昵，親近也。

爾汝　世說（排調）：晉武帝謂孫浩曰：「聞南人好作爾汝歌，能否？」浩曰：「昔與汝爲鄰，今與汝爲臣。上汝一杯酒，願汝壽萬春。」帝悔之。杜甫詩（醉時歌）：「忘形到爾汝。」

填然作氣　孟子（梁惠王上）：填然鼓之，或百步而後止，或五十步而後止。左傳（莊公十年）：曹劌論戰，一鼓作氣，再而衰，三而竭。

千里不留行　莊子說劍：臣之劍，十步一人，千里不留行。

彩鳳　謝朓樂府（永明樂十首）：「彩鳳鳴朝陽，玄鶴舞清商。」

冰炭　鹽鐵論（刺復）：冰炭不同器，日月不并明。淮南子說山：天下莫相憎於膠漆，而莫相愛於冰炭。注：冰得炭則解，水復其性，炭得冰則保其炭，故曰相愛。

水龍吟

次韻章質夫楊花詞。

似花還似非花，也無人惜從教墜。抛家傍路，思量卻是，無情有思。縈損柔腸，困酣嬌眼，欲開還閉。夢隨風萬里，尋郎去處，又還被，鶯呼起。　不恨此花飛盡，

恨西園、落紅難綴。曉來雨過，遺蹤何在，一池萍碎。春色三分，二分塵土，一分流水。細看來，不是楊花，點點是離人淚。傅注本卷一

【校】

傅注本「又還」作「依前」。毛本「家」作「街」。

【朱注】

案是詞和章楶作，仍依王説編丁卯。

【箋】

非花　白居易詞（花非花）：「花非花，霧非霧。」

鶯呼　唐詩（金昌緒春怨）：「打起黄鶯兒，莫教枝上啼。啼時驚妾夢，不得到遼西。」

萍碎　公舊注云：楊花落水爲浮萍，驗之信然。

塵土　唐陸龜蒙惜花詩：「人壽期滿百，花開惟一春。其間風雨至，旦夕旋爲塵。」

【評】

鄭文焯曰：煞拍畫龍點睛，此亦詞中一格。

王國維曰：東坡水龍吟詠楊花，和韻而似原唱，章質夫詞原唱而似和韻，才之不可強也如是。

又曰：詠物之詞，自以東坡水龍吟爲最工。

【附録】

章質夫水龍吟楊花詞：燕忙鶯懶芳殘，正隄上柳花飄墜。輕飛亂舞，點畫青林，全無才思。閑趁游絲，静臨深院，日長門閉。傍珠簾散漫，垂垂欲下，依前被，風扶起。蘭帳玉人睡覺，怪春衣、雪沾瓊綴。繡牀漸滿，香毬無數，才圓卻碎。時見蜂兒，仰粘輕粉，魚吞池水。望章臺路杳，金鞍游蕩，有盈盈淚。

曲洧舊聞：章楶質夫作水龍吟詠楊花，其命意用事，清麗可喜。東坡和之，若豪放不入律呂，徐而視之，聲韻諧婉，便覺質夫詞有織繡工夫。晁叔用云：「東坡如毛嬙、西施，浄洗卻面，與天下婦人鬭好，質夫豈可比耶？」

艇齋詩話：東坡和章質夫楊花詞云「思量卻是，無情有思」，用老杜「落絮游絲亦有情」也。「夢隨風萬里，尋郎去處，依前被，鶯呼起」，即唐人詩云：「打起黄鶯兒，莫教枝上啼。幾回驚妾夢，不得到遼西。」「細看來，不是楊花，點點是離人淚」，即唐人詩云：「時人有酒送張八，惟我無酒送張八。君看陌上梅花紅，盡是離人眼中血。」皆奪胎换骨手。

詞源：詞不宜強和人韻。若倡者之曲韻寬平，庶可賡歌；倘韻險，又爲人所先，則必牽強賡和，句意安能融貫。徒費苦思，未見有全章妥溜者。東坡次章質夫楊花水龍吟韻，機鋒相摩，起句便合讓東坡出一頭地。後片愈出愈奇，真是壓倒今古。

藝概：鄰人之笛，懷舊者感之；斜谷之鈴，溺愛者悲之。東坡水龍吟和章質夫詠楊花云「細

看來，不是楊花，點點是離人淚」，亦同此意。又東坡水龍吟起調云「似花還似非花」，此句可作全詞評語，蓋不離不即也。

厲鶚手批詞律：東坡此詞雖和質夫作，而結句確不同章詞讀法。此十三字一氣，大抵用一五兩四句法者居多，而作一七兩三者，亦非絶無之事也。蘇詞句法本是如此，語意何等明快。若依紅友一定鐵板，則既云「細看來不是」矣，下文當直云「點點是離人淚」耳，何復贅「楊花」二字也。且禿然於「是」字斷句，語氣亦攔拉不住。

滿庭芳

香靉雕盤，寒生冰筯，畫堂別是風光。主人情重，開宴出紅妝。膩玉圓搓素頸，藕絲嫩、新織仙裳。歌聲罷，虛檐轉月，餘韻尚悠颺。　人間何處有，司空見慣，應謂尋常。坐中有狂客，惱亂愁腸。報道金釵墜也，十指露、春筍纖長。親曾見，全勝宋玉，想像賦高唐。　傅注本卷一

【校】

傅注本「靉」作「靆」，「搓」作「瑳」，「歌聲」作「雙歌」，「檐」作「櫚」。　毛本題作「佳人」，「歌聲」作「雙歌」。

【朱注】

王案：丁卯五月，集於王詵西園。張宗橚曰：案西園雅集圖跋，此闋當在王都尉晉卿席上爲囀春鶯作也。

【箋】

香靉雕盤　靉，烏代切。玉篇：靉靆，雲貌。昭明太子七契：「瑶俎既已麗奇，雕盤復爲美玩。」

素頸　曹植洛神賦：「延頸秀項，皓質呈露。」柳耆卿詞（晝夜樂）亦云：「膩玉圓搓素頸。」

藕絲　李賀詩（天上謠）：「粉霞紅綬藕絲裙。」

餘韻　列子（湯問）：昔韓娥東之齊，匱糧，過雍門，鬻歌假食。既去而餘音繞梁欐，三日不絶，左右以其人弗去。過逆旅，逆旅人辱之，韓娥因曼聲哀哭，一里老幼悲愁，垂涕相對，三日不食。遽而追之，娥還，復爲曼聲長歌，一里老幼喜躍忭舞，弗能自禁，忘向之悲也。乃厚賂發之。故雍門之人至今善歌哭，倣娥之遺聲。

司空見慣　傳注：唐杜鴻漸司空鎮洛時，劉禹錫爲蘇州刺史，過洛，杜出二妓爲宴。酒酣，命妓乞詩於劉。劉醉甚，就寢。中夜酒醒，見二婦人侍側，驚問其故，對以席上作詩，司空因命侍寢。令誦其詩曰：「高髻雲鬟宮樣妝，秋風一曲杜韋娘。司空見慣渾閑事，斷盡蘇州刺史腸。」或云是韋應物也。別詳卷一殢人嬌（滿院桃花）注，與傳注微異。

金釵墜也　韓愈酒中留上襄陽李相公詩：「銀燭未消窗送曙，金釵半墜座添春。」餘見本卷菩薩蠻「碧紗微露纖摻玉」闋。

親曾見　孟子（萬章上）：豈若吾身親見之哉？

高唐　傳注：楚襄王夢與巫山神女接，且以告宋玉，且言其神女之妙麗，宋玉因爲高唐賦云。餘詳卷一祝英臺近（挂輕帆）注。

【附考】梁溪漫志程子山敦厚跋坡詞滿庭芳云：予聞蘇仲虎云，有傳此詞以爲先生作，東坡笑曰：「吾文章肯以藻繪一香篆槃乎？」其間如「畫堂別是風光」及「十指露」之語，誠非先生肯云。子山之說，固人所共曉。

戊辰

年譜：元祐三年戊辰，先生年五十三。任翰林學士。是年省試，先生知貢舉，又充館伴北使。

西江月　送錢待制穆父

莫歎平齊落落，且應去魯遲遲。與君各記少年時，須信人生如寄。　白髮千

莖相送，深杯百罰休辭。拍浮何用酒爲池，我已爲君德醉。

【校】

傅注本「平齊」作「平原」。毛本題無「穆父」二字，餘同傅本。

【朱注】

案詩集施注：錢勰字穆父，以龍圖閣待制知開封府。坐奏獄空不實，出知越州，時元祐三年九月。詞有「去魯」語，當爲是年作。編戊辰。

【箋】

落落　後漢書耿弇傳：弇討張步，步平散去。車駕至臨淄勞軍，群臣大會，帝謂弇曰：「將軍前在南陽，建此大策，常以爲落落難合，有志者事竟成也。」

遲遲　孟子（萬章下）：孔子去魯，遲遲吾行。

如寄　魏武帝短歌行：「人生如寄，多憂何爲。」（按：此承傅注。此二句出自魏文帝曹丕善哉行，見文選卷二十七。）

白髮二句　杜甫詩（樂游園歌）：「數莖白髮那抛得，百罰深杯亦不辭。」

拍浮　晉書畢卓傳：卓嘗謂人曰：「得酒滿數百斛船，四時甘味置兩頭，右手持酒杯，左手持蟹螯，拍浮酒船中，便足了一生矣。」

酒池　史記大宛傳：於是大觳抵，出奇器諸怪物，多聚觀者。行賞賜，酒池肉林，令外國客遍觀各倉庫府藏之積，見漢之廣大，傾駭之。

德醉　詩小雅賓之初筵：「既醉而出，并受其福。醉而不出，是謂伐德。」大雅既醉：「既醉以酒，既飽以德。君子萬年，介爾景福。」

己巳

年譜：元祐四年己巳，先生年五十四。任翰林學士。三月内，累章請郡，除龍圖閣學士，知杭州。以七月三日到杭州任。是年過吴興，又作定風波爲六客詞。

定風波

余昔與張子野、劉孝叔、李公擇、陳令舉、楊元素會於吴興，時子野作六客詞，其卒章云：「見説賢人聚吴分，試問，也應旁有老人星。」凡十五年，再過吴興，而五人者皆已亡矣。時張仲謀與曹子方、劉景文、蘇伯固、張秉道爲坐客，仲謀請作後六客詞云。

月滿苕溪照夜堂，五星一老鬭光芒。十五年間真夢裏，何事，長庚配月獨淒涼。

緑髮蒼顏同一醉，還是，六人吟笑水雲鄉。賓主談鋒誰得似，看取，曹劉今對兩蘇張。　傅注本卷四

【校】

傅注本題首有「公自序云」四字，「元素」作「公素」，「卒章」下無「云」字，「見説」作「盡道」，「配月」作「對月」，「還是」作「誰是」。　毛本「配」作「對」。

【朱注】

王案：己巳三月，告下，除龍圖閣學士，充浙西路兵馬鈐轄，知杭州軍州事。年譜：己巳過吳興作。案紀年録編此入甲寅，誤據張子野作詞年也。詩集王注：次公曰：劉述，吳興人。施注：劉孝叔名述。東坡倅杭，與孝叔會虎丘。吳興六客堂，孝叔其一人也。曹輔字子方，海陵人，元祐三年自太僕丞爲福建轉運判官。劉景文名季孫，開封祥符人，以左藏副使爲兩浙兵馬都監。東坡爲守，一見遇以國士，表薦之。宋詩紀事：曹輔字子方，華州人，號静常先生。王文誥曰：張秉道名弼，杭人，公屢稱髯張者也。張仲謀，徐君猷妻舅。

【箋】

苕溪　注見卷一南歌子「山雨蕭蕭過」闋。

五星一老　傅注：漢書：高祖元年，五星聚於東井。又孝武元朔中，用鄧平所造曆，故日月

如合璧，五星如連珠。晉志：老人一星，在弧南，見則治平，主壽昌。常以秋分候之南郊。

長庚配月　傅注：長庚，太白星也。韓退之詩云：「東方未明大星没，獨有太白配殘月。」

案：詩經（小雅大東）：「東有啓明，西有長庚。」馬融廣成頌：「曳長庚之飛髾，載日月之太常。」

注：長庚即太白星。

水雲鄉　注見卷一南歌子「欲執河梁手」闋。

曹劉蘇張　傅注：即後六客也。　案：世稱曹植、劉楨爲曹劉，蘇秦、張儀爲蘇張。杜甫寄高常侍詩：「總戎楚蜀應全未，方駕曹劉不啻過。」班固答賓戲序：感東方朔、揚雄自喻，以不遭蘇、張、范、蔡之時，曾不折之以正道，明君子之所守，故聊復應焉。

點絳唇

己巳重九和蘇堅

我輩情鍾，古來誰似龍山宴。而今楚甸，戲馬餘飛觀。　顧謂佳人，不覺秋強半。箏聲遠，鬢雲撩亂，愁入參差雁。　傅注本卷八

【校】

傅注本「撩亂」作「吹亂」。　元本題「己」作「乙」。從傅本。　毛本「箏」作「簫」。

【朱注】

年譜：己巳，和蘇伯固。紀年録：己巳作。

【箋】

蘇堅　詩集施注：蘇伯固名堅，博學能詩，東坡與講宗盟。自黄徙汝，同遊廬山，有歸朝歡詞，以劉夢得比之。坡自翰林守杭，道吴興，伯固以臨濮縣主簿、監杭州在城商税，自杭來會，作後六客詞，伯固與焉。方經理開西湖，伯固建議，謂當參酌古今而用中策。湖成，其力爲多。後一歲，又相從於廣陵，有和伯固韻送李學博詩。坡歸自海南，伯固在南華相待，有詩。黄魯直謫死宜州，至大觀間，伯固在嶺外，護其喪歸葬雙井，其風義如此。

情鍾　晉書王衍傳：衍嘗喪幼子，山簡弔之，衍悲不自勝。簡曰：「孩抱中物，何至如此？」衍曰：「聖人忘情，最下不及情。然則情之所鍾，正在我輩。」簡聞其言，更爲之慟。

龍山　晉書孟嘉傳：嘉爲桓温參軍，九月九日，温宴龍山，時佐吏并著戎服，有風至，吹嘉帽落，嘉不之覺。温命孫盛作文嘲嘉，嘉即答之，其文甚美，四坐嗟歎。餘詳本卷醉蓬萊（笑勞生一夢）注。

楚甸　傅注：彭城楚地，今爲甸服。

戲馬　傅注：戲馬臺在彭城，項羽所作。餘詳卷一浣溪沙（縹緲紅妝照淺溪）注。飛觀，樓觀也。曹子建詩：「飛觀百餘尺。」

參差雁　傅注：雁，箏雁也。箏柱斜列，參差如雁，故貫休詩云：「刻成箏柱雁相挨。」

庚午　年譜：元祐五年庚午，先生年五十五。在杭州任。是年用監税蘇堅之議，浚鹽橋、茅山二河。又用錢塘尉許敦仁之議，開西湖，以葑土作堤，築橋其上，從北山直抵南屏，後人號爲蘇公堤。

臨江仙

疾愈登望湖樓，贈項長官。

多病休文都瘦損，不堪金帶垂腰。望湖樓上暗香飄。和風春弄袖，明月夜聞簫。　酒醒夢回清漏永，隱牀無限更潮。佳人不見董嬌嬈。徘徊花上月，空度可憐宵。　傅注本卷二

【校】

傅注本「嬈」作「饒」。

【朱注】

王案：庚午正月作。　詩集王注：洪朋曰：望湖樓一名看經樓，乾德七年忠懿王錢氏建。查注：西湖游覽志：樓在昭慶寺前，一名先德樓。

【箋】

項長官　未詳。

多病休文　宋書（沈約傳）：沈約字休文。武帝立，累遷光禄大夫。初，約久處端揆，有志台司，而帝終不用。乃求外出，遂以書陳情於徐勉，言己老病，百日數旬，革帶常應移孔，以手握臂，率計月小半分。欲謝事求歸老之秩。

董嬌嬈　玉臺新詠有漢宋子侯董嬌嬈詩。杜甫詩（春日戲題惱郝使君兄）：「細馬時鳴金腰褭，佳人屢出董嬌嬈。」注：嬌嬈，名姬也。

可憐宵　沈玄機感異記：玄機名謍，因奉使秦隴上，過張女郎廟，酌水獻花以祝云：「酌彼寒泉水，紅芳掇巖谷。雖致之非遠，而薦之異俗。丹誠在此，神其感録。」既而日暮，短亭税駕，望月彈琴，作鳳將鶵鶵銜嬌曲。其詞曰：「命嘯無人嘯，含嬌何處嬌。徘徊花上月，空度可憐宵。」

南歌子 杭州端午

山與歌眉斂，波同醉眼流。遊人都上十三樓，不羨竹西歌吹古揚州。　菰黍連昌歜，瓊彝倒玉舟。誰家水調唱歌頭，聲繞碧山飛去晚雲留。　傅注本卷五

【校】

傅注本「杭州」作「錢塘」。毛本題作「遊賞」。

【朱注】

西湖志：十三間樓在石佛院，東坡守杭日，每治事於此。

【箋】

歌眉二句　梁謝堰（偃）聽歌賦：「低翠蛾而斂色，睇横波而流光。」

竹西歌吹　傅注：揚州有蜀岡，有竹西亭。杜牧詩：「斜陽竹西路，歌吹是揚州。」

菰黍昌歜　風土記：五月五日，以菰葉裹黏米，楚祭屈原之遺風。又俗飲菖蒲酒。左傳：饗有昌歜。注云：菖蒲也。

瓊彝玉舟　傅注：周禮司尊彝：有雞、虎等六彝之名，所以納五齊三酒也。而彝皆有舟，則舟者彝下之臺，所以承載彝，若今承盤然。世俗或用瓊玉爲之。

水調歌頭　明皇雜録：明皇好水調歌。及胡羯犯京，上欲遷幸，猶登花蕚樓，置酒，四顧悽愴。有進水調歌者，上聞之，潸然曰：「誰爲此詞？」左右對曰：「宰相李嶠。」上曰：「真才子也。」傅注：水調曲頗廣，謂之歌頭，豈非首章之一解乎？白居易詩（柳枝詞八首）：「六幺水調家家唱。」餘詳卷一虞美人（湖山信是東南美）注。

雲留　注見本卷水龍吟「小舟横截春江」闋。

又

古岸開青葑，新渠走碧流。會看光滿萬家樓，記取他年扶病入西州。　佳節連梅雨，餘生寄葉舟。只將菱角與雞頭，更有月明千頃一時留。　傅注本卷五

【校】

毛本題作「湖景和前韻」，「病」作「路」。

【朱注】

案公於元祐五年五月五日申三省起請開湖六條狀。本傳云：取葑田，積湖中爲長隄。詞賦此事，韻同前首，一時作也。

【箋】

青葑　傅注：廣韻：葑，菰根也。今江東有葑田。公時請修西湖，大開水利。葑，方用切。

碧流　柳宗元詩（酬曹侍御過象縣見寄）：「破額山前碧玉流。」

西州　晉書謝安傳：安還都，聞當輿入西州門，自以本志不遂，深自慨失。羊曇者，太山人，知名士也，爲安所愛重。安薨後，輟樂彌年，行不由西州路。嘗游石頭大醉，扶路唱樂，不覺至州門，左右白曰：「此西州門。」曇悲感不已，以馬策扣扉，誦曹子建詩曰：「生存華屋處，零落歸山丘。」慟哭而去。　餘詳卷一水調歌頭（安石在東海）注。

梅雨　周處風俗記：梅熟時雨，謂之梅雨。

葉舟　古詩：「生涯一葉舟。」韓愈詩（湘中酬張十一功曹）：「清湘一葉舟。」

菱角雞頭　周禮（天官冢宰籩人）：菱芡栗脯。注：菱，芰也。芡，雞頭也。

減字木蘭花

錢塘西湖有詩僧清順，所居藏春塢，門前有二古松，各有凌霄花絡其上，順常晝卧其下。時余爲郡，一日屏騎從過之，松風騷然。順指落花求韻，余爲賦此。

雙龍對起，白甲蒼髯煙雨裏。疏影微香，下有幽人晝夢長。　湖風清軟，雙鵲飛來争噪晚。翠颭紅輕，時上凌霄百尺英。　傅注本卷九

【校】

傅注本題文入注，前有「本事集云」四字，「所居藏春塢」作「居其上，自名藏春塢」，「時余」作「子瞻」，「求韻」作「覓句」，「余爲」作「子瞻爲」。「紅輕」作「紅傾」，「時上」作「時下」。　毛本題小異，「上」作「下」。

【朱注】

王案：庚午五月作。　冷齋夜話：西湖僧清順字怡然，清苦多佳句，東坡亦與遊，多唱和。

【箋】

藏春塢　長編：刁約作藏春塢，日遊其中。

凌霄花　詩苕之華箋：陵苕，今謂之陵霄花。一作「凌」。本草圖經：凌霄花多生山中，人家園圃亦或種蒔。初作藤依大木，至其顛而有花，色黄赤，夏中乃盛如錦繡。不可仰望，露滴目中，有失明者。

鵲橋仙　七夕和蘇堅

乘槎歸去，成都何在，萬里江沱漢漾。與君各賦一篇詩，留織女、鴛鴦機上。
還將舊曲，重賡新韻，須信吾儕天放。人生何處不兒嬉，看乞巧、朱樓綵舫。
傅注本卷六

【校】

傅注本題無「和蘇堅」三字。元本「沱」作「濤」。從傅本。

【朱注】

王案：庚午七月七日和蘇堅。

【箋】

乘槎　注見卷一南歌子「海上乘槎侶」闋。

江沱漢漾　傅注：江、漢二水，源皆在蜀。江水出岷山，故書稱「岷山導江，東别爲沱」。漢水出嶓冢，故書稱「嶓冢導漾，東流爲漢」。

織女　詩（小雅大東）：「跂彼織女，終日七襄。」

鴛機　李商隱詩（即日）：「幾家緣錦字，含淚坐鴛機。」

天放　莊子（馬蹄）：「一而不黨，命曰天放。」

乞巧　傅注：荆楚歲時記：七夕，婦人結綵樓，穿七孔針，陳瓜果於中庭以乞巧。有蟢子網於瓜上，則以爲得。今世七夕作小綵舫以乞巧。

點絳唇　庚午重九

不用悲秋，今年身健還高宴。江村海甸，總作空花觀。　尚想横汾，蘭菊紛相半。樓船遠，白雲飛亂，空有年年雁。　傅注本卷八

【校】

元本「村」字下注云：「一作『封』。」毛本題末有「再用前韻」四字。

【朱注】

紀年録：庚午，再和蘇堅前年韻。王案：庚午九月九日，和去歲重九。

【箋】

悲秋　宋玉九辯：「悲哉秋之爲氣也。」

今年身健　注見卷一浣溪沙「白雪清詞出坐間」闋。

空花　傅注：釋氏以圓明達觀，視世界如空中花耳。　圓覺經：用此思維，辨於佛鏡，猶如

空華，復結空果。

橫汾　漢武帝秋風辭序：上行幸河東，祠后土，顧視帝京欣然。中流與群臣飲燕，上歡甚，乃自作秋風辭曰：「秋風起兮白雲飛，草木黃落兮雁南歸。蘭有秀兮菊有芳，攜佳人兮不能忘。泛樓舡兮濟汾河，橫中流兮揚素波。簫鼓鳴兮發棹歌，歡樂極兮哀情多。少壯幾時兮奈老何。」李白詩（九日登巴陵置酒望洞庭水軍）：「憶昔傳遊豫，樓船壯橫汾。」

年年雁　李嶠汾陰行：「不見只今汾水上，惟有年年秋雁飛。」見卷一虞美人（湖山信是東南美）注。

又　再和送錢公永

莫唱陽關，風流公子方終宴。秦山禹甸，縹緲真奇觀。　北望平原，落日山銜半。孤帆遠，我歌君亂，一送西飛雁。　傅注本卷八

【校】

傅注本「秦」作「泰」，元本同。從毛本。

【朱注】

案仍和前韻，附編。

【箋】

陽關　傅注：唐王維詩「西出陽關無故人」，今人多畫爲圖，謂之陽關圖，即此曲也。見卷一江城子（翠蛾羞黛怯人看）注。

禹甸　詩（大雅韓奕）：「弈弈梁山，維禹甸之。」

山銜半　李白詩（烏棲曲）：「吳歌楚舞歡未畢，青山猶銜半邊日。」

我歌君亂　傅注：言之不足故歌，歌之不足則亂。亂者理也，重理一篇之義。故古之詞賦，多著亂詞於末章，如楚詞之類是也。

好事近　西湖夜歸

湖上雨晴時，秋水半篙初没。朱檻俯窺寒鑑，照衰顔華髮。醉中吹墮白綸巾，溪風漾流月。獨棹小舟歸去，任煙波摇兀。　傅注本卷五

【校】

傅注本「吹」作「欲」，「摇」作「飄」。毛本題作「湖上」，餘同傅本。

【朱注】

王案：庚午九月泛湖作。

【箋】

白綸巾　傅注：綸，青絲也。白綸巾，則有青白織紋矣。見本卷念奴嬌（大江東去）注。

辛未

年譜：元祐六年辛未，先生年五十六，在杭州任。三月九日，被旨赴闕。寒食去郡，過潤州，别張秉道。既到京師，除翰林承旨，復侍邇英。數月，以弟嫌請郡，復以舊職知潁州。是年潁州災傷，先生奏乞罷黄河夫萬人，開本州溝瀆，從之。

漁家傲　送吉守江郎中

送客歸來燈火盡，西樓淡月涼生暈。明日潮來無定準。潮來穩，舟横渡口重城近。　江水似知孤客恨，南風爲解佳人愠。莫學時流輕久困。頻寄問，錢塘江上須忠信。　傅注本卷三

【校】

傅注本、元本、毛本題「吉」俱作「台」。　毛本「潮來穩」作「風未穩」。

【朱注】

王案：庚午五月，送江公著赴台州作。案詩集辛未有送江公著知吉州詩。施注：公著字晦叔，元祐初以近臣薦通判陳州，入爲太學太常博士。出守廬陵，元符間知泉州，建中靖國初，知虔州。未幾，除廣東轉運判官、提點湖南刑獄、京西轉運判官。據此，公著未爲台守，「台」當作「吉」，形近而誤。今從詩編辛未。

【箋】

吉守江郎中　宋詩紀事：江公著字晦叔，睦州建德人，治平四年進士。元和郡縣志：吉州本秦廬陵，屬九江郡。興平二年，分豫章於此，置廬陵郡，隋改吉州。太平寰宇記：吉州以界内吉陽水爲郡名，南至虔州五百三十里。

月暈　周王褒詩（關山月）：「風多暈欲生。」正韻：暈，禹愠切，音運。日旁氣也。釋名：暈，捲也。氣在外捲結之也。日月俱然。

潮來　李白詩（新林浦阻風寄友人）：「潮水寧可信，大風難與期。」

南風　注見本卷瑤池燕「飛花成陣春心困」闋。

久困　史記蘇張列傳：蘇秦出遊，大困而歸，兄弟嫂妹妻妾竊皆笑之，曰：「周人之俗，治産業，力工商，逐十一以爲務。今子釋本而事口舌，困，不亦宜乎？」

忠信　傅注：列子：孔子自衛至魯，息駕於河梁而觀焉。有懸水三十仞，圜流九千里，魚鱉

弗能游，黿鼉弗能居。有一丈夫，方將遊之，孔子使人並涯止之曰：「此懸水三十仞，圜流九千里，魚鱉弗能游，黿鼉弗能居也，意者難可以濟乎。」丈夫不以措意，遂渡而出。孔子從而問之：「巧乎？有道術乎？所以能入而出者，何也？」對曰：「始吾之入也，先以忠信；及吾之出也，又從以忠信。忠信錯吾軀於彼流，而吾不敢用私，所以能入而出者此也。」孔子謂弟子曰：「二三子識之。水者猶可以忠信誠身親之，而況人乎？」錢塘江險惡，多覆行舟，故云。案傅注所引列子，與今本列子黄帝篇（按：當爲説符篇。）所載丈夫遊水事大有出入，疑所見古本如此也。

浣溪沙

雪頷霜髯不自驚，更將翦綵發春榮。羞顏未醉已先赬。　莫唱黄雞并白髮，且呼張丈唤殷兄。有人歸去欲卿卿。傅注本卷十

【校】　傅注本題作「公守湖，辛未上元日，作會於伽藍中。時長老法惠在坐，人有獻翦綵花者，甚奇，謂有初春之興。作浣溪沙二首，因寄袁公濟」。元本同傅本。毛本「丈」作「友」。

【箋】　翦綵　荆楚歲時記：正月人日，翦綵爲人，或縷金箔爲之，以貼屏風。梁簡文帝雪裏覓梅花

詩：「定須還翦綵，學作兩三枝。」

黃雞白髮　注見本卷浣溪沙「山下蘭芽短浸溪」闋。

張丈殷兄　白居易元日内宴呈張侍御二十八丈殷判官二十三兄：「猶有誇張少年處，笑呼張丈喚殷兄。」

卿卿　世說：王渾妻鍾夫人言嘗卿渾，渾曰：「詎可？」妻曰：「憐卿愛卿，是以卿卿。我不卿卿，誰當卿卿？」（按：此承傅注。檢今本世説新語溺惑所載爲王戎（安豐）與其婦之事。傅注將王戎婦與王渾妻誤混，龍箋承誤。）

又

料峭東風翠幕驚，云何不飲對公榮。水晶盤瑩玉鱗赬。　花影莫孤三夜月，朱顔未稱五年兄。翰林子墨主人卿。　同前

【校】

傅注本「孤」作「辜」。

【朱注】

年譜：辛未作。王案：辛未遊伽藍院，寄袁轂。詩集施注：袁公濟名轂，四明人。時倅

杭，後知處州。

【箋】

公榮　晉書王戎傳：戎嘗與阮籍飲，時兗州刺史劉昶字公榮在坐，籍以酒少，酌不及昶，昶無恨色。戎異之，他日問籍曰：「彼何如人也？」答曰：「勝公榮，不可不與飲；若減公榮，則不敢不共飲；惟公榮可不與飲。」

水晶盤　杜甫麗人行：「紫駝之峰出翠釜，水精之盤行素鱗。」

三夜月　傳注：元宵三夕。

五年兄　禮記曲禮：年長以倍，則父事之。十年以長，則兄事之。五年以長，則肩隨之。

翰林子墨　揚雄長楊賦序：雄從至射熊館，還，上長楊賦。聊因筆墨成文章，故藉翰林以爲主人，子墨爲客卿以風。

又　送葉淳老

陽羨姑蘇已買田，相逢誰信是前緣。莫教便唱水如天。　我作洞霄君作守，
白頭相對故依然。西湖知有幾同年？

【校】

傳注本、毛本俱無。

【朱注】

案詩集辛未正月，有與葉淳老侯敦夫張秉道同相視新河次韻詩，詞當亦是時作。施注：淳老，温叟字。

【箋】

葉淳老　馮應榴曰：續通鑑長編：元祐六年正月，兩浙路轉運副使葉温叟爲主客郎中。先生作詩時，尚在浙也。又温叟爲先生同年，見避暑録話。

水如天　趙嘏江樓感舊：「獨上江樓思渺然，月光如水水如天。同來望月人何處，風景依稀似去年。」

洞霄　唐書地理志：真源縣有洞霄宫，先天太后祠也。先生詩（和張子野見寄三絶句過舊游）：「更欲洞霄爲隱吏，一庵閑地且相留。」

西江月　寶雲真覺院賞瑞香

公子眼花亂發，老夫鼻觀先通。領巾飄下瑞香風，驚起謫仙春夢。　后土祠

中玉蕊，蓬萊殿後鞓紅。此花清絶更纖穠，把酒何人心動。

【校】傅注本卷二傅注本題作「真覺賞瑞香三首」。元本「清絶」作「青色」，從傅本。毛本題無「寶雲院」三字。

【朱注】王案：辛未二月，詔下，以翰林學士承旨召還，罷杭州任。三月，和曹輔龍山真覺院瑞香花詩，再作西江月詞。詩集查注：咸淳臨安志：北山寶雲寺，乾德二年錢氏建，舊名千光王寺，雍熙二年改今額。武林梵志：寶雲寺在寶雲山下，即瑪瑙寺東空園也。西湖遊覽志：龍山稍北爲玉廚山，有真覺院。

【箋】瑞香　廬山記：一比丘晝寢盤石上，夢中聞花香酷烈，及覺，求得之，因名睡香。四方奇之，謂爲花中祥瑞，遂名瑞香。詩集查注：桑喬廬山紀事：瑞香産山中，南唐中主愛之，移植於含風殿，名曰紫蓬萊。咸淳臨安志：今東西馬塍，瑞香最多，大者名錦薰籠。見卷一浣溪沙（慚愧今年二麥豐）注。

眼花　杜甫飲中八仙歌：「知章騎馬似乘船，眼花落井水底眠。」

鼻觀　傳注：鼻觀，見圓覺經。先生燒香詩：「不是聞思所及，且令鼻觀先參。」

領巾　楊太真外傳：乾元元年，賀懷智又上言曰：「昔上夏日與親王棋，令臣獨彈琵琶，貴妃立于局前觀之。上數枰子將輸，貴妃放康國猧子上局亂之，上大悦。時風吹貴妃領巾于臣巾上，良久迴身，方落。及反歸，覺滿身香氣，乃卸頭幘貯于錦囊中。今輒進所貯幞頭。」上皇發囊，且曰：「此瑞龍腦香，吾曾施于暖池玉蓮朵，再幸尚有香氣宛然，況乎絲縷潤膩之物哉！」遂悽愴不已。

謫仙　唐書文藝傳：李白字太白，天寶初，南入會稽，與吴筠善。筠被召，故白亦至長安。往見賀知章，知章見其文，歎曰：「子謫仙人也。」言於玄宗，召見金鑾殿，論當世事，奏頌一篇。帝賜食，親爲調羹，有詔供奉翰林。白猶與飲徒醉于市，帝坐沉香亭子，意有所感，欲得白爲樂章。召入而白已醉，左右以水頮面，稍解。援筆成文，婉麗精切無留意。帝愛其才，數宴見。白嘗侍帝，醉，使高力士脱鞾。力士素貴，恥之，摘其詩以激楊貴妃。帝欲官白，妃輒沮止。餘詳卷一滿江紅（江漢西來）注。

玉蕊　傳注：揚州后土夫人祠有瓊花一本，天下所無。　案揚州府志及朱顯祖瓊花志，昔惟揚州后土祠有瓊花一株，世傳爲唐人所植，葉柔平瑩澤，花大瓣厚，色淡黄，清馥異常。后土祠在宋爲蕃釐觀，曾築無雙亭於花旁。仁宗時，嘗從觀中移植禁苑，逾年而枯，載還揚州，復活。元至正中，枯死。

鞓紅　傅注：歐陽文忠公禁中見鞓紅牡丹詩：「盛游西洛方年少，晚落南譙號醉翁。白首歸來玉堂上，君王殿後見鞓紅。」又陳充詩：「蓬萊殿後花如錦。」又牡丹記云：鞓紅者，單葉，青紅花，出青州，亦曰青州紅。故張僕射齊賢有第西京賢相坊，自青州以駞駝馱其種，遂傳洛中。其色類腰帶鞓，故謂之鞓紅。

又

坐客見和，復次韻。

小院朱闌幾曲，重城畫鼓三通。更看微月轉光風，歸去香雲入夢。翠袖争浮大白，皂羅半插斜紅。燈花零落酒花穠，妙語一時飛動。傅注本卷二

【朱注】

王案：辛未三月，又次韻。

【箋】

三通　傅注：三通，三疊鼓聲也。

光風　宋玉招魂：「光風轉蕙，泛崇蘭些。」

浮白　漢書（叙傳）注：師古曰：謂引取滿觴而飲，飲訖，舉觴告白盡不也。一説白者，罰爵

之名也。飲有不盡者，則以此爵罰之。魏文侯與大夫飲酒，令曰：「不酹者浮以大白。」於是公乘不仁舉白浮君是也。

皂羅　傅注：皂羅特髻也。　宋史輿服志：重戴，唐士人多尚之，蓋古大裁帽之遺制，以皂羅爲之。先生詩（李鈐轄坐上分題戴花）：「緑珠吹笛何時見，欲把斜紅插皂羅。」

酒花　孟郊詩（送殷秀才南游）：「酒花薰別顔。」李羣玉詩（望月懷友）：「酒花蕩漾金尊裏。」

又

再用前韻，戲曹子方。坐客云瑞香爲紫丁香，遂以此曲辨證之。

怪此花枝怨泣，託君詩句名通。憑將草木記吴風，繼取相如雲夢。　點筆袖沾醉墨，謗花面有慚紅。知君卻是爲情穠，怕見此花撩動。　傅注本卷二

【校】

傅注本題作「真覺府瑞香一本，曹子方不知，以爲紫丁香，戲用前韻」。「坐客」下十六字移作小注置詞後，而冠以「公舊注云」四字。「穠」作「濃」。　元本題無「坐客」下十六字，從毛本。

【朱注】

王案：辛未三月，又用前韻。

【箋】

曹子方　詩集施注：曹輔字子方，海陵人。元祐三年九月，自太僕丞爲福建轉運判官。東坡繼出守錢塘，同過吴興，作後六客詞，子方其一也。子方自閩歸，道錢塘，有真覺院瑞香花、雪中同遊西湖二詩。後提點廣西刑獄，先生在惠，數有往來書帖。元祐黨禍，諸賢皆在巡内，子方不阿時好，周恤備至，士論與之。紹聖二年，移至衢州。

丁香　本草：丁香一名丁子香，生東海及崑崙國。二月三月，花開紫白色，至七月方始成實，小者爲丁香，大者如巴豆，爲母丁香。杜牧詩（代人寄遠二首）：「繡領任垂蓬髻，丁香自結春梢。」

相如雲夢　傅注：漢司馬相如爲子虚賦，而載雲夢之饒，故山泉土石、草木禽魚，無不畢究。案子虚賦：臣聞楚有七澤，嘗見其一，未覩其餘也。臣之所見，蓋特其小小者耳，名曰雲夢。别詳卷一水龍吟（楚山修竹如雲）注。

醉墨　陸龜蒙詩（奉和襲美醉中偶作見寄次韻）：「憐君醉墨風流甚，幾度題詩小謝齋。」

木蘭花令　次馬中玉韻

知君仙骨無寒暑，千載相逢猶旦暮。故將别語惱佳人，欲看梨花枝上雨。

落花已逐迴風去，花本無心鶯自訴。明朝歸路下塘西，不見鶯啼花落處。　傅注本卷

十一

【校】

傅注本「欲」作「要」，毛本同。　元本題「中」誤作「仲」，「迴風」作「風回」，從傅本。

【朱注】

王案：辛未三月，馬瑊賦木蘭花令送別，再和瑊詞。　詩集查注：黄山谷年譜：馬瑊荏平人。玉照新志：東坡先生知杭州，馬中玉瑊爲浙漕。東坡被召赴闕，中玉席間作詞曰：「來時吴會猶殘暑，去日武林春已暮。欲知遺愛感人深，灑淚多於江上雨。　歡情未舉眉先聚，別酒多斟君莫訴。從今寧忍看西湖，抬眼盡成腸斷處。」東坡和之。

【箋】

仙骨　傅注：得仙道者，深冬不寒，盛夏不熱。

梨花雨　白居易長恨歌：「玉容寂寞淚闌干，梨花一枝春帶雨。」

虞美人　送馬中玉

歸心正似三春草，試著萊衣小。橘懷幾日向翁開，懷祖已瞋文度不歸來。

禪心已斷人間愛，只有平交在。笑論瓜葛一枰同，看取靈光新賦有家風。　傅注本

卷八

【校】

傳注本題送下有「浙憲」二字。「瞋」作「嗔」。　元本無題，從毛本。

【朱注】

案中玉，元祐五年改兩浙路提刑。是時或去官寧親，故詞有「橘懷」、「懷祖」等語。公答中玉詩云「靈運子孫俱得鳳」，亦謂其父也。

【箋】

三春草　孟郊遊子吟：「慈母手中線，遊子身上衣。臨行密密縫，意恐遲遲歸。誰言寸草心，報得三春暉。」

萊衣　高士傳：老萊子孝奉二親，行年七十，常身著五色斑斕之衣，爲小兒戲啼，欲親之喜也。

橘懷　吴志陸績傳：績字公紀，吴人也。父康，漢末爲廬江太守。績年六歲，於九江見袁術，術出橘，績懷三枚去，拜辭墮地。術謂曰：「陸郎作賓客而懷橘乎？」績跪答曰：「欲歸遺母。」術大奇之。

懷祖　晉書王湛傳：湛孫述，字懷祖。子坦之，爲桓温長史，温欲爲子求婚於坦之。及還家

省父，而述愛坦之，雖長大，猶抱置膝上。坦之因言温意，述大怒，遽排下曰：「汝竟癡耶？詎可畏温面而以女妻兵也。」坦之乃辭以他故。温曰：「此尊君不肯耳。」遂止。坦之字文度。

人間愛　傅注：法鏡經曰：凡夫貪著六塵，不知厭足，今聖人斷除貪愛，除六情饑饉也。

瓜葛　晉書王導傳：導子悦，字長豫。弱冠有高名，事親色養，導甚愛之。導嘗共悦弈棊，争道，導笑曰：「相與有瓜葛，那得爲爾耶？」

靈光新賦　傅注：後漢王逸工詞賦，嘗欲作魯靈光殿賦，命其子延壽往録其狀。延壽因韻之，以簡其父。父曰：「吾無以加。」遂不復作。文選魯靈光殿賦注：范曄後漢書曰，王逸字叔師，南郡宜城人也。子延壽，字文考，有儁才，游魯，作靈光殿賦。後蔡邕亦造此賦，未成，及見延壽所爲，甚奇之，遂輟翰而止。後溺水死，時年二十餘。

臨江仙　送錢穆父

一别都門三改火，天涯踏盡紅塵。依然一笑作春温。無波真古井，有節是秋筠。

惆悵孤帆連夜發，送行淡月微雲。尊前不用翠眉顰。人生如逆旅，我亦是行人。

傅注本卷三

【校】

毛本無題。

【朱注】

詩集施注：錢穆父，元祐初拜中書舍人，遷給事中，知開封。出守越州，歸從班，再知開封。案穆父罷越守北歸，在辛未春，是詞當送之於過杭時也。

【箋】

改火　傅注：論語：鑽燧改火。周官司爟：季春出火。然則出火爲改新火也。見卷一望江南（春未老）注。

紅塵　漢書：紅塵四合。（按：此承傅注。此句出自班固西都賦，載後漢書中。）祖詠詩：「停車傍明月，走馬入紅塵。」（按：此二句非祖詠詩，出自王諲十五夜觀燈詩，見全唐詩卷一四五。）

春温　莊子（大宗師）：煖然似春，凄然似秋。史記田齊世家：騶忌子以鼓琴見威王，威王悦而舍之右室。須臾，王鼓琴，騶忌子推户入曰：「善哉，鼓琴。」王勃然不悦，曰：「夫子見容未察，何以知其善也？」騶忌子曰：「夫大弦濁以春温者，君也；小弦廉折以清者，相也；攫之深，醳之愉者，政令也；均諧以鳴，大小相益，回邪而不相害者，四時也。吾是以知其善也。」

古井秋筠　孟郊列女操：「波瀾誓不起，妾心井中水。」白居易詩（贈元稹）：「無波古井水，有

節青竹竿。」

逆旅　李白春夜宴桃李園詩序：「夫天地者，萬物之逆旅。光陰者，百代之過客。而浮生若夢，爲歡幾何？」

八聲甘州　寄參寥子

有情風萬里卷潮來，無情送潮歸。問錢塘江上，西興浦口，幾度斜暉。不用思量今古，俯仰昔人非。誰似東坡老，白首忘機。　記取西湖西畔，正春山好處，空翠煙霏。算詩人相得，如我與君稀。約他年、東還海道，願謝公、雅志莫相違。西州路，不應回首，爲我沾衣。　傅注本卷五

【校】

傅注本題下有「時在巽亭」四字。「春山」作「暮山」。　毛本「春」作「暮」。

【朱注】

案漁隱叢話：東坡別參寥長短句，「有情風萬里卷潮來」云云，其詞石刻後東坡自題云：「元祐六年三月三日。」余以東坡年譜考之，元祐四年知杭州，六年召爲翰林學士承旨，則長短句蓋此時作也。據編辛未。　詩集施注：僧道潛字參寥，於潛人。能文章，尤喜爲詩。坡守錢塘，卜智

果精舍居之。坡南遷，當路亦捃其詩語，謂有刺譏，得罪，反初服。

【箋】

參寥子　詩集施注：僧道潛字參寥，於潛人。能文章，尤喜爲詩，嘗有句云：「風蒲獵獵弄輕柔，欲立蜻蜓不自由。五月臨平山下路，藕花無數滿汀洲。」過東坡於彭城，甚愛之，以書告文與可，謂其詩句清絶，與林逋上下，而通了道義，見之令人蕭然。蘇黄門每稱其體制絶類儲光羲，非近時詩僧所能及。坡守吴興，會於松江。坡既謫居，不遠二千里，相從於齊安。留期年，遇移汝海，同遊廬山，有次韻留别詩。坡守錢塘，卜智果精舍居之，入院分韻賦詩，又作參寥泉銘。坡南遷，遂欲轉海訪之，以書力戒勿萌此意，自揣餘生必須相見。當路亦捃其詩語，謂有刺譏，得罪，反初服。建中靖國初，曾子開在翰苑，言其非罪，詔復㸑髮。崇寧末示寂，賜號妙總大師。咸淳臨安志：參寥本姓何。幼不茹葷，以童子誦法華經爲比邱，於内外典無所不窺。

錢塘西興　傅注：錢塘、西興，並吴中之絶景。唐書地理志：杭州餘杭郡，縣錢塘。錢塘記：大海在縣東一里（符）［許］，郡議曹華信家議立此塘，以防海水。始開募，有能致一斛土者，即與錢一千。旬月之間，來者雲集。塘未成而不復取，于是載土石者皆棄而去，塘以之成。故改名錢塘焉。水經注：浙江又東北流至錢塘縣，縠水入焉。餘詳卷一卜算子（蜀客到江南）注。會稽志：西陵在蕭山縣，吴越改爲西興。郎士元送李遂之越詩：「西興待潮信，落日滿孤舟。」餘詳卷一瑞鷓鴣（碧山影裏小紅旗）注。

俯仰人非　注見卷一滿江紅「東武南城」闋。

謝公雅志　注見卷一水調歌頭「安石在東海」闋。

西州　傅注：西州者，晉志：揚州廨，王敦所創。開東、南、西三門，俗謂之西州。今潤州是也。見本卷南歌子（古岸開青葑）注。

【評】

鄭文焯曰：突兀雪山，卷地而來，真似泉塘江上看潮時，添得此老胸中數萬甲兵，是何氣象雄且桀。妙在無一字豪宕，無一語險怪，又出之以閑逸感喟之情，所謂骨重神寒，不食人間煙火氣者。詞境至此觀止矣。又曰：雲錦成章，天衣無縫，是作從至情流出，不假熨貼之工。

西江月

蘇州交代，林子中席上作。

昨夜扁舟京口，今朝馬首長安。舊官何物對新官，只有湖山公案。　此景百年幾變，個中下語千難。使君才氣卷波瀾，與把新詩判斷。　傅注本卷二

【校】

傅注本、元本俱無題，從毛本。　傅本「對」作「與」，毛本同。　毛本「夜」作「日」。

【朱注】

咸淳臨安志：元祐六年二月，召軾爲翰林承旨。是月癸巳，天章閣待制林希自潤州移知杭州。案題云「交代」，當作於是時。蘇州疑杭州之誤。東都事略：林希字子中，元祐初爲祕書少監，改集賢修撰，知蘇州。久之，以天章閣待制知杭州。

【箋】

京口　傅注：京口，今丹陽。潤州志：揚子江一名京江。江從蜀來，數千里至京口，北距廣陵，東注大海。通鑑胡三省注：大江逕京口城北，謂之京口。餘詳卷一醉落魄（輕雲微月）注。

新官舊官　注見卷一訴衷情「錢塘風景古今奇」闋。

湖山公案　傅注：公倅杭日作詩，後下獄，令供詩帳。此言「湖山公案」，亦謂詩也。禪家以言語爲公案。

下語　傅注：禪家有下語之説。

波瀾　杜甫詩（追酬故人高蜀州人日見寄）：「文章曹植波瀾闊。」公嘗有詩（元祐六年六月自杭州召還……次諸公韻三首）云：「文章曹植今堪笑，卻卷波瀾入小詩。」

判斷　羯鼓録：上洞曉音律，尤愛羯鼓玉笛，常云：「八音之領袖，不可無也。」嘗遇二月初，詰旦，巾櫛方畢，時當宿雨初晴，景物明麗，小殿内庭柳杏將吐，覩而歎曰：「對此景物，豈得不與他判斷之乎？」左右相目，將命備酒，獨高力士遣取羯鼓。上旋命之臨軒縱擊一曲，名春光好，神

思自得。及顧柳杏，皆已發坼。上指而笑謂嬪御曰：「此一事不喚我作天公可乎！」嬪御侍官皆呼萬歲。

臨江仙

辛未離杭至潤，别張弼秉道。

我勸髯張歸去好，從來自己忘情。塵心消盡道心平。江南與塞北，何處不堪行。　俎豆庚桑真過矣，憑君説與南榮。願聞吴越報豐登。君王如有問，結襪賴王生。傅注本卷三

【朱注】

王案：辛未四月作。

【箋】

張弼　見本卷定風波「月滿苕溪照夜堂」闋朱注。

髯張　杜甫洗兵馬：「張公一生江海客，身長七尺鬒眉蒼。」又送張參軍詩：「好去張公子，通家别恨添。」

塵心　王維桃源行：「不疑靈境難聞見，塵心未盡思鄉縣。」

道心　虞書：人心惟危，道心惟微。惟精惟一，允執厥中。

庚桑　莊子庚桑楚篇：老聃之役，有庚桑楚者，偏得老聃之道，以北居畏壘之山。其臣之畫然知者去之，其妾之挈然仁者遠之。擁腫之與居，鞅掌之爲使。居三年，畏壘大壤，畏壘之民相與言曰：「庚桑子之始來，吾灑然異之。今吾日計之而不足，歲計之而有餘，庶幾其聖人乎。子胡不相與尸而祝之，社而稷之乎？」庚桑子聞之，南面而不釋然。弟子異之，庚桑子曰：「弟子何異於予？夫春氣發而百草生，正得秋而萬寶成。夫春與秋，豈無得而然哉？天道已行矣。吾聞至人尸居環堵之室，而百姓倡狂，不知所如往。今以畏壘之細民，而竊竊焉欲俎豆予于賢人之間，我其杓之人邪？吾是以不釋於老聃之言。」南榮趎蹵然正坐曰：「若趎之年者已長矣，將惡乎託業，以及此言耶？」庚桑子曰：「全汝形，抱汝生，無使汝思慮營營。若此三年，則可以及此言也。」

結襪王生　漢書張釋之傳：釋之爲公車令，太子與梁王共車入朝，釋之劾不下公門，不敬。文帝崩，景帝立，釋之恐，稱疾欲免去，懼大誅至；欲見[謝]，則未知何如。用王生計，卒見謝，景帝不過也。王生者，善爲黄老言，處士。嘗召居廷中，公卿盡會立，王生老人曰：「吾襪解。」顧謂釋之：「爲我結襪。」釋之跪而結之。既已，人或讓王生：「獨奈何廷辱張廷尉如此？」王生曰：「吾老且賤，自度終亡益於張廷尉。廷尉方天下名臣，吾故聊使結襪，欲以重之。」諸公聞之，賢王生而重釋之。釋之事景帝歲餘，爲淮南相，猶尚以前過也。年老，病卒。

木蘭花令　次歐公西湖韻

霜餘已失長淮闊，空聽潺潺清潁咽。佳人猶唱醉翁詞，四十三年如電抹。

草頭秋露流珠滑，三五盈盈還二八。與余同是識翁人，惟有西湖波底月。　傅注本卷十一

【校】

傅注本、元本俱無題，從毛本。　毛本「潁」作「瀨」。

【朱注】

王案：辛未五月到闕，八月告下，除龍圖閣學士，知潁州軍州事。到潁州，遊西湖，聞唱木蘭花令詞，歐陽修所遺也，和韻。　六一詞：「西湖南北煙波闊，風裏絲簧聲韻咽。舞餘裙帶緑雙垂，酒入香顋紅一抹。　杯深不覺琉璃滑，貪看六幺花十八。明朝車馬各東西，惆悵畫橋風與月。」

【箋】

清潁　傅注：潁州有潁河、汝水。　案潁水出河南登封西境潁谷，東南流經禹縣、臨潁、西華、商水，與沙河合而東流，是爲沙河。東至淮陽之周家口，會賈魯河，東南流經沈丘，是爲大沙

河。又東南流入安徽，經太和、阜陽、潁上，至西正陽關，入於淮。

醉翁　傳注：本事曲集云：汝陰西湖勝絕名天下，蓋自歐陽永叔始。往歲子瞻自禁林出守，賞詠尤多，而去歐陽公時已久，故其繼和木蘭花有「四十三年如電抹」之句。二詞俱奇峭雅麗，如出一人，此所以中間歌詠寂寥無聞也。文忠公自號醉翁。見卷一西江月（三過平山堂下）注。

三五二八　古詩（鮑照玩月城西門廨中）：「三五二八時，千里與君同。」

西湖　詩集查注：名勝志：潁州西二里有湖，袤十里，廣二里，翳然林木，爲一邦之勝。歐陽公自揚移汝，有「都將二十四橋月，換得西湖十頃秋」之句。秦少游亦有詩云：「十里荷花菡萏初，我公所至有西湖。」

壬申　年譜：元祐七年壬申，先生年五十七，在潁州任。與趙德麟同治西湖，三月十六日，湖成。未幾，有維揚之命。已而以兵部尚書召，復兼侍讀。是年南郊，先生爲鹵簿使，尋遷禮部尚書，遷端明侍讀學士。

減字木蘭花

二月十五日夜與趙德麟小酌聚星堂。

春庭月午，搖蕩香醪光欲舞。步轉迴廊，半落梅花婉娩香。輕煙薄霧，總是少年行樂處。不是秋光，只與離人照斷腸。　傅注本卷九

【校】

傅注本題作「按趙德麟侯鯖録云，元祐七年正月，東坡在汝陰州，堂前梅花大開，月色鮮霽，王夫人曰，春月色勝如秋月色，秋月令人悽慘，春月令人和悦。何如召趙德麟輩來，飲此花下。先生大喜曰，吾不知子亦能詩耶，此真詩家語耳。遂召德麟飲，因作此詞」。「輕煙」作「輕風」。　元本題作「春月」。「煙」作「風」。

【朱注】

年譜：壬申正月作。紀年録：壬申二月作。　侯鯖録：元祐七年正月，東坡先生在汝陰州，堂前梅花大開，月色軒霽。先生王夫人曰：「春月色勝如秋月色，秋月色令人悽慘，春月色令人和悦。何不召趙德麟輩來，飲此花下？」先生大喜曰：「吾不知子能詩耶，此真詩家語耳。」遂相召，與二歐飲，用是語作減字木蘭花。詩集施注：趙景貺字令時，以承議郎簽書判官，在東坡潁州幕府。公謂其吏事通敏，文采俊麗，志節端亮，議論英發。既力薦於朝，又爲著説，改字德麟。

【箋】

婉娩　禮記（内則）：姆教婉娩聽從。正義：按「九嬪」注云：婦德貞順，婦言辭令，婦容婉

娩，婦功絲枲。

聚星堂　名勝志：歐陽文忠公守潁時，於州治起聚星堂，與倅官王回深父、臨江劉攽貢父、州人常秩夷甫、六安焦千之伯強，爲日夕燕遊之所。

滿江紅　懷子由作

清潁東流，愁來送、征鴻去翮。情亂處、青山白浪，萬重千疊。孤負當年林下語，對牀夜雨聽蕭瑟。恨此生、長向別離中，彫華髮。　一尊酒，黄河側。無限事，從頭說。相看恍如昨，許多年月。衣上舊痕餘苦淚，眉間喜氣占黄色。便與君、池上覓殘春，花如雪。　傅注本卷二

【校】

傅注本題下無「作」字。「來送」作「目斷」，「征鴻去翮」作「孤帆明滅」，「情亂」作「宦遊」，「萬重千疊」作「萬里重疊」，「孤」作「辜」，「語」作「意」，「彫」作「添」，「如昨」作「如夢」，「占黄」作「添黄」。　元本無題。「恍如」下脱「昨」字。　並從毛本。　毛本次句及「情」、「亂」、「彫」、「占」四字並同傅本，「語」誤作「憶」。

【朱注】

王案：壬申二月作。

【箋】

子由　案年譜，元祐四年，先生出牧餘杭，子由代先生爲學士。六年，先生自杭州召還，寓居子由東府數月。八年九月十四日，先生有東府雨中別子由詩，是此時子由當在京師也。

對牀夜雨　傅注：子由幼從子瞻讀書，未嘗一日相捨。既仕，將遊宦四方。子由嘗讀韋蘇州詩，有「那知風雨夜，復此對牀眠」，惻然感之，乃相約早退，爲閑居之樂。見卷一水調歌頭（安石在東海）附考。

黄色　傅注：玉管照神書曰：氣青黄色喜重重。韓退之詩：「眉間黄色見歸期。」

花如雪　傅注：落花紛紛如雪也。

浣溪沙

芍藥櫻桃兩鬭新，名園高會送芳辰。洛陽初夏廣陵春。　紅玉半開菩薩面，丹砂穠點柳枝唇。尊前還有個中人。

【校】

傳注本闕。　毛本題作「揚州賞芍藥櫻桃」。

【朱注】

王案：壬申二月，告下，以龍圖閣學士充淮南東路兵馬鈐轄，知揚州軍州事。四月，賞芍藥櫻桃作。

【箋】

芍藥　詩鄭風（溱洧）：「惟士與女，伊其相謔，贈之以勺藥。」古今注：勺藥一名將離，故將別而贈之。摭異記：開元中，禁中初重木勺藥，得四本，植於興慶池東沉香亭前。

櫻桃　禮記（月令）：仲夏之月，天子乃以雛嘗黍羞，以含桃先薦寢廟。注：含桃，櫻桃也。

廣陵　漢書地理志：廣陵國，景帝四年，更名江都，武帝元狩三年，更名廣陵。韓琦詩（和袁陟節推龍興寺芍藥）：「廣陵芍藥真奇美，名與洛花相上下。」

菩薩面　朝野僉載：裴談崇奉釋氏，妻悍妒，談畏如嚴君。嘗謂妻有可畏者三，少妙之時，視之如生菩薩，安有人不畏生菩薩耶？

柳枝唇　唐語林：退之二侍妾，名柳枝、絳桃。

減字木蘭花

五月二十四日，會於无咎之隨齋。主人汲泉置大盆中，漬白芙蓉，坐客翛然，無復有病暑意。

回風落景，散亂東牆疏竹影。滿座清微，入袖寒泉不溼衣。　夢回酒醒，百尺飛瀾鳴碧井。雪灑冰麾，散落佳人白玉肌。

【校】

傅注本、毛本俱無。

【朱注】

紀年録壬申作。

【箋】

无咎　詩集施注：晁无咎名補之，濟州鉅野人。年十七，從父官新城，後通判揚州。東坡來爲守，无咎以詩相迎。坡和陶靖節飲酒詩，其一篇爲无咎作，有「晁子天麒麟，結交及未仕」之句。章子厚當國，由著作郎出守齊州。徽宗立，還爲郎。黨論再起，出守泗州。忘情仕進，葺歸來園，自號歸來子。出籍，知達州，改泗州。卒年五十八。无咎文章温潤典縟，其凌厲奇卓，出于天成，

與黃、張、秦並驅聯鑣，世號「元祐四學士」。

白芙蓉　爾雅疏：江東人呼荷華爲芙蓉。說文：芙之言敷也，蓉之言動容也。孟郊詩（古意）：「手持未染綵，繡爲白芙蓉。」

玉肌　韋莊詩（傷灼灼）：「玉肌香膩透紅紗。」

生查子　送蘇伯固

三度別君來，此別真遲暮。白盡老髭鬚，明日淮南去。　酒罷月隨人，淚溼花如霧。後月送君時，夢繞湖邊路。　傅注本卷十二

【校】

傅注本無題。「真」作「應」，「後月」五字作「後夜逐君還」。毛本題作「訴別」。「後月」句同傅本。　詩集題作「古別離送蘇伯固」。第七句亦作「後夜逐君還」。

【朱注】

案詩集並載此詞，編壬申。

【箋】

遲暮　杜甫詩（寄劉峽州伯華使君四十韻）：「遲暮嗟爲客。」

淮南　注見卷一水龍吟「楚山修竹如雲」闋。

花如霧　杜甫詩（小寒食舟中作）：「春水船如天上坐，老年花似霧中看。」

青玉案

和賀方回韻，送伯固還吴中。

三年枕上吴中路，遣黄犬、隨君去。若到松江呼小渡，莫驚鴛鷺。四橋盡是，老子經行處。　輞川圖上看春暮，常記高人右丞句。作個歸期天已許。春衫猶是，小蠻針線，曾溼西湖雨。　傅注本卷十二

【校】　陽春白雪作姚志道詞。　傅注本題「還」作「歸」。「犬」作「耳」，「鴛」作「鷗」，「盡」作「都」。毛本題末有「故居」二字。「犬」字、「鴛」字同傅本。

【朱注】　案伯固於己巳年從公杭州，至壬申三年未歸，故首句云然。王案：壬申八月，詔以兵部尚書召還。

【箋】

賀方回　葉夢得賀鑄傳：方回名鑄，衛州人。自言唐諫議大夫知章後，故號鑑湖遺老。長七尺，眉目聳拔，面鐵色。喜劇談天下事，可否不略少假借，人以爲近俠。然博學強記，工語言，深婉麗密，如比組繡。尤長於度曲，掇拾人所遺棄，少加檃括，皆爲新奇。嘗言：「吾筆端驅使李商隱、温庭筠，當奔命不暇。」初仕監太原工作。建中靖國間，黄庭堅魯直自黔中還，得其「江南梅子」之句，以爲似謝玄暉。然以尚氣使酒，終不得美官。後爲泗州通判，悒悒不得志，食宫祠禄，退居吴下。自哀其生平所爲歌詞，名東山樂府。方回青玉案詞：「淩波不過横塘路，但目送、芳塵去。錦瑟華年誰與度？月橋花院，瑣窗朱户，惟有春知處。　飛雲冉冉蘅皋暮，彩筆新題斷腸句。若問閑情都幾許？一川煙草，滿城風絮，梅子黄時雨。」

黄犬　晉書陸機傳：機有犬曰黄耳，甚愛之。既而羈寓京師，久無家問，笑語犬曰：「我家絶無書信，汝能賫書取消息否？」犬摇尾作聲。機乃爲書，以竹筒盛書而繫其頸。犬尋路南走，遂至其家，得報還洛。其後因以爲常。

松江　注見卷一菩薩蠻「天憐豪俊腰金晚」闋。

四橋　傅注：姑蘇有四橋，長爲絶景。

輞川圖　傅注：王維字摩詰，肅宗朝爲尚書右丞。有别墅在輞川，地奇勝。維嘗於藍田清涼寺壁上畫輞川圖，筆力雄壯。　王維輞川集序：余别業在輞川山谷，其遊止有孟城坳、華子岡、文

杏館、斤竹嶺、鹿柴、木蘭柴、茱萸沜、宮槐陌、臨湖亭、南垞、欹湖、柳浪、欒家瀨、金屑泉、白石灘、北垞、竹里館、辛夷塢、漆園、椒園等，與裴迪閑暇各賦絶句云。

高人　唐書文藝傳：王維工草隸，善畫，名盛於開元、天寶間。篤志奉佛，食不葷，衣不文綵，喪妻不娶，孤居三十年。母亡，表輞川第爲寺，終葬其西。杜甫詩（解悶十二首）：「不見高人王右丞，藍田丘壑蔓寒藤。」

小蠻　本事詩：白尚書姬人樊素善歌，妓人小蠻善舞。嘗爲詩曰：「櫻桃樊素口，楊柳小蠻腰。」

【評】

況周頤餐櫻廡詞話：東坡詞青玉案用賀方回韻送伯固歸吴中歇拍云：「作個歸期天已許。春衫猶是，小蠻鍼線，曾溼西湖雨。」上三句未爲甚豔，「曾溼西湖雨」是清語，非豔語，與上三句相連屬，遂成奇豔絶豔，令人愛不忍釋。坡公天仙化人，此等詞猶爲非其至者，後學已未易樵昉其萬一。

【附考】

彊村先生曰：桐江詩話謂此詞乃姚進道作，見苕溪漁隱叢話。

癸酉

年譜：元祐八年癸酉，先生年五十八。任端明、侍讀二學士。是年先生繼室同安郡君王氏卒於京師。尋以二學士出知定州。九月二十七日出都門，十月到定州任。本年所作詞無考。

甲戌

年譜：紹聖元年甲戌，先生年五十九。知定州。就任落兩職，追一官，知英州，未到任間，再貶寧遠軍節度副使，惠州安置。八月二十一日，過虔州。九月，過廣州，訪道士何德順。以十月三日到惠州，寓居嘉祐寺。

戚氏

玉龜山，東皇靈姥統羣仙。絳闕岧嶢，翠房深迥倚霏煙。幽閑，志蕭然，金城千里鎖嬋娟。當時穆滿巡狩，翠華曾到海西邊。風露明霽，鯨波極目，勢浮輿蓋方圓。正迢迢麗日，玄圃清寂，瓊草芊綿。　爭解繡勒香韉，鸞輅駐蹕，八馬戲芝田。瑶

池近、畫樓隱隱，翠鳥翩翩。肆華筵，間作脆管鳴絃，宛若帝所鈞天。稚顏皓齒，綠髮方瞳圓極，恬淡高妍。　盡倒瓊壺酒，獻金鼎藥，固大椿年。縹緲飛瓊妙舞，命雙成、奏曲醉留連，雲璈韻響瀉寒泉。浩歌暢飲，斜月低河漢。漸綺霞、天際紅深淺。動歸思、迴首塵寰，爛漫遊、玉輦東還。杏花風、數里響鳴鞭。望長安路，依稀柳色，翠點春妍。

【校】

傅注本存目闕詞。　毛本調下注云：「此詞詳叙穆天子、西王母事，世不知所謂，遂謂非東坡作。李端叔跋云：東坡在中山，宴席間有歌戚氏調者，坐客言調美而詞不典，以請於公。公方觀山海經，即叙其事爲題，使妓再歌之，隨其聲填寫，歌竟篇就，纔點定五六字而已。」　元本「姥」作「⿰火𣬈」，毛本作「媲」，從歷代詩餘。「岧嶢」作「苕蕘」，從毛本。毛本「脆」字脱，「顏」作「頭」，元本並誤，今從歷代詩餘。毛本「綺」作「倚」，「迴首」「首」誤「兮」。　鄭文焯曰：案毛本所注，實出於陳振孫直齋書録解題，此當據補。能改齋漫録引此詞，「靈姥」作「靈媲」，「蕭然」作「悄然」，「鸞」作「鑾」，「脆」作「翠」，「春妍」作「秦川」。

【朱注】

王案：癸酉八月，告下，公以兩學士充河北西路安撫使，兼馬步軍都總管，出知定州軍州事。

甲戌正月，聞歌者歌戚氏，方論穆天子事，因依其聲成戚氏詞。老學庵筆記：東坡先生在中山，作戚氏樂府詞，最得意。幕客李端叔跋三百四十餘字，敘述甚備，願刻石傳後，爲定武盛事，會謫去不果。今乃不載集中，至有立論排詆，以爲非公作者。識真之難如此哉！

【箋】

戚氏　欽定詞譜：戚氏，柳永樂章集注中吕調，丘處機詞名夢遊仙。

玉龜山　古樂府玉龜曲：「玉龜山，真長仙，九光耀，五雲生。」

東皇靈姥　尚書緯：春爲東皇，又爲青帝。靈姥，謂西王姥也。淮南子（覽冥訓）：西姥折勝，黄神吟嘯。飛鳥鎩翼，走獸廢脚。

絳闕　傅休奕雲中白子高行：「閶闔闢見，紫微絳闕。」

翠房　孫逖詩（尋龍湍）：「漁父歌金洞，江妃舞翠房。」李白詩（留別曹南群官之江南）：「閉劍琉璃匣，煉丹紫翠房。」

金城　墉城集仙録：王母所居，有金城千里，玉樓十二。

穆滿巡狩　荀勖穆天子傳序：其書言周穆王遊行之事。春秋左氏傳曰：穆王欲肆其心，周行於天下，將皆使有車轍馬迹焉。此書所載，則其事也。王好巡守，得驊騮騄耳之乘，造父爲御，以觀四荒。北絶流沙，西登崑崙，見西王母。與太史公記同。

翠華　謂車駕也。上林賦注：以翠羽爲旗上葆也。

鯨波　江總詩（秋日游昆明池）：「蟬噪金隄柳，鷺飲石鯨波。」駱賓王詩（和孫長史秋日卧病）：「决勝鯨波静，騰謀鳥谷開。」

輿蓋　周禮冬官考工記：輪人爲蓋以象天，崇十尺。

玄圃　淮南子（墬形訓）：昆侖去地一萬一千里，上有層城九重。或上倍之，是爲閬風。或上倍之，是謂玄圃。以次相及。

瓊草芊綿　山海經：梁地有香鑪峰，神仙所居之迹。瑶草乃珊瑚之類，仙家用以合丹藥服餌。又：姑瑶之山，帝女死焉，名曰女尸，化爲瑶草。李白送族弟襄歸桂陽詩：「春潭瓊草緑可折，西寄長安明月樓。」説文：芊芊，草盛貌。謝靈運山居賦：「孤岸竦秀，長洲芊綿。」

繡勒香韉　説文：勒，馬頭絡銜也。从革，力聲。一説馬轡也。有銜曰勒，無曰羈。任詢詩（庚辰十二月十九日雪）：「繡勒錦韉生羽翮。」説文：韉，馬鞁具也。韓偓馬上見詩：「自憐輪廏吏，餘暖在香韉。」

鑾輅駐蹕　釋名：天子所乘曰玉輅，謂之輅者，言行於道路也。禮記（月令）：孟春之月，天子居青陽左个，乘鑾輅，駕蒼龍。漢官儀注：皇帝輦左右侍帷幄者稱警，出殿則傳蹕，止行人清道也。古今注：警蹕，所以戒行徒。周禮蹕而不警。秦制出警入蹕，謂出軍者皆警戒，入國者皆蹕止也。又：蹕，路也，所行者皆警於塗路。

八馬芝田　拾遺記：穆王八駿，一名絶地，二名翻羽，三名奔宵，四名超影，五名踰輝，六名超

光，七名騰霧，八名挾翼。王融曲水詩序：夏后兩龍，載驅璿臺之上；穆滿八駿，如舞瑤水之陰。十洲記：祖洲有不死之草，生瓊田中，或名爲養神芝。其葉似菰苗叢生，一株可活一人。

瑤池　穆天子傳：吉日甲子，天子賓于西王母，乃執白圭玄璧，以見西王母，好獻錦組百純，鋙組三百純。西王母再拜受之鋙。乙丑，天子觴西王母于瑤池之上。西王母爲天子謠曰：「白雲在天，山陵自出。道里悠遠，山川間之。將子無死，尚能復來。」

翠鳥　竹書紀年：穆王十三年，西征，至于青鳥之所憩。漢武故事：七月七日，忽有青鳥飛集殿前。東方朔曰：「此西王母欲來。」有頃，王母至，三青鳥夾侍王母旁。陶潛詩（讀山海經十三首）：「翩翩三青鳥，毛色奇可憐。」

脆管　白居易詩（霓裳羽衣舞歌）：「清絃脆管纖纖手。」

帝所鈞天　穆天子傳：觴天子于磐石之上，天子乃奏廣樂。郭璞注：史記云，趙簡子疾不知人，七日而寤，曰：「我之帝所，甚樂，與百神遊於鈞天，廣樂九奏萬舞，不類三代之樂，其聲動心。」「廣樂」義見此。

方瞳　南史（陶弘景傳）：眼方壽千歲。陶弘景末年，眼有時而方。拾遺記：老聃居山，有父老五人，方瞳，握青筇杖，共談天地五方五行之精。

金鼎　江淹別賦：「守丹竈而不顧，鍊金鼎而方堅。」陳子昂詩（感遇詩三十八首）：「金鼎合神丹，世人將見欺。」

大椿　莊子逍遥游：上古有大椿者，以八千歲爲春，八千歲爲秋。

飛瓊　漢武内傳：王母乃命侍女許飛瓊鼓震靈之簧。本事詩（事感）：詩人許渾嘗夢登山，有宫室凌雲，人云：「此崑崙也。」既入，見數人方飲酒，招之，至暮而罷。賦詩云：「曉入瑶臺露氣清，坐中惟有許飛瓊。塵心未斷俗緣在，十里下山空月明。」他日復夢至其處，飛瓊曰：「子何故顯余姓名於人間？」座上即改爲「天風吹下步虚聲」，曰：「善。」

雙成　漢武内傳：王母命侍女王子登彈八琅之璈，董雙成吹雲和之笙。項斯送宫人入道詩：「願隨仙女董雙成，王母前頭結伴行。」

雲璈　漢武内傳：上元夫人自彈雲林之璈，歌步玄之曲。名山記：太微玄清左夫人曲：「西庭命長歌，雲璈乘虚彈。」

綺霞　謝靈運詩（按：此爲謝朓晚登三山還望京邑詩）：「餘霞散成綺，澄江静如練。」

爛漫遊　白居易詩（代人贈王員外）：「静接殷勤語，狂隨爛漫遊。」

玉輦　丘遲詩（侍宴樂游苑送徐州應詔）：「輕荑承玉輦，細草藉龍騎。」

【附録】

能改齋漫録：東坡元祐末自禮部尚書帥定州日，官妓因宴，索公爲戚氏。公方坐與客論穆天子事，頗訝其虚誕，遂資以應之，隨聲隨寫，歌竟篇就，纔點定五六字。坐中隨聲擊節，終席不間他詞，亦不容别進一語。且曰：「足爲中山一時盛事。」

梁谿漫志：予嘗怪李端叔謂坡在山中，歌者欲試坡倉卒之才，於其側歌戚氏，坡笑而頷之。邂逅方論穆天子事，頗摘其虛誕，遂資以應之，隨聲隨寫，竟篇纔點定五六字。坐中隨聲擊節，終席不問他辭，亦不容別進一語。臨分曰：「足以爲中山一時盛事。」然其詞有曰「玉龜山，東皇靈姥統群仙」，又「争解綉勒香韉」，又「鑾輅駐蹕」，又「肆華筵，間作脆管鳴絃，宛若帝所鈞天」，又「盡倒瓊壺酒，獻金鼎藥，固大椿年」，又「浩歌暢飲」，「回首塵寰，爛漫遊、玉輦東還」。東坡御風騎氣，下筆真神仙語。此等鄙俚猥俗之詞，殆是教坊倡優所爲，雖東坡竄下婢亦不爲之，而顧稱譽若此，豈果端叔之言耶？恐疑誤後人，不可不辨。

歸朝歡　和蘇堅伯固

我夢扁舟浮震澤，雪浪摇空千頃白。覺來滿眼是廬山，倚天無數開青壁。此生長接淅，與君同是江南客。夢中遊，覺來清賞，同作飛梭擲。　明日西風還挂席，唱我新詞淚沾臆。靈均去後楚山空，澧陽蘭芷無顏色。君才如夢得，武陵更在西南極。竹枝詞，莫傜新唱，誰謂古今隔。　傅注本卷二

【校】

傅注本題作「公嘗有詩與蘇伯固，其序曰：昔在九江，與蘇伯固唱和，其略曰我夢扁舟浮震

澤，雪浪橫江千頃白。覺來滿眼是廬山，倚天無數開青壁。蓋實夢也。然公詩復云扁舟震澤定何時，滿眼廬山覺又非」。「傜」誤作「搖」。　毛本「傜」誤同傅本。

【朱注】

王案：甲戌閏四月，告下，落端明殿學士，兼翰林侍讀學士，依前左朝奉郎，知英州軍州事。又告下，降充左承議郎，仍知英州。又告下合叙，復曰不得與叙，仍知英州。六月告下，落左承議郎，責授建昌軍司馬，惠州安置。七月，達九江，與蘇堅別作。

【箋】

震澤　爾雅：吴越之間有具區。郭璞注：今吴縣南太湖，即震澤是也。揚州記：太湖一名震澤。

廬山　傅注：廬山記曰：周威王時，有匡俗者，生而神靈，隱淪潛景，廬于此山，時人謂之匡君廬，故山因以取號。

倚天　沈彬廬山詩：「約破雲霞獨倚天。」

接淅　孟子（萬章下）：接淅而行。注：淅，漬米也，不及炊，乃反接之而去。

飛梭　寇準詩（和倩桃）：「將相功名終若何，不堪急景似奔梭。人間萬事君休問，且向樽前聽豔歌。」

挂席　李白江上詩（金陵江上遇蓬池隱者）：「明晨挂帆席，離恨滿滄波。」孟浩然詩（晚泊潯

陽望廬山)：「挂席幾千里，名山都未逢。泊舟潯陽郭，始見香爐峰。」

淚沾臆　杜甫哀江頭：「人生有情淚沾臆，江草江花豈終極。」

靈均　離騷：「名余曰正則兮，字余曰靈均。」

蘭芷　離騷：「蘭芷變而不芳兮，荃蕙化而爲茅。」九歌：「沅有芷兮澧有蘭，思公子兮未敢言。」

夢得　舊唐書劉禹錫傳：禹錫字夢得，彭城人。貞元九年，擢進士第。精於古文，善五言詩。官監察御史，坐王叔文黨，貶連州刺史，在道貶朗州司馬。地居西南夷，土風僻陋，舉目殊俗，無可與言者。禹錫在朗州十年，唯以文章吟詠，陶冶情性。蠻俗好巫，每淫祠鼓舞，必歌俚辭。禹錫或從事於其間，乃依騷人之作，爲新辭以教巫祝。故武陵谿洞間夷歌，率多禹錫之辭也。禹錫晚年與少傅白居易友善，詩筆文章，時無出其右者，時號劉白。

竹枝　樂府詩集：竹枝本出於巴渝。唐貞元中，劉禹錫在沅湘，以俚歌鄙陋，乃依騷人九歌作竹枝新辭九章，教里中兒歌之，由是盛於貞元、元和之間。禹錫曰：「竹枝，巴歈也。巴兒聯歌，吹短笛擊鼓以赴節，歌者揚袂睢舞，其音協黃鐘羽，末如吳聲，含思宛轉，有淇濮之豔焉。」

莫傜　隋書地理志：長沙郡有夷蜑，名莫傜，自言其先祖有功，常免征役，故以爲名。杜甫詩(歲晏行)：「莫傜射雁鳴桑弓。」

古今隔　謝靈運詩(七里瀨)：「誰謂古今殊，異代可同調。」

【校律】

鄭文焯曰：此與柳詞同一體，其平側微異處，正是音律之清濁相和，匪若萬紅友所注可平可仄之例也。

【附考】

艇齋詩話：東坡詞中歸朝歡送蘇伯固者，爲送伯固往澧陽，故用靈均、夢得等事。今詞中但云「和伯固」，而不言往澧陽也。

木蘭花令

宿造口，聞夜雨，寄子由、才叔。

梧桐葉上三更雨，驚破夢魂無覓處。夜涼枕簟已知秋，更聽寒蛩促機杼。

夢中歷歷來時路，猶在江亭醉歌舞。尊前必有問君人，爲道別來心與緒。傅注本卷十一

【校】

元本無題，從傅、毛二本。

【朱注】　案辛棄疾書江西造口壁詞有「鬱孤臺下清江水」語，地當在贛州。詞爲南遷時作。

【箋】　梧桐雨　温庭筠更漏子詞：「梧桐樹，三更雨，不道離情正苦。一葉葉，一聲聲，空階滴到明。」

寒蛩　蛩，通作「蛬」。爾雅釋蟲：蟋蟀，蛬。郭璞注：今促織也。

【附考】　彊村先生曰：楊誠齋有宿皁口驛及曉過皁口嶺二詩，亦由江西之嶺南時作。疑「造」亦作「皁」。

浣溪沙

紹聖元年十月二十三日，與程鄉令侯晉叔、歸善簿譚汲同遊大雲寺，野飲松下，仍設松黄湯，作此闋。余近釀酒，名之曰「萬家春」，蓋嶺南萬户酒也。

羅襪空飛洛浦塵，錦袍不見謫仙人。攜壺藉草亦天真。　玉粉輕黄千歲藥，雪花浮動萬家春。醉歸江路野梅新。傅注本卷十一

【校】

傳注本題首有「公舊序云」四字，「月」字下無「二」字，「設」字上無「仍」字。「藥」作「蘂」，元本同。從毛本。　毛本題亦小譌，「人」作「神」。

【朱注】

紀年録：甲戌，遊大雲作。王案：八月告下，落建昌軍司馬，貶寧遠軍節度副使，仍惠州安置。十月到貶所，遊大雲寺作。　本集與程正輔書：侯晉叔實佳士，頗有文采氣節，恐兄歸闕，此人不當遺也。歸善縣志：大雲寺在邑治西八十里。

【箋】

松黄　本草：松花名松黄，服之輕身。

羅襪　曹植洛神賦：「凌波微步，羅襪生塵。」

錦袍　傳注：李白初至長安，賀知章見其文，歎曰：「子謫仙人也。」後供奉翰林，懇求還山，帝賜金放還。白浮游四方，嘗乘月與崔宗之自采石至金陵，著宫錦袍，坐舟中，旁若無人。餘詳卷一滿江紅（江漢西來）注。

千歲藥　傳注：廣志曰：千歲老松子，色黄白，味似栗，可食，久服輕身。

乙亥

年譜：紹聖二年乙亥，先生年六十，在惠州。自嘉祐寺遷居合江樓。三月四日，同太守詹範器之、柯常、林忭、王原、賴仙芝同遊白水山。有與徐得之書云：到惠已半年，凡百粗遣，既習其水土風氣。絶欲息念之外，浩然無疑，殊覺安健也。

臨江仙　惠州改前韻

九十日春都過了，貪忙何處追遊。三分春色一分愁。雨翻榆莢陣，風轉柳花毬。

我與使君皆白首，休誇年少風流。佳人斜倚合江樓。水光都眼浄，山色總眉愁。　傅注本卷三

【校】

傅注本題作「熙寧九年四月一日，同成伯公謹輩賞藏春館殘花，密州邵家園也」。後闋作「閬苑先生須自責，蟠桃動是千秋。不知人世苦厭求。東皇不拘束，肯爲使君留」。附注：「公在惠州，改前詞云：我與使君皆白首，休誇年少風流。佳人斜倚合江樓。水光都眼浄，山色總眉愁。」毛本無題，後闋同傅本。

【朱注】

案公以紹聖元年十月至惠州，此詞當是次年乙亥春作。毛本異文，所謂前韻者也。

【箋】

惠州　詩集查注：元和郡縣志：秦南海郡，隋分立循州。輿地廣記：五代時，南漢改曰禎州，而别立循州於北境。太平寰宇記：禎州本循州舊理，僞漢劉龔移循州於雷鄉縣，於歸善縣置禎州。天禧中避仁宗諱，改惠州，西至廣州四百二里。

三分春色　楊元素本事曲集：葉道卿賀聖朝詞：「三分春色，一分愁悶，一分風雨。」

榆莢　傅注：榆錢也。　李商隱（和人題）真孃墓詩：「榆莢還飛買笑錢。」

柳花　傅注：柳絮風袞如毬。

使君　當指惠守。詩集查注：惠州志：詹範字器之，建安人，紹聖間知惠州。時兵荒之後，野多暴骨，範取而掩之，爲叢冢焉。　先生答徐得之書云：詹使君，仁厚君子也。極蒙他照管，仍不輟攜具來相就。

合江樓　詩集查注：名勝志：東江源自江西贛州，經龍川縣來遶白鶴峰之陰，至惠州城東，亦謂之龍川江。西江自九龍山西流一百二十里，亦至城東，與龍江合流，至石灣西南，經虎頭門入海。其瀝流處有合江樓，即府城之東門樓也。　危太樸東坡書院記：公初至惠州，寓居合江樓，數日，遷嘉祐寺。

眼浄眉愁　先生詩（次韻送張山人歸彭城）：「水洗禪心都眼浄，山供詩筆總眉愁。」

殢人嬌　贈朝雲

白髮蒼顔，正是維摩境界。空方丈、散花何礙。朱唇筯點，更髻鬟生采。這些個、千生萬生只在。　好事心腸，著人情態。閑窗下、斂雲凝黛。明朝端午，待學紉蘭爲佩。尋一首好詩，要書裙帶。　傅注本卷八

【校】

傅注本題前有「或云」二字。「彩」作「菜」。　元本無題，「采」誤作「菜」，從毛本。　毛本「待」字脱。

【朱注】

王案：乙亥五月作。

【箋】

朝雲　詩集朝雲詩序：世謂樂天有「鬻駱馬放楊柳枝」詞，嘉其主老病不忍去也。然夢得有詩云：「春盡絮飛留不得，隨風好去落誰家。」樂天亦云：「病與樂天相伴住，春隨樊子一時歸。」則是樊素竟去也。予家有數妾，四五年相繼辭去，獨朝雲者隨予南遷。因讀樂天集，戲作此詩。朝

雲姓王氏，錢唐人。嘗有子曰幹兒，未期而夭云。藝苑雌黃：東坡嘗令朝雲乞詞於少游，少游作南歌子贈之云：「靄靄迷春態，溶溶媚曉光。不應容易下巫陽，只恐翰林前世是襄王。　暫爲清歌住，還因春雨忙。瞥然歸去斷人腸，空使蘭臺公子賦高唐。」

維摩　維摩詰經：毗耶離城中，有長者名維摩詰，雖爲白衣，持奉沙門清浄律行，雖處居家，不着三界，亦有妻子，常修梵行。翻譯名義集：維摩羅詰，什曰「秦言浄名」，生曰「此云無垢稱」。其晦迹五欲，超然無染，清名遐布，故致斯號。舊曰維摩詰者，訛也。

方丈　傳注：維摩詰以一丈之室，能容三萬二千師子座，無所妨礙。室中有一天女，每聞説法，便現其身，即以天花散諸菩薩大弟子上。

散花　維摩詰經：天女以天花散諸菩薩，即皆墮落。至大弟子，便著不墮。天女曰：「結習未盡，故花著身。結習盡者，花不著身。」

筯點　傅注：筯點，言最小也。

生彩　傅本作「生菜」，注云：白樂天蘇家女子簡簡吟：「玲瓏雲髻生菜樣，飄飄風袖薔薇花。」

端午　詳卷一少年遊（銀塘朱檻麴塵波）注。

紉蘭　離騷：「紉秋蘭以爲佩。」

丙子

年譜：紹聖三年丙子，先生年六十一，在惠州。惠州修東西新橋，先生助以犀帶。七月，朝雲卒，先生有詩悼之。又於惠州栖禪寺大聖塔葬處作亭覆之，名之六如亭。冬，營白鶴峰新居。

西江月

玉骨那愁瘴霧，冰姿自有仙風。海仙時遣探芳叢，倒挂緑毛么鳳。　素面常嫌粉涴，洗妝不褪唇紅。高情已逐曉雲空，不與梨花同夢。　傅注本卷二

【校】

傅注本題作「梅」。「姿」作「肌」。　毛本題作「梅花」。「常」作「翻」。詞注曰：惠州梅花上珍禽曰倒挂子，似緑毛鳳而小。　冷齋夜話「骨」作「質」，「仙」作「山」。　雞肋編引此詞，「瘴霧」作「煙瘴」，「涴」作「汙」，「褪」作「退」，「已」作「易」，「曉」作「海」。

【朱注】

王案：丙子十月，梅開作。　漁隱叢話：冷齋夜話云，東坡在惠州，作梅詞，時侍兒朝雲新

亡，其寓意爲朝雲作也。

【箋】

冰姿　注見卷一減字木蘭花「鄭莊好客」闋。

緑毛么鳳　雞肋編：東坡在惠州作梅詞云云。廣南有緑羽丹觜禽，其大如雀，狀類鸜鵒，棲集皆倒懸於枝上，土人呼爲「倒挂子」。而梅花葉四周皆紅，故有「洗妝」之句。二事皆北人所未知者。古今詞話：么鳳，惠州梅花上珍禽，名倒挂子，似緑毛鳳而小，其矢亦香，俗人蓄之帳中。東坡西江月云「倒挂緑毛么鳳」是也。

素面　楊太真外傳：封三姨爲虢國夫人。虢國不施妝粉，自衒美艷，常素面朝天。當時張祜有詩云：「虢國夫人承主恩，平明騎馬入宮門。卻嫌脂粉污顔色，淡掃蛾眉朝至尊。」

唇紅　冷齋夜話：嶺外梅花與中國異，其花幾類桃花之色，而唇紅香著。

梨花同夢　傅注：公自跋云：詩人王昌齡夢中作梅花詩。南海有珍禽，名倒挂子，緑毛，如鸜鵒而小。惠州多梅花，故作此詞。詩話云：王昌齡梅詩曰：「落落寞寞路不分，夢中喚作梨花雲。」方知公引用此詩。

【附考】

冷齋夜話：東坡蝶戀花詞云：「花褪殘紅青杏小。燕子飛時，緑水人家遶。枝上柳綿吹又少，天涯何處無芳草。　牆裏秋千牆外道。牆外行人，牆裏佳人笑。笑漸不聞聲漸悄，多情卻

被無情惱。」東坡渡海，惟朝雲王氏隨行，日誦「枝上柳綿」二句，爲之流淚，病極猶不釋口。東坡作西江月悼之。　案先生悼朝雲詩引：紹聖元年十一月，戲作朝雲詩。三年七月五日，朝雲病亡於惠州，葬之棲禪寺松林中，東南直大聖塔。予既銘其墓，且和前詩以自解。朝雲始不識字，晚忽學書，粗有楷法，蓋嘗從泗上比邱尼義沖學佛，亦略聞大義。且死，誦金剛經四句偈而絕。

古今詞話：太平樂府曰：東坡貶惠州歸，晁以道見公「海山時遺探芳叢，倒挂綠毛么鳳」，便道：「此老須得過海，只爲古今人不能道及，應教罰去。」

丁丑

年譜：紹聖四年丁丑，先生年六十二，在惠州。二月十四日，白鶴峰新居成。閏二月，先生長子邁挈家至。五月，先生責授瓊州別駕，昌化軍安置，遂寄家於惠州，獨與幼子過渡海。時子由亦謫雷州。五月十一日，相遇於藤，同行至雷。六月十一日，相別渡海。七月十三日，至儋州，初僦官屋以庇風雨，有司猶謂不可，則買地築室，昌化士人畚土運甓以助之，爲屋三間。　案先生是年所作詞無考。

戊寅

年譜：元符元年戊寅，先生年六十三，在儋州。　案先生是年所作詞無考。

己卯

年譜：元符二年己卯，先生年六十四，在儋州。正月十三日，録盧仝、杜子美詩遺懣。是時久旱無雨，陰翳未快，至上元夜，老書生數人相過曰：「良月佳夜，先生能一出乎？」先生欣然從之，步城西，入僧舍，歷小巷，民夷雜糅，屠沽紛然，歸舍已三鼓矣。是歲閏九月，有瓊州進士姜君弼唐佐自瓊州來儋耳，從先生學。

減字木蘭花　己卯儋耳春詞

春牛春杖，無限春風來海上。便丐春工，染得桃紅似肉紅。　春旛春勝，一陣春風吹酒醒。不似天涯，捲起楊花似雪花。　傅注本卷九

【校】

傅注本「丏」作「與」。　毛本題作「立春」。「丏」作「與」。

【朱注】

紀年録：己卯立春日作。王案：丁丑四月，責授瓊州別駕，昌化軍安置。戊寅立春日，作減字木蘭花詞。案王説即謂此詞，云戊寅者誤也。

【箋】

儋耳　元和郡縣志：漢武帝始置珠崖、儋耳二郡。唐貞觀五年，以崖州之瓊山縣置瓊州。貞元五年，升都督府，以儋、崖、振、萬四州隸焉。瓊州府志：儋州城西高麻都，有儋耳城遺址。唐平蕭銑，置儋州，始遷治城東。天寶元年，改昌化郡。宋改昌化軍，南渡後廢爲宜倫縣。

春牛春杖　傅注：今立春前五日，郡邑並造土牛、耕夫、犂具於門外之東。是日質明，有司爲壇以祭先農，而官吏各具縷杖環擊牛者三，所以示勸耕之意。隋書禮儀志：立春前五日，於州大門外之東造青土牛兩頭，耕夫犂具。立春，有司迎春於東郊，登青旛於青牛之傍焉。

春旛春勝　續漢禮儀志：立春之日，立青旛於門外。賈充典戒：人日造華勝相遺，象瑞圖金勝之形，又象西王母戴勝。

楊花　傅注：桃紅楊花，每見仲春之時，南海地暖，方春已盛。

庚辰

年譜：元符三年庚辰，先生年六十五，在儋州。三月，張君弼還瓊州。五月，大赦，量移廉州安置。在廉州，有廉州龍眼質味珠絶可敵荔枝詩。是歲又自廉州移舒州節度副使，永州居住。行至英州，復朝奉郎，提舉成都府玉局觀，任便居住。經由廣州過韶州，度嶺北歸。

鷓鴣天

陳公密出侍兒素娘，歌紫玉簫曲勸老人酒，老人飲盡，爲賦此詞。

笑撚紅梅嚲翠翹，揚州十里最妖嬈。夜來綺席親曾見，撮得精神滴滴嬌。嬌後眼，舞時腰，劉郎幾度欲魂消。明朝酒醒知何處，腸斷雲間紫玉簫。　傅注本卷十一

【校】

傅注本題首有「公自序云」四字。　元本鷓鴣天有「西塞山邊」一首，毛注：「考是黄山谷作，

删去。」　元本題「素娘」作「素姐」，從毛本。　毛本「梅」作「牙」。

【朱注】

王案：元符三年庚辰五月，告下，仍以瓊州别駕廉州安置。七月，遷舒州團練副使，永州居住。十一月，復朝奉郎，提舉成都玉局觀，在外州軍任便居住。十二月，抵韶州，陳公密出素娘佐酒，爲賦鷓鴣天詞。

【箋】

陳公密　未詳。

翠翹　宋玉招魂：「砥室翠翹，絓曲瓊些。」注：翠，鳥名。翹，羽也。言内卧之室，以砥石爲壁，平而滑澤，以翠鳥之羽雕飾玉鉤，以懸衣物也。

揚州十里　注見卷一江城子「玉人家在鳳凰山」闋。

妖嬈　曹植感婚賦：「顧有懷兮妖嬈，用搔首兮屏營。」

嬌後眼　傅注：舊注：東坡書此詞，至「嬌」字下誤筆再點，因續作下語。

劉郎　李郢詩（張郎中宅戲贈二首）：「一聲歌罷劉郎醉，脱取明金壓繡鞋。」

東坡樂府箋卷三　不編年

水龍吟

小溝東接長江，柳隄葦岸連雲際。煙村瀟灑，人間一鬨，漁樵早市。永晝端居，寸陰虛度，了成何事。但絲蓴玉藕，珠秔錦鯉，相留戀，又經歲。　因念浮丘舊侶，慣瑤池、羽觴沉醉。青鸞歌舞，銖衣摇曳，壺中天地。飄墮人間，步虛聲斷，露寒風細。抱素琴獨向，銀蟾影裏，此懷難寄。

【校】　傅注本、元本俱無。　毛本「蟾」誤作「蟬」。

【箋】　珠秔　廣韻：秔，古行切。玉篇：秈稻也。韓愈孟郊（城南）聯句：「庖霜膾玄鯽，淅玉炊香秔。」

浮丘　郭璞詩（游仙詩）：「左挹浮丘袖，右拍洪崖肩。」餘詳卷一菩薩蠻（玉童西迓浮丘伯）注。

瑶池　神仙傳：崑崙閬風苑有玉樓十二，玄臺九層，左瑶池，右翠水，有弱水九重，蓋不可到。餘詳卷二戚氏（玉龜山）注。

羽觴　注見卷二醉蓬萊「笑勞生一夢」闋。

青鸞　漢武内傳：神仙次藥，有靈丘蒼鸞。　山海經：軒轅之國，諸沃之野，鸞鳥自歌。

銖衣　博異志：貞觀中，岑文本於山頂避暑，有叩門云上清童子。岑問曰：「衣服皆輕細，何土所出？」答云：「此上清五銖服。」又問曰：「比聞六銖者天人衣，何五銖之異？」答云：「尤細者則五銖也。」出門忽不見，惟見古錢一枚。　李商隱重過聖女祠詩：「無質易迷三里霧，不寒長著五銖衣。」

壺中天地　後漢書費長房傳：長房曾爲市掾，市中有老翁賣藥，懸一壺於肆頭，及市罷，輒跳入壺中，市人莫之見。唯長房於樓上覩之，異焉，因往，再拜奉酒脯。翁知長房之意其神也，謂之曰：「子明日可更來。」長房旦日復詣翁，翁乃與俱入壺中，唯見玉堂嚴麗，旨酒甘肴盈衍其中。共飲畢而出，翁約不聽與人言之。

步虛　注見卷二戚氏「玉龜山」闋。

【評】

鄭文焯曰：有聲畫，無聲詩，胥在其中。

又

露寒煙冷蒹葭老，天外征鴻寥唳。銀河秋晚，長門燈悄，一聲初至。應念瀟湘，岸遥人静，水多菰米。□望極平田，徘徊欲下，依前被，風驚起。　須信衡陽萬里，有誰家、錦書遥寄。萬重雲外，斜行横陣，纔疏又綴。仙掌月明，石頭城下，影摇寒水。念征衣未擣，佳人拂杵，有盈盈淚。

【校】

傅注本、元本俱無。　毛本題作「詠鴈」。「重」作「里」。　鄭文焯曰：此題當作「雁」一字。

【箋】

蒹葭　詩秦風（蒹葭）：「蒹葭蒼蒼，白露爲霜。」

銀河　白帖：天河謂之銀漢，亦曰銀河。江總歌（内殿賦新詩）：「織女今夕渡銀河，當見新秋停玉梭。」

長門　文選長門賦序：孝武皇帝陳皇后時得幸，頗妒，别在長門宫，愁悶悲思。聞司馬相如天下工爲文，奉黄金百斤，爲相如、文君取酒，因于解悲愁之辭。而相如爲文以悟主上，陳皇后復得親幸。杜牧早雁詩：「金河秋半虜弦開，雲外驚飛四散哀。仙掌月明孤影過，長門燈暗數聲來。

須知胡騎紛紛在，豈逐春風一一迴。莫厭瀟湘少人處，水多菰米岸莓苔。」

衡陽　盧思道孤鴻賦序：南寓衡陽，避祁寒也。

錦書　漢書蘇武傳：常惠教使者言，天子射上林中，得雁，足有繫帛書，言武等在某澤中。

萬重雲外　杜甫孤雁詩：「誰憐一片影，相失萬重雲。」

仙掌　史記武帝紀：作柏梁、銅柱承露仙人掌之屬。

石頭　吴志孫權傳：建安十六年，權徙治秣陵。明年，城石頭。高適詩奉酬睢陽李太守：「郡邑連京口，山城望石頭。」

擣衣　張籍詩（宿臨江驛）：「離家久無信，又聽擣衣聲。」又謝惠連有擣衣詩。

滿庭芳

蝸角虛名，蠅頭微利，算來著甚乾忙。事皆前定，誰弱又誰强。且趁閒身未老，須放我、些子疏狂。百年裏，渾教是醉，三萬六千場。　思量，能幾許，憂愁風雨，一半相妨。又何須抵死，説短論長。幸對清風皓月，苔茵展、雲幕高張。江南好，千鍾美酒，一曲滿庭芳。

傅注本卷一

【校】

傳注本「算」作「筭」，「閒」作「閑」。　毛本題作「或注警悟」。「須」作「儘」。

【箋】

蝸角　莊子（則陽）：有國於蝸之左角者，曰觸氏，有國於蝸之右角者，曰蠻氏。時相與戰，伏尸數萬，逐北旬有五日而後反。

蠅頭　南史（衡陽元王道度傳）：齊衡陽王子鈞嘗手自細書五經，賀玠曰：「殿下家自有墳索，何用蠅頭細書？」　傳注：蝸角、蠅頭，言其細爾。

乾忙　猶言空忙也。杜甫詩（寄邛州崔録事）：「終朝有底忙。」

三萬六千　注見卷一南鄉子「東武望餘杭」闋。

憂愁風雨　葉道卿賀聖朝詞：「二分春色，一分愁悶，一分風雨。」

苔茵　顧况詩（送友人失意南歸）：「屋古布苔茵。」

雲幕　傳注引歸藏曰：昔女媧筮張雲幕，而枚占神明。

千鍾美酒　孔叢子（儒服）：昔平原君與子高飲，强子高酒，曰：「昔有遺諺：『堯舜千鍾，孔子百觚。子路嗑嗑，尚飲十榼。』古之聖賢，無不能飲也。」

永遇樂

天末山横，半空簫鼓，樓觀高起。指點裁成，東風滿院，總是新桃李。綸巾羽扇，一尊飲罷，目送斷鴻千里。攬清歌、餘音不斷，縹緲尚縈流水。年來自笑無情，何事猶有，多情遺思。緑鬢朱顔，匆匆拚了，卻記花前醉。明年春到，重尋幽夢，應在亂鶯聲裏。拍闌干、斜陽轉處，有誰共倚。

【校】

傅注本、元本俱無。毛本題作「眺望」。鄭文焯曰：按此詞又見石林詞，元刻既無之，毛本又以意題作「眺望」，當據元刻及葉夢得詞删去此闋。榆生案：石林詞題作「蔡州移守潁昌，與客會別臨芳觀席上」。聞之彊村先生云：「東坡詞境超絶，千年來惟一葉夢得差能彷彿一二。」然則此詞果爲誰作，終成懸案矣。

【箋】

綸巾羽扇　注見卷二念奴嬌「大江東去」闋。

尚縈流水　韓詩外傳：伯牙鼓琴，鍾子期聽之，方鼓琴，志在山，鍾子期曰：「善哉鼓琴，巍巍乎如太山。」志在流水，鍾子期曰：「善哉鼓琴，洋洋乎若江河。」

雨中花慢

邃院重簾何處，惹得多情，愁對風光。睡起酒闌花謝，蝶亂蜂忙。今夜何人，吹笙北嶺，待月西廂。空悵望處，一株紅杏，斜倚低牆。　羞顏易變，傍人先覺，到處被著猜防。誰信道、些兒恩愛，無限淒涼。好事若無間阻，幽歡卻是尋常。一般滋味，就中香美，除是偷嘗。

【校】

傅注本、元本俱無。

【箋】

吹笙北嶺　許渾詩（送蕭處士歸緱嶺别業）：「緱山住近吹笙廟，湘水行逢鼓瑟祠。」餘詳卷一鵲橋仙（緱山仙子）注。

待月西廂　麗情集：鶯鶯與張生詩：「待月西廂下，迎風户半開。拂牆花影動，疑是玉人來。」

紅杏　孟郊城南聯句：「競墅碾砯砰，醉結紅滿杏。」

又

嫩臉羞蛾因甚，化作行雲，卻返巫陽。但有寒燈孤枕，皓月空牀。長記當初，乍諧雲雨，便學鸞凰。又豈料正好，三春桃李，一夜風霜。　丹青□畫，無言無笑，看了漫結愁腸。襟袖上、猶存殘黛，漸減餘香。一自醉中忘了，奈何酒後思量。算應負你，枕前珠淚，萬點千行。

【校】

傅注本、元本俱無。

【箋】

羞蛾　劉孝綽（同武陵王）看妓詩：「迴羞出曼臉，送態表嚬蛾。」

行雲　注見卷一祝英臺近「挂輕帆」闋。

巫陽　宋玉招魂：帝告巫陽曰：「有人在下，我欲輔之。魂魄離散，汝筮予之。」王逸注：女曰巫，陽其名也。

鸞凰　禰衡鸚鵡賦：「配鸞凰而等美，焉比德於衆禽。」

丹青　周禮秋官職金：掌凡金、玉、錫、石、丹、青之戒令，受其入征者。杜甫丹青引：「丹青

不知老將至，富貴於我如浮雲。」

一叢花　初春病起

今年春淺臘侵年，冰雪破春妍。東風有信無人見，露微意、柳際花邊。寒夜縱長，孤衾易暖，鐘鼓漸清圓。　朝來初日半銜山，樓閣淡疏煙。遊人便作尋芳計，小桃杏、應已争先。衰病少悰，疏慵自放，惟愛日高眠。　傅注本卷十一

【校】

傅注本「銜」作「含」，「悰」作「情」。　毛本無題，「含」、「情」二字同傅本。

三部樂

美人如月，乍見掩暮雲，更增妍絶。算應無恨，安用陰晴圓缺。嬌甚空只成愁，待下牀又懶，未語先咽。數日不來，落盡一庭紅葉。　今朝置酒强起，問爲誰減動，一分香雪。何事散花卻病，維摩無疾，卻低眉、慘然不答。唱金縷、一聲怨切。堪折便折，且惜取、年少花發。　傅注本卷五

【校】

傳注本「落盡」作「落成」。　毛本題作「清景」。「年少」作「少年」。

【箋】

如月　梁簡文帝釋迦文佛像銘：滿月爲面，青蓮在眸。

無恨　唐詩（按此爲宋石曼卿句）：「月如無恨月長圓。」

嬌甚成愁　劉禹錫三閣詩：「不應有恨事，嬌甚卻成愁。」

下牀又懶　傳注引會真記崔氏與張籍詩：「自從別後減容光，萬轉千回懶下牀。」

香雪　李商隱小桃園詩：「啼久豔粉薄，舞多香雪翻。」

散花卻病　維摩詰嘗以方便現身有疾，以其疾故，無數千人，皆往問疾。餘詳卷二殢人嬌（白髮蒼顏）注。

金縷　唐李錡妾杜秋娘詩（金縷衣）：「勸君莫惜金縷衣，勸君須惜少年時。花開堪折君須折，莫待無花空折枝。」

無愁可解

國工花日新作越調解愁，洛陽劉几伯壽聞而悅之，戲作俚語之詞，天下傳

詠，以爲幾於達者。龍丘子猶笑之：「此雖免乎愁，猶有所解也。若夫遊於自然而託於不得已，人樂亦樂，人愁亦愁，彼且惡乎解哉？」乃反其詞，作無愁可解云。

光景百年，看便一世，生來不識愁味。問愁何處來，更開解個甚底。萬事從來風過耳，何用不著心裏。你喚做、展卻眉頭，便是達者，也則恐未。　此理，本不通言，何曾道、歡遊勝如名利。道即渾是錯，不道如何即是。這裏元無我與你，甚喚做、物情之外？若須待醉了，方開解時，問無酒、怎生醉。

【校】

傅注本存目闕詞。　傅注本卷六毛本題小有譌異。「頭」字脱，「即」作「則」。

【朱注】

風月堂詩話：劉伯壽，洛陽九老之一也。築室嵩山玉華峰下，號玉華庵主。避暑録話：劉几在神宗時，與范蜀公重定大樂。洛陽花品曰狀元紅，爲一時之冠。樂工花日新能爲新聲，汴妓郜懿以色著，秘監致仕劉伯壽精音律。熙寧中，几攜花日新就郜懿家賞花歡詠，乃撰此曲。

【箋】

龍丘子　見卷一臨江仙「細馬遠馱雙侍女」闋題注。

賀新郎

乳燕飛華屋，悄無人、桐陰轉午，晚涼新浴。手弄生綃白團扇，扇手一時似玉。漸困倚、孤眠清熟。簾外誰來推繡户，枉教人夢斷瑶臺曲。又卻是，風敲竹。石榴半吐紅巾蹙。待浮花、浪蕊都盡，伴君幽獨。穠豔一枝細看取，芳心千重似束。又恐被、秋風驚緑。若待得君來向此，花前對酒不忍觸。共粉淚，兩簌簌。　傅注本卷三

【校】

毛本題作「余倅杭日，府僚湖中高會，群妓畢集，惟秀蘭不來，營將督之再三乃來。僕問其故，答曰：沐浴倦卧，忽有扣門聲，急起詢之，乃營將催督也。整妝趨命，不覺稍遲。時府僚有屬意於蘭者，見其不來，恚恨不已，云必有私事。秀蘭含淚力辯，而僕亦從旁冷語陰爲之解，府僚終不釋然也。適榴花開盛，秀蘭以一枝藉手獻坐中。府僚愈怒，責其不恭。秀蘭進退無據，但低首垂淚而已。僕乃作一曲名賀新涼，令秀蘭歌以侑觴。聲容妙絶，府僚大悦，劇飲而罷」。案此説出古今詞話。詞話「芳心」作「芳意」。

【箋】

乳燕飛華屋　杜甫詩（題省中壁）：「落絮游絲白日靜，鳴鳩乳燕青春深。」曹植詩（野田黃雀

行）：「生存華屋處，零落歸山丘。」

白團扇　晉書樂志：團扇歌者，中書令王珉與嫂婢有情，愛好甚篤。嫂捶撻婢過苦，婢素善歌，而珉好捉白團扇，故製此歌。樂府團扇郎歌：「白團扇，憔悴非昔容，羞與郎相見。」

似玉　世説新語（容止）：王夷甫容貌整麗，妙於談玄，恒捉白玉柄麈尾，與手都無分別。

瑶臺　注見卷二西江月「別夢已隨流水」闋。

風敲竹　唐李益詩（竹窗聞風寄苗發司空曙）：「開門風動竹，疑是故人來。」

石榴紅巾　白居易石榴詩（題孤山寺石榴花示衆僧）：「山榴花似結紅巾，容豔新妍占斷春。」又：「淚痕裛損胭脂臉，翦刀裁破紅綃巾。」

浮花浪蕊　韓愈詩（杏花）：「浮花浪蕊鎮長有，纔開還落瘴霧中。」傅注：石榴繁盛時，百花零落盡矣。

秋風驚緑　皮日休石榴詩：「蟬噪秋枝槐葉黄，石榴香老愁寒霜。」

簌簌　注見卷一蝶戀花「簌簌無風花自墮」闋。

【附録】

苕溪漁隱叢話：古今詞話云：蘇子瞻守錢唐，有官妓秀蘭天性黠慧，善于應對。湖中有宴會，群妓畢至，惟秀蘭不來，遣人督之，須臾方至。子瞻問其故，具以髮結沐浴，不覺困睡，忽有人叩門聲，急起而問之，乃樂營將催督之。非敢怠忽，謹以實告。子瞻亦怒之。坐中倅車屬意于蘭，

見其晚來，恚恨未已，責之曰：「必有他事，以此晚至。」秀蘭力辯，不能止倅之怒。是時榴花盛開，秀蘭以一枝藉手告倅，其怒愈甚，秀蘭收淚無言。子瞻作賀新涼以解之，其怒始息。其詞云云。子瞻之作，皆目前事，蓋取其沐浴新涼，曲名賀新涼也。後人不知之，誤爲賀新郎，蓋不得子瞻之意也。子瞻真所謂風流太守也，豈可與俗吏同日語哉？苕溪漁隱曰：野哉，楊湜之言，真可入笑林矣。東坡此詞，冠絶古今，託意高遠，寧爲一娼而發耶？「簾外誰來推繡户，枉教人夢斷瑶臺曲。又卻是，風敲竹」，用古詩「捲簾風動竹，疑是故人來」之意。今乃云忽有人叩門聲，急起而問之，乃樂營將催督。此可笑者一也。「石榴半吐紅巾蹙。待浮花、浪蕊都盡，伴君幽獨。穠豔一枝細看取，芳意千重似束」，蓋初夏之時，千花事退，榴花獨芳，因以申寫幽閨之情。今乃云是時榴花盛開，秀蘭以一枝藉手告倅，其怒愈甚，此可笑者二也。此詞腔調寄賀新郎，乃古曲名也。今乃云取其沐浴新涼，曲名賀新涼，後人不知之，誤爲賀新郎。此可笑者三也。詞話中可笑者甚衆，姑舉其尤者。第東坡此詞深爲不幸，横遭點汙，吾不可無一言雪其恥。宋子京云：江左有文拙而好刻石者，謂之詅嗤符。今楊湜之言俚甚，而鋟板行世，殆類是也。

艇齋詩話：東坡賀新郎，在杭州萬頃寺作。寺有榴花樹，故詞中云石榴。又是日有歌者晝寢，故詞中云「漸困倚、孤眠清熟」。其真本云「乳燕棲華屋」，今本作「飛」字，非是。

吴禮部詩話：東坡賀新郎詞「乳燕飛華屋」云云，後段「石榴半吐紅巾蹙」以下皆詠榴，别一格也。

哨遍

睡起畫堂，銀蒜押簾，珠幕雲垂地。初雨歇，洗出碧羅天，正溶溶養花天氣。一霎暖風迴芳草，榮光浮動，捲皺銀塘水。方杏靨勻酥，花鬚吐繡，園林排比紅翠。見乳燕捎蝶過繁枝，忽一線爐香逐遊絲。晝永人閑，獨立斜陽，晚來情味。　便乘興攜將佳麗，深入芳菲裏。撥胡琴語，輕攏漫撚總伶俐。看緊約羅裙，急趣檀板，霓裳入破驚鴻起。顰月臨眉，醉霞橫臉，歌聲悠揚雲際。任滿頭紅雨落花飛。漸鳷鵲樓西玉蟾低，尚徘徊、未盡歡意。君看今古悠悠，浮幻人間世。這些百歲光陰幾日，三萬六千而已。醉鄉路穩不妨行，但人生、要適情耳。　傅注本卷八

【校】

傅注本「捲」作「卷」，「總伶俐」作「揔利」，「揚」作「颺」，「浮幻」作「浮宦」。元本「總伶俐」作「總利」，「浮幻」作「浮宦」。毛本題作「春詞」。「排比紅翠」作「翠紅排比」，「落花飛」下衍「墜」字。彊村老人曰：醉翁琴趣外篇減字木蘭花有云：「撥頭總利，怨日愁花無限意。」此詞元本「總利」二字似不誤，但上句按譜當五字耳。

【箋】

銀蒜　庾信詩（夢入堂内）：「幔繩金麥穗，簾鉤銀蒜條。」

珠幕　漢武故事：上起押屋，以真珠爲簾箔，玳瑁押之。

養花　傅注：今樂府啄木兒曲有「洗出養花天氣」之句。

皺水　傅注：南唐李國主嘗戲其臣曰：「風乍起，吹皺一池春水，干卿甚事？」蓋其臣趙公所作謁金門詞，此最爲警策。　案此詞見陽春集，世傳爲馮延巳事，傅注當別有所本。

杏靨　杜甫詩（琴臺）：「野花留寶靨。」

捎蝶　杜甫詩（重過何氏五首）：「花妥鶯捎蝶，溪喧獺趁魚。」

遊絲　杜甫（宣政殿退朝晚出左掖）詩：「爐烟細細駐遊絲。」

胡琴　傅注：胡琴，琵琶也。杜牧詩：「黄金捍撥紫檀槽。」

輕攏慢撚　注見卷一南鄉子「裙帶石榴紅」闋。

檀板　太真外傳：李龜年以歌擅一時，手捧檀板，押衆樂而前。

霓裳入破　碧雞漫志：霓裳羽衣曲，説者多異，予斷之曰：西涼創作，明皇潤色，又爲易美名。其他飾以神怪者，皆不足信也。唐史云河西節度使楊敬述獻，凡十二遍。　傅注：今樂府拍謂之樂句，故舞者取此以爲應。諸大曲攧遍之後謂之入破，故舞者每以此爲入舞之節。則霓裳羽衣之曲亦莫不然。

驚鴻　謝偃舞賦：「紆修袂而將舉，似驚鴻之欲翔。」

悠揚雲際　傅注：秦青之歌，響遏行雲。戚夫人之歌，聲入雲霄。

紅雨　李賀詩（將進酒）：「況是青春日將暮，桃花亂落如紅雨。」

鳷鵲　三輔黄圖：甘泉宫，秦始皇作，漢武帝建元中，作石闕、封巒、鳷鵲觀於苑垣内。謝朓詩（暫使下都夜發新林至京邑贈西府同僚）：「金波麗鳷鵲，玉繩低建章。」

三萬六千　注見卷一南鄉子「東武望餘杭」闋。

醉鄉　傅注：唐王无功作醉鄉記。

木蘭花令

元宵似是歡遊好，何況公庭民訟少。萬家遊賞上春臺，十里神仙迷海島。平原不似高陽傲，促席雍容陪語笑。坐中有客最多情，不惜玉山拚醉倒。

【校】傅注本、元本俱無。

【箋】春臺　老子：衆人熙熙，如登春臺。

千人。

平原　史記平原君列傳：平原君趙勝者，趙之諸公子也。諸子中勝最賢，喜賓客，蓋至者數千人。

高陽　史記酈生傳：沛公引兵過陳留，酈生踵軍門上謁，使者入通，沛公曰：「爲我謝之，言我方以天下爲事，未暇見儒人也。」使者出謝，酈生瞋目按劍叱曰：「走！復入言而公，吾高陽酒徒也，非儒人也。」

玉山　李白襄陽歌：「清風明月不用一錢買，玉山自倒非人推。」

又

經旬未識東君信，一夕薰風來解慍。紅綃衣薄麥秋寒，緑綺韻低梅雨潤。

瓜頭緑染山光嫩，弄色金桃新傅粉。日高慵捲水晶簾，猶帶春醪紅玉困。

【校】

傅注本、元本俱無。

【箋】

薰風　注見卷二瑶池燕「飛花成陣春心困」闋。

紅綃　薛濤試新服詩：「紫陽宮裏賜紅綃，仙霧朦朧隔海遥。」

麥秋　禮記（月令）：孟夏之月，靡草死，麥秋至。

綠綺　傅休弈琴賦序：楚王有琴曰繞梁，司馬相如有綠綺，蔡邕有焦尾，皆名器也。張載詩（擬四愁）：「佳人遺我綠綺琴，何以報之雙南金。」

梅雨　埤雅：江南三月爲迎梅雨，五月爲送梅雨。捫蝨新話：江湖二浙，四五月間梅欲黄而雨，謂之梅雨。

金桃　漢書西域傳：康國致金桃、銀桃，詔令植苑中。（按：漢書西域傳中不載此語，查見新唐書西域傳中。）杜甫山寺詩：「麝香眠石竹，鸚鵡啄金桃。」

傅粉　注見卷二蝶戀花「别酒勸君君一醉」闋。

水晶簾　宋之問明河篇：「雲母帳前初汎濫，水精簾外轉逶迤。」

紅玉　西京雜記：趙飛燕與女弟昭儀，皆色如紅玉，爲當時第一，並寵擅後宫。李賀貴主征行樂：「春營騎將如紅玉，走馬梢鞭上空綠。」

又

高平四面開雄壘，三月風光初覺媚。園中桃李使君家，城上亭臺遊客醉。歌翻楊柳金尊沸，飲散憑闌無限意。雲深不見玉關遥，草細山重殘照裏。

【校】 傅注本、元本俱無。

【箋】 高平 漢書地理志：臨淮郡高平縣。

楊柳 白居易詩（楊柳枝詞）：「古歌舊曲君休聽，聽取新翻楊柳枝。」

玉關 後漢書班超傳：臣不敢望到酒泉郡，但願生入玉門關。注：玉門關屬燉煌郡，今沙州也。去長安三千六百里。李白詩（子夜吴歌）：「春風吹不盡，總是玉關情。」

西江月

聞道雙銜鳳帶，不妨單著鮫綃。夜香知與阿誰燒，悵望水沉煙裊。　雲鬢風前緑卷，玉顔醉裹紅潮。莫教空度可憐宵，月與佳人共僚。　傅注本卷二

【校】 毛本「僚」誤作「撩」，從傅本。

【箋】 雙銜鳳帶 李商隱代離筵伎作（飲席代官妓贈兩從事）：「新人橋上著春衫，舊主江邊側帽

簷。願得化爲紅綬帶，許教雙鳳一時銜。」

鮫綃　搜神記：南海之外有鮫人，水居，亦謂之泉客。織輕綃於泉室，出以賣之，價千金。

水沉　南史林邑國傳：沉水香者，土人斫斷，積以歲年，朽爛而心節獨在，置水中則沉，故名曰沉香。次浮者棧香。

雲鬟二句　傅注：舊注：此二句夢中得之。李群玉贈美人詩：「鬟聳巫山一朶雲。」又：「眼底桃花酒半醺。」

可憐宵　注見卷二臨江仙「多病休文都瘦損」闋。

月僚　詩陳風（月出）：「月出皎兮，佼人僚兮。」毛傳：僚，好貌。釋文：僚本亦作「嫽」，同音了。

華清引

平時十月幸蓮湯，玉甃瓊梁。五家車馬如水，珠璣滿路旁。　翠華一去掩方牀，獨留煙樹蒼蒼。至今清夜月，依前過繚牆。　傅注本卷十二

【校】元本調作「華胥引」。「蓮」作「蘭」，從傅、毛二本。　毛本題作「感舊」。「前」作「舊」。

【箋】

蓮湯　楊妃外傳：華清宮有蓮華湯，即貴妃沐浴之室也。以玉石爲之。明皇雜録：上於華清宮新廣一湯泉，制度宏麗。禄山於范陽，以玉爲魚龍鳧雁、石渠石蓮華進獻，雕鐫巧妙，殆非人工。上大悦，命陳於湯中，仍以石梁横於其上，而蓮華纔出於水際。上因幸華清宮，至泉所，解衣將入湯，而魚龍鳧雁皆若奮鱗舉翼，狀若飛動。上恐，遽命去之。傅注：蓮華石至今猶在。

五家　楊妃外傳：每十月，帝幸華清宮，五宅車騎皆從。家别爲隊，隊一色，俄五家隊合，爛若萬花川谷，團成錦繡。國忠導以劍南旌節，遺鈿墮舄，琴瑟璣琲，狼籍於道，香聞數十里。傅注：五家謂銛、錡、國忠、韓、虢是也。時秦國已早亡矣。

車馬如水　後漢書（明德馬皇后紀）：馬太后曰：「前過濯龍門上，見外家門起居者，車如流水，馬如游龍。顧視御者，不及遠矣。雖不加譴怒，但絶歲用，冀以默愧其心耳。」

翠華　傅注：翠華，天子之旗，以象華蓋也。相如賦：「建翠華之旗。」注：以翠羽爲旗上葆耳。禄山之亂，明皇西幸，華清宮無復至矣。

煙樹　杜牧華清宮詩：「秦樹遠微茫。」

繚牆　杜牧華清宮詩：「繡嶺明珠殿，層巒下繚牆。」

蘇幕遮 詠選仙圖

暑籠晴，風解慍，雨後餘清，暗襲衣裾潤。一局選仙逃暑困，笑指尊前，誰向青霄近。

整金盆，輪玉筍。鳳駕鸞車，誰敢争先進。重五休言升最緊。縱有碧油，到了輸堂印。　傅注本卷十二

【校】

傅注本「暗」作「闇」，「筍」作「笋」。

【朱注】

湘煙録：鄭氏書目有骰子選格、漢官儀彩選、新彩選、文武彩選、元豐官制彩選、慶曆彩選圖、尋仙彩選、選仙格、選佛圖。

【箋】

解慍　注見卷二瑶池燕「飛花成陣春心困」闋。

選仙　牧豬閑話：宋時有選仙圖，用骰子比色，先爲散仙，次爲上洞，以漸至蓬萊、大羅。亦重緋色，有過者謫作採樵思凡之人。王珪宮詞「盡日窗間賭選仙」即此。

金盆　南史扶南國傳：國王坐則偏踞翹膝，以白氎敷前，設金盆，置香爐於其上。

玉筍　韓偓詠手詩：「腕白膚紅玉筍芽，調琴抽線露尖斜。」

鳳駕鸞車　揚雄賦（河東賦）：「迺撫翠鳳之駕。」禮記月令：孟春之月，天子乘鸞路，駕蒼龍。注：鸞路，有虞氏之車，有鸞和之節，而飾之以青，取其名耳。

重五　傅注：重五、碧油、堂印，皆選仙彩名，若六博之梟盧。

烏夜啼

莫怪歸心速，西湖自有蛾眉。若見故人須細說，白髮倍當時。小鄭非常强記，二南依舊能詩。更有鱸魚堪切膾，兒輩莫教知。　傅注本卷十二

【校】

傅注本「膾」作「鱠」。　毛本題作「寄遠」。「速」上有「甚」字。

【箋】

蛾眉　謝朓詩（夜聽妓）：「蛾眉已共笑。」

小鄭　南史（按：事不載南史，載北史鄭述祖傳中。）：鄭述祖仕齊，與父皆爲兗州刺史。歌曰：「大鄭公，小鄭公，相去五十載，風教猶尚同。」

二南　傅注：舊注：湖妓有周、召者，號二南。

鱸膾　晉書張翰傳：齊王辟爲大司馬東曹掾，因秋風起，思吴中菰菜、蓴羹、鱸魚膾，曰：「人生貴得適意，何爲羈宦數千里，以要名爵乎？」遂命駕歸。春渚紀聞：吴興溪魚之美，甲於他郡。郡人會集，必以斫鱠爲勸，其操刀者名鱠匠。

兒輩　注見卷一水調歌頭「安石在東海」闋。

臨江仙

詩句端來磨我鈍，鈍錐不解生鋩。歡顔爲我解冰霜。酒闌清夢覺，春草滿池塘。　應念雪堂坡下老，昔年共採芸香。功成名遂早還鄉。回車來過我，喬木擁千章。

傅注本卷三

【校】

毛本題作「贈送」。「端」作「揣」。

【箋】

鈍錐　晉書祖納傳：梅陶及鍾雅好談辯，納輒困之，因謂曰：「君汝潁之士，利如錐，我幽冀之士，鈍如槌。持我鈍槌，捶君利錐，皆當摧矣。」陶、雅並稱有神錐，不可得捶。納曰：「假有神錐，必有神槌。」雅無以對。

曹掾。

池塘　注見卷一漁家傲「皎皎牽牛河漢女」闋。

雪堂　見卷二江城子「夢中了了醉中醒」闋題注。

芸香　傅注：謂同在書職也。魚豢典略曰：芸香辟紙魚蠹，故藏書臺稱芸臺。

千章　傅注：史記：居千章之材。又曰：木千章。注：章，材也。舊將作大匠掌材曰章

又 送王緘

忘卻成都來十載，因君未免思量。憑將清淚灑江陽。故山知好在，孤客自悲涼。　坐上別愁君未見，歸來欲斷無腸。殷勤且更盡離觴。此身如傳舍，何處是吾鄉？　傅注本卷三

【箋】

王緘　彊村先生曰：按本集仲天貺王元直自眉山來見余錢塘既行送之詩，施注：王箴字元直，東坡夫人同安君之弟也。王緘未知即箴否。

江陽　傅注：江陽，江北也。水北爲陽。

無腸　廣記：祖價遇鬼，鬼作思家詩云：「佳人應有夢，遠客已無腸。」

傳舍　漢書蓋寬饒傳：平恩侯許伯入第，蓋寬饒賀之。酒酣，寬饒仰視屋而嘆曰：「美哉！然富貴無常，忽則易人。此如傳舍，所閱多矣，惟謹慎爲能得久。君侯可不戒哉？」

又

夜到揚州，席上作。

尊酒何人懷李白，草堂遥指江東。珠簾十里捲香風。花開花謝，離恨幾千重。輕舸渡江連夜到，一時驚笑衰容。語音猶自帶吳儂。夜闌對酒，依舊夢魂中。　傳注本卷三

【校】傳注本題「夜」誤作「衣」。　毛本「花謝」作「花又謝」，「對酒」作「相對處」。

【箋】尊酒　杜甫天末懷李白詩（春日憶李白）：「何時一尊酒，重與細論文。」

江東　傳注：太白自翰林賜歸，遂放浪江東，往來金陵、采石之間。見卷二浣溪沙（羅襪空飛洛浦塵）注。

珠簾　注見卷一江城子「玉人家在鳳凰山」闋。

吴語　傅注：杜子美：「賀公雅吴語，在位常清狂。」蓋謂賀知章也。知章雖貴爲秘書監，而吴音不改。後告老歸吴中，玄宗加重之。將行，涕泣辭上。上曰：「何所欲？」知章曰：「臣有男未定名，幸陛下賜之，歸爲鄉里榮。」上曰：「爲道之要，莫若于信。孚者，信也，履信思乎順。卿子必信順之人也，宜名曰孚。」知章再拜而受命。久而謂人曰：「上何謔我耶？且實矣。孚字乃瓜下爲子，豈非呼我爲瓜子耶？」

夜闌　注見卷一浣溪沙「一别姑蘇已四年」闋。

又

冬夜夜寒冰合井，畫堂明月侵幃。青缸明滅照悲啼。青缸挑欲盡，粉淚裛還垂。　未盡一尊先掩淚，歌聲半帶清悲。情聲兩盡莫相違。欲知腸斷處，梁上暗塵飛。　傅注本卷三

【箋】

冰合井　傅注：井泉温，非盛寒則不冰。漢書五行志：光和間，瑯琊井冰厚丈餘。所以記異。

腸斷　傅注：唐武宗疾篤，遷便殿，孟才人以笙歌獲寵者，密侍其右。上目之曰：「吾當不

諱，爾何爲哉？」指笙囊泣曰：「請以此就縊。」上惻然。復曰：「妾嘗藝歌，願對上歌一曲，以泄其憤。」上以其懇，許之。乃歌一聲河滿子，氣亟立殞。上令醫候之，曰：「脈尚温而腸已斷。」

梁塵　七略：昔善歌者有虞公，發聲動梁上塵。李白夜坐吟：「冬夜夜寒覺夜長，沉吟久坐坐北堂。冰合井，月入閨，青釭明滅照悲啼。青釭滅，啼轉多，掩妾淚，聽君歌。歌有聲，妾有情，情聲相合兩無違。一語不入意，從君萬曲梁塵飛。」

又　贈王友道

誰道東陽都瘦損，凝然點漆精神。瑶林終自隔風塵。試看披鶴氅，仍是謫仙人。

省可清言揮玉麈，真須保器全真。風流何似道家純。不應同蜀客，惟愛卓文君。

【校】

傳注本、元本俱無。

【箋】

王友道　未詳。

東陽　南史沈約傳：隆昌元年，除吏部郎，出爲東陽太守。李商隱詩（韓冬郎即席爲詩相

送……因成二絶寄酬兼呈畏之員外)：「爲憑何遜休聯句，瘦盡東陽姓沈人。」

點漆　晉書杜乂傳：王羲之見而目之曰：「膚若凝脂，眼如點漆，此神仙人也。」劉孝綽文(司空安成王碑)：衛子之朗月映山，杜生之凝脂點漆。

瑶林　世説(賞譽)：王戎云：「太尉神姿高徹，如瑶林瓊樹，自然是風塵外物。」

鶴氅　晉書王恭傳：嘗披鶴氅裘，涉雪而行，孟昶窺見之，歎曰：「此真神仙中人也。」

謫仙　注見卷一滿江紅「江漢西來」闋。

玉麈　盧照鄰行路難：「金貂有時須换酒，玉麈恒摇莫計錢。」別詳本卷賀新郎(乳燕飛華屋)注。

保器全真　易(繫辭下)：君子藏器於身，待時而動。漢書藝文志：神仙者，所以保性命之真，而游求於外者也。高適詩(答侯少府)：「浮沉各異宜，老大貴全真。」

卓文君　杜甫詩(琴臺)：「茂陵多病後，尚愛卓文君。」餘詳卷一河滿子(見説岷峨悽愴)注。

又

昨夜渡江何處宿，望中疑是秦淮。月明誰起笛中哀。多情王謝女，相逐過江來。

雲雨未成還又散，思量好事難諧。憑陵急槳兩相催。想伊歸去後，應似我

情懷。

【校】傅注本、毛本俱無。

【箋】秦淮　晉陽秋：秦始皇東遊，望氣者云：「五百年後，金陵有天子氣。」於是始皇於方山掘流，西入江，亦曰淮，土俗號曰秦淮。

王謝　南史侯景傳：景請娶于王謝，帝曰：「王謝門高非偶，可於朱張以下訪之。」

漁家傲　送張元康省親秦州

一曲陽關情幾許，知君欲向秦川去。白馬皂貂留不住。回首處，孤城不見天霏霧。

到日長安花似雨，故關楊柳初飛絮。漸見韡刀迎夾路。誰得似，風流膝上王文度。

傅注本卷三

【校】元本題末有「或作秦亭」四字。　毛本題「康」作「唐」。「霏」作「霖」。

【箋】

張元康　未詳。

陽關　注見卷一江城子「翠蛾羞黛怯人看」闋。

秦川　盧照鄰詩（于時春也慨然有江湖之思寄贈柳九隴）：「關山悲蜀道，花鳥憶秦川。」

白馬皂貂　杜甫至後詩：「青袍白馬有何意，金谷銅駝非故鄉。」武元衡送張諫議回朝詩：「詔書前日下丹霄，頭戴儒冠脱皂貂。」傅注：皂貂，黑貂裘也。

孤城　杜甫野望詩：「孤城隱霧深。」

韃刀　傅注：唐制，諸府帥見大府帥，皆戎服，左握刀，右屬弓矢，帕首袴韃，迎於道左。見卷一南鄉子（旌旆滿江湖）注。

王文度　注見卷二虞美人「歸心正似三春草」闋。

又

臨水縱横回晚鞚，歸來轉覺情懷動。梅笛煙中聞幾弄。秋陰重，西山雪淡雲凝凍。　美酒一杯誰與共，尊前舞雪狂歌送。腰跨金魚旌旆擁。將何用，只堪妝點浮生夢。

【校】

傅注本、元本俱無。

【箋】

梅笛　樂府詩集：梅花落，本笛中曲也。李白黄鶴樓聞笛詩（聽黄鶴樓上吹笛）：「黄鶴樓中吹玉笛，江城五月落梅花。」

舞雪　張衡觀舞賦：「裾似飛鸞，袖如迴雪。」李商隱歌舞詩：「遏雲歌響清，迴雪舞腰輕。」

金魚　杜甫陪鄭廣文遊何將軍山林詩：「銀甲彈箏用，金魚换酒來。」

定風波　重陽括杜牧之詩

與客攜壺上翠微，江涵秋影雁初飛。塵世難逢開口笑，年少，菊花須插滿頭歸。　酩酊但酬佳節了，雲嶠，登臨不用怨斜暉。古往今來誰不老，多少，牛山何必更沾衣。　傅注本卷四

【校】

傅注本、元本並題作「重陽」，從毛本。

【朱注】

杜牧九日齊安登高詩：「江涵秋影雁初飛，與客攜壺上翠微。塵世難逢開口笑，菊花須插滿頭歸。但將酩酊酬佳節，不用登臨怨落暉。古往今來只如此，牛山何必淚沾衣。」

【箋】

翠微　爾雅：山未半曰翠微。

牛山　晏子（内篇諫上）：齊景公游於牛山，北臨其國城而流涕，曰：「美哉國乎！鬱鬱芊芊，若何滴滴去此國而死乎？使古無死者，寡人將去斯而之何？」史孔、梁丘據從之泣，晏子獨笑於旁。公雪涕而顧晏子曰：「寡人今日之游悲，孔與據皆從而泣，子之獨笑何也？」晏子對曰：「使賢者常守之，則太公、桓公將常守之矣。使有勇者而常守之，則莊公、靈公將常守之矣。數君者將守之，吾君方將被蓑笠而立乎畎畝之中，惟事之恤，何暇念死乎？此臣之所以獨竊笑也。」景公慚焉。

又

莫怪鴛鴦繡帶長，腰輕不勝舞衣裳。薄倖只貪遊冶去，何處，垂楊繫馬恣輕狂。

花謝絮飛春又盡，堪恨，斷絃塵管伴啼妝。不信歸來但自看，怕見，爲郎憔悴卻

羞郎。　傳注本卷四

【校】

毛本題作「感舊」。

【箋】

鴛鴦帶　徐彦伯詩（擬古三首）：「贈君鴛鴦帶，因以鷫鸘裘。」

腰輕　傳注：梁簡文舞賦：「信身輕而釵重，亦腰羸而帶急。」詩話：唐元載末年，納薛瑶英，處以金絲帳、卻塵褥，衣以龍綃衣，一襲無一兩。載以瑶英體輕，不勝重衣，於異國求此服也。惟賈至、楊公南與載交善，往往得見其歌舞。賈至贈詩云：「舞怯銖衣重，笑疑桃臉開。方知漢成帝，虚築避風臺。」

繫馬　傳注：王維少年行：「新豐美酒斗十千，洛陽游俠多少年。相逢意氣爲君飲，繫馬高樓柳樹邊。」又蘇少卿答雙漸詩：「青驄馬繫緑楊陰，低鬟便與迎相見。」

斷絃　庾信怨歌行：「爲君能歌此曲，不覺心隨斷絃。」後漢書五行志：桓帝元嘉中，婦女作愁眉啼妝。啼妝者，薄拭目下若啼處。李嶠桃詩：「山風凝笑臉，朝露泫啼妝。」

爲郎　傳注：傳奇崔氏與張籍詩：「自從别後減容光，萬轉千回懶下牀。不爲旁人羞不起，爲郎憔悴卻羞郎。」

又　詠紅梅

好睡慵開莫厭遲，自憐冰臉不時宜。偶作小紅桃杏色，閑雅，尚餘孤瘦雪霜姿。休把閑心隨物態，何事，酒生微暈沁瑶肌。詩老不知梅格在，吟詠，更看緑葉與青枝。　傅注本卷四

【校】

傅注本「冰」誤作「水」。

【箋】

詠紅梅　詩集紅梅：「怕愁貪睡獨開遲，自恐冰容不入時。故作小紅桃杏色，尚餘孤瘦雪霜姿。寒心未肯隨春態，酒暈無端上玉肌。詩老不知梅格在，更看緑葉與青枝。」公自注：石曼卿紅梅詩云：「認桃無緑葉，辨杏有青枝。」

好睡　太真外傳：上皇登沉香亭，召妃子，妃子卯酒未醒，命力士、侍兒持掖而至。妃子醉韻殘妝，鬢亂釵横，不能再拜。上皇笑曰：「是豈妃子醉，直海棠睡未足耳。」　傅注：紅梅微類海棠，因用此事。

緑葉青枝　傅注：石曼卿紅梅詩云：「認桃無緑葉，辨杏有青枝。」公嘗譏其淺近。

南鄉子

冰雪透香肌，姑射仙人不似伊。濯錦江頭新様錦，非宜，故著尋常淡薄衣。暖日下重幃，春睡香凝索起遲。曼倩風流緣底事，當時，愛被西真喚作兒。　傅注本卷四

【校】

毛本題作有感。

【箋】

冰雪　注見卷一減字木蘭花「鄭莊好客」闋。

濯錦江　成都記：濯錦江，秦相張儀所作。土人言此水濯錦則鮮明，他水則否。

淡薄衣　張籍倡女詞：「畫羅金縷難相見，故著尋常淡薄衣。」

春睡香凝　白居易詩（江州赴忠州至江陵已來舟中示舍弟五十韻）：「卧穩貪春睡。」韋應物詩（郡齋雨中與諸文士燕集）：「宴寢凝清香。」

曼倩西真　漢武帝故事：西王母嘗見帝於承華殿，東方朔從青瑣竊窺之，王母笑指朔曰：「仙桃三熟，此兒已三偷之矣。」傅注：曼倩，方朔字。西真，西王母。

又　雙荔支

天與化工知，賜得衣裳總是緋。每向華堂深處見，憐伊，兩個心腸一片兒。
自小便相隨，綺席歌筵不暫離。苦恨人人分拆破，東西，怎得成雙似舊時。　傅注本卷四

【校】
傅注本「憐」作「怜」。　毛本「拆」作「析」。

【箋】
荔支　後漢書和帝紀：舊南海獻龍眼荔支，十里一置，五里一候，奔騰險阻，死者繼路。臨武長唐羌上書言狀，帝敕太官勿復受獻。嵇含草木狀。荔支如桂樹，冬夏榮茂，青華朱實，大如雞子，白如肪，甘而多汁。一樹下子百斛。白居易荔支圖序：荔支生巴峽間，樹形如帷蓋，葉如冬青，花如橘而春榮，實如丹而夏熟，朶如蒲桃，核如枇杷，殼如紅繒，膜如紫綃，肉潔白如冰雪，漿液甘酸如醴酪。

化工　賈誼鵩鳥賦：「天地爲爐兮造化爲工，陰陽爲炭兮萬物爲銅。」李商隱詩（今月二日不自量度以詩一首……詠歎不足之義也）：「固是符真宰，徒勞讓化工。」

衣緋　説文新附字：緋，赤字。唐書車服志：袴褶之制，五品以上緋。

又　集句

寒玉細凝膚吴融，清歌一曲倒金壺鄭谷。冶葉倡條遍相識李商隱，争如，豆蔻花梢二月初杜牧。　年少即須臾白居易，芳時偷得醉工夫白居易。羅帳細垂銀燭背韓偓，歡娱，豁得平生俊氣無杜牧。

又

悵望送春杯杜牧，漸老逢春能幾回杜甫。花滿楚城愁遠別許渾，傷懷，何況清絲急管催劉禹錫。　吟斷望鄉臺李商隱，萬里歸心獨上來許渾。景物登臨閑始見杜牧，徘徊，一寸相思一寸灰李商隱。

又

何處倚闌干杜牧，絃管高樓月正圓杜牧。胡蝶夢中家萬里崔塗，依然，老去愁來

强自寬杜甫。　明鏡借紅顔李商隱，須著人間比夢間韓愈。　蠟燭半籠金翡翠李商隱，更闌，繡被焚香獨自眠李商隱。　傅注本卷四

【校】　右三首元本無注，從傅、毛二本。　傅本「愁來」作「悲秋」。

菩薩蠻

七夕黄州朝天門上二首。

畫檐初挂彎彎月，孤光未滿先憂缺。　遥認玉簾鉤，天孫梳洗樓。　佳人言語好，不願求新巧。　此恨固應知，願人無别離。　傅注本卷七

【校】　元本題作「七夕朝天門上作」，毛本題作「新月」，從傅注本。　傅注本「遥」作「還」，毛本同。

【箋】　玉鉤　鮑明遠月詩（玩月城西門廨中）：「始出西南樓，纖纖如玉鉤。」

天孫　史記天官書：織女者，天孫女也。　吴兢詩（永泰公主挽歌二首）：「河漢天孫合，瀟湘

帝子遊。」

梳洗樓　傳注：唐連昌宫有梳洗樓，乃天寶中爲楊貴妃所建也。元稹連昌宫詞：「寢殿相連端正樓，太真梳洗樓上頭。」

求巧　注見卷二鵲橋仙「乘槎歸去」闋。

又

風迴仙馭雲開扇，更闌月墮星河轉。枕上夢魂驚，曉來疏雨零。　相逢雖草草，長共天難老。終不羨人間，人間日似年。　傳注本卷七

【校】

傳注本「墮」作「墜」。　元本題作「七夕」，從傳本。　毛本「馭雲」二字闕。「墮」作「墜」，「來」作「檐」，「日」作「夜」。

【箋】

仙馭　唐太宗秋日懸清光詩：「仙馭隨輪轉，靈烏帶影飛。」

雨零　傳注：世俗以牛女相見之夕必有微雨，以明會遇之徵。

草草　詩小雅巷伯：「驕人好好，勞人草草。」毛傳：草草，勞心也。

又

城隅静女何人見，先生日夜歌彤管。誰識蔡姬賢，江南顧彦先。　先生那久困，湯沐須名郡。惟有謝夫人，從來是擬倫。　傅注本卷七

【校】

毛本題作「有寄」。「是」作「見」。

【箋】

静女　詩邶風（静女）：「静女其姝，俟我於城隅。愛而不見，搔首踟躕。静女其孌，貽我彤管。彤管有煒，悦懌女美。」

蔡姬　後漢書列女傳：陳留董祀妻者，同郡蔡邕之女也，名琰，字文姬。博學有才辯，又妙於音律。適河東衛仲道，夫亡無子，歸寧於家。興平中，天下喪亂，文姬爲胡騎所獲，没於南匈奴左賢王。在胡中十二年，生二子。曹操素與邕善，痛其無嗣，乃遣使者以金璧贖之，而重嫁於祀。

顧彦先　晉書顧榮傳：榮字彦先，吴國吴人也，爲南土著姓。機神朗悟，弱冠仕吴爲黄門侍郎。吴平，與陸機兄弟同入洛，時人號爲「三俊」。榮素好琴，及卒，家人常置琴於靈座。吴郡張翰哭之慟，既而上牀，鼓琴數曲，撫琴而歎曰：「顧彦先，復能賞此不？」因又慟哭，不弔喪主而去。

湯沐　漢書外戚傳：鄧皇后母新野君，湯沐邑萬户。顏師古注：凡言湯沐邑者，謂以其賦稅供湯沐之具也。

謝夫人　晉書列女傳：王凝之妻謝氏字道藴，安西將軍奕之女也，聰識有才辯。初，同郡張玄妹亦有才質，適於顧氏，玄每稱之，以敵道藴。有濟尼者，游於二家，或問之，濟尼答曰：「王夫人神情散朗，故有林下風氣。顧家婦清心玉映，自是閨房之秀。」

又

繡簾高捲傾城出，燈前瀲灩横波溢。皓齒發清歌，春愁入翠蛾。　悽音休怨亂，我已無腸斷。遺響下清虚，累累一串珠。　傅注本卷七

【校】

毛本題作「歌妓」。「愁」作「山」，「我已」二句作「我已先偷玩，梅萼月窗虚」。

【箋】

傾城　柳宗元渾鴻臚宅聞歌詩：「翠帷雙捲出傾城。」別詳卷一江城子（老夫聊發少年狂）注。

皓齒　注見卷二定風波「常羨人間琢玉郎」闋。

翠蛾　劉禹錫冬夜宴詩：「翠蛾發清響，曲盡有餘思。」

腸斷　注見卷一殢人嬌「滿院桃花」闋。

清虛　杜甫詩（聽楊氏歌）：「響下清虛裏。」

串珠　禮記樂記：歌者上如抗，下如墜，曲如折，止如槀木，倨中矩，句中鉤，累累乎端如貫珠。

又　回文

落花閑院春衫薄，薄衫春院閑花落。遲日恨依依，依依恨日遲。　夢回鶯舌弄，弄舌鶯回夢。郵便問人羞，羞人問便郵。　傅注本卷七

又

火雲凝汗揮珠顆，顆珠揮汗凝雲火。瓊暖碧紗輕，輕紗碧暖瓊。　暈顋嫌枕印，印枕嫌顋暈。閑照晚妝殘，殘妝晚照閑。　傅注本卷七

【校】

傅注本「顋」作「腮」。　毛本題作「夏景回文」。

又

嶠南江淺紅梅小，小梅紅淺江南嶠。窺我向疏籬，籬疏向我窺。　老人行即到，到即行人老。離別惜殘枝，枝殘惜別離。　傅注本卷七

【校】　傅注本題作「紅梅贈別」。　毛本題作「回文」。

又　回文四時閨怨

翠鬟斜幔雲垂耳，耳垂雲幔斜鬟翠。春晚睡昏昏，昏昏睡晚春。　細花梨雪墜，墜雪梨花細。顰淺念誰人，人誰念淺顰。　傅注本卷七

【校】　傅注本題作「四時閨怨回文，效劉十五貢父體」。　毛本題作「回文春閨怨」。

又

柳庭風静人眠晝，晝眠人静風庭柳。香汗薄衫凉，凉衫薄汗香。　手紅冰椀藕，藕椀冰紅手。郎笑藕絲長，長絲藕笑郎。同前

【校】傅注本二「椀」字俱作「盌」。毛本題作「回文夏閨怨」。二「椀」字俱作「腕」。

又

井桐雙照新妝冷，冷妝新照雙桐井。羞對井花愁，愁花井對羞。　影孤憐夜永，永夜憐孤影。樓上不宜秋，秋宜不上樓。同前

【校】毛本題作「回文秋閨怨」。「桐」作「梧」，「秋」作「愁」。

又

雪花飛暖融香頰，頰香融暖飛花雪。欺雪任單衣，衣單任雪欺。　別時梅子結，結子梅時別。歸不恨開遲，遲開恨不歸。同前

【校】

傅注本末二句作「歸恨不開遲，遲開不恨歸」。　毛本題作「回文冬閨怨」。

又

娟娟侵鬢妝痕淺，雙顰相媚彎如翦。一瞬百般宜，無論笑與啼。　酒闌思翠被，特故騰騰地。生怕促歸輪，微波先泥人。

【校】

傅注本、元本俱無。

又　詠足

塗香莫惜蓮承步，長愁羅襪淩波去。只見舞迴風，都無行處蹤。　偷穿宮樣穩，並立雙趺困。纖妙説應難，須從掌上看。

【校】

傅注本、元本俱無。

【箋】

蓮步　南史（齊本紀下）：東昏侯鑿金爲蓮花以貼地，令潘妃行其上，曰：「此步步生蓮花也。」

迴風　杜甫詩對雪：「急雪舞迴風。」

宮樣　韓偓忍笑詩：「宮樣衣裳淺畫眉，曉來梳洗更相宜。」

雙趺　廣韻：蹹，足趾也。與「趺」同。

又

玉鐶墜耳黃金飾，輕衫罩體香羅碧。緩步困春醪，春融臉上桃。　花鈿從委

地，誰與郎爲意。長愛月華清，此時憎月明。

【校】

傅注本、元本俱無。

【箋】

玉鐶　張載擬四愁詩：「佳人遺我雙角端，何以贈之雕玉鐶。」

花鈿　舊唐書輿服志：内外命婦服花鈿，翟衣青質。白居易長恨歌：「花鈿委地無人收。」

浣溪沙　重九

珠檜絲杉冷欲霜，山城歌舞助淒涼。且餐山色飲湖光。共挽朱轓留半日，强揉青蕊作重陽。不知明日爲誰黄。傅注本卷十

【校】

傅注本題作「九月九日二首」，毛本同。

【箋】

珠檜絲杉　傅注：檜柏葉端雪，炯然如珠。松柏葉條，纖細如絲。

且餐　傳注：山秀可餐，湖清可飲。

朱幡　漢志（後漢書輿服志）：中二千石、二千石，皆皁蓋朱兩轓。

青蕊　杜甫歎庭前甘菊花詩：「檐前甘菊移時晚，青蕊重陽不堪摘。明日蕭條盡醉醒，殘花爛熳開何益。」

又

霜鬢真堪插拒霜，哀絃危柱作伊涼。暫時流轉爲風光。　未遣清尊空北海，莫因長笛賦山陽。金釵玉腕瀉鵝黃。

傅注本卷十

【校】

元本「哀」作「衰」，從傅、毛二本。　毛本題作「和前韻」。

【箋】

拒霜　見卷一定風波「兩兩輕紅半暈腮」闋題注。

伊涼　傅注：唐開元二十四年，升胡部樂於堂上。而天寶樂曲，皆以邊地名，涼州、伊州、甘州之類是也。然涼州曲本開元中西涼州所獻，時寧王審音，聞之，且知其後有播遷之禍。

流轉　杜甫曲江詩：「傳語風光共流轉，暫時相賞莫相違。」

清尊北海　注見卷二蝶戀花「雲水縈回溪上路」闋。

長笛山陽　向秀思舊賦序：余與嵇康、吕安居止接近，其人並有不羈之才，然嵇志遠而疏，吕心曠而放，其後各以事見法。余逝將西邁，經其舊廬，鄰人有吹笛者，發聲寥亮。追思曩昔游宴之好，感音而歎。賦云：「濟黄河以汎舟兮，經山陽之舊居。」馬融長笛賦：「近世雙笛從羌起，羌人伐竹未及已。龍鳴水中不見己，截竹吹之聲相似。剡其上孔通洞之，裁以當簻便易持。」李善注：簻，馬策也。竹瓜切。

鵝黄　傅注：鵝黄，酒色也。杜甫詩：「鵝兒黄似酒，對酒愛新鵝。」

又

傅粉郎君又粉奴，莫教施粉與施朱。自然冰玉照香酥。有客能爲神女賦，憑君送與雪兒書。夢魂東去覓桑榆。　傅注本卷十

【校】

毛本題作「有感」。

【箋】

傅粉　注見卷二蝶戀花「别酒勸君君一醉」闋。

施朱　注見卷二浣溪沙「學畫鴉兒正妙年」闋。

神女賦　傅注：楚宋玉嘗作神女賦。

雪兒書　傅注：韓定辭，不知何許人。爲鎮州王鎔書記，聘燕帥劉仁裕女，舍於賓館，命幕客馬郁延接。一日燕會，韓即席有詩贈郁曰：「崇霞臺上神仙客，學辨癡龍藝最多。盛德好將銀管述，麗詞堪與雪兒歌。」坐中諸賓靡不欽訝，稱爲妙句。他日郁從容問韓以雪兒之事，韓曰：「雪兒，孝密之愛姬（或云孝齊），能歌舞，每見賓僚文章有奇麗中意者，即付雪兒協音律以歌之。」見詩話總龜。

桑榆　唐玄宗題薛令之詩：「若嫌松柏寒，任逐桑榆暖。」

又　詠橘

菊暗荷枯一夜霜，新苞綠葉照林光。竹籬茅舍出青黃。　香霧噀人驚半破，清泉流齒怯初嘗。吳姬三日手猶香。　傅注本卷十

【箋】

新苞綠葉　沈約橘詩：「綠葉迎露滋，朱苞待霜潤。」

青黃　韋應物答鄭騎曹求青橘詩：「知君獨卧思新橘，始摘猶酸亦未黃。書後欲題三百顆，洞

庭須待滿林霜。」

香霧二句　傅注：鄭雲詩：「擘開金粉膩，嚼破玉漿寒。」

又

道字嬌訛語未成，未應春閣夢多情。朝來何事緑鬢傾。　綵索身輕長趁燕，紅窗睡重不聞鶯。困人天氣近清明。　傅注本卷十

【校】傅注本「語」作「苦」，「閣」誤「回」。　毛本題作「春情」。「語」作「苦」。

【箋】道字　李白詩（對酒）：「道字不正嬌唱歌。」

趁燕　傅注：戲鞦韆也。婦女體輕，高低往來如飛燕。

聞鶯　李益鶯詩（奉和武相公春曉聞鶯）：「蜀道山川意不平，緑窗殘夢曉聞鶯。分明似把文君恨，萬怨千愁絃上聲。」

【評】皺水軒詞筌：蘇子瞻有「銅琶鐵板」之譏，然其浣溪沙春閨曰：「綵索身輕常趁燕，紅窗睡重

不聞鶯。」如此風調，令十七八女郎歌之，豈在「曉風殘月」之下？

又

桃李溪邊駐畫輪，鷓鴣聲裏倒清尊。夕陽雖好近黄昏。　香在衣裳妝在臂，水連芳草月連雲。幾時歸去不銷魂。傅注本卷十

【校】

毛本題作「春情」。「時」作「人」。

【箋】

畫輪　魏武帝與楊彪書：今贈足下畫輪四望通幰七香車二乘。

鷓鴣　韋應物鷓鴣詩：「客思鄉愁動晚春，那堪路入鷓鴣群。管絃聲裏愁難聽，煙雨村中争合聞。」鄭谷詩席上貽歌者：「花月樓臺近九衢，笙歌一曲倒金壺。坐中亦有江南客，莫向春風唱鷓鴣。」

夕陽　李商隱詩（樂遊原）：「夕陽無限好，只是近黄昏。」

香在　傅注：傅奇：張生與崔氏諧遇，張生飄飄然，且疑神仙之徒，不爲從人間至矣。有頃，寺鐘鳴，紅娘促起，崔氏嬌啼宛轉，紅娘擁之而去。張生辨色而興，自疑於心曰：「豈其夢耶？」所

可明者，妝在臂，香在衣，淚光熒熒然，猶瑩於茵席而已。

銷魂　江淹別賦：「黯然銷魂者，惟別而已矣。」

又

四面垂楊十里荷，問云何處最花多？畫樓南畔夕陽過。　天氣乍涼人寂寞，光陰須得酒消磨。且來花裏聽笙歌。　傅注本卷十

【校】

傅注本「里」作「頃」，「云」作「言」，「過」作「和」。　毛本題作「荷花」。「過」作「和」。

【箋】

花多　韓愈奉酬盧給事雲夫四兄曲江荷花行見寄詩：「我今官閑得婆娑，問言何處芙蓉多？撐舟昆明渡雲錦，脚敲兩舷叫吳歌。」

消磨　鄭谷詩（梓潼歲暮）：「酒美消磨日。」

又　彭門送梁左藏

怪見眉間一點黃，詔書催發羽書忙。從教嬌淚洗紅妝。　上殿雲霄生羽翼，

論兵齒頰帶風霜。歸來衫袖有天香。　傅注本卷十

【校】

元本無題，從傅本。　傅本「風」作「冰」。　毛本題作「有贈」。「怪」作「惟」。

【箋】

眉黄　注見卷二滿江紅「清潁東流」闋。

詔書羽書　傅注：詔書，天子之召命也。羽書，兵檄，必插羽以示其急。　漢書高帝紀注：檄者以木簡爲書，長尺二寸，用徵召也。有急事則加以鳥羽插之，名曰羽書。

羽翼　唐太宗賜馬周飛白書：「鸞鳳冲霄，必假羽翼。」

風霜　先生詩（寄高令）：「論極冰霜生齒牙。」

天香　杜甫和賈至舍人早朝詩：「朝罷香煙攜滿袖，詩成珠玉待揮毫。」李郢詩（贈羽林將軍）：「雖没夜雲知御苑，馬隨仙仗識天香。」

又　送梅庭老赴上黨學官

門外東風雪灑裾，山頭回首望三吴。不應彈鋏爲無魚。　上黨從來天下脊，先生元是古之儒。時平不用魯連書。

【校】傳注本闕。　毛本題「上黨」作「潞州」。

【箋】

梅庭老　未詳。

三吳　指掌圖：以蘇、常、湖爲三吳。圖經：漢高祖得天下，分會稽爲吳郡，與吳興、丹陽爲三吳。

彈鋏　注見卷二滿庭芳「歸去來兮」闋。

上黨　漢書地理志：上黨郡，秦置，屬并州。有上黨關。史記張儀傳：儀説楚王曰：「秦主嚴以明，將智以武，雖無出甲，席卷常山之險，必折天下之脊。」索隱：常山於天下在北，有若人之背脊也。

魯連　史記魯仲連傳：燕將攻下聊城，聊城人或讒之燕，燕將懼誅，因保守聊城，不敢歸。齊田單攻聊城，歲餘，士卒多死而聊城不下。魯連乃爲書，約之矢以射城中，遺燕將。

又　端午

輕汗微微透碧紈，明朝端午浴芳蘭。流香漲膩滿晴川。　綵線輕纏紅玉臂，

小符斜挂緑雲鬟。佳人相見一千年。傅注本卷十一

【校】

傅注本略有殘闕。

【箋】

浴蘭　楚辭九歌：「浴蘭湯兮沐芳。」別詳卷一少年遊（玉肌鉛粉傲秋霜）注。

流香漲膩　傅注：杜牧阿房宫賦云：「明星熒熒，開妝鏡也。緑雲擾擾，梳曉鬟也。渭流漲膩，棄脂水也。煙斜霧横，焚椒蘭也。」又詩話：吴故宫有香水溪，俗云西施浴處，人呼爲脂粉塘，吴王宫人濯妝於此。溪上源至今猶香。古詩云：「安得香水泉，濯郎衣上塵。」

綵線　風俗通：五月五日，以五綵絲繫臂，名之曰長命縷也。

小符　抱朴子（内篇雜應）：或問辟五兵之道，答以五月五日，作赤靈符著心前。傅注：今世俗或爲之，多篸於髻鬟之上。

又

無可奈何新白髮，不如歸去舊青山。恨無人借買山錢。徐邈能中酒聖賢，劉伶席地幕青天。潘郎白璧爲誰連？傅注本卷十一

【校】

毛本題作「感舊」。

【箋】

徐邈　魏志徐邈傳：邈字景山，燕國薊人。魏國初建，爲尚書郎。時科禁酒，而邈私飲，至於沉醉。校事趙達問以曹事，邈曰：「中聖人。」達白之太祖，太祖甚怒。度遼將軍鮮于輔進曰：「平日醉客，謂酒清者爲聖人，濁者爲賢人。邈性修慎，偶醉言耳。」竟坐得免刑。文帝踐阼，歷官至中郎將，所在著稱。車駕幸許昌，問邈曰：「頗復中聖人不？」邈對曰：「昔子反斃於穀陽，御叔罰於飲酒。臣嗜同二子，不能自懲，時復中之。然宿瘤以醜見傳，而臣以醉見識。」帝大笑，顧左右曰：「名不虛立。」遷撫軍大將軍軍師。

劉伶　晉書劉伶傳：伶字伯倫，沛國人。嘗著酒德頌云：幕天席地，縱意所如。

潘郎　晉書夏侯湛傳：湛幼有盛才，文章宏富，善構新詞，而美容觀。與潘岳友善，每行止同輿接茵，京都謂之連璧。

買山　傳注：支遁字道林，晚年入會稽剡山沃洲小嶺，買山爲嘉遁之鄉。又世説：支公因人就深公買印山，深公曰：「未聞巢、由買山而隱。」

又

傾蓋相逢勝白頭，故山空復夢松楸。此心安處是菟裘。　賣劍買牛吾欲老，乞漿得酒更何求。願爲同社宴春秋。　傅注本卷十一

【校】傅注本「逢」作「看」，「吾」作「真」。元本「社」作「舍」，毛本同，從傅本。毛本題作「自適」，「吾」作「真」，「同」作「辭」。

【箋】

傾蓋　鄒陽獄中上梁王書：語有「白頭如新，傾蓋如故」，何則？知與不知也。

菟裘　注見卷二菩薩蠻「買田陽羨吾將老」闋。

賣劍買牛　漢書龔遂傳：遂爲渤海太守，民有帶持刀劍者，使賣劍買牛，賣刀買犢。曰：「何爲帶牛佩犢？」

乞漿得酒　傅注：陰陽書云：太歲在酉，乞漿得酒。

同社　韓愈詩（南溪始泛三首）：「願爲同社人，雞豚燕春秋。」

又

炙手無人傍屋頭，蕭蕭晚雨脱梧楸。誰憐季子敝貂裘。 顧我已無當世望，似君須向古人求。歲寒松柏肯驚秋。 傅注本卷十一

【校】

毛本題作「寓意和前韻」。

【箋】

炙手 白居易詩（放言五首）：「昨日屋頭堪炙手，今朝門外好張羅。」

敝貂裘 戰國策（秦策）：蘇秦説李兑，抵掌而談。李兑送蘇子明月之珠、和氏之璧、黑貂之裘、黄金百鎰。又：蘇秦始將連横説秦王，書十上而説不行，黑貂之裘敝，黄金百觔盡。杜甫暮秋將歸秦留别湖南幕中親友詩：「北歸衝雨雪，誰憫敝貂裘。」

當世望 傅注：晉周顗以雅望獲當世盛名。 案晉書周顗傳：王敦問導曰：「周顗、戴若思南北之望，當登三司，無所疑也。」導不答。傅注未知所本。

古人求 晉書王衍傳：衍字夷甫，幼而俊悟。武帝聞其名，問王戎曰：「夷甫當世誰比？」戎曰：「未見其比，當從古人中求耳。」

歲寒　論語(子罕)：歲寒然後知松柏之後凋也。

又

畫隼横江喜再遊，老魚跳檻識清謳。流年未肯付東流。黄菊籬邊無悵望，白雲鄉裏有温柔。挽回霜鬢莫教休。　傅注本卷十一

【校】

毛本題作「即事」。

【箋】

畫隼　傅注：畫隼，蓋畫鳥隼之旗也。周官司常：九旗名物，曰鳥隼爲旟。又曰州里建旟。則今之爲州者，建隼旟宜矣。柳耆卿上杭守詞云「隼旟前後」，蓋用此事。

老魚　韓詩外傳：昔伯牙鼓琴，而淵魚出聽。

黄菊　續晉陽秋：陶潛九日無酒，乃於宅籬邊菊叢中，摘菊盈把而坐。悵望久之，見白衣人至，乃太守王弘送酒使也。即便就酌，醉而後歸。

白雲鄉　注見卷二南鄉子「千騎試春遊」闋。

又

入袂輕風不破塵，玉簪犀璧醉佳辰。一番紅粉爲誰新？　團扇不堪題往事，柳絲那解繫行人。酒闌滋味似殘春。　傅注本卷十一

【校】

傅注本題作「端午」，毛本同，從元本。　傅本「風」作「飄」，元本同，從毛本。　元本「柳」作「新」，毛本同，從傅本。　毛本「不堪」作「只堪」。

【箋】

玉簪犀璧　西京雜記：武帝過李夫人，就取玉簪搔頭，自此宫人搔頭皆用玉，玉價倍貴焉。先生得辯才歙硯歌（偶於龍井辯才處得歙硯甚奇作小詩）：「羅細無紋角浪平，半丸犀璧浦雲泓。」

團扇　王獻之桃葉團扇歌：「七寶畫團扇，燦爛明月光。爲郎卻暄暑，相憶莫相忘。」

柳絲　傅注：昔人贈别必折柳者，以取絲條留繫之意。魏野柳詩：「映渡臨橋繞客亭，絲絲能繫别離情。」羅隱柳詩：「自家飛絮猶無定，争把長條繫得人。」

又

風捲珠簾自上鉤，蕭蕭亂葉報新秋。獨攜纖手上高樓。　缺月向人舒窈窕，三星當户照綢繆。香生霧縠見纖柔。

【校】

傅注本闕。　毛本題作「新秋」。

【箋】

缺月　詩陳風（月出）：「月出皎兮，佼人僚兮。舒窈糾兮，勞心悄兮。」毛傳：窕糾，舒之姿也。

三星　詩唐風（綢繆）：「綢繆束楚，三星在户。今夕何夕，見此粲者。」毛傳：綢繆，猶纏綿也。三星，一參也。鄭箋：三星在户，謂五月之末，六月之中。

霧縠　漢書禮樂志：被華文，廁霧縠，曳阿錫，佩珠玉。注：廁，雜也。霧縠，言輕細若雲霧也。

又

玄真子漁父詞極清麗，恨其曲度不傳，故加數語，令以浣溪沙歌之。

西塞山邊白鷺飛，散花洲外片帆微。桃花流水鱖魚肥。　自庇一身青篛笠，相隨到處緑蓑衣。斜風細雨不須歸。　傅注本卷十

【校】

元本無題，從傅本。　毛本題作「玄真子漁父云，西塞山邊白鳥飛，桃花流水鱖魚肥。青蒻笠，緑蓑衣，斜風細雨不須歸。此語妙絶，恨莫能歌者，故增數語，令以浣溪沙歌之」。注云：「或刻黄山谷。」

【箋】

玄真子　唐書張志和傳：志和居江湖，自稱煙波釣叟。著玄真子，亦以自號。

西塞二句　傅注：舊注云，西塞山、散花洲皆在豫章。按西塞山乃唐張志和漁父詞首句，若散花洲，乃在伍洲之下。公集中有與王齊萬詩，且云寓居武昌劉郎洑，正與伍洲相對。齊萬蜀人，公嘗往來其家，嘗爲王氏作門符對云：「湖外秋風聚螢苑，門前春浪散花洲。」謂此也。

桃花流水　傅注：漢溝洫志：杜欽云：來春桃花水盛，必羨溢。注云：月令：仲春之月，始

雨水，桃始華。蓋桃方華時，既有雨水，川谷冰泮，衆流猥集，波瀾盛長，故謂之桃花水。見卷二好事近（紅粉莫悲啼）注。

斜風細雨　傅注：唐開元間，隱者張志和爲顔魯公門下詩酒客，魯公爲豫章太守。一日宴集，坐客皆作漁父詞，志和詞曰：「西塞山邊白鷺飛，桃花流水鱖魚肥。青箬笠，緑蓑衣，斜風細雨不須歸。」

【附録】

黄庭堅山谷琴趣外篇浣溪沙云：「新婦灘頭眉黛愁，女兒浦口眼波秋。驚魚錯認月沉鉤。　青箬笠前無限事，緑蓑衣底一時休。斜風吹雨轉船頭。」又鷓鴣天序云：表弟李如篪云，玄真子漁父語，以鷓鴣天歌之，極入律，但少數句耳。因以玄真子遺事足之。憲宗時畫玄真子像，訪之江湖，不可得，因令集其歌詩上之。玄真之兄松齡懼玄真放浪而不返也，和答其漁父云：「樂在風波釣是閑，草堂松桂已勝攀。太湖水，洞庭山，狂風浪起且須還。」此余續成之意也。其詞云：「西塞山邊白鷺飛，桃花流水鱖魚肥。朝廷尚覓玄真子，何處如今更有詩。　青箬笠，緑蓑衣，斜風細雨不須歸。人間底是無波處，一日風波十二時。」

向子諲酒邊詞浣溪沙序：漁父詞，張志和之兄松齡所作也，有招玄真子歸隱之意。居士爲姑蘇郡守，浩然有歸志，因廣其聲爲浣溪沙，示姑蘇諸友。其詞云：「樂在煙波釣是閑，草堂松桂已勝攀。梢梢新月幾回彎。　一碧太湖三萬頃，屹然相對洞庭山。狂風浪起且須還。」

又 方響

花滿銀塘水漫流，犀槌玉板奏涼州。順風環佩過秦樓。　遠漢碧雲輕漠漠，今宵人在鵲橋頭。一聲敲徹絳河秋。

【校】

傅注本、元本俱無。

【箋】

方響　唐書禮樂志：木有拍板方響，以體金應石，而備八音。明皇雜録：胡部無方響，以直板聲不應諸調。惟太宗内庫片鐵方響，應二十八調。樂府雜録：樂吏廉郊嘗宿平泉，攜琵琶池上彈蕤賓調。忽聞一物鏗然，躍出池岸之上，視乃方響一片。蓋蕤賓鐵，以指撥精妙，律吕相應也。

犀槌　杜陽雜（俎）〔編〕：有宮人沈阿翹，爲上舞河滿子，調聲風態，率皆宛暢。曲罷，上問其所從來，曰：「妾本吴元濟妓女。」俄遂進白玉方響，云本吴元濟所與也，光明皎潔，可照十數步。言其犀槌即響犀也，凡物有聲，乃響應其中焉。

涼州　碧雞漫志引開元傳信記：西涼州獻此曲，寧王憲曰：「音始于宮，散于商，成于角徵羽。斯曲也，宮離而不屬，商亂而加暴，君卑逼下，臣僭犯上，臣恐一日有播遷之禍。」及安史之

亂，世頗思憲審音。張祜詩：「春風南內百花時，道調涼州急遍吹。揭手便拈金椀舞，上皇驚笑悖拏兒。」餘詳本卷浣溪沙（霜鬢真堪插拒霜）注。

秦樓　李白憶秦娥詞：「簫聲咽，秦娥夢斷秦樓月。」

鵲橋　白帖：烏鵲填河成橋而渡織女。宋之問明河篇：「鴛鴦機上疏螢度，烏鵲橋邊一雁來。」

絳河　武帝內傳：上元夫人遣一侍女〔答〕問云：「上問起居，遠隔絳河，擾以官事，遂替顏色。」拾遺記：絳河去日南十萬里，波如絳色。

又

幾共查梨到雪霜，一經題品便生光。木奴何處避雌黃。　北客有來初未識，南金無價喜新嘗。含滋嚼句齒牙香。

【校】

傳注本、元本俱無。

【箋】

查梨　莊子（天運）：三王五帝之禮義法度不同，譬其猶樝梨橘柚耶，其味相反，而皆可于口。

櫨亦作查。

木奴　襄陽耆舊傳：李衡作宅于武陵龍陽氾洲上，種橘千株，勑其子曰：「吾有千頭木奴，不責汝衣食。歲上一匹絹，可以不貧矣。」本草：柑一名木奴。柳宗元柳州城西北隅種柑樹詩：「方同楚客憐皇樹，不學荆州利木奴。」

雌黃　晉陽秋：王衍能言，於意有不安者輒更易之，時號「口中雌黃」。

南金　詩魯頌泮水：「大賂南金。」毛傳：南謂荆、揚也。

又

山色横侵蘸暈霞，湘川風静吐寒花。遠林屋散尚啼鴉。　夢到故園多少路，酒醒南望隔天涯。月明千里照平沙。

【校】傳注本、元本俱無。

又

晚菊花前斂翠蛾，挼花傳酒緩聲歌。柳枝團扇别離多。　擁髻凄凉論舊事，

曾隨織女度銀梭。當年今夕奈愁何。

【校】

傅注本、元本俱無。毛本題作「重陽」。

【箋】

挼花　馮延巳謁金門詞：「閑引鴛鴦香徑裏，手挼紅杏蕊。」

緩聲歌　杜甫詩：「緑楊垂手舞，啼鳥緩聲歌。」（按：此二句不見杜集。查苕溪漁隱叢話卷二十五引洪駒甫詩話，云是宋人丁謂詩句。）古樂府有小垂手舞、大垂手舞、前緩聲歌、後緩聲歌。

柳枝團扇　樂府詩集：楊柳枝，漢鐃歌鼓吹曲。本作折楊柳，至隋時始爲宮詞。張祜詩（折楊柳枝二首）：「莫折宮中楊柳枝，當時曾向笛中吹」是也。團扇，注見本卷賀新郎「乳燕飛華屋」闋。

擁髻　拾遺記：伶玄買妾樊通德，談道趙飛燕姊妹事，以手擁髻，淒然泣下。

織女梭　鮑照詩（代堂上歌行）：「暉暉朱顏酡，紛紛織女梭。」

又

風壓輕雲貼水飛，乍晴池館燕争泥。沈郎多病不勝衣。　沙上不聞鴻雁信，

竹間時有鷓鴣啼。此情惟有落花知。傅注本卷十

【校】

元本、毛本俱無此闋。世共傳爲南唐中主詞，或爲傅氏誤收，録以備考。

南歌子

日薄花房綻，風和麥浪輕。夜來微雨洗郊坰，正是一年春好近清明。已改煎茶火，猶調入粥餳。使君高會有餘清，此樂無聲無味最難名。傅注本卷五

【校】

毛本題作「晚春」。

【箋】

花房　韓愈感春詩：「辛夷花房忽全開，將衰正盛頻頻來。」

麥浪　柳宗元詩（聞黄鸝）：「麥芒漲天摇青波。」

改火　傅注：荆楚歲時記曰：寒食風俗，以介子推之故則禁火。按周官司烜氏：仲春以木鐸修火禁於國中。注云：爲季春將出火也。然則今寒食禁火爲近季春之時，蓋斷故火而改新火。

魏野詩曰：「殷勤旋乞新鑽火，爲我親煎岳麓茶。」別詳卷二臨江仙（一別都門三改火）注。

調錫　玉燭寶典：今人以寒食悉爲大麥粥，研杏仁爲酪，煑錫以沃之。

此樂　李白贈褚司馬詩：「此堂千萬壽，侍奉有光輝。人間無此樂，此樂世中稀。」

又

師唱誰家曲，宗風嗣阿誰？借君拍板與門槌，我也逢場作戲莫相疑。　溪女方偷眼，山僧莫皺眉。卻愁彌勒下生遲，不見老婆三五少年時。　傅注本卷五

【校】

傅注本題作「冷齋夜話：東坡鎮錢塘，無日不在西湖。嘗攜妓謁大通禪師，大通慍形于色，東坡作長短句，令妓歌之」。元本、毛本同，「慍」下無「形」字。　毛本「皺」作「眨」。　冷齋夜話「莫相」作「不須」，「愁」作「嫌」，「老婆」作「阿婆」。

【朱注】

詩集查注：杭州净慈寺善本禪師，賜號大通禪師。　冷齋夜話：仲殊和詞曰：「解舞清平樂，如今説向誰？紅爐片雪上鉗鎚，打就金毛獅子也堪疑。　木女明開眼，泥人暗皺眉。　蟠桃已是著花遲，不向東風一笑待何時。」

【箋】

師唱二句　傳燈録：關南道吾和尚，因見巫師樂神，打鼓作舞，云：「還識神也。」師于此大悟。後往德山，申其悟旨。德山乃印可。師往後每至升座時，著緋衣，執木簡作禮。僧問：「師唱誰家曲，宗風嗣阿誰？」師云：「打動關南鼓，唱起德山歌。」問：「如何是和尚家風？」師云：「禪牀作女人。」拜云：「謝子遠來，無可相待。」

拍板門槌　傳注：梁武帝請志公和尚講經，志公對曰：「自有大士，見在漁行，善能講唱。」帝乃召大士入内，問曰：「用何高座？」大士對曰：「不用高座，只用拍板一具。」大士得板，遂乃唱經，并四十九頌，唱畢而去。大士乃傅大士也。又武帝嘗一夕焚章而召諸法師齋，人莫有知之者。大士詰朝即手持一鐵槌，徑往以叩梁之端門，而先赴召。時若婁約法師者猶或後至，若雲先法師等，終不知所召矣。

逢場作戲　傳燈録：僧鄧隱峰云：「竿木隨身，逢場作戲。」

彌勒下生　傳注：釋氏有當來下生彌勒佛，言百千萬億劫後，閻浮世界復散爲虚空，則彌勒佛乃當下生時也。

老婆三五　傳注：摭言集：唐薛逢嘗策羸以赴朝，值新進士榜下綴行，導曰：「迴避新郎君。」逢囅然，即遣一介語之曰：「報道莫貧相，阿婆三五少年時，也曾東塗西抹來。」又黃魯直文集載僧偈亦云。

又

紫陌尋春去，紅塵拂面來。無人不道看花回，惟見石榴新蕊一枝開。　冰簟堆雲髻，金尊灩玉醅。緑陰青子莫相催，留取紅巾千點照池臺。　傅注本卷五

【校】

毛本題作「暮春」。

【箋】

紫陌三句　注見卷一阮郎歸「一年三度過蘇臺」闋。

石榴新蕊　傅注：唐明皇幸蜀，至扶風，路旁見一石榴樹團團，愛玩之，因呼爲「端正樹」，蓋有所思也。

冰簟　李商隱詩（可歎）：「冰簟且眠金鏤枕，瓊筵不醉玉交盃。」

玉醅　酒名記：金波磁州風麯，法酒深州玉醅。

紅巾　注見本卷賀新郎「乳燕飛華屋」闋。

又

笑怕薔薇罥，行憂寶瑟僵。美人依約在西廂，祇恐暗中迷路認餘香。午夜風翻幔，三更月到牀。簟紋如水玉肌涼，何物與儂歸去有殘妝。傅注本卷五

【校】

傅注本「罥」誤作「骨」。毛本題作「有感」。

【箋】

薔薇罥　傅注：酉陽雜俎云：江南地本無棘，或固牆隙，但植薔薇枝而已。白樂天薔薇詩：「留妓罥羅裳。」薔薇罥乃隋煬帝宮中事，備見南部煙花記。容齋續筆：紹興初，有傅洪秀才注坡詞，鏤板錢塘。至於「不知天上宮闕，今夕是何年」，不能引「共道人間惆悵事，不知今夕是何年」之句；「笑怕薔薇罥」，「學畫鴉黄未就」，不能引南部煙花録。如此甚多。段克己遊青陽峽詩：「葛屨偏宜苔徑滑，行襟時被薔薇罥。」

寶瑟僵　漢書金日磾傳：莽何羅謀爲逆，褏白刃從東箱上，見日磾，色變，走趨卧内，欲入，行觸寶瑟，僵。日磾得抱何羅，因傳曰：「莽何羅反！」上驚起，左右拔刃欲格之。上恐并中日磾，止勿格。日磾捽胡投何羅殿下，得禽縛之。窮治，皆伏辜。

西廂　注見本卷雨中花慢「邃院重簾何處」闋。

殘妝　注見本卷浣溪沙「桃李溪邊駐畫輪」闋。

又

寸恨誰云短，綿綿豈易裁。半年眉緑未曾開，明月好風閑處是人猜。　春雨消殘凍，温風到冷灰。尊前一曲爲誰回，留取曲中一拍待君來。　傅注本卷五

【校】傅注本「誰回」誤作「誰開」。　元本「一曲」作「舞雪」。　毛本題作「感舊」。「回」作「哉」。

【箋】温風　禮記月令：温風始至。

又　楚守周豫出舞鬟

紺綰雙蟠髻，雲攲小偃巾。輕盈紅臉小腰身，疊鼓忽催花拍鬬精神。　空闊輕紅歇，風和約柳春。蓬山才調更清新，勝似纏頭千錦共藏珍。　傅注本卷五

【校】

傅注本無題。　毛本題「舞鬟」下有「因作二首贈之」六字。

【箋】

周豫　未詳。

紺綰　廣韻：紺，古暗切，音贑。説文：帛深青揚赤色。廣韻：綰，烏患切，音畹，鉤繫也。

疊鼓花拍　傅注：今樂府大鼓則有疊奏之聲，曲拍則有花十八花九之數，蓋舞曲至于疊鼓花拍之際，其妙在此，故曰鬬精神。謝朓鼓吹曲：「凝笳翼高蓋，疊鼓送華輈。」碧雞漫志：六么前後十八拍，又四花拍，共二十二拍。樂家者流所謂花拍，蓋非正也。

蓬山　傅注：漢之圖書，悉聚東觀，是時文學之士稱東觀爲老氏藏道來蓬萊山。蓋蓬萊海中神山，而仙府幽徑，秘録皆在焉。李商隱詩（賈生）：「劉郎已恨蓬山遠，更隔蓬山一萬重。」

纏頭　杜甫詩（即事）：「笑時花近眼，舞罷錦纏頭。」

又

琥珀裝腰佩，龍香入領巾。只應飛燕是前身，共看剥葱纖手舞凝神。　柳絮風前轉，梅花雪裏春。鴛鴦翡翠兩争新，但得周郎一顧勝珠珍。　同前

【校】

毛本題作「同前」。

【箋】

琥珀腰佩　博物志：松脂淪入地，千年化爲茯苓，茯苓千歲化爲虎魄。虎魄同琥珀。傅注：漢武内傳：上元夫人帶六山火五兵佩。搜神記：元康中，婦人飾五兵佩。蓋古者婦人未始不佩也。此言琥珀，則以琥珀裝飾之耳。

龍香領巾　注見卷二西江月「公子眼花亂發」闋。

飛燕　傅注：飛燕，漢成帝趙后也。體輕，能爲掌上之舞。漢書外戚傳：孝成趙皇后，本長安宫人。及壯，屬陽阿主家，學歌舞，號曰飛燕。

剥葱　白居易詩（箏）：「雙眸翦秋水，十指剥春葱。」

柳絮梅花　傅注：柳絮梅花，言舞態輕飛若此。

周郎　三國吴志周瑜傳：瑜字公瑾，少精意于音樂，雖三爵之後，其有缺誤，瑜必知之，知之必顧。人曰：「曲有誤，周郎顧。」

又

雲鬟裁新緑，霞衣曳曉紅。待歌凝立翠筵中，一朵彩雲何事下巫峰。　趁拍

鸞飛鏡，回身燕漾空。莫翻紅袖過簾櫳，怕被楊花勾引嫁東風。

【校】

傳注本、元本俱無。毛本題作「舞妓」。

【箋】

霞衣　杜陽雜編：元和五年，給事張惟則自新羅使回，云于海上泊舟洲島間，忽聞雞犬鳴吠，似有煙火，遂乘月閑步。約及一二里，則見花木臺殿，金户銀闕，其中有數公子，戴章甫冠，著紫霞衣，吟嘯自若。惟則知其異，遂請謁見。公子曰：「汝何所從來？」惟則具言其故。公子曰：「唐皇帝乃我友也。」惟則達京師，具以事進，上曰：「朕前生豈非仙人乎？」

彩雲　李白詩（宫中行樂詞八首）：「只愁歌舞散，化作彩雲飛。」

巫峰　天中記：巫山十二峰，曰望霞、翠屏、朝雲、松巒、集仙、聚鶴、浄壇、上昇、起雲、飛鳳、登龍、聖泉。李端詩（巫山高）：「巫山十二峰，皆在碧虚中。」

鸞鏡　異苑：罽賓王一鸞，三年不鳴。夫人曰：「聞見影則鳴。」懸鏡照之，鸞覩影悲鳴，中宵一奮而絶。

又

見説東園好，能消北客愁。雖非吾土且登樓，行盡江南南岸此淹留。　短日

明楓纈，清霜暗菊毬。流年回首付東流，憑仗挽回潘鬢莫教秋。

【校】

傅注本、元本俱無。

【箋】

登樓　王粲登樓賦：「雖信美而非吾土兮，曾何足以少留。」杜甫長沙送李十一詩：「竟非吾土倦登樓。」

潘鬢　潘岳秋興賦序：余春秋三十有二，始見二毛。趙嘏春遊慈恩寺詩：「秦城馬上少年客，潘鬢水邊今日愁。」

江城子

銀濤無際捲蓬瀛。落霞明，暮雲平。曾見青鸞，紫鳳下層城。二十五絃彈不盡，空感慨，惜離情。　蒼梧煙水斷歸程。捲霓旌，爲誰迎？空有千行，流淚寄幽貞。舞罷魚龍雲海晚，千古恨，入江聲。

【校】

傅注本、元本俱無。案是闋又見石林詞，題作「湘靈鼓瑟」。西清詩話謂江城子「銀濤」云云，

乃葉少蘊所作，見苕溪漁隱叢話。

【箋】

蓬瀛　拾遺記：昆臺之山有垂白之叟，宛若少童，貌若冰雪，膚實腸輕，歷蓬瀛而超碧海。

青鸞紫鳳　李商隱詩（相思）：「相思樹上合歡枝，紫鳳青鸞并羽儀。」

二十五絃　漢書郊祀志：泰帝使素女鼓五十絃瑟，悲，帝禁不止，故破其瑟爲二十五絃。錢起歸雁詩：「二十五絃彈夜月，不勝清怨卻飛來。」

蒼梧　史記五帝紀：舜南巡，崩于蒼梧之野。錢起湘靈鼓瑟詩：「蒼梧來怨慕，白芷動芳馨。」

霓旌　上林賦：「拖霓旌，靡雲旗。」注：折羽毛，染以五采，綴以縷爲旌，有似虹蜺之氣也。一作「霓」。

幽貞　注見卷二卜算子「缺月挂疏桐」闋。

魚龍　漢書西域傳贊：作曼衍魚龍角觝之戲，以觀視之。注：魚龍者，爲舍利獸，先戲於庭。及畢，乃入殿前激水，化成比目魚，跳躍嗽水作霧障日，化成黄龍八丈，遨戲於庭，炫曜日光。杜甫秋興詩：「魚龍寂寞秋江冷，故國平居有所思。」案此所謂「舞罷魚龍」，猶赤壁賦云「舞幽壑之潛蛟」也。

又

墨雲拖雨過西樓。水東流，晚煙收。柳外殘陽，回照動簾鉤。今夜巫山真個好，花未落，酒新篘。　美人微笑轉星眸。月華羞，捧金甌。歌扇縈風，吹散一春愁。試問江南諸伴侣，誰似我，醉揚州。

【校】

傅注本、元本俱無。　毛本「篘」作「芻」。

【箋】

簾鉤　杜甫詩（落日）：「落日在簾鉤，溪邊春事幽。」

巫山　李白清平調：「一枝穠豔露凝香，雲雨巫山枉斷腸。」

新篘　正韻：篘，楚蒐切，音搊。酒籠漉取酒也。

星眸　崔生詩：「誤到蓬萊頂上遊，明璫玉女動星眸。」

又

膩紅匀臉襯檀唇。晚妝新，暗傷春。手撚花枝，誰會兩眉顰。連理帶頭雙□□，

留待與，個中人。　淡煙籠月繡簾陰。　畫堂深，夜沉沉。　誰道□□□繫得人心。一自緑窗偷見後，便憔悴，到如今。

【校】

傅注本、元本俱無。

【箋】

膩紅　韓偓落花詩：「皺白離情高處切，膩紅愁態静中深。」

檀脣　李後主詞（一斛珠）：「沉檀輕注些兒個。向人微露丁香顆。一曲清歌，暫引櫻桃破。」

連理　白居易長恨歌：「在天願作比翼鳥，在地願爲連理枝。」

蝶戀花

花褪殘紅青杏小。燕子飛時，緑水人家繞。枝上柳綿吹又少，天涯何處無芳草。　牆裏鞦韆牆外道。牆外行人，牆裏佳人笑。笑漸不聞聲漸悄，多情卻被無情惱。

【校】

傅注本闕。　毛本題作「春景」。「子」作「小」。

【評】王士禛花草蒙拾曰：「枝上柳綿」，恐屯田緣情綺靡，未必能過。孰謂坡但解作「大江東去」耶？髯直是超倫絶羣。

【附録】冷齋夜話：東坡蝶戀花詞云云。東坡渡海，惟朝雲王氏隨行，日誦「枝上柳綿」二句，爲之流淚。病極，猶不釋口。東坡作西江月悼之。

林下詞談：子瞻在惠州，與朝雲閑坐，時青女初至，落木蕭蕭，悽然有悲秋之意，命朝雲把大白，唱「花褪殘紅」。朝雲歌喉將囀，淚滿衣襟。子瞻詰其故，答曰：「奴所不能歌，是『枝上柳綿吹又少，天涯何處無芳草』也。」子瞻翻然大笑曰：「是吾政悲秋，而汝又傷春矣。」遂罷。朝雲不久抱疾而亡，子瞻終身不復聽此詞。

又 代人贈別

一顆櫻桃樊素口。不要黄金，衹要人長久。學畫鴉兒猶未就，眉間已作傷春皺。

撲蝶西園隨伴走。花落花開，漸解相思瘦。破鏡重來人在否，章臺折盡青青柳。

【校】

傅注本闕。　毛本題作「佳人」。二「要」字俱作「愛」，「間」作「尖」，「來」作「圓」。

【箋】

櫻桃　注見卷二青玉案「三年枕上吴中路」闋。

學畫鴉兒　注見卷二浣溪沙「學畫鴉兒正妙年」闋。

破鏡　注見卷一訴衷情「錢塘風景古今奇」闋。

章臺柳　全唐詩話：韓翃有寵姬柳氏，從辟淄青置之都下。數歲，寄詩曰：「章臺柳，章臺柳，昔日青青今在否。縱使長條似舊垂，也應攀折他人手。」柳答曰：「楊柳枝，芳菲節，可恨年年贈離別。一葉隨風忽報秋，縱使君來豈堪折。」

又

春事闌珊芳草歇。客裏風光，又過清明節。小院黄昏人憶別，落紅處處聞啼鴂。

咫尺江山分楚越。目斷魂銷，應是音塵絶。夢破五更心欲折，角聲吹落梅花月。

【校】

傳注本、元本俱無。　毛本題作「離别」。

【箋】

芳草歇　香海棠館詞話：東坡詞「春事闌珊芳草歇」，升庵詞品引唐劉瑤詩「瑤草歇芳心耿耿」，傳奇女郎玉貞詩「燕折鶯離芳草歇」，謂是坡詞出處。不知謝靈運有「芳草亦未歇」句也。

啼鴂　離騷：「恐鶗鴂之先鳴兮，使夫衆草爲之不芳。」漢書揚雄傳注：鷤鴂鳥一名買鵤，一名子規，一名杜鵑。常以立夏鳴，鳴則衆芳皆歇。鷤鴂同鶗鴂。

楚越　陳子昂詩（合州津口别舍弟至東陽峽步趁不及眷然有憶作以示之）：「同衾成楚越，别島類胡秦。」

音塵絶　李白憶秦娥詞：「樂遊原上清秋節，咸陽古道音塵絶。」

落梅　注見本卷漁家傲「臨水縱横回晚鞚」闋。

【評】

花草蒙拾：「春事闌珊芳草歇」一首，凡六十字，字字驚心動魄。「秪爲一聲河滿子，下泉須弔孟才人」，恐無此魂消也。

又

同安君生日放魚，取金光明經救魚事。

泛泛東風初破五。江柳微黄，萬萬千千縷。佳氣鬱葱來繡户，當年江上生奇女。

一琖壽觴誰與舉。三個明珠，膝上王文度。放盡窮鱗看圉圉，天公爲下曼陀雨。

【校】

傅注本、元本俱無。

【朱注】

本集金光明經跋云：同安郡君王氏諱閏之，字季章。又祭文云：致奠於亡妻同安郡君王氏二十七娘之靈。嗚呼！昔通義君，没不待年，嗣爲兄弟，莫如君賢。王文誥曰：君生於慶曆八年戊子，乃通義君堂妹也。

【箋】

金光明經　隋書經籍志：天竺沙門曇摩羅讖又譯金光明等經。金光明經：爾時流水長者子至大王所，作如是言：「我爲大王國土人民，治種種病。漸漸遊行，至彼空澤，見有一池，其水枯

涸，有十千魚爲日所曝，今日困厄，將死不久。惟願大王借二十大象，令得負水，濟彼魚命，如我與諸病人壽命。」又：時長者子復作是念：是魚何緣隨我而行，是魚必爲飢火所惱，復欲從我求索飲食。我今當與。又：我今當入池水之中，爲是諸魚說深妙法。

鬱蔥　後漢書光武帝紀：望氣者至南陽，曰：「氣佳哉，鬱鬱蔥蔥。」

明珠　北齊書陸卬傳：少善屬文，甚爲河間邢邵所賞。邵又與卬父子彰交遊，嘗謂子彰曰：「吾以卿老蚌，遂出明珠。」

王文度　注見卷二虞美人「歸心正似三春草」闋。

圉圉　孟子（萬章上）：始舍之，圉圉焉，少則洋洋焉，悠然而逝。

曼陀　翻譯名義集：曼陀羅，此云適意，又云白華。金光明經：時長者子在樓屋上露卧眠睡，是大千天子以十千真珠、天妙瓔珞置其頭邊，復以十千置其足邊，復以十千置右脇邊，復以十千置左脇邊，雨曼陀羅華、摩訶曼陀羅華，積至于膝，作種種天樂，出妙音聲。閻浮提中有睡眠者，皆悉覺寤。

又

記得畫屏初會遇。好夢驚回，望斷高唐路。燕子雙飛來又去，紗窗幾度春光

暮。　那日繡簾相見處。低眼佯行，笑整香雲縷。斂盡春山羞不語，人前深意難輕訴。

【校】傳注本、元本俱無。

【箋】高唐　注見卷一祝英臺近「挂輕帆」闋。

香雲春山　香雲喻髮，春山喻眉也。詩（鄘風君子偕老）：「鬒髮如雲，不屑髢也。」西京雜記：文君姣好，眉色如望遠山，臉際常若芙蓉。爲人放誕風流，故悦長卿之才而越禮焉。

又

昨夜秋風來萬里。月上屏幃，冷透人衣袂。有客抱衾愁不寐，那堪玉漏長如歲。　羈舍留連歸計未。夢斷魂消，一枕相思淚。衣帶漸寬無別意，新書報我添憔悴。

【校】傳注本、元本俱無。

【箋】

抱衾　詩召南小星：「抱衾與裯，寔命不猶。」

相思淚　常建詩（嶺猿）：「相思嶺上相思淚，不到三聲合斷腸。」

衣帶寬　梁簡文帝當壚曲：「欲知心恨急，翻令衣帶寬。」

又

玉枕冰寒消暑氣。碧簟紗廚，向午朦朧睡。鶯舌惺忪如會意，無端畫扇驚飛起。

雨後初涼生水際。人面桃花，的的遥相似。眼看紅芳猶抱蕊，叢中已結新蓮子。

【校】

傅注本、元本俱無。

【箋】

惺忪　惺忪，動摇不定也。

人面桃花　本事詩（情感）：「去年今日此門中，人面桃花相映紅。人面不知何處去，桃花依舊笑春風。」

又

雨霰疏疏經潑火。巷陌鞦韆，猶未清明過。杏子梢頭香蕾破，淡紅褪白胭脂涴。　苦被多情相折挫。病緒厭厭，渾似年時個。繞遍迴廊還獨坐，月籠雲暗重門鎖。

【校】傅注本、元本俱無。

【箋】雨霰　注見卷一蝶戀花「簾外東風交雨霰」闋。

又

蝶懶鶯慵春過半。花落狂風，小院殘紅滿。午醉未醒紅日晚，黄昏簾幕無人捲。　雲鬟鬅鬆眉黛淺。總是愁媒，欲訴誰消遣。未信此情難繫絆，楊花猶有東風管。

【校】傅注本、元本俱無。

【箋】鬅鬆　廣韻：鬅鬆，髮亂貌。

減字木蘭花

雲鬟傾倒，醉倚闌干風月好。憑仗相扶，誤入仙家碧玉壺。連天衰草，下走湖南西去道。一舸姑蘇，便逐鴟夷去得無。傅注本卷九

【校】毛本題作「寓意」。「下」作「不」。

【箋】碧玉壺　注見本卷水龍吟「小溝東接長江」闋。

連天衰草　胡曾詩（黄金臺）：「黄金臺上草連天。」

下走　傅注：走音奏。漢文帝曰「北走邯鄲道」是也。

一舸姑蘇　注見卷一菩薩蠻「玉童西迓浮丘伯」闋。

又 西湖食荔支

閩溪珍獻，過海雲帆來似箭。玉坐金盤，不貢奇葩四百年。　輕紅釀白，雅稱佳人纖手擘。骨細肌香，恰是當年十八娘。　傅注本卷九

【校】

傅注本「荔支」作「荔子」，「坐」作「座」，「恰是」作「恰似」。　毛本「釀」作「釀」。

【朱注】

本集次韻曾仲錫承議食蜜漬生荔支詩：「攀條與立新名字，兒女稱呼恐不經。」自注：「俗有十八娘荔芰。」

【箋】

荔支　蔡襄荔枝譜：荔枝之于天下也，惟閩粵、南粵、巴蜀有之。漢初，南粵王尉佗以之備方物，于是始通中國。司馬相如賦上林云「荅遝離支」，蓋夸言之，無有是也。東京交趾七郡，貢生荔枝，十里一置，五里一堠，晝夜奔騰，有毒蛇猛獸之害。臨武長唐羌上書言狀，和帝詔大官省之。魏文帝有西域蒲萄之比，世譏其謬論，豈當時南北斷隔，所擬出于傳聞耶？唐天寶中，妃子尤愛嗜，涪州歲命驛致，時之詞人多所稱詠，張九齡賦之以託意。白居易刺忠州，既形于詩，又圖而叙

之，雖髣髴顔色，而甘滋之勝莫能著也。洛陽取于嶺南，長安來于巴蜀，雖曰鮮獻，而傳致之速，腐爛之餘，色香味之存者亡幾矣。是生荔枝中國未始見之也。九齡、居易雖見新實，驗今之廣南州郡，夔、梓之間所出，大率早熟，肌肉薄而味甘酸，其精好者僅比東閩之下等耳。是二人者，亦未始遇夫真荔枝也。閩中惟四郡有之，福州最多，而興化軍最爲奇特，漳、泉時亦知名。列品雖高而寂寥無紀，將尤異之物，昔所未有乎？蓋亦有之而未始遇乎人也。餘詳本卷南鄉子（天與化工知）注。

雲帆　傅注：荔枝經日則色香味俱變。必由海道以進者，欲速致也。李白詩（行路難）：「長風破浪會有時，欲挂雲帆濟滄海。」

玉坐金盤　杜甫詩（解悶）：「京中舊見君顔色，紅顆酸甜只自知。」又：「先帝貴妃今寂寞，荔枝還復入長安。炎方每續朱櫻獻，玉座應悲白露溥。」

不貢　隋煬帝海山記：大業中，閩地貢五種荔枝。

輕紅釃白　傅注：殼輕紅而肉釃白也。荔枝譜：今列陳紫之所長，以例衆品。其樹晚熟，其實廣上而圓下，大可徑寸有五分。香氣清遠，色澤鮮紫。殼薄而平，瓤厚而瑩。膜如桃花紅，核如丁香母。剥之凝如水晶，食之消如絳雪。其味之至，不可得而狀也。

纖手擘　杜甫詩（宴戎州楊使君東樓）：「輕紅擘荔枝。」

十八娘　荔枝譜：十八娘荔枝，色深紅而細長，時人以少女比之。俚傳閩王王氏有女第十八

娘，好嗽此品，因而得名。其冢在城東報國院，冢旁今猶有此樹云。

又 送趙令晦之

春光亭下，流水如今何在也。歲月如梭，白首相看擬奈何。　故人重見，世事年來千萬變。官況闌珊，慚愧青松守歲寒。　傅注本卷九

【校】元本、毛本題俱無「晦之」二字，從傅本。

【箋】趙令　見卷一水龍吟「楚山修竹如雲」闋朱注。

流水何在　杜牧詩（題安州浮雲寺樓寄湖州張郎中）：「當時樓下水，今日知何處？」

歲寒　注見本卷浣溪沙「炙手無人傍屋頭」闋。

又

曉來風細，不會鵲聲來報喜。卻羨寒梅，先覺春風一夜來。　香牋一紙，寫盡

回紋機上意。欲捲重開，讀遍千回與萬回。　傅注本卷九

【校】

傅注本「回紋」作「回文」。　毛本題作「得書」。

【箋】

鵲喜　西京雜記：乾鵲噪而行人至。杜甫詩（得舍弟消息）：「浪傳烏鵲喜。」

寒梅　李白早春詩：「聞道春還未相識，走傍寒梅訪消息。」

回紋　晉書列女傳：竇滔妻蘇氏，始平人也。名蕙，字若蘭，善屬文。滔，苻堅時爲秦州刺史，被徙流沙。蘇氏思之，織錦爲迴文璇璣圖詩以贈滔。宛轉循環以讀之，詞甚悽惋，凡八百四十字。

又

天台舊路，應恨劉郎來又去。別酒頻傾，忍聽陽關第四聲。　劉郎未老，懷戀仙鄉重得到。只恐因循，不見而今勸酒人。　傅注本卷九

【校】

毛本題作「送別」。「而」作「如」。

【箋】

天台　注見卷一殢人嬌「滿院桃花」闋。

陽關第四聲　傅注引公雜書云：舊傳陽關三疊，然今世歌者，每句再疊而已，若通一首言之，又是四疊，皆非是。或每句三唱，以應三疊之説，則叢然無復舊節奏。予在密州有文勛長官者，以事至密，自云得古本陽關，其聲宛轉淒斷，不類向之所聞。每句皆再唱，而第一句不疊，乃知唐有三疊皆如此。及在黄州，偶得白居易對酒詩云：「相逢且莫推辭醉，聽唱陽關第四聲。」注云：「勸君更盡一杯酒。」以此驗之，若第一句再疊則此句爲第五聲。今爲第四聲，則第一句不疊審矣。

又

琵琶絶藝，年紀都來十一二。撥弄幺絃，未解將心指下傳。　主人瞋小，欲向春風先醉倒。已屬君家，且更從容等待他。　傅注本卷九

【校】

傅注本「十一二」作「纔十二」，「撥弄」作「試抹」，「欲向」句作「擬向樽前拚醉倒」，「他」作「些」。　毛本題作「贈小鬟琵琶」。「紀」作「記」，「春」作「東」。

【箋】琵琶 隋書音樂志：今曲項琵琶，豎頭箜篌之類，并出自西域，非華夏舊器。白居易琵琶行：「十三學得琵琶成，名屬教坊第一部。」

么絃 傅注：么絃，第四絃也。唐詩紀事：劉夢得曰：「詩僧多出江左，如么絃孤韻，瞥入人耳，非大音之樂。」

將心 琵琶行：「低眉信手續續彈，說盡心中無限事。」

又 雪

雲容皓白，破曉玉英紛似織。風力無端，欲學楊花更耐寒。 相如未老，梁苑猶能陪俊少。莫惹閑愁，且折江梅上小樓。 傅注本卷九

【校】毛本題作「雪詞」。「雲」作「雪」。

【箋】玉英 韓詩外傳：雪花白英，謂之玉英。

楊花 摭言載唐詩云：「楊花滿地如飛雪。」

相如　謝惠連雪賦：「歲將暮，時既昏，寒風積，愁雲繁。梁王不悦，遊於兔園。迺置旨酒，命賓友，召鄒氏，延枚叟。相如末至，居客之右。俄而微霰零，密雪下，王迺歌北風於衛詩，詠南山於周雅。授簡於司馬大夫曰：抽子秘思，騁子妍辭，侔色揣稱，爲寡人賦之。」

又

玉房金蕊，宜在玉人纖手裏。淡月朦朧，更有微微弄袖風。　温香熟美，醉慢雲鬟垂兩耳。多謝春工，不是花紅是玉紅。　傅注本卷九

【校】　傅注本「慢」作「幔」。

【箋】　玉房金蕊　白居易詩（牡丹芳）：「牡丹芳，牡丹芳，黄金蕊綻紅玉房。」

玉紅　注見本卷木蘭花令「經旬未識東君信」闋。

又　以大琉璃杯勸王仲翁

海南奇寶，鑄出團團如栲栳。曾到崑崙，乞得山頭玉女盆。　絳州王老，百歲

癡頑推不倒。海口如門，一派黄流已電奔。

【校】

傳注本、毛本俱無。

【箋】

琉璃　前漢書西域傳師古注：大秦出赤、白、黑、黄、青、緑、縹、紺十種流離，此自然之物，今所用皆銷冶石汁，加以衆藥灌而爲之。始於元魏月氏人，商販至京，採礦鑄之。

王仲翁　未詳。

奇寶　世説（排調）：王公與朝士共飲酒，舉琉璃盌謂伯仁曰：「此盌腹殊空，爲之寶器何耶？」答曰：「此盌英英，誠爲清徹，所以可貴耳。」

栲栳　廣韻：栲栳，柳器也。盧延讓樊川寒食詩：「五陵年少粗于事，栲栳量金買斷春。」

崑崙　山海經：赤水之後，黑水之前，有大山，名曰崑崙之丘。

玉女盆　集仙録：玉女廟前有五石臼，號曰玉女洗頭盆。杜甫望岳詩：「安得仙人九節杖，挂倒玉女洗頭盆。」

絳州　春秋左氏傳注：絳，晉所都也，今平陽絳邑縣。案漢臨汾縣，北周改絳州。

電奔　李商隱詩（魏侯第東北樓堂郢叔言别聊書所見成篇）：「舊歡塵自積，新歲電猶奔。」

又 琴

神閑意定，萬籟收聲天地静。玉指冰絃，未動宮商意已傳。　悲風流水，寫出寥寥千古意。歸去無眠，一夜餘音在耳邊。

【校】

傅注本、元本俱無。

【箋】

琴　説文：琴，禁也，神農所作。洞越練朱，五絃，周加二絃。三禮圖：琴第一絃爲宮，次商、角、羽、徵，次少宮，次少商。

萬籟　常建破山寺後禪院詩：「萬籟此俱寂，惟聞鐘磬音。」

悲風流水　李陵答蘇武書：但聞悲風蕭條之聲。流水，注見本卷永遇樂「天末山横」闋。

又

銀筝旋品，不用纏頭千尺錦。妙思如泉，一洗閑愁十五年。　爲公少止，起舞

屬公公莫起。風裏銀山，擺撼魚龍我自閑。

【校】

傅注本、元本俱無。

【箋】

銀箏　宋書樂志：箏，秦聲也，世以爲蒙恬所造。今觀其體合法度，節究哀樂，乃仁智之器，豈亡國之臣所能關思哉？南史何承天傳：承天好弈棋，頗用廢事。又善彈箏。文帝賜以局子及銀裝箏。

纏頭　白居易琵琶行：「五陵年少爭纏頭，一曲紅綃不知數。」

起舞　晉書樂志：公莫舞，今之巾舞也。相傳云項莊劍舞，項伯以袖隔之，使不得害漢高祖，且語項莊云：「公莫。」古人相呼曰公，言公莫害漢王也。

銀山　神異經：西南有銀山，長五十餘里，高百餘丈，皆白金。

魚龍　注見本卷江城子「銀濤無際捲蓬瀛」闋。

又

鶯初解語，最是一年春好處。微雨如酥，草色遥看近卻無。　休辭醉倒，花不

看開人易老。莫待春回，顛倒紅英間緑苔。

【校】傳注本、元本俱無。

【箋】微雨二句　韓愈早春呈水部張十八員外詩：「天街小雨潤如酥，草色遥看近卻無。最是一年春好處，絶勝花柳滿皇都。」

又

江南遊女，問我何年歸得去。雨細風微，兩足如霜挽紵衣。江亭夜語，喜見京華新樣舞。蓮步輕飛，遷客今朝始是歸。

【校】傳注本、元本俱無。

【箋】紵衣　左傳（襄公二十九年）：吴公子札聘于鄭，見子産如舊相識，與之縞帶，子産獻紵衣焉。

韓偓卜隱詩：「世間華美無心問，藜藿充腸紵作衣。」

行香子 茶詞

綺席纔終，歡意猶濃。酒闌時、高興無窮。共誇君賜，初拆臣封。看分香餅，黄金縷，密雲龍。　鬭贏一水，功敵千鍾。覺涼生、兩腋清風。暫留紅袖，少卻紗籠。放笙歌散，庭館静，略從容。　傅注本卷七

【校】

毛本題下注云：「密雲龍，茶名，極爲甘馨。宋廖正一字明略，晚登蘇東坡之門，公大奇之。時黄、秦、晁、張號『蘇門四學士』，東坡待之厚，每來必令侍妾朝雲取密雲龍，家人以此知之。一日，又命取密雲龍，家人謂是四學士，窺之，乃廖明略也。」

【箋】

君賜　傅注：楊大年談苑：貢茶凡十品，曰龍茶、鳳茶、京挺、的乳、石乳、白乳、頭金、蠟面、頭骨、次骨。龍茶以貢乘輿，及賜執政親王長主。餘皇族、學士、將帥，皆得鳳茶。又：近臣賜京挺、的乳，館閣賜白乳。

臣封　傅注：御茶分賜，御封猶在。曹鄴茶詩：「劍外九華英，緘封下玉京。開時微月上，碾

處亂泉聲。」

香餅三句　傅注：供御茶品曰龍茶，爲雲龍之象，以金縷之。歐陽修歸田録：慶曆中，蔡君謨始造小片龍茶以進，謂之小團，價真金二兩。每因南郊致齋，中書樞密院各賜一餅，四人分之。宮人往往縷金花于上，以貴重之。

一水　蔡君謨茶録：建安人鬬茶，試以水痕先者爲負，耐久者爲勝。故較勝負之説，曰相去一水兩水。

千鍾　傅注：孔叢子曰：遺諺：「堯舜千鍾。」茶能消酒，故曰「功敵千鍾」。

兩腋清風　注見卷一臨江仙「四大從來都遍滿」闋。

紅袖紗籠　注見卷一行香子「攜手江村」闋。

【附考】

古今詞話：東坡有二韻事，見於行香子。秦、黃、張、晁爲蘇門四學士，每來必命取密雲龍供茶，家人以此記之。廖明略晚登東坡之門，公大奇之。一日，又命取密雲龍，家人謂是四學士，窺之，則廖明略也。坡爲賦行香子一闋。又嘗約劉器之參玉版和尚，至簾泉寺，燒筍而食。劉問之，東坡指筍曰：「此玉版僧最善説法，使人得禪悦味。」遂有「麯生禪，玉版局，一時參」之句，亦行香子也。　案後闋各本俱失載。

又

三入承明，四至九卿，問儒生、何辱何榮？金張七葉，紈綺貂纓。無汗馬事，不獻賦，不明經。　成都卜肆，寂寞君平。鄭子真、巖谷躬耕。寒灰炙手，人重人輕。除竺乾學，得無念，得無名。　傅注本卷七

【校】

毛本題作「寓意」。「儒」作「書」。

【箋】

三入承明　漢書嚴助傳：君厭承明之廬。注：承明廬在石渠閣外。直宿所止曰廬。應璩百一詩：「問我何功德，三入承明廬。」

四至九卿　漢書汲黯傳：黯姊子司馬安文深巧善宦，四至九卿。又儒林傳：長安許商，四至九卿。

金張七葉　漢書蓋寬饒傳：寬饒上無許史之屬，下無金張之託。注：許伯，宣帝皇后父。史高，宣帝外家也。金，金日磾也。張，張安世也。許氏、史氏，有外屬之恩，金氏、張氏，自託在於近狎也。左思詩（詠史八首）：「金張藉舊業，七葉珥漢貂。」

紈綺貂纓　傳注：綺襦紈袴，貴者之服。貂蟬，侍中常侍之冠。江淹詩：「金貂服玄纓。」

汗馬　漢書公孫弘傳：臣愚駑，無汗馬之勞。

獻賦　西京雜記：相如將獻賦，夢一黃衣翁謂之曰：「可爲大人賦。」遂言神仙之事以獻之，賜錦百匹。

明經　漢書平當傳：以明經爲博士，公卿薦當議論通明，給事中。每有災異，當輒傅經術，言得失。子晏以明經歷位大司徒，封防鄉侯。漢興，惟韋、平父子至宰相。

君平子真　漢書王貢傳序：谷口有鄭子真，蜀有嚴君平，皆修身自保，非其服弗服，非其食弗食。成帝時，大將軍王鳳以禮聘子真，子真遂不詘而終。君平卜筮於成都市，以爲卜筮者賤業，而可以惠衆人。有邪惡非正之問，則依蓍龜爲言利害，與人子言依於孝，與人弟言依於順，與人臣言依於忠，各因勢導之以善。從吾言者已過半矣。裁日閱數人，得百錢，足以自養，則閉肆下簾而授老子，遂以其業終。及揚雄著書，稱此二人，其論曰：谷口鄭子真，不詘其志，耕於巖石之下，名震於京師，豈其卿，豈其卿！蜀嚴湛冥，不作苟見，不治苟得，久幽而不改其操，雖隨和何以加諸。

寒灰炙手　傳注：李太白詩：「寒灰重暖生陽春。」唐崔鉉，宣宗時爲宰相，所善者鄭魯、楊紹復、段瓌、薛蒙，頗參議論，時語云：「鄭楊段薛，炙手可熱。欲得命通，魯紹瓌蒙。」帝聞之，題於扆。　史記韓長孺列傳：安國坐法抵罪，蒙獄吏田甲辱安國，安國曰：「死灰獨不復然乎？」田甲曰：「然即溺之。」杜甫麗人行：「炙手可熱勢絶倫。」

竺乾　傅注：佛教本自西竺乾天。

無念無名　傅注：釋氏以滅五欲，故無念；以存四諦，故無名。

又

清夜無塵，月色如銀。酒斟時、須滿十分。浮名浮利，虚苦勞神。歎隙中駒，石中火，夢中身。　雖抱文章，開口誰親。且陶陶、樂盡天真。幾時歸去，作個閑人。對一張琴，一壺酒，一溪雲。　傅注本卷七

【校】

毛本題作「述懷」。「虚」作「休」。

【箋】

如銀　梁戴暠月詩：「浮川疑讓璧，入户類燒銀。」

十分　白居易詩（早飲湖州酒寄崔使君）：「十分蘸甲酌。」

隙中駒　莊子（知北遊）：人生天地間，如白駒之過隙，忽然而已。

石中火　李白詩（擬古十二首）：「石火無煙光，還如世中人。」傳燈録：如擊石火，似閃電光。

夢中身　關尹子（四符）：知此身如夢中身，隨情所見，可以飛神。

陶陶　劉伶酒德頌：無思無慮，其樂陶陶。

又　病起小集

昨夜霜風，先入梧桐。渾無處、回避衰容。問公何事，不語書空。但一回醉，一回病，一回慵。　朝來庭下，飛英如霰。似無言、有意傷儂。都將萬事，付與千鍾。任酒花白，眼花亂，燭花紅。　傅注本卷七

【校】

傅注本「昨」作「涼」，「朝」作「秋」，「飛英如霰」作「光陰如箭」。　毛本題作「秋興」。「傷」作「傷」，餘同傅本。

【箋】

梧桐　韓愈秋懷詩：「霜風侵梧桐，衆葉著樹乾。」

書空　晉書殷浩傳：浩被黜放，口無怨言，但終日書空，作「咄咄怪事」四字而已。

如霰　注見卷一減字木蘭花「玉觴無味」闋。

萬事　韓愈詩（贈鄭兵曹）：「破除萬事無過酒。」

千鍾　注見本卷滿庭芳「蝸角虛名」闋。

酒花　孟郊詩（送殷秀才南遊）：「酒花薰別顔。」

燭花紅　李後主玉樓春詞：「歸時休照燭花紅，待放馬蹄清夜月。」

點絳唇

閑倚胡牀，庾公樓外峰千朵。與誰同坐，明月清風我。　別乘一來，有唱應須和。還知麽，自從添個，風月平分破。

【校】

傅注本、元本俱無。　毛本題作「杭州」。

【箋】

胡牀　晉書庾亮傳：亮在武昌，諸佐吏乘秋夜往，共登南樓。俄而亮至，便據胡牀，談詠竟日。

庾公樓　杜甫詩（秋日寄題鄭監湖上亭三首）：「池要山簡馬，月静庾公樓。」

別乘　猶稱別駕也。

又

紅杏飄香，柳含煙翠拖金縷。水邊朱户，門掩黄昏雨。　燭影摇風，一枕傷春緒。歸不去，鳳樓何處，芳草迷歸路。

【校】傅注本、元本俱無。　毛本注云：「或刻賀方回。」

【箋】鳳樓　梁武帝鳳笙曲：「飛且停，在鳳樓。弄嬌響，間清謳。」

又

醉漾輕舟，信流引到花深處。塵緣相誤，無計花間住。　煙水茫茫，千里斜陽暮。山無數，亂紅如雨，不記來時路。　傅注本卷八

【校】傅注：此後二詞，洪甫云親見東坡手迹於潮陽吴子野家。毛本注云：俱秦淮海作，依宋本

删。彊村叢書本亦依毛説删去。今從傅注及元本補録。

【箋】醉漾　鄭獬漁父詩：「醉漾輕絲信慢流。」傅注：此詞全用劉晨事。見卷一殢人嬌「滿院桃花」闋注。

又

月轉烏啼，畫堂宮徵生離恨。美人愁悶，不管羅衣褪。清淚斑斑，揮斷柔腸寸。嗔人問，背燈偷揾，拭盡殘妝粉。　傅注本卷八

【箋】宮徵　漢書律曆志：聲者，宮、商、角、徵、羽也，所以爲樂者。

皂羅特髻

采菱拾翠，算似此佳名，阿誰消得。采菱拾翠，稱使君知客。千金買、采菱拾翠，更羅裙、滿把珍珠結。采菱拾翠，正髻鬟初合。　真個采菱拾翠，但深憐輕拍。一

雙子、采菱拾翠，繡衾下、抱著俱香滑。采菱拾翠，待到京尋覓。傅注本卷十二

【校】傅注本「珍」作「真」，無下半闋。毛本題作「采菱拾翠」。「子」作「手」。

【箋】皂羅特髻　詞律：詞譜注云：此調無別詞可按，想其體例應然。按此爲一時遊戲之作，與阮郎歸等之福唐體等耳。易大厂云：皂羅特髻爲宋代村姑髻名。録以待考。

采菱拾翠　楚辭：涉江采菱，發陽阿些。洛神賦：「或採明珠，或拾翠羽。」

虞美人

定場賀老今何在，幾度新聲改。怨聲坐使舊聲闌，俗耳只知繁手不須彈。斷絃試問誰能曉，七歲文姬小。試教彈作輥雷聲，應有開元遺老淚縱横。傅注本卷八

【校】傅注本「怨聲」作「新聲」。毛本題作「琵琶」。餘同傅本。

【箋】

賀老　明皇雜録：賀老即賀懷智，開元時樂工也。元稹連昌宫詞：「夜半月高絃索鳴，賀老琵琶定場屋。」

新聲　孟郊薄命妾詩：「不惜十指絃，爲君千萬彈。常恐新聲至，坐使舊聲殘。」

繁手　趙飛燕外傳：飛燕祖馬大力，工理樂器。事江都王，爲協律舍人。父萬金，不肯傳家業，偏習樂聲。亡章曲，任爲繁手哀聲，自號凡靡之樂，聞者莫不心動焉。

文姬　蔡琰别傳：琰六歲，父邕夜鼓琴，絃絶，琰聞曰：「第二絃。」邕故斷一絃，問之，曰：「第四絃。」

輥雷　楊妃外傳：開元中，有賀懷智善琵琶，用鵾雞筋爲絃，鐵爲捍撥。輥雷，其聲如之也。别詳卷一南歌子（海上乘槎侣）注。

開元遺老　白居易江南遇樂叟詩：「白頭病叟泣且言，禄山未亂入梨園。能彈琵琶和法曲，多在華清隨至尊。」

又

落花已作風前舞，又送黄昏雨。曉來庭院半殘紅，惟有遊絲千丈裊晴空。

殷勤花下重攜手，更盡杯中酒。美人不用斂歌眉，我亦多情無奈酒闌時。

【校】

傅注本、元本俱無。是闋又見石林詞。

又

冰肌自是生來瘦，那更分飛後。日長簾幕望黄昏，及至黄昏時候轉消魂。君還知道相思苦，怎忍抛奴去？不辭迢遞過關山，只恐别郎容易見郎難。

【校】

傅注本、元本俱無。

【箋】

分飛　孟浩然送從弟邕下第後尋會稽詩：「落羽更分飛，誰能不驚骨。」

又

深深庭院清明過，桃李初紅破。柳絲搭在玉闌干，簾外瀟瀟微雨做輕寒。

晚晴臺榭增明媚，已拚花前醉。更闌人靜月侵廊，獨自行來行去好思量。

【校】

|傅注本、|元本俱無。

又

持杯遥勸天邊月，願月圓無缺。持杯更復勸花枝，且願花枝長在莫離披。持杯月下花前醉，休問榮枯事。此歡能有幾人知，對酒逢花不飲待何時。

【校】

|傅注本、|元本俱無。

如夢令

爲向東坡傳語，人在玉堂深處。别後有誰來，雪壓小橋無路。歸去，歸去，江上一犂春雨。

|傅注本卷九

【校】 傅注本題作「寄黄州楊使君二首公時在翰苑」。毛本題作「有寄」。「玉」作「畫」。案此二首，據傅本可移編卷二元祐丁卯、戊辰間公官翰林學士時。

【箋】 玉堂 夢溪筆談：唐翰林院在禁中，乃人主燕居之所，玉堂、承明、金鑾殿皆在其間。又：學士院玉堂，太宗皇帝曾親幸，至今惟學士上日許正坐，他日皆不敢獨坐。玉堂東承旨閣子窗格上有火然處。太宗嘗夜幸玉堂，蘇易簡爲學士，已寢，遽起，無燭具衣冠，宫嬪自窗格引燭入照之。至今不欲更易，以爲玉堂一盛事。案公居翰苑，故稱「玉堂」。傅注云「公於東坡築雪堂」，違詞旨矣。

又

手種堂前桃李，無限緑陰青子。簾外百舌兒，驚起五更春睡。居士，居士，莫忘小橋流水。 傅注本卷九

【校】 傅注本「驚」作「唤」。毛本題作「春思」。

【箋】

百舌　禮記月令：仲夏之月，小暑至，螳螂生，䴗始鳴，反舌無聲。注：反舌，百舌鳥。嚴鄖百舌詩：「星未没河先報曙，玉樓還有晏眠人。」餘詳卷一望江南（春已老）注。

居士　傅注：維摩詰雖處居家，常修梵行，故號居士。後人因襲此名，若龐居士、香山居士之類是也。

小橋流水　見卷二西江月「照野瀰瀰淺浪」闋題。

又　題淮山樓

城上層樓疊巘，城下清淮古汴。舉手揖吴雲，人與暮天俱遠。魂斷，魂斷，後夜松江月滿。

【校】

傅注本、元本俱無。

【箋】

淮山樓　輿地紀勝：淮山樓在泗州郡治。其治即舊都梁臺也。

清淮古汴　注見卷一清平樂「清淮濁汴」闋。

松江　注見卷一菩薩蠻「天憐豪俊腰金晚」闋。

阮郎歸

緑槐高柳咽新蟬，薰風初入絃。碧紗窗下水沉煙，棋聲驚晝眠。　微雨過，小荷翻，榴花開欲然。玉盆纖手弄清泉，瓊珠碎却圓。　傅注本卷六

【校】

傅注本「翻」作「飜」。　毛本題作「初夏」。「却」作「又」。

【箋】

高柳　陸機詩（擬明月何皎皎）：「寒蟬鳴高柳。」

薰風　注見卷二瑶池燕「飛花成陣春心困」闋。

水沉　注見本卷西江月「聞道雙銜鳳帶」闋。

榴花　梁孝元榴花詩：「然燈疑夜火。」杜甫詩（絶句二首）：「山青花欲然。」李白詩（寄韋南陵冰余江上乘興訪之遇尋顔尚書笑有此贈）：「月色醉遠客，山花開欲然。」

却圓　杜甫詩（宇文晁尚書之甥崔彧司業之孫尚書之子重泛鄭監審前湖）：「櫂拂荷珠碎却圓。」

又 梅花

暗香浮動月黄昏，堂前一樹春。東風何事入西鄰，兒家常閉門。　雪肌冷，玉容真，香顋粉未勻。折花欲寄嶺頭人，江南日暮春。　傅注本卷六

【校】　毛本末一字注云：「一作雲。」彊村本以「春」韻復，據改。　毛本題作「集句梅花」。「嶺」作「隴」。

【箋】　暗香　林逋詩（山園小梅）：「疏影横斜水清淺，暗香浮動月黄昏。」

兒家　傅注引唐詩：「白玉堂前一樹梅，今朝忽見數枝開。兒家門户重重閉，春色因何得入來？」

雪肌　注見卷一減字木蘭花「鄭莊好客」闋。

玉容　白居易長恨歌：「玉容寂寞淚闌干。」

嶺頭　開州記：陸凱與范曄相善，自江南寄梅花一枝詣長安與曄，贈詩曰：「折花逢驛使，寄與隴頭人。江南無所有，聊寄一枝春。」

江南　柳惲詩（江南曲）：「汀洲採白蘋，日暮江南春。」

訴衷情

海棠珠綴一重重，清曉近簾櫳。胭脂誰與勻淡，偏向臉邊濃。看葉嫩，惜花紅，意無窮。如花似葉，歲歲年年，共占春風。　傅注本卷八

【校】

傅注本「共占」作「占取」。　毛本題作「海棠」，注云：「或刻晏同叔。」

【箋】

勻淡　鄭谷海棠詩：「春風用意勻顏色，消得攜觴與賦詩。」

歲歲年年　劉希夷詩（代悲白頭翁）：「年年歲歲花相似，歲歲年年人不同。」

又

小蓮初上琵琶絃，彈破碧雲天。分明繡閣幽恨，都向曲中傳。膚瑩玉，鬢梳蟬，綺窗前。素娥今夜，故故隨人，似鬭嬋娟。　傅注本卷八

【校】

毛本題作「琵琶女」。

【箋】

小蓮　杜牧朱坡詩：「小蓮娃欲語，幽筍稚相攜。」

碧雲　傅注引詩話：柳還古贈柳將軍家妓詩：「眼看白紵曲，欲上碧雲天。」

曲中　杜甫詠懷古跡詩：「千載琵琶作胡語，分明怨恨曲中論。」

瑩玉　宋玉神女賦：「温乎如瑩。」又曰：「苞温潤之玉顔。」

梳蟬　古今注：魏文帝宫人慕瓊樹始製爲蟬鬢，望之縹緲如蟬翼，故號爲蟬鬢。

素娥　傅注：素娥，月也。嬋娟，姿好貌。唐人詩：「姮娥若没懷春思，因甚隨人不奈何。」李商隱詩（霜月）：「青女素娥俱耐冷，月中霜裏鬭嬋娟。」

謁金門

秋帷裏，長漏伴人無寐。低玉枕涼輕繡被，一番秋氣味。　曉色又侵窗紙，窗外雞聲初起。聲斷幾聲還到耳，已明聲未已。　傅注本卷九

【校】傅注本「起」上奪「初」字，元本同，從毛本。　毛本題作「秋夜」。

【箋】玉枕　晏元獻詩「老覺腰金重，慵便枕玉涼。」（按：此龍箋承傅注。據苕溪漁隱叢話前集卷二十六引歸田録，此二句爲晏殊所評論之他人詩句，非晏氏詩。）

窗紙　白居易詩（曉寢）：「紙窗明覺曉。」

雞聲　李白詩（代別情人）：「哀哀長雞鳴，夜夜達五曉。」

又

秋池閣，風傍曉庭簾幕。霜葉未衰吹未落，半驚鴉喜鵲。　自笑浮名情薄，似與世人疏略。一片懶心雙懶脚，好教閑處著。　傅注本卷九

【校】傅注本、元本俱無「似」字，從毛本。　毛本題作「秋興」。

【箋】霜葉　李白詩（江上寄元六林宗）：「霜落江始寒，楓葉緑未脱。」

疏略　杜甫詩（壯遊）：「脱略小時輩。」

閑處　傅注：司空圖作耐辱居士歌曰：「休休莫莫，伎倆雖多性靈惡，懶足長教閑處著。」

又

今夜雨，斷送一年殘暑。坐聽潮聲來別浦，月明何處去？　孤負金尊緑醑，來歲今宵圓否？酒醒夢回愁幾許，夜闌還獨語。　傅注本卷九

【校】

毛本題作「秋感」。「月明」作「明朝」。

好事近

煙外倚危樓，初見遠燈明滅。卻跨玉虹歸去，看洞天星月。　當時張范風流在，況一尊浮雪。莫問世間何事，與劍頭微吷。

【校】

傅注本、元本俱無。

【箋】 玉虹 搜神記：孔子修春秋，製孝經，既成，齋戒，向北辰而拜，告備於天。忽有赤虹自上而下，化爲黃玉，長三尺，上有刻文。孔子受之。

洞天 茅君内傳：大天之内，有地之洞天三十六所，乃真仙所居。

張范 後漢書范式傳：式與汝南張劭爲友，式曰：「後二年，當過拜尊親，視孺子焉。」至期，劭白母，請殺雞爲黍待之。母曰：「二年之别，千里約言，爾何相信之審耶？」至日，果至。

浮雪 虞世南詩（飛來雙白鶴）：「映海疑浮雪。」

劍吷 莊子則陽篇：吹劍者，吷而已矣。注：司馬彪曰：劍環頭小孔，吹之吷過，如風過也。

天仙子

走馬探花花發未，人與化工俱不易。千回來繞百回看，蜂作婢，鶯爲使，穀雨清明空屈指。 白髮盧郎情未已，一夜剪刀收玉蕊。尊前還對斷腸紅，人有淚，花無意，明日酒醒應滿地。 傅注本卷十二

【校】傅注本「探」作「採」。　毛本無。

【箋】穀雨　傅注：二十四氣，清明之後穀雨。蓋穀雨三月之候，正花發之時，故牡丹記云：洛花以穀雨爲開候。

盧郎　唐詩（崔氏述懷）：「不恨盧郎年紀大，不恨盧郎官職卑。自恨妾身生太晚，不見盧郎年少時。」

玉蕊　庾闡詩（遊仙詩）：「朝餐雲英玉蕊，夕挹玉膏石髓。」

翻香令

金鑪猶暖麝煤殘，惜香更把寶釵翻。重聞處，餘熏在，這一番、氣味勝從前。　背人偷蓋小蓬山，更將沉水暗同然。且圖得，氤氳久，爲情深、嫌怕斷頭煙。

傅本注卷十二

【校】傅注本調下注云：「此詞蘇次言傳於伯固家，云老人自製腔名。」元本同。　傅本「久」

作「又」。

【箋】

麝煤　韓偓詩(橫塘)：「蜀紙麝煤添筆媚，越甌犀液發茶香。」

小蓬山　傅注：蓬山，金博山香爐也。鏤作蓬瀛之狀，故謂之「蓬山」。

沉水　注見本卷西江月「聞道雙銜鳳帶」闋。

斷頭煙　今蘇、皖、贛各地，謂情好中斷，猶有「燒斷頭香」之語，未知所出。

桃源憶故人

華胥夢斷人何處，聽得鶯啼紅樹。幾點薔薇香雨，寂莫閑庭户。　暖風不解留花住，片片著人無數。樓上望春歸去，芳草迷歸路。　傅注本卷十二

【校】

毛本調名作虞美人影，題作「暮春」。

【箋】

華胥　列子(黃帝)：「黃帝晝寝，而夢遊於華胥氏之國。既寤，怡然自得，曰：『今知至道不可以情求矣。』」

片片　杜甫詩（城上）：「風吹花片片。」

調笑令　效韋應物體

漁父，漁父，江上微風細雨。青蓑黄蒻裳衣，紅酒白魚暮歸。歸暮，歸暮，長笛一聲何處？

【校】傅注本存目闕詞。元本、毛本二首俱誤合爲一。案韋詞亦作二首，據改。元本「暮歸」作「歸暮」，從毛本。

又

歸雁，歸雁，飲啄江南南岸。將飛卻下盤桓，塞外春來苦寒。寒苦，寒苦，藻荇欲生且住。

【校】元本「苦寒」作「寒苦」，從毛本。毛本「桓」作「旋」。

【箋】 韋應物體 韋江州集調笑令：「胡馬，胡馬，遠放燕支山下。跑沙跑雪獨嘶，東望西望路迷。迷路，迷路，邊草無窮日暮。」「河漢，河漢，曉挂秋城漫漫。愁人起望相思，塞北江南別離。離別，離別，河漢雖同路絶。」

荷花媚

霞苞電荷碧，天然地、別是風流標格。重重青蓋下。千嬌照水，好紅紅白白。 每悵望、明月清風夜，甚低迷不語，夭邪無力。終須放、船兒去，清香深處住，看伊顔色。

【校】 傅注本存目闕詞。 元本題作「湖州賈耘老小妓號雙荷葉」，蓋涉雙荷葉詞誤衍。 毛本題作「荷花」。「電」作「霓」，「悵」作「恨」。

【箋】 荷碧 李白詩（古風）：「碧荷生幽泉，朝日豔且鮮。」

標格 高適詩（送蔡少府赴登州推事）：「標格誰嘗見，風謡信可聽。」

占春芳

紅杏了，夭桃盡，獨自占春芳。不比人間蘭麝，自然透骨生香。　對酒莫相忘，似佳人兼合明光。只憂長笛吹花落，除是寧王。

【校】

傅注本、元本俱無。

【箋】

夭桃　詩周南（桃夭）：「桃之夭夭，灼灼其華。」

蘭麝　晉書石崇傳：崇婢妾數十人，皆蘊蘭麝，被羅縠。梁武帝游女曲：「氛氳蘭麝體芳滑，容光玉耀眉如月。」

明光　王褒日出東南隅行：「銀鏤明光帶，金地織成襦。」

寧王　唐書禮樂志：明皇好羯鼓，而寧王善吹笛，達官大臣慕之，皆喜言音律。

一斛珠

洛城春晚，垂楊亂掩紅樓半。小池輕浪紋如篆，燭下花前，曾醉離歌宴。　自

惜風流雲雨散，關山有限情無限。待君重見尋芳伴，爲説相思，目斷西樓燕。

【校】

傳注本、元本俱無。　案一斛珠即醉落魄，毛本分列，仍之。

意難忘

花擁鴛房，記駞肩髻小，約鬢眉長。輕身翻燕舞，低語囀鶯簧。相見處，便難忘，肯親度瑶觴？向夜闌、歌翻郢曲，帶換韓香。　别來音信難將，似雲收楚峽，雨散巫陽。相逢情有在，不語意難量。些個事，斷人腸，怎禁得恓惶？待與伊、移根換葉，試又何妨。

【校】

傳注本、元本俱無。　毛本題作「妓館」。

【箋】

鶯簧　皮日休詩（聞魯望游顔家林園病中有寄）：「蝶欲試飛猶護粉，鶯初學囀尚羞簧。」

瑶觴　曹唐游仙詩：「怨入清塵愁錦思，酒傾玄露醉瑶觴。」

郢曲　宋玉對楚王問：客有歌於郢中者，其始曰下里巴人，國中屬而和者數千人。

韓香　晉書賈充傳：韓壽美姿貌，充女見而悦焉，潛通音好。時西域貢奇香，一著人則經月不歇，帝惟賜充，充女密盗以遺壽。

楚峽　武元衡詩（送兄歸洛使謁嚴公）：「楚峽饒雲雨，巴江足夢思。」

巫陽　注見卷一祝英臺近「挂輕帆」闋。

恓惶　駱賓王詩（在江南贈宋五之問）：「謀己謬觀光，牽迹強悽惶。」

移根　李商隱詩（臨發崇讓宅紫薇）：「天涯地角同榮謝，豈要移根上苑栽。」

後記

曩從上虞羅子經先生假得南陵徐氏藏舊鈔傅榦注坡詞殘本，取校毛氏汲古閣本、王氏四印齋影元延祐本、朱氏彊村叢書編年本，時有勝義，而所注典實多不標出原書。因爲博稽群籍，更依朱本編年，作爲此箋，以便讀者。其原注可用者仍之，并於每闋之下別標傅本卷目，以存其舊。案直齋書録解題：「注坡詞二卷，僊谿傅榦撰。」今所見鈔本則爲十二卷，卷首有竹溪散人傅共序，稱榦字子立，爲其族子。考元人黄真仲重訂僊谿志：共，傅權子，紹興二年張九成榜特奏名。洪邁容齋隨筆則言紹興中，有傅洪秀才注蘇詞版行，頗譏其紕謬。疑其書即此本，殆以卷首有共序，共字洪甫，牽涉而率詆之歟？蘇學大盛於金源，據元遺山文集，知當世選注蘇詞者不止一家，而代遠年湮，遺編莫覩，僅此傅氏殘本猶得流傳於天壤間，亦一大幸事。予既加以採録，又從徐積餘先生假得鄭叔問手評東坡樂府，於本箋不少補助，特并附著於此。至於校訂之役，則得力於揚州丁寧女士爲多云。一九三五年七月，龍榆生附記。

篇目索引

一　畫

二　畫

三　畫

四　畫

五　畫

六　畫

七　畫

八　畫

九　畫

十　畫

十一畫

十二畫

十三畫

十四畫

十五畫

十六畫

十七畫

十八畫

十九畫

廿二畫